FRANCE OBSCURE

AFFAIRES PARANORMALES & EXTRAORDINAIRES

Par Théo Carmin et Manon Hoarau
de la chaîne YouTube SYLARTICHOT

LA MYSTÉRIEUSE DISPARITION DE LOUIS LE PRINCE

INVENTEUR DU CINÉMA OU LA GENÈSE D'UN LIVRE-ENQUÊTE

Combien d'histoires oubliées dorment au fond d'un grenier encombré, sur le rayon poussiéreux d'une bibliothèque, ou dans le bazar d'une brocante populaire ? Nos regards se portent souvent vers l'étranger pour chercher une trace d'extraordinaire. Pourtant, la France regorge de trésors à (re)découvrir et de parcours de vie aux frontières du réel. Dans notre époque désenchantée, l'incroyable semble bien loin de notre portée. Mais à bien y réfléchir, n'y a-t-il pas une succession innombrable d'histoires extraordinaires à raconter ? Certaines impliquent des éléments invraisemblables ; d'autres, plus terre à terre, n'en demeurent pas moins exceptionnelles. Après tout, n'avons-nous pas nous-mêmes, tous, au moins une histoire hors du commun à partager ?

Dès lors, combien de destins uniques se sont joués juste à côté de nous, peut-être dans notre ville ou notre village, sans que nous y ayons prêté la moindre once d'attention ? Voici vingt-quatre récits sélectionnés minutieusement. Vingt-quatre parcours de vie hors du commun, vingt-quatre expériences radicalement différentes, vingt-quatre enquêtes qui témoignent toutes de la pluralité de perceptions que nous pouvons nous faire sur notre quotidien.

Ce livre est né d'une enquête autour de la disparition mystérieuse d'un Français unique en son genre, mais dont le destin flamboyant s'est éteint brusquement. En 2019, Manon, qui coécrit ce livre avec moi, me fait part d'un cas français méconnu qui l'obsède : la disparition de Louis Le Prince. L'intéressé est le premier à avoir réalisé des films, trois ans avant Thomas Edison et sept ans avant les frères Lumière. Bien que son nom ait été effacé de toutes les mémoires, c'est lui qui, le premier, invente le cinéma. Si vous n'en avez jamais entendu parler, c'est parce qu'il a disparu juste avant de marquer l'histoire, le 16 septembre 1890, en montant dans un train duquel il n'est jamais descendu. Il ne fut jamais retrouvé.

Louis Le Prince passe son enfance en grande partie dans l'atelier de Louis Daguerre. Louis Daguerre est l'inventeur, avec Nicéphore Niépce, du daguerréotype qui permet de fixer une image sur une plaque métallique. Nicéphore Niépce est d'ailleurs l'inventeur de la photographie. Louis Daguerre, mentor de Le Prince, l'initie à la chimie et le passionne pour la photographie. Au fil des années, Louis Le Prince expérimente la mise au point d'appareils lui permettant de créer des images mobiles et finit par confectionner une caméra à seize lentilles pour laquelle il dépose un brevet. Elle ressemble à une grosse boîte en bois imposante avec de multiples lentilles ovales sur les côtés. Avec cette invention, il espérait pouvoir réaliser le premier film de l'histoire du cinéma, ou plutôt de l'humanité, car le mot cinéma n'existait pas encore. Sa fille, Marie Le Prince, se souvient d'images animées projetées sur le mur de leur atelier dès 1886 comme elle le rapportera plus tard. Ainsi, en 1886, Louis Le Prince avait déjà mis au point la première caméra fonctionnelle de l'histoire, deux ans avant que Thomas Edison, en 1888, ne commence à conceptualiser son kinétoscope. En 1887, il s'installe à Leeds, en Angleterre, pour paraît-il éviter qu'on ne lui vole son invention.

Le 11 janvier 1888, Louis a réussi. Il a breveté une caméra fonctionnelle à une lentille, sa version expérimentale est parfaitement au point. Elle est en bois et pèse dix-huit kilos. Le 30 mars 1890, Louis Le Prince fait sa première projection publique à l'Opéra de Paris. Après sa performance localement remarquée, l'inventeur écrit à sa femme retournée auprès de sa famille aux États-Unis. Il lui fait part de sa volonté de revenir à New York en septembre à ses côtés, avec son invention, pour faire une projection publique dans la ville et montrer sa création au monde entier. Ainsi, Louis est sur le point de marquer l'Histoire à tout jamais. Il a déjà deux brevets d'une caméra à une lentille en France et en Angleterre, malheureusement pas assez approfondis pour être légalement reconnu comme inventeur. Pour ce faire, il ne lui reste plus qu'à en faire la démonstration publique à New York. Malheureusement, les problèmes arrivent à ce moment précis.

Louis rend visite à son frère Albert à Dijon, puis le 16 septembre 1890, il rate son train de retour de 11 h 32 et se rabat sur celui de 14 h 37. Au moment de monter dans le train, Louis ne transporte qu'une mallette noire qui abrite de précieux documents sur les récents ajustements concernant son invention, avec de très nombreux détails sur son fonctionnement et sa conception. Son frère, qui l'accompagne à la gare, le voit monter dans le train. Mais ses amis qui l'attendent à Paris ne le voient jamais en descendre. Louis Le Prince a disparu. Sa mallette renfermant les précieux documents autour de son invention également.

Peu de temps après sa disparition, l'un de ses associés se rend à son atelier : il y trouve la caméra, bien emballée. Elle n'a pas été volée ni touchée. Il a alors l'idée de révéler aux yeux du monde l'invention de Louis. Sauf que, légalement, dans une affaire de disparition de personne, aucun individu, pas même l'épouse du disparu, ne peut utiliser le brevet de son invention, pendant sept ans. Ce qui signifie que Lizzie ne peut pas commercialiser l'invention de son mari avant 1897. L'ascension de Louis Le Prince s'arrête brutalement à l'aube de son succès planétaire. Et ses « concurrents » de la même époque achèvent de le plonger dans l'oubli : les Lumière font leur première projection au Grand Café à Paris le soir du samedi 28 décembre 1895. Thomas Edison a lancé ses premiers films réalisés au kinétoscope et les projette publiquement en avril 1896.

Louis Le Prince, lui, ne fera plus jamais parler de son invention ni de lui-même, depuis le jour de sa disparition.

Alors, que s'est-il passé ? Nous l'ignorons. Il n'y a que des théories. Plusieurs, passionnantes, que nous avons déjà traitées en vidéo sur YouTube, oscillent entre complots, guerre de brevets, assassinat et disparition volontaire. Mais un détail particulier nous a fait enquêter en profondeur sur l'affaire de sa mystérieuse et tragique disparition : une photo.

Selon Laurie Snyder, l'arrière-arrière-petite-fille de Louis Le Prince, celui-ci aurait été victime d'un acte malveillant. Comme le train dans lequel se trouvait Louis est arrivé à 23 h à Paris, il aurait fait appel à un taxi pour rentrer à son atelier. Le chauffeur aurait profité de l'heure tardive pour se débarrasser de son passager en le jetant par exemple dans la Seine. Elle appuie sa théorie sur des articles de l'époque qui font mention d'attaques de voyageurs solitaires par des voleurs. Pas de complot ni de grand mystère, Louis se serait simplement retrouvé au mauvais endroit, au mauvais moment. Cette théorie est corroborée par Stephen Herbert, auteur et éditeur qui précise qu'en 2003, la photo d'un homme retrouvé noyé dans la Seine ressemblant à Louis Le Prince et prise en 1890 fut découverte dans les archives de la Police de Paris.

Il ne nous en fallait pas plus pour nous lancer dans une formidable enquête de terrain. Nous avons contacté la Préfecture de police de Paris, qui a accepté de nous recevoir sur rendez-vous. Après avoir tourné dans le quartier du Pré-Saint-Gervais pendant un long moment, nous arrivons enfin devant ce bâtiment qui se fond si bien dans le paysage et devant lequel nous étions passés plusieurs fois sans comprendre qu'il abritait des trésors d'archives. Une fois à l'intérieur, la procédure est militaire. La personne derrière le comptoir de l'accueil s'amuse d'avoir déjà reçu quelque temps auparavant des curieux qui, comme nous, se sont lancés sur les traces de Louis Le Prince. Les documents que nous nous apprêtons à consulter sont si précieux et fragiles que nous ne pouvons entrer dans la salle de lecture qu'armés d'un crayon à papier et d'un appareil photo. Nous laissons donc derrière nous nos sacs et effets personnels dans un casier sous clé. Nous nous dirigeons ensuite, pleins d'espoirs, dans la salle de consultation. On nous a attribué une table où nous devons nous asseoir. Autour de nous, des étudiants et chercheurs travaillent silencieusement, le regard concentré sur du papier jauni. Au bout d'un moment, un homme nous apporte un ouvrage volumineux qu'il dépose avec soin sur une couverture molletonnée. Il s'agit du registre de la morgue de Paris. Daté de 1890, il consigne tous les incidents fatals de l'année, allant des meurtres irrésolus aux infanticides sordides en passant par les accidents fortuits. Alors que nous ouvrons délicatement le livre, nous avons l'intime conviction qu'une partie de la réponse se tient entre nos mains. En tournant les longues pages, nous voyons défiler sous nos yeux des photos toutes plus horribles les unes que les autres. Le nombre de photos de bébés retrouvés dans la Seine nous choque et nous bouscule. Parfois, les clichés sont manquants et nous n'avons que de très courts récits. Ils décrivent où et quand le corps de ces anonymes a été retrouvé tout en indiquant une description physique sommaire de la victime. Nous lisons ces tranches de vie, ou plutôt de mort, avec intérêt, en oubliant presque le but de notre visite. Nous sommes happés par ces destins funestes et ne pouvons nous empêcher d'imaginer la vie et le parcours qui ont amené ces centaines de visages à se retrouver dans ce registre. Page après page, alors que nous découvrons ces chroniques morbides, le doute nous gagne lentement. Et si cette théorie était infondée ? Après tout, si nous sommes venus jusqu'ici, c'est bien pour vérifier que cette photo existe réellement. Mais entre chaque corps noyé, chaque suicidé, chaque vie arrachée abruptement, aucune n'est celle de notre mystérieux inventeur. Alors que nous doutons, une photo correspondant à la description se révèle enfin. Celle d'un corps inconnu repêché, mort de submersion, d'un âge indéterminé, mais dont le visage, la corpulence et la barbe, hirsute et moins bien taillée que celle de Louis, font penser que ce pourrait bien être lui. Malheureusement, aucune indication sur sa taille ni son poids, ce qui nous aurait permis de corroborer cette théorie.

Ce pourrait aussi bien être lui, comme un illustre inconnu. Néanmoins, le cliché existe. L'existence de la photo avancée par Stephen Herbert est prouvée. La théorie de Laurie, l'arrière-arrière-petite-fille de Louis le Prince, semble être parfaitement fondée. À titre personnel, nous avons l'intime conviction que la photo découverte ce jour-là aux archives de la Préfecture de police de Paris est bien celle de Louis le Prince. Nous en avons profité pour rechercher le dossier d'enquête de sa disparition, que nous savons avoir existé. Malheureusement, celui-ci a été détruit.

Louis est tombé au fil des décennies dans l'oubli. Il a disparu dans le mystère le plus total juste avant de marquer l'histoire. Au bout de notre enquête, nous avons suivi la piste la plus probante, mais même si elle est solide, cela ne reste qu'un point de vue qui manque d'éléments pour véritablement résoudre le mystère.

Nous nous sommes alors posé de plus en plus de questions. Combien d'affaires françaises oubliées dorment dans les archives du pays ? Des cas étonnants, exceptionnels, peut-être parfois aux frontières du réel, ont secoué la société par le passé. Ainsi, s'il y a bien des affaires extraordinaires à traiter aujourd'hui, nous avons souhaité collaborer pour nous plonger dans les archives de l'histoire de France afin d'en exhumer des cas hors du commun liés à des destins exceptionnels. L'entreprise initiée s'adressait d'abord au public de la chaîne YouTube Sylartichot. Nous avons ici souhaité livrer des récits inédits pour découvrir ou redécouvrir des histoires oubliées qui se sont parfois jouées tout près de chez nous. Notre volonté reste avant tout celle de deux curieux aux sensibilités similaires, soucieux de narrer des cas qui ont marqué les mémoires et nous ont personnellement touchés.

Dans cette France Obscure se croisent histoire, anthropologie, ethnologie, psychologie, mythologie, religion et spiritualité. Une approche qui développe l'univers de la chaîne Sylartichot avec le même regard sincère et soucieux des faits qui entend dévoiler des histoires authentiques et néanmoins hors du commun. Mais nous souhaitions surtout mettre un coup de projecteur sur des affaires peu connues et pourtant étudiées et racontées. Des cas qui remettent à leur manière un peu de magie et d'extraordinaire dans le paysage français d'aujourd'hui. Pour écrire ce livre, nous avons fouillé des archives, parcouru les rayons parfois poussiéreux des bibliothèques et interrogé des spécialistes qui ont eu l'occasion, avant nous, de se pencher sur certains cas. En somme, l'idée a été de poursuivre l'aventure initiée avec l'affaire Louis Le Prince.

Ce livre est une œuvre coécrite. Manon Hoarau est devenue ma collaboratrice à la suite de notre enquête autour de cette mystérieuse disparition. Elle a participé à plusieurs vidéos sur ma chaîne et en a même coécrit certaines.

Pour ma part, je narre des histoires depuis tout petit. Issu d'une famille multiculturelle, j'attache une importance à la confrontation de pluralité de points de vue et d'opinions pour nourrir mes réflexions. J'estime les différences de perception importantes, car elles apportent de la nuance sur un sujet. Je suis également soucieux des démarches d'esprit critique qui permettent de faire attention à nos propres biais cognitifs qui faussent notre jugement. Ainsi, depuis des années, je m'intéresse aux histoires extraordinaires souvent étiquetées inexplicables autour du monde. Je partage cette passion pour les histoires hors du commun sur ma chaîne YouTube Sylartichot, mais aussi au travers de récits de fiction.

Après le cas Louis le Prince, je me suis demandé combien d'histoires aussi incroyables, tragiques, belles et inspirantes pouvaient bien dormir au fond d'archives oubliées. Cet ouvrage est le fruit de ces recherches menées avec Manon. Des récits que nous partageons avec vous aujourd'hui. Autant d'histoires qui, nous l'espérons, vous étonneront et vous accompagneront pour un bout de chemin dans vos vies.

Théo Carmin
Paris, le 21 avril 2021

I
SORCELLERIE

LA MALÉDICTION DU BOIS-DU-CROT

Indre
La Châtre

« Ma seule exigence est de rester lucide jusqu'au bout. D'avoir l'esprit libre. De comprendre ce qui m'arrive ; savoir d'où viennent les coups, comment ils sont portés et quand ils m'achèveront. Je ne veux pas être seulement le moribond ignorant, mais aussi le médecin qui le regarde s'éteindre et qui sait pourquoi. »
Henri Lavaronnière

Un vétérinaire décide de vendre son cabinet normand pour changer de vie et commencer sa ferme dans le Berry… Les choses ne vont toutefois pas se passer comme prévu. Les malheurs et catastrophes vont en effet s'accumuler rapidement pour de mystérieuses raisons, et le quotidien de cet homme va virer au cauchemar. En l'espace d'une quinzaine d'années, l'intéressé va se retrouver ruiné et esseulé. De là à imaginer une malédiction, il n'y a qu'un pas que certains n'ont pas hésité à franchir, évoquant « l'œil du sorcier ».

Les journalistes d'investigation Philippe Alfonsi et Patrick Pesnot ont mené l'enquête. Une plongée en eaux troubles dans la sorcellerie toujours bien présente dans le Berry, qui suit les mésaventures du vétérinaire Henri Lavaronnière. Tous les noms ont été changés, le sien compris compte tenu de la nature des faits relatés, mais les écrits rapportés n'en restent pas moins avérés comme nous avons pu le constater. Dans ces paysages vallonnés, parsemés de plaines, mais également de sentiers, de mares et d'étangs, la campagne berrichonne a ce charmant côté rustique qui devient intrigant dès lors que l'inexplicable semble s'être immiscé dans le quotidien rural.

L'enquête débute en juin 1971. Les journalistes vont à Lignières, dans le Berry, pour rencontrer Marc qui vient de trouver une tête de chouette grise sanguinolente posée chez lui. La douzième en l'espace de deux mois. Marc est un jeune homme chétif d'un naturel taiseux. Mais après avoir gagné sa confiance, les journalistes apprennent de précieuses informations. Marc leur fait part des curieux événements qui s'accumulent depuis peu dans sa commune.

Des animaux tombent soudainement malades. Les tensions se multiplient entre voisins sans raison. Il se dit alors que certains habitants useraient de sortilèges comme cette prière secrète appelée « pansement » qui tiendrait du sortilège de protection. Très vite, on parle de sorcellerie. Les maux qui frappent les paysans et leur bétail seraient la cause d'un mauvais sort. Celui-ci pourrait être l'œuvre d'un voisin connu pour être un sorcier blanc (un protecteur) sur lequel se posent à présent bien des soupçons. Dans ce monde rural, traditions et croyances dans le surnaturel se mêlent inextricablement. Les superstitions y restent omniprésentes.

Comment se perpétue cette pensée magique, alors même que le progrès scientifique semble balayer de plus en plus toute forme de croyance ou superstition ? Cette question est la ligne directrice des journalistes qui débutent leur enquête. Philippe et Patrick interrogent les locaux et tentent de mesurer le poids de ces superstitions et croyances au cœur de cette campagne berrichonne. Ils questionnent curés, instituteurs et paysans. Ceux-ci témoignent de la présence de sorciers dans les environs. Ils admettent aussi avoir recours aux « panseurs » et « panseuses », ces guérisseurs capables de soigner les blessures physiques à l'aide de prières magiques. La rencontre avec le docteur Henri Lavaronnière, vétérinaire frappé d'une étrange malédiction, marque un tournant dans leur enquête. Ils vont comprendre qu'ils ne sont peut-être pas les bienvenus en menant leurs investigations…

La première rencontre est froide : le docteur écourte sèchement l'entrevue. Il est décrit comme rustre. Il ne souhaite pas entretenir les superstitions. Cependant, à force d'insister, l'homme finit par s'ouvrir à eux. Le scientifique de formation se dit ensorcelé, frappé par la vieille magie du Diable. Le médecin, sceptique, assure que les faits qui l'accablent le mènent immanquablement à la même conclusion : il est victime de sorcellerie. Ainsi s'ouvre le témoignage principal du docteur Henri Lavaronnière, à partir duquel les deux journalistes vont récupérer des textes, enregistrements et documents. Ils vont lors de leur enquête recueillir d'autres témoignages de son entourage et livrer cet étrange récit de sorcellerie dans le Berry.

Henri est né dans la maison de ses parents à la Greugne. Son père, cultivateur, était aussi un panseur : il faisait régulièrement le tour de ses pâtures en récitant des prières secrètes pour éviter que le ver blanc ne mette à mal ses récoltes. Henri ne sait pas si son père croyait véritablement à la magie ou s'il le faisait par tradition, car il n'était pas superstitieux et riait volontiers des histoires de sorciers. Cependant, le vétérinaire voit, au moment de son témoignage avec les journalistes, ces prières et récitations magiques comme un savoir occulte plus ancien qui s'est fragmenté et que les paysans utilisent sans en connaître la source. La jeunesse d'Henri a été solitaire et psychologiquement difficile. Enfant, il se sentait à l'écart de ses camarades, préférant la compagnie de ses livres de science. Au domicile familial, les conflits rythmaient les journées. Ses parents se disputaient beaucoup, mais Henri parvenait néanmoins à tisser quelques liens avec son père dont il se sentait proche. Cependant, en 1914, ce dernier doit partir au front. Alors âgé de 12 ans, le jeune adolescent est contraint de s'occuper du travail à la ferme. Il abandonne pour un temps ses rêves d'université et devient paysan. Son travail aux champs s'étale jusqu'en 1919, date du retour de son père. Henri peut alors reprendre ses études, non sans mal. Il doit rattraper ses quatre ans de retard. Sur les bancs de l'école, ses camarades se moquent de lui, car il est bien plus grand et vieux. Mais au fil des années, il obtient son bac, puis rejoint l'école vétérinaire de Maisons-Alfort. Pendant les vacances scolaires, il revient dans le Berry et apprend que son cousin Pierre Maillard vient d'acheter le Bois-du-Crot, une propriété au passé trouble. On la dit maudite, impossible à faire fructifier. Elle aurait abrité des cadavres. Quoi qu'il en soit, les études d'Henri se poursuivent et il décroche son diplôme de vétérinaire. Il fait ensuite son service militaire, participe brièvement à la guerre du Rif au Maroc, puis revient en France. Pendant des années, Henri se consacre corps et âme à son métier, véritable vocation. Il tente de trouver un traitement au coryza gangréneux des bovins, une inflammation des muqueuses respiratoires qui en tue plusieurs centaines par mois en France. Il y parvient au début des années 1950, après vingt-cinq ans de recherches. Grâce à son habilité et à sa compétence, ses clients se comptent par centaines et sa fortune se fait rapidement. Pourtant, ce fils de paysan est alors, au début des années 1950, à l'aube de son malheur.

> *« Je n'écris pas le mot «sorcellerie» pour excuser mes propres faiblesses. Je le répète, je suis un esprit scientifique : j'ai d'abord essayé de comprendre et d'analyser ce qui m'arrivait. Mais ces tentatives d'explications ne m'ont pas permis de douter : ma raison, seule, ne pouvait saisir les phénomènes supranormaux. Phénomènes qui ont frappé et frappent encore ma maison, mon exploitation et moi-même. Phénomènes que je vais m'attacher à décrire par le détail au fil des pages de ce journal, sans omettre aucune des expériences auxquelles je les ai soumis.*
> *Car j'ai apporté dans ces recherches la rigueur et le scepticisme qui faisaient la valeur de mes travaux vétérinaires. Je ne suis pas un homme crédule. Et lorsque j'étais plus jeune, je jouais volontiers l'esprit fort, sûr de mon bon droit scientifique.*
> *C'est pourquoi j'affirme que tous ces maux ne relèvent ni de la science ni de la médecine, mais de la sorcellerie. »*
>
> Extrait du journal de Henri Lavaronnière.

En 1953, Henri est contraint de revenir dans le Berry. Son cousin Pierre Maillard vient de mourir, épuisé et ruiné par sa propriété du Bois-du-Crot, cette terre qu'on dit maudite. Il raconte alors que Marcel Mithois, fermier voisin, lui a demandé d'examiner une de ses vaches très malade. Après avoir ausculté la bête, Henri conclut qu'elle est au seuil de la mort, qu'il n'y a rien à faire. Pourtant, lorsque Marcel rencontre à nouveau le vétérinaire, il le remercie et lui annonce que sa vache a miraculeusement guéri ! Suite au diagnostic du docteur, Marcel a contacté Jeanne Anguerny, une guérisseuse qui se définit comme luttant contre le Mal, le *malfait*. Elle « défait ce qui est fait ». Grâce à son intervention, la vache de Marcel est de nouveau en parfaite santé. Après avoir constaté la guérison effective de la vache, Henri insiste auprès de Marcel pour discuter avec cette guérisseuse, incapable d'expliquer comment sa vache, malade incurable, a pu être soignée. Il la rencontre brièvement. Elle se présente comme une guérisseuse, sans plus de détails. Le temps passe et les malheurs s'accumulent pour le pauvre Marcel. Sa fille sur le point de se marier doit soudain être internée en raison de troubles psychiatriques.

Lors d'une visite faite à Marcel, Henri apprend que celui-ci est persuadé qu'un certain Edgard Beuvron est à l'origine de tous ses maux. C'est Jeanne la guérisseuse qui le lui assure. Henri connaît bien Edgard qui lui a sauvé la vie durant l'Occupation. Certes, l'homme trempe dans des affaires louches, mais le docteur a confiance en lui. Furieux, Henri demande des explications à Jeanne quant aux accusations qui visent son ami. Il ne comprend pas le rapport entre Edgard et les événements malheureux qui touchent les Mithois.

Elle lui explique alors que Bernadette, fille de Marcel Mithois, devait se marier et avait, pour s'installer, besoin d'une maison. Son père Marcel entendait lui céder une bâtisse en sa possession… Un logement toutefois occupé par Edgard Beuvron et sa compagne qui refusent de le quitter. Entre Marcel et Edgard, la tension monte, et les procédures d'expulsions se multiplient.

Selon Jeanne, Edgard a rendu Bernadette folle à l'aide d'un *malfait*, un maléfice. Ainsi, plus de mariage, et donc plus de nécessité de le congédier. Elle termine en prophétisant la sortie de Bernadette de l'asile psychiatrique sous neuf jours, entièrement guérie, et la prolongation des méfaits d'Edgard envers Marcel. Quatre jours plus tard, Bernadette rentre chez elle, entièrement guérie et prête à se marier. Décontenancé, Henri assiste à la réalisation des prédictions de Jeanne, même s'il la suspecte d'avoir eu des informations de la part d'un des membres du personnel qu'elle aurait pu connaître, pour ensuite faire passer le tout comme des prophéties.

Henri retourne alors voir Jeanne pour la questionner sur Edgard. De nouveau, elle lui confirme qu'Edgard continue son *malfait*, et que les forces obscures qu'il utilise se retourneront contre lui. La mort le guette dans les mois qui viennent. Jeanne évoque son suicide, probablement par pendaison. Occupé par une épidémie de fièvre aphteuse, Henri oublie un temps ces curieux conflits. Quatre mois s'écoulent. Sa femme Clémence lui apprend alors qu'Edgard a fait une tentative de suicide, sauvé de justesse par sa compagne qui l'avait trouvé inanimé sur le carrelage de sa salle de bains après un empoisonnement au gaz. Un mois plus tard, sa femme le sauve à nouveau de justesse, alors qu'il vient de se pendre au crochet d'une lucarne de son grenier. Malheureusement, quinze jours après, elle le découvre trop tard, pendu à la branche d'un pommier derrière leur maison. En apparence sans souci, ce couple aisé semblait filer le parfait bonheur et son geste apparaît comme incompréhensible, sauf pour Henri, mis dans la confidence par Jeanne. Après cet incident dramatique, le vétérinaire se rapproche au fil des mois de Jeanne. Il en apprend plus sur son histoire familiale. Cette fille de notable aurait hérité du don surnaturel de sa mère qui guérissait les autres. Elle aurait grandi relativement normalement, en guérissant par deux fois des personnes grâce à l'imposition de ses mains, jusqu'à une certaine période de sa vie à Paris où elle décide finalement de repartir à Lisieux. Après une nouvelle guérison, un prêtre qui a entendu parler de son talent l'aurait épaulée dans sa tâche. Soigner, voilà une douce ironie pour cette personne entourée par la mort.

Veuve d'un mari alcoolique qui la battait et se serait suicidé, Jeanne a eu trois enfants. Une fille morte un peu après sa naissance et un garçon décédé en Indochine. Sa dernière fille aurait, selon

Jeanne, hérité de son don. Toutefois sa mère, pour la protéger, ne lui aurait jamais révélé son talent. Ostracisée, perçue comme une sorcière malfaisante, Jeanne tient malgré tout à employer ses aptitudes au service du bien. Peu importe ce que les gens disent d'elle, l'essentiel est qu'elle puisse leur venir en aide malgré ses déboires judiciaires et son interdiction d'exercer ses talents.

Henri s'est rapproché de Jeanne avec qui il a sympathisé. En 1957, après avoir confié son affaire à ses successeurs, Henri part pour le Berry. Il est de retour à la Greugne, la maison familiale inhabitée depuis des décennies. Au programme, humidité, toiles d'araignées et meubles bancals. Le temps a passé. Il est accueilli par ses fermiers, les Mauvoisins, avec qui il dîne. Vers 23 h, dans sa chambre, Henri est réveillé par une vingtaine de coups sourds et distincts. Le lendemain, à la même heure, il entend les mêmes coups. Puis tous les soirs, à la même heure, il assiste au même phénomène, sans en identifier la cause. Il demande de l'aide à Jeanne qui passe la nuit dans la maison familiale et constate les coups. Elle lui annonce alors que quelque chose a été fait sur cette maison depuis longtemps. Que les responsables sont les fermiers du père d'Henri, en 1914. Eux, et un autre homme, un boiteux. Immédiatement, Henri reconnaît le cousin Louis, boiteux, dont Jeanne assure qu'il a été utilisé pour ensorceler la maison malgré lui. Au fil des nuits, Jeanne désensorcelle la propriété et Henri constate que les bruits cessent. Ce qu'il ignore, c'est que son malheur vient de débuter.

Juliette Maillard, veuve, insiste auprès d'Henri pour qu'il prenne la succession du Bois-du-Crot, la terre maudite. Avec ces cinquante hectares, le vétérinaire voit là une opportunité de faire fructifier ses affaires et d'accroître ses possessions. Il accepte. Confiant, celui-ci fait usage de son savoir-faire scientifique pour tenter d'exploiter au mieux sa terre, ce qui lui vaut jalousies, critiques et railleries du voisinage. Rumeurs et ragots vont bon train, mais une histoire bien réelle parvient aux oreilles d'Henri qui ne s'en méfie pas particulièrement à l'époque où il l'entend : Julien Marlot, ancien voisin du vétérinaire, possédait jadis une ferme de douze hectares. Très laid, vieux garçon à cinquante-cinq ans, souffrant de sa solitude, il épousa Adèle, vingt-cinq ans, fille de Solange Mauvoisins, la fermière du père d'Henri. Puis un jour, Julien fut incapable de se lever de son lit. Lors de sa longue agonie, il avait déshérité ses proches pour tout léguer à sa femme, et même signé une reconnaissance de dette d'une valeur de deux millions de francs à la famille Mauvoisins quelques heures avant sa mort. On parle alors d'un assassinat. Certains voisins envoient des lettres au parquet afin qu'une enquête soit diligentée et que justice soit faite. Pourtant, rien ne se passe. Ni autopsie ni investigations. Et les Mauvoisins gardent le silence.

Rapidement, les affaires florissantes d'Henri déclinent. Ses moutons qui meurent prématurément le ruinent lentement. Les terres restantes s'assèchent alors que l'eau des bêtes est empoisonnée par un bidon d'insecticide tombé dans le puits. Pire : un hangar récemment bâti s'écroule… La peur gagne lentement Henri qui, à nouveau, fait appel à Jeanne, laquelle le rejoint au Bois-du-Crot. Dès son arrivée, elle s'emploie à délivrer Henri du mal qui ronge le lieu. Pendant deux semaines, tout semble être revenu à la normale. Jusqu'à ce qu'un jeudi matin, Henri, en arrivant au Bois-du-Crot, tombe sur une scène d'horreur. Sur ses terres, le long des clôtures et dans ses bergeries, une quinzaine de moutons sont pendus dans les bouchures, certains encore à l'agonie. Henri pense à une bande de chiens qui auraient pu effrayer les bêtes. Mais l'hypothèse semble impossible étant donné que les chiens ne seraient jamais entrés dans les bergeries, or il y avait également un mouton pendu à l'intérieur. Perdu, déboussolé, Henri part trouver le doyen Brioux pour le convaincre de bénir ses terres et ses bêtes. Rien à faire, au printemps 1959, quarante moutons morts rejoignent les autres. Après une nouvelle demande d'Henri, Jeanne accepte de venir s'installer au domicile pour deux semaines, le temps d'essayer de conjurer le terrible sort qui semble dévorer lentement les terres du vétérinaire.

> « *Moi, ils m'effraient les Lavaronnière avec leur magie et celle-là avec ses manigances…* »
> Ancienne gouvernante, à propos de l'intervention d'une leveuse de sort, Madame Fradon, sur la propriété[1].

Dès l'arrivée de Jeanne, le pauvre homme reprend de la vigueur. Mieux, il s'imagine en guerre : « *Depuis l'arrivée de Mme Angerny, Bois-du-Crot ressemblait à une forteresse en état de siège. J'en avais interdit l'accès à quiconque. Je portais le fusil à l'épaule du matin au soir. Mes commis également. Ordre de tirer à vue sur tout ce qui bougeait. Hommes et chiens. J'avais cru comprendre que Mme Angerny craignait que les animaux fussent eux aussi porteurs de sorts*[2] ». Henri ne sait plus à qui se fier. Si le ver est déjà dans le fruit, il se doit de limiter comme il le peut les dégâts. Ainsi, le vétérinaire entend purifier ses possessions : il brûle ses ustensiles et outils en bois, et même ses charrettes par prévention, au cas où un mauvais sort serait posé sur eux. En parallèle, Jeanne s'affaire chaque soir à conjurer les maléfices par le biais de ses obscurs rituels. Les malheurs d'Henri semblent se dissiper durant cette période. Pourtant, les ragots à son encontre se multiplient. On parle de lui comme d'un homme irascible qui flirterait avec la sorcellerie. Il n'en faut pas plus pour inquiéter le voisinage.

Au printemps 1959, les ennuis reviennent. Après un incident ayant blessé son commis Lucien Entrefin, Solange Mauvoisins intervient. Elle se révèle être une panseuse et le guérit grâce à des prières et des signes de croix. Les séries de malheurs reprennent, et Jeanne Anguerny doit retourner en Normandie. Henri part alors à la recherche d'un autre mage dans le Berry. Il rend visite à un certain Morin au début du printemps 1961. Morin lui demande 40 000 F pour intervenir. Henri surenchérit et convient même de lui donner 80 000 F s'il peut résoudre son problème. Les deux hommes s'entendent sur ce marché. Morin tente alors de conjurer le sort posé sur la terre du Bois-du-Crot, mais en à peine trois jours, l'herbe jaunit et deux brebis meurent. Le sorcier souhaite alors éloigner les moutons afin de pouvoir purifier au mieux la terre. Cependant, Henri ne peut accéder à sa requête que six mois plus tard, le temps que les saisons passent et que les moutons s'occupent de l'herbe. Le vétérinaire n'ayant pas le luxe d'attendre, il embauche une autre femme entre-temps pour 10 000 F. Sans succès, hélas. La dégénérescence se poursuit.

1. Patrick Pesnot et Philippe Alfonsi, *L'Œil du sorcier*, 1973, p. 144.
2. *Ibid.*, p. 121.

Six mois passent. En septembre 1961, Morin revient. Henri envoie ses moutons dans d'autres exploitations jusqu'au mois de mars, afin de libérer la place au sorcier. Il remarque alors que, en les éloignant de sa propriété, ses moutons reprennent vie, sont en excellente santé et prennent même du poids ! Cependant, lorsque Henri reconstitue son lot au mois de mars 1972, ils recommencent à mourir sans explication.

En bon scientifique, Henri ne perd pas sa raison : sur une pièce de terre en friche appelée le Val où l'on cultivait autrefois de l'orge, le vétérinaire laboure, sème et fertilise. Il expérimente, cherche un moyen de progresser en utilisant la science. Il place ses meilleurs agneaux sur le Val. Ces derniers se développent formidablement bien. Le temps d'une saison, la vie reprend, jusqu'à ce que la terre se mette à nouveau à mourir et ses bêtes à dépérir. Dépourvu, Henri rend visite à Madame Fradon, une leveuse de sorts réputée dans la région. Il la consulte. Elle se propose d'aller au Bois-du-Crot exorciser la propriété. Ensemble, ils sèment des kilos de sel béni. Madame Fradon déambule sur la propriété et récite ses sortilèges. Elle fait languir le pauvre vétérinaire pendant des semaines, lui promettant de lui révéler l'identité des individus derrière ces sombres agissements. En vain. Henri la congédie, et les mésaventures continuent.

Ses engins tombent mystérieusement en panne. Son bétail continue à mourir. La situation est désespérée, la ruine est proche. Acculé, le docteur Lavaronnière tente de contacter Jeanne. Ses appels à l'aide s'étalent sur plusieurs mois, mais Jeanne ne donne pas suite. On lui recommande encore une femme, Madame Clothilde, qui use de rituels sorciers. Celle-ci le pousse alors à vendre tous ses moutons pour en acheter d'autres. Pourtant, le mal est toujours là. Et les frais s'accumulent pour le pauvre homme.

C'est à cette même période qu'Henri est touché pour la première fois par cet étrange mal qui le dévorera durant une dizaine d'années.

Alors que le moral du vétérinaire est au plus bas, qu'il se ruine chaque jour un peu plus et que sa raison s'étiole, Jeanne fait son retour. Elle a voyagé autour du monde, est allée sur la tombe de son fils en Indochine, a vécu nombre d'aventures, mais est désormais revenue. Rapidement, elle révèle à Henri que le responsable est quelqu'un de son entourage. Ils doivent se rendre au Bois-du-Crot pour en avoir la certitude. Jeanne examine la propriété. Il s'agit selon elle d'une ancienne magie… Le mystère reste pourtant entier. Henri peine à avoir plus de détails. Dans son journal, il se confesse sur son obsession : « *Pourquoi je souhaite connaître tous ces détails? Mais pour essayer de comprendre quelque chose à cette histoire de fous. Pour tenter d'expliquer des années de misère*[1] ».

Face au docteur, à bout, Jeanne continue à chercher la cause de cette invraisemblable succession de malheurs. C'en est fini des propos évasifs, des spéculations et de la paranoïa : il leur faut du

1. *Ibid.*, p. 170.

concret. Elle révèle alors l'identité des personnes malveillantes au vétérinaire. Il s'agit de ses fermiers qui s'occupent de sa terre, les Mauvoisins ! Henri est en état de choc. Jeanne l'implore de se ressaisir, car ils doivent prendre des mesures au plus vite. Henri ne veut pas y croire. Solange Mauvoisins, une sorcière ? Le pauvre homme se fait rapidement une raison.

Solange Mauvoisins serait donc une sorcière responsable de tous les malheurs d'Henri, ceci dans le but de discréditer le vétérinaire et de s'accaparer ses terres. Pourtant, les mauvaises langues ne manquent pas de moquer Henri Lavaronnière et de continuer à colporter toutes sortes de ragots à son endroit. Celui-ci brûlerait des crapauds pour des rituels, s'adonnerait à des diableries, ne serait plus capable de soigner les bêtes, serait ruiné. L'homme de science serait devenu un affabulateur trempant dans de drôles d'affaires et s'enfonçant chaque jour un peu plus dans les pratiques occultes. Des rumeurs que Solange Mauvoisins ne doit pas manquer de colporter. Voire dont elle serait à l'origine, selon Jeanne et Henri.

Selon eux, les Mauvoisins auraient ainsi détruit sa réputation. Le 11 novembre 1963, le bail des Mauvoisins arrive à son terme. Il prend la décision de les bannir de sa propriété une fois le bail arrivé à expiration.

En attendant le départ des Mauvoisins, la suspicion du docteur augmente, tout comme sa paranoïa. En octobre 1963, il vend sa terre maudite, le Bois-du-Crot, et rapatrie son exploitation à la Greugne. Vient le 10 novembre 1963, jour de leur départ. Ils partent, mais Solange avertit Henri : d'une manière ou d'une autre, elle aura ses terres. Cette menace insidieuse renvoie forcément au droit de préemption, car si Henri venait à disparaître, sa femme ne pourrait pas exploiter les propriétés et devrait donc vendre à quiconque souhaiterait acheter. Les Mauvoisins en tête. Henri se convainc alors que Solange souhaite l'éliminer avant l'expiration du droit de préemption, daté au 11 novembre 1972. Quoi qu'il en soit, une fois les affaires entassées dans une carriole, les Mauvoisins quittent la propriété.

Les années passent. Ses problèmes d'élevage s'apaisent, de même que sa malchance manifeste. Cependant, Henri tombe malade. Un mal mystérieux que personne ne parvient à diagnostiquer. Il sent ses forces faiblir jour après jour, et ses pensées s'amoindrir. Confus, Henri succombe peu à peu, année après année, d'un mauvais sort qui ne s'en prend plus à sa propriété ni ses bêtes, mais directement à lui. Ses crises se traduisent par une perte de direction, d'équilibre et de la vision, des malaises cardiaques, des diarrhées prolongées, et enfin une incontinence urinaire intermittente. Il est aussi sujet à des crises d'angoisse et des éruptions de plaques d'eczéma.

Une véritable malédiction qui s'abat sur lui une fois encore.

Selon la pauvre victime, aucun médecin consulté ne peut établir un diagnostic. Et à force de souffrir des affres du temps, le docteur lui-même se laisse lentement aller à supposer des raisons magiques à son état.

Dans une lettre datée du 15 au 23 juillet 1971, il explique ainsi son mal. Il sait qu'en s'éloignant de sa ferme, ses symptômes semblent disparaître. Il a aussi pu en faire l'expérience avec ses bêtes. Ayant emmené plusieurs moutons au seuil de la mort au Laboratoire Central de Recherches Vétérinaires d'Alfort, il réalise que les bêtes mourantes commencent à guérir. Pour valider son hypothèse, Henri éloigne ses moutons malades en les confiant temporairement en pension dans d'autres fermes.

Il n'y a que chez lui que ses moutons meurent. En outre, quand il s'éloigne de son domicile, ses maux semblent aussi disparaître.

En 1971, il approche de ses soixante-dix ans. Il décide de rédiger un journal afin de consigner les étranges événements dont il est à la fois le témoin et la victime. Le 2 décembre 1971, Clémence, sa femme, souffre de grosses palpitations et crises. Henri l'examine : elle est en parfaite santé. Mais les crises reprennent et le vétérinaire craint que le mal contamine ses proches. Le 3 décembre 1971, Henri reçoit la visite de Justin Maubrant, un ami d'enfance qu'il n'avait pas vu depuis l'école primaire. Cette rencontre persuade davantage le vétérinaire que ce qu'il vit n'est pas inventé : Justin lui raconte qu'il est touché par des maux identiques à ceux d'Henri. Selon son ancien camarade, on lui a jeté un sort dans le but de s'accaparer ses terres.

Les responsables, Justin les nomme : ce sont les mêmes. Les mêmes personnes qui veulent ses terres et celles d'Henri qui sont mitoyennes. Les Mauvoisins. Le 22 décembre 1971, alors que Noël approche, Henri consigne que les paysans ferment leurs étables du 23 décembre au 1er janvier pour que les sorciers ne viennent pas infester leurs bêtes. Vers une heure du matin, il surprend une figure féminine sur son terrain. Il se lance à sa poursuite à l'aide de son véhicule, mais termine sa course dans un fossé tandis que l'étrange visiteur disparaît dans l'obscurité sur son cyclomoteur. Le 26 décembre 1971, les moutons de son ancien ami Justin meurent un à un. Il n'y a aucun signe extérieur de maladie selon Henri.

En 1972, le docteur Lavaronnière a peur. Il est certain que s'il ne trouve pas rapidement de quoi conjurer cette malédiction, alors cette dernière finira par l'emporter. Le 25 mars 1972, Henri écrit qu'il se sent de plus en plus désabusé, affaibli, sur le déclin. Le 4 avril 1972, il surprend Solange sur un sentier de la Greugne en train de prier la tête vers la terre humide, les bras levés et les paumes ouvertes. Elle se prosterne ensuite et appose son front contre le sol. Plus tard, il rapporte ce fait à Clémence et à sa fille, Thérèse, qui confirment toutes deux avoir déjà vu Solange faire la même chose, mais qu'elles avaient gardé le silence pour ne pas effrayer le vétérinaire.

Quelle est donc cette ancienne magie rurale qui imprègne sa région ? Au fil de ses pérégrinations, Henri découvre tout un tas d'histoires de familles qui impliquent sortilèges et coups bas entre voisins dans le Berry. On le met sur la piste d'exorcismes et de prières à effectuer qui mêlent foi religieuse et magie rurale traditionnelle.

Le temps continue de s'écouler et il ne reste plus que six mois au pauvre Lavaronnière avant sa mort prophétisée.

Le 26 mai 1972, la santé du pauvre homme continue de s'aggraver. Le docteur souffre d'une paralysie au bras gauche. Il est incapable de le bouger. Pour pallier ce mal, le vétérinaire continue ses recherches et accumule des livres sur l'occultisme.

L'opinion d'Henri évolue au gré de ses lectures. Il se rattache à celles qui décrivent le mieux ce qu'il vit et qui en donnent l'explication la plus claire. Ainsi, il cite les écrits de Jules Bois, poète français qui, dans son livre *Le Satanisme et la magie*, décrit le sorcier comme un serviteur du Diable capable d'user du mauvais œil pour instrumentaliser le Mal. Le vétérinaire pense alors que les sorciers portent le Mal en eux et peuvent notamment le véhiculer à travers leur regard. Le 4 juin 1972, son bras gauche est toujours paralysé. Tous ses symptômes s'aggravent. Il commence à avoir peur de mourir paralysé un membre après l'autre. Sa femme l'envoie rencontrer Pierre Alavachère, un sorcier réputé. Ce dernier l'éconduit, incapable de l'aider, car la situation est irréversible selon lui. Pierre indique à Henri que seuls des curés pourraient désormais l'aider, au grand dam du malheureux vétérinaire qui a déjà exploré ces voies sans succès. Lavaronnière se rapproche inexorablement de la date fatidique, sans issue à l'horizon.

Les jours suivants, il reçoit la visite du boulanger Tabourdet, un homme en apparente mauvaise santé, usé, qui le persuade de le suivre. L'artisan, convaincu d'être ensorcelé, s'est lancé à corps perdu dans la magie noire pour tenter de contrer les supposés sortilèges dont il croit être victime. Ensemble, ils récupèrent un coq noir vivant, pendu par les pattes chez Tabourdet depuis trois jours. Décontenancé, le vétérinaire s'oppose d'abord aux pratiques de Tabourdet qui le persuade de le suivre dans sa démarche. Le père Ribault, un puissant sorcier, a désigné la Cabriau comme responsable des malheurs du boulanger, et ils doivent opérer un rituel tous les deux en même temps pour se délivrer du mal représenté par le coq noir. Lavaronnière conduit le boulanger à la Greugne. Ils creusent un trou dans un tas de fumier, étouffent le coq en recouvrant le trou, pendant que Tabourdet récite des incantations. Une fois le rite effectué, Tabourdet est soulagé. Il pense avoir conjuré sa malédiction. Trois jours après le rituel, le 9 juin, Tabourdet rend visite au docteur. Il est joyeux, en meilleure santé, et semble avoir rajeuni. Tout sourire, il annonce que la Cabriau, sorcière supposée, a déménagé car elle est tombée malade. Pour Lavaronnière, pas de doute, c'est encore une preuve de l'efficacité de la magie noire : « *La mort du coq noir a provoqué la maladie de la Cabriau*[1] ». Le boulanger, dans la même détresse que le vétérinaire quelques jours auparavant, semble revivre. Le docteur récupère alors les informations sur le père Ribault auprès de Tabourdet.

Fin juin, le vétérinaire arrive dans la Creuse, département où vit le père Ribault. Il est reçu par le vieil homme. Henri regarde également la pièce dans laquelle il vient d'entrer. Malgré les

1. *Ibid.*, p. 312.

icônes religieuses, le père Ribault est un homme du Diable. Le vétérinaire le sent, et il sait que lui demander ses services revient à faire usage de maléfices. Après tout, peut-être faut-il traiter le mal par le mal ? Sur un bout de papier, Lavaronnière écrit le nom des personnes qu'il soupçonne de lui en vouloir. Les Mauvoisins sont immédiatement désignés par le père Ribault. Il affirme aussi qu'une personne de la famille Mauvoisins a « le don ». Contrer les agissements de cette personne risque d'être compliqué.

Le père Ribault demande à Lavaronnière de revenir le voir avec une photo de Solange Mauvoisins qui date de moins de sept ans, avec ses nom, prénom et date de naissance. En écrivant au journal du *Berry Républicain*, le docteur récupère un numéro dans lequel Solange est photographiée aux côtés de son mari dans le cadre d'un concours agricole de l'époque.

Début juillet, il se rend de nouveau auprès du père Ribault. La photo des Mauvoisins posée sur la table, le sorcier l'examine avec attention. Il déclare qu'il sent une autre présence, pas celle de son mari, mais de quelqu'un d'autre très lié à Solange. Lavaronnière raconte alors l'affaire à Ribault : sa mort programmée avant le 11 novembre, l'intérêt des Mauvoisins pour ses terres, ses centaines de bêtes mortes, sa santé en déclin. Pour le sorcier, le mal est évident : il s'agit d'une magie très répandue en Charente et dans le Berry appelée la magie de l'œuf. Pour cela, il faut ramasser des poils et déjections des moutons ciblés et les réduire en poussière. Ensuite, trois œufs fécondés sont utilisés, intacts et n'ayant jamais touché d'eau. Puis une ouverture est faite à la pointe la plus large, dans laquelle la poussière de poils est versée, avant de refermer le tout. Vient ensuite une malédiction récitée pour sceller le mauvais sort. Enfin, il faut tracer « la figure de Satan », un triangle qui pointe du nord vers le sud, probablement dessiné autour de la maison et des champs de la victime. Le maléfice dure entre six à dix-huit mois et doit ensuite être renouvelé pour refaire effet. Notamment par le biais d'incantations, bras écartés, mains ouvertes. Des positions dans lesquelles le docteur et sa famille ont déjà surpris Solange par le passé autour de leurs propriétés.

Henri se souvient de Jeanne Anguerny qui effectuait le même rituel, mais au triangle inversé, pour tenter de conjurer le sort et annuler la malédiction. Elle faisait bien tout son possible pour l'aider. Il fait part de ces informations au père Ribault qui se ravise soudainement. Il promet d'essayer autre chose, à distance. Mais le constat est évident, l'apparente puissance des Mauvoisins effraie même ce sorcier très expérimenté. Le docteur Lavaronnière, qui était prêt à demander au sorcier de tuer Solange, repart presque bredouille avec un simple morceau de papier sur lequel se trouvent des formules de protection. Dépité, il rentre chez lui, toujours sans solution.

> *« J'ai l'impression de vivre dans un tombeau. Il y fait frais et sombre, tandis que dehors, le soleil de juillet écrase, dessèche, meurtrit.*
> *Ma maison est comme une sépulture dont je prendrais la mesure, où j'aurais mes habitudes, sans que les portes et les fenêtres s'ouvrent jamais.*
> *Voilà près d'une semaine que je ne suis pas sorti. Je ne veux plus voir personne, plus*

rien entendre, plus rien faire. Il faut savoir, comme les bêtes, se coucher pour attendre la mort. Sans se plaindre. Ainsi en ai-je décidé, puisqu'il n'y a plus d'espoir. (...)
Ma seule exigence est de rester lucide jusqu'au bout. D'avoir l'esprit libre. De comprendre ce qui m'arrive ; savoir d'où viennent les coups, comment ils sont portés et quand ils m'achèveront. Je ne veux pas être seulement le moribond ignorant, mais aussi le médecin qui le regarde s'éteindre et qui sait pourquoi[1]. »

Extrait du journal de Lavaronnière, 10 juillet 1972.

Une fois chez lui, le docteur dresse la liste de tous ceux qui pourraient lui vouloir du mal. Il met au point un dispositif permettant, selon lui, de cibler une charge maléfique et découvrir qui en est à l'origine. Pour cela, il utilise un pendule qui désigne selon lui les responsables. Il se convainc rapidement que plusieurs sorciers sont à l'œuvre. Sachant ou estimant son temps plus que jamais compté, il décide d'utiliser son journal qui est une source de première main dans cette affaire, pour rédiger un réquisitoire et accuser ceux qu'il estime coupables. Henri se dit envoûté. La nature de cette malédiction a évolué. Il pensait d'abord à de l'enclouage, en utilisant des épingles ou clous sur des photographies. Si d'autres magies peuvent être à l'œuvre, il estime que le père Ribault lui a permis de comprendre ce qui se passait véritablement. La magie de l'œuf, le triangle maléfique, la « Figure de Satan ». Puisqu'il se trouve à l'intérieur de la zone de maléfice, il ne peut, selon lui, que lentement dépérir. Il pense bien à tout vendre et retourner en Normandie, mais ce serait alors avouer sa défaite et courber l'échine devant ses ennemis. Il ne peut pas s'y résoudre, alors il résiste comme il peut en attendant sa mort.

« *J'imagine parfaitement la tête des magistrats, si le parquet était amené à se déplacer après ma mort, les circonstances étant mystérieuses. (...) Je les entends déjà rire, les imbéciles. Les cuistres. Dans leurs débordements de petits rationalistes provinciaux, ils en oublieront que ces lignes ont été écrites par un homme de science qui a eu la modestie, à la fin de sa vie, de reconnaître les limites de la raison. (...) Ils refermeront le dossier par manque de preuve. Parce qu'ils ne retrouveront aucune trace, ni de poison, ni de blessure par balle, ni de coup de couteau, ni de strangulation...*
Affaire classée pour la justice. Je le sais. Et c'est pour cela que j'écris encore. Pour que ma mort ne soit pas passée sous silence. Pour qu'elle ne soit pas gratuite et que l'on sache[2]. »

Extrait du journal de Lavaronnière, 10 juillet 1972.

Lavaronnière passe ses journées alité. Il finit par retourner voir le père Ribault qui assure ne pas l'avoir abandonné. Celui-ci lui confirme qu'il travaille à distance pour contrer les sorciers, car il sait que leurs représailles pourraient être violentes. À la mi-août, le docteur se sent définitivement abandonné. Incapable de se lever du lit, son état se dégrade. Fin septembre, il reçoit la visite de Meulin, un habitant de Châteauroux qui gère ses biens. Il lui conseille de voir l'abbé Deverneuil

1. *Ibid.*, p. 365-366.
2. *Ibid.*, p. 370.

qui lui est venu en aide pour une affaire similaire. Sur les recommandations de Meulin, Lavaronnière écrit à l'abbé, qui lui répond promptement et l'invite à le recevoir au presbytère. L'abbé Deverneuil écoute le récit du vétérinaire et tente de séparer au mieux ce qui tient du surnaturel, d'actes diaboliques et de l'enchaînement de coïncidences malheureuses. Il confie au docteur une médaille de Saint-Benoît censée le protéger. Ils se revoient début octobre, un mois avant l'échéance du docteur. L'abbé lui parle alors de possession et des trois stades que sont l'infestation des lieux, empoisonnés par une charge maléfique envoyée par le sorcier, puis l'obsession, où la victime est obsédée par son malfaiteur au point de le voir en songes ou hallucinations, et enfin la possession, troisième et dernier stade bien plus rare. En définitive, l'abbé accepte de se rendre chez Lavaronnière pour enquêter, mais avant, il souhaite l'exorciser.

Le 25 octobre, le docteur est exorcisé par l'abbé. Le 2 novembre, le vétérinaire reçoit ce dernier. Il lui présente une photo des Mauvoisins. Après une observation appuyée, le religieux désigne avec certitude Solange comme responsable. Ils discutent longuement. Le curé se livre à quelques rituels religieux puis questionne le docteur sur les rumeurs, notamment ses pratiques magiques, comme le fait qu'il aurait fait brûler des crapauds. Henri assure que ce ne sont que des calomnies pour détruire sa réputation.

L'abbé commande à Henri de verser du sel béni sur l'un des passages terrestres de Solange pendant neuf jours, puis s'en va. Durant plusieurs jours, la paranoïa rythme le quotidien familial. Les journées sont organisées en garde, alors que chaque jour, le rituel indiqué par Deverneuil est mis en place. Le 10 novembre, à la veille de la date fatidique, Lavaronnière place une nouvelle fois du sel béni. Voilà que le rituel est accompli, mais la peur gagne Henri. Il se demande s'il va passer la nuit.
L'aube arrive. Le 11 novembre 1972, le docteur est toujours vivant.

> « *Il faut vendre. Tout de suite. Et partir. Malgré tous les exorcismes, les murs humides de cette maison garderont toujours la trace des maléfices qui les ont empoisonnés. Et moi, j'y laisserai mes terreurs fixées à jamais dans l'air de la Greugne. Indélébiles.*
>
> *Nous allons quitter ce pays. Puisque je suis obligé de vivre, mon existence sera désormais celle d'un vagabond. D'abord fuir cette terre qui ne m'a jamais accepté. Acheter une caravane ; rouler de jour en jour, loin de leur vengeance, loin de mes souvenirs… La vérité est en moi, m'a dit l'abbé Deverneuil. Mais voilà que cette vérité aussi me fait peur*[1]. »
>
> Extrait du journal de Lavaronnière, 12 novembre 1972.

Bien que sauf, Henri Lavaronnière n'est plus que l'ombre de lui-même. Honteux, il continue d'avoir du ressentiment pour Solange à qui la vie sourit. S'il s'en tire la vie sauve, il n'en reste pas moins usé, dépossédé de ses richesses et son honneur traîné dans la boue.

1. *Ibid.*, p. 426.

Le récit des deux journalistes qui ont mené l'enquête s'arrête à ce stade de l'affaire. Ce qui est certain, c'est que le docteur Lavaronnière a traversé un véritable cauchemar à mesure que les pratiques sorcières et superstitieuses s'insinuaient en lui. Nous avons choisi de parler de la malédiction du vétérinaire en restant entièrement de son point de vue. Ce sont ses ressentis, ses impressions, mais également sa restitution du récit qui prédominent, là où, dans l'ouvrage de Philippe Alfonsi et Patrick Pesnot, des témoignages de gendarmerie, mais également de tous les gens cités dans l'affaire et d'autres personnes viennent nuancer, confirmer ou contredire certains faits avancés par Lavaronnière. Mais tout n'est qu'une affaire d'opinion, ce qui rend la compréhension de l'ensemble encore plus complexe. Par ailleurs, nous avons pu avoir confirmation par un proche du vétérinaire que la descente aux enfers qu'il a vécu et les témoignages rapportés dans le livre *L'Œil du sorcier* sont très proches de la réalité. Aujourd'hui, la famille ne souhaite pas s'étendre sur le sujet. Plusieurs membres ont des opinions différentes sur l'affaire. Certains sont profondément marqués, d'autres s'en amusent, d'autres encore sont sceptiques voire partagés. Mais psychologie et superstitions se confrontent.

Il est néanmoins évident que l'état du vétérinaire n'a fait que péricliter et que ses malheurs, bien réels, l'ont entraîné dans une spirale de paranoïa et de pensées magiques. Dans son malheur, le médecin abandonne tout ce qui s'apparente à un traitement scientifique pour se dire victime d'une malédiction. Même s'il la désigne directement, Solange Mauvoisins s'est toujours défendue d'avoir ensorcelé le docteur ou d'avoir pratiqué la magie. S'agit-il alors d'un terrible enchaînement de malheureuses coïncidences ? D'un projet criminel dont on ne cernerait pas la nature véritable ? Le vétérinaire s'est-il simplement fait manipuler par des charlatans et sorciers qui en avaient après son argent ? Où commence et s'arrête la paranoïa dans cette affaire ? Même imaginaire, la magie peut sans doute avoir un effet placebo pour peu qu'on soit disposé à y croire. De même, des effets psychosomatiques peuvent-ils sans doute apparaître… Chacun se fera ici sa propre idée du destin tragique du docteur Lavaronnière.

JEANNE DE BRIGUE, LA SORCIÈRE DIVINE

Île-de-France
Guérard

« Ces gens se disent les dévots de Lucifer, dont ils prétendent qu'il a temporairement été chassé du paradis et y retournera. »

Pape Grégoire IX

La plume tout juste trempée dans l'encrier, un ancien avocat érudit consigne dans une lettre les prémices de ce qui contribuera à définir et codifier la chasse aux sorcières. Dans son habit d'ecclésiastique, le pape Grégoire IX rédige *Vox in Rama*. Ligne après ligne, en latin, il y décrit un sabbat, une messe noire, un regroupement maléfique tenu par les adorateurs du Diable, qui complotent en secret et planifient leurs méfaits. Il explicite les pouvoirs effrayants de ces hérétiques, qui festoient et se repaissent d'exactions dans des orgies diaboliques. Du 11 au 13 juin 1233, cette bulle pontificale est émise et circule. Elle fait office d'avertissement : il faut se méfier des serviteurs du Diable qui gagnent du terrain. Celle-ci, rédigée à la demande de son inquisiteur Conrad de Marbourg, est la première voix élevée explicitement contre la sorcellerie. Cette dernière tend à être considérée comme un crime associé au Diable et devient proscrite.

Un siècle passe. Vers l'an 1326, circule dans les milieux ecclésiastiques une nouvelle bulle pontificale. *Super illius specula* est rédigée par le pape Jean XXII et définit la sorcellerie comme une hérésie. Ce nouveau point de bascule achève d'assimiler sorcellerie et hérésie. En 2021, dans le dictionnaire Petit Larousse, la définition du terme « hérésie » est : « *Selon la théologie catholique, conception erronée en matière de foi d'un élément essentiel du dépôt révélé, ou refus volontaire d'admettre comme telle une vérité définie par le magistère.* » En somme, il s'agit de réprouver ce qui va à l'encontre du communément admis. La sorcellerie, elle, à l'époque médiévale, constitue un crime contre la société et se définit comme une déviance par rapport aux valeurs de son temps. Ces déviances sont cristallisées par « *plusieurs éléments importants. (...) Il s'agit tout d'abord de la peur, et plus particulièrement celle de la mort assimilée aux fléaux tels que la peste et la syphilis, ou encore à Satan*[1]. *Il faut également faire la distinction d'avec la superstition qualifiée comme "un ensemble complexe de pratiques qui se veulent d'abord efficaces mais non pas obligatoirement anti-chrétiennes (...) voire jugées vénielles par les clercs*[2]*.*" »[3] Ainsi, on déplore le mal provoqué par la sorcière, le maleficium, dont la définition est semblable à celle de l'hérésie. Cette similarité permet de légiférer plus facilement. Après cette bulle pontificale, c'est dans son *Directorium inquisitorum,* paru en 1376, que Nicolas Eymeric codifie le système inquisitorial médiéval en mettant l'accent sur la sorcellerie considérée comme une hérésie[4]. Ces textes instituent les prémices de la chasse aux sorcières en France, et le début des errances judiciaires et des persécutions systématiques de certains malheureux (surtout certaines malheureuses, les femmes ayant été les premières victimes), accusés à tort, jetés aux flammes sans le moindre recours.

Direction le XIVe siècle. Lorsque Charles VI dit « le Fou » ou « le Fol » monte sur le trône de France en 1380, il n'a que douze ans. Il prend le pouvoir dans un contexte de reconquête des possessions anglaises par le royaume de France. Trop jeune pour gouverner, il est sous la régence de ses oncles, les ducs de Bourgogne, d'Anjou, de Berry et de Bourbon. C'est en 1388, à l'âge de vingt ans, qu'il obtient les pleins pouvoirs. Son règne va être marqué par d'importants et dramatiques épisodes de démence, qui lui vaudront son surnom péjoratif. C'est également lorsqu'il est au pouvoir que l'Église comme la royauté commencent doucement à s'inquiéter de la nouvelle menace que représentent pour elles les sorcières et sorciers. Entre répression et connivence, les gens de pouvoir tissent des liens parfois douteux avec celles et ceux qu'on dit être dotés de pouvoirs diaboliques.

Dans les campagnes françaises, d'année en année, la crainte des serviteurs du Diable monte. Les rumeurs se répandent : les mages de l'ombre se cachent parmi la population et sont sournois. Ils chantent avec les foules, rient avec les leurs, mais, quand vient la nuit, ils revêtent leurs capes, retournent les crucifix, murmurent des incantations et dessinent des pentacles. Les adorateurs du Malin se réveillent lentement. Très vite, les personnes excentriques sont stigmatisées. Lorsque quelqu'un se fait trop remarquer et que son cas est sujet aux rumeurs, son procès a déjà commencé…

Vers 1389, une paysanne attire l'attention en Seine-et-Marne. Elle serait capable de guérir les malades et aurait des dons de divination. Les rumeurs lui attribuent toutes sortes de capacités. Très vite, elle devient le sujet de bien des discussions. Elle s'appelle Jeanne de Brigue et a vu le jour en 1345 à Donchery, dans les Ardennes. Très jeune, elle quitte son territoire de naissance et passe sa vie à Brie. Elle est connue dans les environs : c'est une faiseuse de miracles. Elle résout

1. Robert Muchembled, « Sorcellerie, culture populaire et christianisme au XVIe siècle principalement en Flandre et en Artois », *Annales ESC*, t. 28, 1973, p. 269.
2. *Ibid.*, p. 270-271. Pour l'étude précise du vocabulaire utilisé voir l'ouvrage de R.-L. Wagner, *Sorcier et magicien. Contribution à l'histoire du vocabulaire de la magie*, Paris, Droz, 1939.
3. A. Goosens, « Législation contre l'hérésie et répression de la sorcellerie : Le cas des Pays-Bas méridionaux au tournant des XVIe et XVIIe siècles », *Revue du Nord* n° 395, 2012, p. 347-360.
4. *Ibid.*

les problèmes, dénoue les conflits. Lorsque l'horizon est trouble, qu'aucune lumière ne filtre, Jeanne peut maintenir une lueur d'espoir. C'est une chandelle dans les ténèbres pour ceux qui s'entretiennent avec elle. Dans sa vie privée, Jeanne a des enfants, qu'elle élève avec un homme qui refuse de l'épouser par pression sociale, car le rang de ce dernier est plus élevé que le sien. Auprès de son entourage élargi, elle est connue comme une dame aux talents multiples. Bien sûr, personne ne prononce les mots graves, sévères, interdits. Elle ne pactise pas avec le Malin, ne joue pas des instruments du Diable, n'est pas une sorcière, non. Elle retrouve les choses perdues, éclaire les esprits troublés, avise les malchanceux, guérit les affligés. Il ne faut pas non plus s'imaginer une file ininterrompue qui se presse à sa porte. Si tout se sait, chacun tient néanmoins à sa discrétion, surtout sur de pareils sujets. Il ne faudrait pas passer pour un hérétique ou un serviteur du Démon. Avec prudence, des personnes viennent de loin pour la consulter, car sa réputation a dépassé les frontières de la région. Beaucoup de ses visiteurs, qui souhaitent retrouver des objets perdus ou volés, ont fait ainsi le chemin depuis Paris. Ils sont prêts à parcourir un long et pénible voyage semé d'embuches parfois, pourvu que Jeanne de Brigue, la Diseuse, la Divine, puisse leur trouver une solution, puisse leur venir en aide.

Parmi les exploits accomplis par Jeanne de Brigue, le plus connu reste le vol résolu de Guérard. Au pic de sa popularité, nombreux sont ceux qui viennent la consulter, y compris certains membres du clergé. C'est le cas du curé de Guérard, qui la sollicite au sujet d'un vol : de l'argent a été dérobé dans son église. Jeanne déclare alors qu'un des complices est Simon Séjourné, notaire de Meaux, qui a accepté de l'argent en échange de son silence sur ce larcin. Une enquête est menée et il s'avère que Jeanne a vu juste ! Mais ce n'est pas la seule fois, Jeanne désigne également le voleur d'une tasse d'argent dans une taverne de Villeneuve-Saint-Denis. L'aubergiste accusait sa femme de l'avoir dérobée pour l'offrir à un amant. Finalement Jeanne découvre que la voleuse est une femme de chambre du voisinage et indique même l'endroit où la tasse se trouve ! Parmi ses autres capacités, on raconte qu'elle voit l'avenir, pressent les drames, est capable de guérir les malades, en plus de retrouver les objets perdus ou dérobés[1]. Ses connaissances autant que ses pouvoirs semblent immenses. Ses exploits sont tels qu'ils remontent jusqu'à Paris au plus près du pouvoir, à la cour du roi. Mais la renommée attire bien souvent la convoitise.

Un jour, une femme d'un âge certain se présente chez la Divine, à Besmes, près de Crécy-en-Brie. Jeanne est consultée par Lucette[2], mère d'un certain Hennequin de Ruilly. Ce dernier est malade. Jeanne, la paysanne, est sommée d'intervenir car tout le monde connaît ses capacités. Hennequin de Ruilly est décrit comme un beau jeune homme, propriétaire de terres et homme d'affaires, il est riche, puissant, a des amis haut placés. Il a vécu un temps à Paris, porte Baudoyer, où il a rencontré Macette[3], ancienne prostituée, née à Rilly, en Anjou. Ils se sont rapidement mariés. Mais bien vite, la situation s'est envenimée : les querelles sont quotidiennes

1. Témoignage recueilli dans le *Registre criminel du Châtelet de Paris du 6 septembre 1389 au 18 mai 1392*, t. 2, p. 303. Jean de Ruilly appuie le témoignage de sa mère.
2. Modernisation de son prénom original « Lucete ».
3. Modernisation de son prénom original « Macete ».

et Hennequin bat Macette. Au bout de quatre ans de mariage, Hennequin tombe malade. L'entourage d'Hennequin s'inquiète : et si sa maladie n'était pas le fait du hasard, mais le résultat d'un envoûtement ? Et si sa femme cherchait à se venger ? Une rumeur prend de l'ampleur : Macette serait une sorcière et en aurait après la fortune de son mari. Sa mauvaise réputation et son passé de réprouvée alimentent les suspicions et condamnations. Lucette, inquiète pour la santé de son fils, rend donc visite à la célèbre Jeanne et lui demande d'intervenir.

Pour Lucette, la responsable serait non pas Macette, mais une certaine Gilette la Verrière, résidant à Paris, vers la porte Baudoyer, où a vécu Hennequin. Selon Lucette, Gilette est une ancienne amante d'Hennequin, avec qui elle a eu deux enfants. Abandonnée, elle l'aurait ensorcelé pour se venger. Sans plus de preuves, Lucette propose dix-huit sous parisis en or à Jeanne si elle accuse Gilette d'avoir envoûté Hennequin. Ce que Jeanne accepte de faire.

Quelque temps plus tard, Macette rend visite à Jeanne et passe aux aveux : la coupable, c'est bien elle. Non seulement elle empoisonne son mari mais, pour le faire souffrir davantage, elle use aussi d'une pratique proche du vaudou, torturant des crapauds afin que le mal se répercute sur Hennequin. Ses exactions, elle les met en scène au cours de cérémonies magiques, aidée d'ustensiles, d'ingrédients, principalement de la cire et de la poix, de formules tracées et d'un couteau. Jeanne est fascinée par Macette. Cette femme, considérée de petite vertu, s'est hissée à un haut rang de la société et c'est elle qui désormais mène la danse... Tout en restant une criminelle, il s'agit aussi d'une femme forte, de pouvoir, capable de prouesses extraordinaires en usant de forces qui nous dépassent. Une sorcière.

Pendant plusieurs jours, Macette initie Jeanne aux sortilèges et à la magie de cire et de poix. Cependant, Jeanne finit par avertir Macette : il faut se débarrasser des crapauds et cesser les sortilèges. Hennequin a suffisamment souffert, et maintenant que l'attention est tournée vers Gilette la Verrière, mieux vaut éviter de courir davantage de risques. Macette écoute sa conseillère et cesse sa magie. Jeanne, la Divine, annonce à Hennequin que le maléfice de Gilette la Verrière est détruit et qu'il devrait rapidement guérir intégralement. Bien vite, Hennequin reprend des forces.

Un lien se crée entre Jeanne et Macette. Car si la sorcière s'est confiée à la diseuse, cette dernière en fait de même en lui livrant ses états d'âme. La pauvre paysanne est en effet frustrée de ne pouvoir épouser son amoureux et compagnon avec qui elle a eu des enfants. Coïncidence, les maris des deux femmes portent le même prénom : Hennequin. La paysanne demande à Macette de lui trouver un moyen pour que son mari s'intéresse à elle, sans toutefois le mettre en danger de mort. Elle souhaite en quelque sorte un philtre d'amour. Macette, tout comme Jeanne, connaît une certaine notoriété dans plusieurs domaines et notamment celui de pousser deux personnes au mariage. Ainsi, elle promet à Jeanne que son amant l'épousera sous quinze jours si cette dernière suit scrupuleusement ses directives. Dans une poêle, Jeanne doit faire fondre de la cire. Ensuite, une fois son compagnon endormi, elle devra lui en apposer entre les épaules, et répéter cette opération pendant neuf jours. Si, passé ce délai, Jeanne n'a toujours pas épousé Hennequin, elle devra revenir voir Macette pour piquer un crapaud, en faire frire le venin avec de la cire de poix dans une poêle et trouver le moyen de faire manger le tout à son compagnon. Pour achever de convaincre Jeanne, la sorcière lui avoue que c'est en usant de tels procédés qu'elle est parvenue à épouser Hennequin de Ruilly.

Les jours passent. Jeanne se décide à suivre les consignes de Macette. Elle réunit ce qu'il lui faut, récite toutes les formules, puis, une fois la nuit tombée, frotte la mixture entre les épaules de son amant endormi. Sans succès. Elle souhaite alors passer à l'étape suivante, mais on frappe à sa porte pour lui passer les fers. Elle est soudainement arrêtée et emprisonnée au Châtelet. L'affaire de la maladie et de la guérison d'Hennequin de Ruilly est remontée jusqu'à Paris. Une enquête pour sorcellerie est diligentée par le parlement de Paris. Ironiquement, c'est grâce à son arrestation et son procès qui débute que nous est parvenue l'histoire de Jeanne de Brigue, dite La Cordelière.

Ce procès est le premier lancé par le Parlement de Paris pour sorcellerie et il s'annonce particulièrement long. Sur le banc des accusés, se trouvent Jeanne, mais également Macette, Margaux de la Barre et Marion l'Estallée.

Ces quatre femmes sont accusées d'être des sorcières. Toutes ont évolué dans le milieu de la prostitution. Jeanne n'échappe pas à cette accusation. Cependant elles n'ont sans doute pas agi seules. Leurs capacités leur auraient été transmises par des proches. Pour Jeanne la Divine, ce serait sa marraine, également prénommée Jeanne, qui lui aurait enseigné comment conjurer le démon Haussibut. Pour Macette, ce serait une parente, La Mucete, qui lui aurait appris la sorcellerie. Margot de la Barre aurait, quant à elle, suivi les enseignements de sa mère, sorcière également, et d'une autre prostituée. Quant à Marion l'Estallée, ce serait une amie pécheresse qui lui aurait transmis les rudiments du philtre d'amour[1].

Le 29 octobre 1390, Jeanne de Brigue est interrogée pour la première fois. Jeanne, pour protéger Macette, prétend que tous ses talents, toutes ses affaires résolues, y compris celle concernant Hennequin de Ruilly, elle le doit à un diable qu'elle conjure, Haussibut. Elle l'appelle à volonté grâce aux enseignements de sa marraine, en traçant un cercle et en récitant des invocations, une fois placée à l'intérieur. Seulement voilà, les interrogatoires sont éprouvants. Les juges « donnent la question » plusieurs fois aux accusées. « Donner la question », c'est un cruel euphémisme qui signifie torturer pour arracher des aveux. Jeanne finit par avouer, sous la torture, que Macette lui a prêté main-forte, notamment dans l'affaire de Hennequin de Ruilly. Responsabilité que Macette réfute dans un premier temps, pour finalement se confesser lorsque la question lui est donnée.

Le 9 février 1391, Jeanne la Divine est condamnée au bûcher. Le 5 août 1391, c'est Macette qui est à son tour punie de la peine de mort. Jeanne, qui a fait appel, subit un nouveau procès qui confirme les conclusions du précédent et la condamne de nouveau à mort. Cependant, les

1. *Registre criminel du Châtelet de Paris du 6 septembre 1389 au 18 mai 1392*, t. 1, p. 328, 336 et 358 ; t. 2, p. 281.

conseillers Nicole de Buyencourt et Robert Broisset, deux membres du Parlement, adjoints aux juges ordinaires du Châtelet, s'opposent à la peine de mort, préférant des peines de prison, allégées et bien moins sévères. Mais le verdict est rendu, même s'il suscite la controverse. Le 12 août, le prévôt de Paris fait venir au Châtelet Jean Jouvenel, avocat au Parlement et prévôt des marchands, Jean Cuignot et Pierre de Vé, tous deux avocats. Ils prennent connaissance des détails de l'affaire. Si Pierre de Vé et Jean Jouvenel sont pour la peine de mort, Jean Cuignot, de son côté, s'y oppose. Il prône, lui aussi, comme les deux membres du Parlement, une longue peine de prison. Le 16 août, un maître des requêtes, un avocat, un procureur au Parlement et un conseiller examinent à leur tour l'affaire, et tous approuvent la peine de mort.

Pourquoi le cas de ces femmes suscite-t-il autant la controverse ? Claude Gauvrard, historienne, dans son ouvrage *Renommées d'être sorcières : quatre femmes devant le prévôt de Paris en 1390-1391*, donne d'importantes clés de compréhension et d'analyse.

> *« Au total ces sorcières sont plutôt de bonnes mères qui ne semblent chercher qu'à légitimer l'union avec le père de leurs enfants. (...) Les juges, dans leur souci d'exclusion, ne sont pas isolés. Ils ne font que répondre à la demande de l'opinion qui a largement contribué à mettre les procès en route, à les entretenir et à les clore. Le cas des sorcières de Guérard est particulièrement significatif. Macete, la jeune femme, est mise à l'index par sa parenté par alliance et, dans l'affaire, sa belle-mère joue un rôle décisif. Quoiqu'elle s'en défende au nom de la paix dans le jeune ménage, elle ne supporte pas ce mariage entre deux êtres qui n'ont pas le même rang social et par conséquent la même fortune et il est probable qu'elle a décidé la perte de sa bru. (...) Plus, au moment où son mari est malade, elle semble vouloir faire oublier la concubine qui est restée à Paris en lui faisant porter la responsabilité de cette maladie et elle la dénonce comme sorcière. N'est-ce pas pour se débarrasser d'une rivale devenue encombrante malgré le mariage ? Mais, pour tous, pour les gens de Guérard comme pour les juges, Macete n'a pu agir que par intérêt, pour s'enrichir, et son mariage avec Hennequin de Ruilly, conclu rapidement, devient suspect ; il ne peut être que le résultat d'un envoûtement. On reconnaît là l'un des lieux communs qui peut frapper le sorcier et le faire dénoncer par l'opinion : dans cette société de la tradition, un enrichissement rapide et inexplicable accuse les différences et brouille les statuts auxwquels la naissance destine. Le non-conformisme dérange et ne peut qu'être l'œuvre du diable. Alors commence l'accusation de sorcellerie, et avec elle le désir d'exclusion[1]. »*

Ainsi, pour ces femmes, leur statut social a clairement joué un rôle dans l'issu de leur procès. Toutes sont liées de manière certaine ou supposée au milieu de la prostitution. Par ailleurs,

1. Claude Gauvard, *Renommées d'être sorcières : quatre femmes devant le prévôt de Paris en 1390-1391*, cité dans Franco Morenzoni et Élisabeth Mornet, *Milieux naturels, espaces sociaux : Études offertes à Robert Delort*, Éditions de la Sorbonne, 1997, p. 703-716.

le contexte géographique a joué en défaveur des accusées. Toutes vivent à Paris ou son arrière-pays et dépendent donc judiciairement du Châtelet de Paris. Interviennent alors les préoccupations des marmousets, ces conseillers du roi Charles VI qui, réformateurs, comptent bien purger Paris et ses territoires administrés de toutes traces d'hérésie sorcière. D'ailleurs, peut-être que cette affaire tient aussi dans les liens sous-jacents de ces femmes avec la cour du roi…
Remontons des années en arrière. Jeanne de Brigue, la paysanne, sorcière divine, est approchée par Jean Laisné pour trouver l'identité d'un voleur qui a dérobé une femme, sans doute proche de la reine[1]. Pourtant, Jeanne pense que Jean est un menteur et qu'il est responsable de ce vol. Elle apprend que l'objectif de Jean est de faire accuser Guiot, son rival à la cour d'Isabeau de Bavière, de salir son honneur dans un contexte de jeu de pouvoir et d'intrigues. Plus tard, Jean revient la voir en compagnie d'un braconnier accusé d'avoir volé un cheval à Guillemin Le Male, valet du maître de la Chambre aux deniers de la reine. Il propose une forte somme d'argent à Jeanne afin qu'elle innocente le braconnier. Braconnier finalement emprisonné au Châtelet, avec son ami Jean Laisné. Ce même Jean Laisné qui a peut-être contribué à faire arrêter plus tard Jeanne de Brigue, du fait de ses relations avec le procureur de la reine. Si cette dernière assertion tient de la spéculation, en tout cas, Jeanne avait bien une petite réputation à la cour du roi. On venait déjà la consulter pour ses capacités, même dans le cadre des luttes de pouvoirs inhérentes à l'univers de la cour.

Macette, quant à elle, installée un temps face à l'hôtel du duc d'Anjou à Paris, a pu rencontrer la cour de ce dernier. Par ailleurs, elle fréquentait plusieurs hôtels seigneuriaux, particulièrement celui du duc de Berry. Les deux autres accusées, elles aussi, côtoyaient des hôtels royaux. Frivolités, prostitution parisienne, sorcellerie, hôtels et cour royale semblent donc entretenir des liens étroits. Claude Gauvrard analyse :

> *« Dans l'Hôtel du roi, (…) l'usage de la sorcellerie y semble commun, dès avant les consultations qui suivirent la folie du roi. Le 26 juillet 1390, Jean Le Porchier, un faux ermite, est condamné à mort pour avoir tenté d'empoisonner le roi et le duc de Touraine à l'aide d'herbes vénéneuses. Il est possible aussi que les philtres d'amour aient été d'usage, au plus haut niveau, pour retenir les maris et les amants volages à un moment où, entre 1389 et 1392, se succèdent des fêtes particulièrement brillantes. La Cour est aussi d'accès facile et les vols s'y succèdent que les Marmousets tentent d'enrayer par des exécutions qu'ils veulent spectaculaires. Aux intrigues et au laxisme de la Cour répond l'exigence rigoureuse de la justice du roi. Un lien se dessine entre les procès menés à l'encontre de ces sorcières et les lieux prestigieux qu'elles ont hantés. Dans cette perspective, leur exécution semble programmée. Les juges commencent par lier la sorcellerie à la prostitution : les quatre femmes sont suspectes du fait de leur vie "dissolue", "attendu l'estat, vie et conversation d'icelle". Faire pour les compagnons est*

1. *Ibid.*, p. 281 et 294. Cette demoiselle de l'hôtel d'Isabeau de Bavière n'est pas identifiée. La liste des demoiselles de l'Hôtel de la reine est donnée par M. Thibault, *Isabeau de Bavière, La jeunesse* (1370-1405), Paris, 1903, p. 113-114.

> *donc un facteur de diffamation qui peut faire glisser dans l'accusation de sorcellerie. La précocité de l'apprentissage accroît encore l'enracinement dans le mal. Macete a été initiée dès l'âge de douze ans, sans doute en même temps qu'elle est devenue pubère et "commune" ; il en est de même de Jeanne de Brigue. Ainsi se définit un enracinement dans le mal qui ne peut que conduire au rejet de ceux que le pouvoir considère comme incorrigibles*[1]. »

Au-delà des faits en eux-mêmes, on ne peut négliger la volonté de se débarrasser d'une partie de la population considérée comme nuisible. D'autres éléments, comme des preuves matérielles, vont toutefois sceller le sort de ces femmes. Les parents et amis de Hennequin de Ruilly apportent des pièces à conviction : le pain bénit des noces, la cire, comme la poix, normalement utilisée pour faire les sourcils, ou encore des crapauds trouvés près de chez Macette... Le peuple soutient les juges, tous veulent voir les accusées condamnées. Les magistrats du Châtelet ont tenté, malgré le contexte, la législation, la jurisprudence et les mœurs de l'époque, d'alléger leur peine, sans succès. Le 19 août 1391, elles sont conduites jusqu'à la place aux Pourceaux. Jeanne confirme ses aveux. Macette, elle, nie cette fois tout en bloc. Et malgré la bataille judiciaire, toutes périssent sur le bûcher. Jeanne de Brigue devient ainsi la première femme condamnée pour sorcellerie par le Parlement de Paris.

Ce type d'affaires est encore rare au XIVe siècle. La chasse aux sorcières fera rage plus tard. Ces procès peuvent donner l'impression que ces femmes célibataires, veuves, prostituées sont davantage la cible de ces accusations que les hommes, que la sorcellerie est une affaire de femmes. Après tout, ces sorcières n'ont-elles pas reçu leurs savoirs d'autres femmes ? Cependant cette assimilation femme-sorcière paraît alors précoce et même contredite par les lettres de rémission du roi de France ou les archives du Parlement criminel dont les cas portent alors aussi bien sur des hommes que sur des femmes[2]. Par ailleurs, dans ce cas précis, se dessine en toile de fond un lien entre prostitution, pouvoir, hauts lieux de la monarchie et sorcellerie. Du reste, c'est la réputation de Jeanne de Brigue, d'abord bien perçue, qui va finalement la conduire à sa condamnation. Jeanne avait-elle des dons ? Était-elle capable de vision à distance, de divination, de guérir de maux ou au contraire de jeter des mauvais sorts ? Y avait-il une part de réalité dans sa légende ? Chacun se fera son idée. Reste que Jeanne de Brigue, Macette et les autres conservent, des siècles après leur disparition, leur aura de mystère.

1. Claude Gauvard, *op. cit.*, p. 703-716.
2. *Ibid.*

LES DERNIÈRES SORCIÈRES DE FRANCE

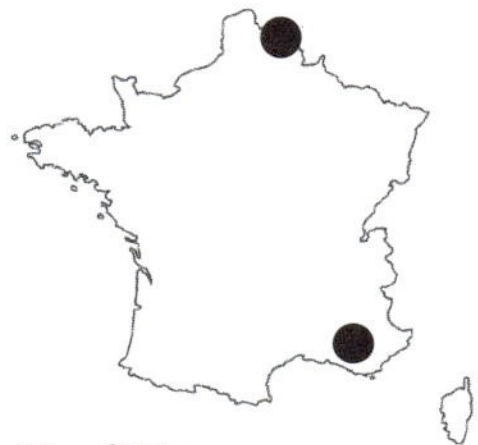

Nord/Var
Bouvignies/Aiguines

« Il n'y a de sorcellerie que là où l'on y croit, n'y croyez plus et il n'y en aura plus. »
Balthasar Bekker

La sorcellerie s'inscrit dans une conception du monde où des forces surnaturelles peuvent avoir une influence sur le réel. Dans les plus anciennes formes de société, déjà, la sorcellerie est présente. On pensait certaines personnes capables de magie, de pouvoir invoquer et conjurer ces forces surnaturelles. Les courants officiels du christianisme considèrent qu'un être humain ne peut pas donner des ordres au malin, au diable. Pourtant, à la fin du Moyen Âge, après deux siècles d'affaires et de procès pour sorcellerie, l'Église décide qu'il faut réprimer intensivement ce phénomène et ses auteurs. En Europe, la chasse aux sorciers et sorcières s'étend sur plusieurs siècles, approximativement de l'an 1450 à 1750, avec un nombre estimé de 85 000 procès au total pour 35 000 exécutions, dont la plupart de femmes.

Persécution et condamnation à mort prennent progressivement fin à la suite de réformes religieuses et judiciaires à partir du XVIIe siècle et jusqu'au XVIIIe siècle. L'opinion évolue. Puisque les Hommes ne peuvent pas influencer la Nature, Dieu étant le seul à en être capable, ils ne peuvent pas non plus commander aux démons. En prolongeant cette idée, la croyance en la magie est progressivement envisagée comme contradictoire, voire hérétique. Beaucoup de sorciers et sorcières sont dès lors considérés comme des charlatans et des imposteurs. Pourtant, dans le sillage de ces réformes, une vague de contagion satanique marque la France au XVIIe siècle.

Souvent, les possessions diaboliques sont rurales et ciblent les miséreux. En l'occurrence, ce sont les filles de bonne famille qui sont touchées. Cette affaire prend place en 1679, peu avant l'arrêt des mises à mort pour sorcellerie. Ce sera, en effet, seulement l'année d'après, en 1680, que les bûchers pour sorcellerie commenceront à être interdits en France. Le décret de Versailles promulgué par Louis XIV sur le conseil de Colbert, en 1682, y mettra un terme. Après celui-ci, la pratique de la sorcellerie ne sera plus considérée comme un crime devant la justice.[1]

À Bouvignies, près de Douai, dans le département du Nord, les paysans défilent avec un prêtre, à l'occasion de la procession des Rogations. Ils y vont de leurs louanges et supplications, priant pour des jours meilleurs, de bonnes récoltes, après un hiver particulièrement difficile. À la fin de la journée, une garnison armée est de passage. Ils sont quatre, des cavaliers. Nous sommes le 8 mai 1679, et cette garnison de Marchiennes vient au village pour se livrer à des exactions. Ils se rendent dans le hameau du Hem, rue de la Coperie, aujourd'hui rue Coperce. Selon les dires, une certaine Péronne Goguillon, avec qui ils pourraient s'amuser s'y trouve. Celle-ci a une réputation sulfureuse. Les quatre soldats entraînent la villageoise dans un cabaret et tentent de la violer avant de l'accuser d'être une sorcière et d'essayer ainsi de lui soutirer de l'argent.

Péronne Goguillon, âgée de 46 ans, est une habitante du village de Bouvignies. Les soldats ne savent pas grand-chose d'elle, mais étant des locaux, ils ont eu vent des rumeurs de sorcellerie à son sujet. Deux jours passent, et Andrieu Dufosset, son mari, apprend ce qui est arrivé à son épouse. Il se rend alors au tribunal des hommes du fief de la baronnie de Bouvignies. Là, il se plaint du comportement abject des soldats de la garnison de Marchiennes. Une enquête est ouverte. Les quatre soldats sont emprisonnés. Cependant, le 11 mai, Michel Fontenier, commandant de la garnison, confirme les dires de ses soldats et la validité de leurs assertions. Il l'assure et le déclare de vive voix aux juges de Bouvignies : Péronne Goguillon est bien une sorcière. Ces derniers font remonter le cas à la gouvernance de Douai pour qu'elle légifère. Péronne est faite prisonnière. Au village, tout le monde parle de cette affaire, et des témoins, dix-huit[2], défilent devant les juges et rendent Péronne responsable de tous les maux qui frappent le village : maladies, morts d'animaux, ensorcellements de femmes et enfants, empoisonnement de la terre, sabbats, pactes avec le Diable, infanticides… Face à tout ce qui leur est rapporté, les magistrats douaisiens décident d'ouvrir un procès criminel à l'encontre de Péronne.

Du 20 au 28 mai, Péronne est interrogée sur ces chefs d'accusation. Selon Christian Canivez, journaliste à *La Voix du Nord*, « *Du 20 au 28 mai, Péronne est interrogée, examinée par Jacques Galopin, bourreau de Douai, qui "la sonde en différentes parties du corps jusqu'à l'os" et trouve à trois reprises le "punctum diabolicum", la marque du diable. Le destin de Péronne est plié. La malheureuse avoue et, vraisemblablement sous la torture, dénonce même comme complices plusieurs habitants du village, dont sa cousine Jeanne Goguillon et sa fille Marie-Anne Dufosset*[3]. »

Après une semaine de tortures physiques, Péronne avoue. Elle décrit les sabbats, comment, aidée par son démon Frecquette, elle danse et commande ses engeances. Condamnée à être brûlée vive,

1. *Édit du Roy pour la punition de différents crimes [magie, sortilèges, empoisonnement]. Registré en Parlement le 31 aoust 1682*, Louis XIV (Bibliothèque nationale de France, département Droit, économie, politique, F-21047 (12).
2. Christian Canivez, « Le dernier bûcher de sorcières dans la région », *La Voix du Nord*, 22 novembre 2019.
3. *Ibid.*

elle est conduite sur la place du village le 29 mai. Elle est à moitié brûlée, pour que ses restes servent d'avertissement. Puis, le 3 juillet, c'est sa cousine, Jeanne, elle aussi accusée par des témoins, qui est brûlée vive, puis exposée sur une fourche. Marie-Anne, la fille de Péronne, accusée d'avoir tué le cheval de Jacques Galopin, un habitant du bourg, est condamnée à être étranglée, démembrée et brûlée. Sa sentence est exécutée le 8 novembre. Ces malheureuses sont parfois citées comme les dernières femmes exécutées pour sorcellerie en France, bien que, comme le précise Christian Canivez, « *moins d'un an après, en 1680, Marguerite Joly, Catherine Deshayes et Françoise Filastre montaient sur le bûcher, à Paris, suite à l'affaire dite des Poisons. Elles seront en France les dernières femmes accusées de sorcellerie à connaître un tel châtiment*[1]. »

Les dernières femmes jugées pour sorcellerie le sont en 1748 et 1768, mais elles ne sont condamnées qu'à des amendes, la jurisprudence ayant évolué grâce à l'édit de 1682. Et la dernière personne exécutée pour sorcellerie en France est un homme, Louis Debaraz, mort en 1745…

Dans les campagnes françaises, l'héritage de la tradition chrétienne se mêle parfois aux superstitions magico-spirituelles. Ainsi, si le mythe de la sorcière s'est peu à peu dissipé et, avec lui, les persécutions judiciaires, on a longtemps mis sous l'étiquette de sorcellerie de nombreuses pratiques disparates. Les comportements jugés immoraux pouvaient être qualifiés de sorcellerie. Les individus en marge de la société étaient facilement suspectés de sorcellerie. Il suffisait de préparer des décoctions à base de plantes et autres ingrédients, à la manière d'anciens herboristes et apothicaires, pour en être soupçonné.

La croyance au Mal a encore des adeptes. Il n'est donc pas étonnant d'apprendre que guérisseurs, coupeurs de feu et autres rebouteux s'employaient autrefois et s'emploient parfois encore à tenter de guérir ceux qui ne trouvent pas de remèdes à leurs maux grâce à la médecine traditionnelle ou conventionnelle. Les paysans voulant soigner leur bétail avaient aussi parfois recours à de telles pratiques. Certaines de ces personnalités sont devenues célèbres. L'une d'elles a même été considérée comme une des dernières sorcières de France[2] sans pour cela finir sur le bûcher.

Direction le début de XXe siècle en Provence. L'apparente rudesse des paysages offre une douceur mélancolique pour qui se perd dans son pays. Collines, vallons et plateaux montagneux, les paysages escarpés de cette région du sud-est de la France regorgent d'histoires, de trésors naturels, de folklore et de traditions. Des secrets peuvent-ils encore se cacher le long de ces rivières ? Il n'y a encore pas si longtemps vivait, au cœur de ces paysages, une authentique sorcière. On l'appelait la dernière sorcière de Provence. C'était la Mère Bousquet, ancienne occupante de la ferme de la Médecine. Connue pour ses compétences de guérisseuse, elle ne s'employait, dit-on, à aucun maléfice, mais usait de son art pour préparer des décoctions avec les herbes du plateau où elle vivait.

1. *Ibid.*
2. René Alleau, *Guide de la Provence mystérieuse,* France, Ed. Tchou Princesse, 1979.

Son histoire nous mène dans le département du Var, au Plan de Canjuers. C'est un plateau de roche calcaire sec et aride. Son terrain accidenté n'est parsemé que de garrigue. Tout autour, à l'horizon, des chaînes de montagnes encerclent le paysage. Sur ce plateau, quelques hameaux perduraient autrefois, comme Saint-Bayon, Chardan, la Barre, ou encore les fermes de la Grande Nouguière, Cluaye, et la Médecine où a vécu la Mère Bousquet avant la Première Guerre mondiale.

Ainsi, c'est vers Aiguines, ville à proximité du Plan de Canjuers, qu'a vécu cette sorcière toute particulière. Car, en effet, la ferme de la Médecine se trouvait à seulement cinq kilomètres de la ville. Elle était isolée, nichée sur son plateau rocheux. Les habitants des alentours, lorsqu'ils souffraient de maux, rendaient visite à la Mère Bousquet, qui usait de son savoir pour les soigner à l'aide de ses potions. Les on-dit la désignaient comme une sorcière, une magicienne qui emploie des forces qui nous dépassent pour guérir. En réalité, son recours à la médecine alternative tient davantage de l'herboristerie, du remède d'apothicaire, que de la pratique de sorcière telle qu'elle est conçue dans l'imaginaire collectif. Difficile d'en savoir beaucoup plus sur la Mère Bousquet. Elle reste pourtant une figure importante de la région, désormais ancrée dans le folklore. Elle a toujours vécu à la ferme de la Médecine. La ferme fut brûlée par les Allemands pendant la Seconde Guerre mondiale, et l'endroit fut transformé en poste de commandement pendant un temps par les maquisards du commando Vallier.

Aujourd'hui, les bruits des tirs et des avions à réaction ont remplacé ceux des quelques âmes qui habitaient le plateau. Le Plan de Canjuers est désormais devenu le camp de Canjuers, géré par l'armée de terre, et fait office d'important terrain d'entraînement européen, interdit au public. De quoi alimenter là encore bien des spéculations et faire naître bien des fantasmes pour les amateurs de « sorcellerie ».

La tradition de la sorcière existe toujours dans certaines zones de France. C'est un folklore important, encore éminemment vivace, comme dans le Berry, pour ne citer que lui, réputé dans le monde entier comme étant le cœur de la sorcellerie française. Si les pratiques et rituels spirituels se perpétuent, même en dehors des religions, la figure de la sorcière, associée à la chrétienté, dans sa définition et sa persécution, semble peu à peu s'effacer. Néanmoins, l'essence de cette pratique est aujourd'hui protéiforme. De la personne qui use de savoirs et rituels ancestraux à des fins médicinales ou magiques, au néo-paganisme et à la wicca et autres courants apparentés, jusqu'aux mouvements féministes qui se réapproprient la figure de la sorcière pour des luttes sociales modernes. La sorcière a de péjoratif qu'elle a été associée au diable. Une spiritualité et une pratique considérée comme sombre voire maléfique. Mais mages, magiciennes, sorciers, sorcières, guérisseurs, guérisseuses ont été et font toujours partie du paysage de nos sociétés. C'est la perception qu'on en a qui a évolué, à l'aune de nos croyances personnelles.

BIBLIOGRAPHIE

La malédiction de Bois-du-Crot

Eloïse, « Les Ensorcelés du Berry », *Nox France*, 8 mars 2020.

Patrick Pesnot et Philippe Alfonsi, *L'Œil du sorcier,* 1973.

Jeanne de Brigue, la sorcière divine

Colette Arnould, *Histoire de la sorcellerie*, Tallandier, 2009.

Claude Gauvard, *Renommées d'être sorcières : quatre femmes devant le prévôt de Paris en 1390-1391*, cité dans Franco Morenzoni et Élisabeth Mornet, *Milieux naturels, espaces sociaux : Études offertes à Robert Delort*, Paris, Éditions de la Sorbonne, 1997.

C. Genest, « Le Démon dans les paysages théologiques des chasseurs de sorcières : étude d'après le Marteau des sorcières » *Concilium*, t. 103, 1975.

A. Goosens, « Législation contre l'hérésie et répression de la sorcellerie: Le Cas des Pays-Bas méridionaux au tournant des XVIe et XVIIe siècles ». *Revue du Nord*, 2012.

Laure Grandbesançon, « Jeanne de Brigue, une incroyable sorcière du Moyen Âge », Podcast France Inter.

Robert I. Moore, *Hérétiques. Résistances et répression dans l'Occident médiéval*, 2017.

Robert Muchembled, « Sorcellerie, culture populaire et christianisme au XVIe siècle principalement en Flandre et en Artois », *Annales ESC*, t. 28, 1973.

Registre criminel du Châtelet, tome 1 et tome 2.

« 19 août 1391 : Jeanne de Brigue, première femme jugée pour sorcellerie par le parlement de Paris, en brûlée vive », *La France pittoresque*, 14 août 2016.

Les dernières sorcières de France

René Alleau, *Guide de la Provence mystérieuse*, Ed. Tchou Princesse, 1979.

Christian Canivez, « Le Dernier Bûcher de sorcières dans la région », *La Voix du Nord*, 22 novembre 2019.

Louis XIV, *Édit du Roy pour la punition de différents crimes* [magie, sortilèges, empoisonnement]. Registré en Parlement le 31 aoust 1682, Bibliothèque nationale de France, département Droit, économie, politique, F-21047 (12).

Robert Muchembled et Martine Desmons, *Les Derniers Bûchers : un village de Flandre et ses sorcières sous Louis XIV*, 1981.

II
LES MAGES DE PARIS

ALEXIS DIDIER, LE PRINCE DES SOMNAMBULES

Île de France
Paris

« Et l'on se prend à penser qu'en usant sa vie et sa santé à démontrer la lucidité magnétique, le frêle Alexis n'a pas totalement perdu son temps. »

Robert Méheust

Vous avez sans doute déjà entendu parler de Franz Anton Mesmer. Il est à l'origine des termes « mesmérisme » et de « magnétisme animal ». Ce médecin allemand, très influencé par les cercles ésotériques, croyait à l'existence d'un fluide magnétique universel. Il pensait pouvoir soigner par le biais de thérapies de magnétismes certains malades. Le mesmérisme est né en plein siècle des Lumières à Vienne, quand l'électricité statique et le magnétisme fascinaient l'humanité et menaient à de nombreuses expériences. Le tout s'inscrivant dans des révolutions médicales qui revoient les conceptions du corps et de la maladie : le corps peut être traité comme un objet, tout n'est pas régi que par Dieu et sa seule volonté, et les maladies peuvent être attribuées à des causes variées qu'il convient de rechercher.

Dans ce contexte, sans le savoir, Mesmer va être à l'origine de la popularité de bien des personnes, et surtout va créer une rupture et de nombreuses controverses opposant sciences, pseudosciences et mysticisme. Dans le sillage du magnétisme naît le somnambulisme artificiel ou magnétique. Il est introduit par le marquis de Puységur et désigne un état altéré de conscience qui permettrait l'accès à des perceptions extrasensorielles, bien que le terme soit vivement critiqué, notamment aujourd'hui. De ce fait, ce marquis est parfois désigné que comme le précurseur de l'hypnose[1].

Tout commence en avril 1784. Armand Marie Jacques de Chastenet, marquis de Puységur, magnétise les gens d'après les enseignements de Mesmer. Mais un phénomène inhabituel

1. Nicole Edelman, « *Le Somnambulisme magnétique : les enjeux d'une mise à la marge (Première moitié du XIXe siècle en France)* », *L'Homme & la Société*, vol. 167-168-169, n° 1-2-3, 2008, p. 85-100.

survient : un jeune paysan qu'il tente de soigner, Victor Race, l'un de ses valets de ferme, se trouve plongé dans un état altéré de conscience inconnue. Victor Race est soudain capable de prévoir l'avancée de sa maladie, mais également, à la grande stupéfaction du marquis, de lire les pensées de ce dernier sans qu'il n'en ait fait mention. Décontenancé, le marquis de Puységur étudie alors ce curieux phénomène et parvient à le reproduire avec d'autres patients. Il le nomme somnambulisme magnétique ou artificiel. Il s'agit selon lui d'un nouvel état de somnambulisme, différent de celui connu depuis l'Antiquité. En 1785, le marquis publie *Mémoires pour servir à l'histoire et à l'établissement du magnétisme animal*, ouvrage qui crée une polémique dans tout le royaume de France. Le magnétisme, ainsi, est discuté jusqu'au XIXe siècle. Pro et anti-magnétisme s'affrontent. En 1826, le docteur Husson, médecin-chef de l'Hôtel-Dieu, dépêche une commission qui, en 1831, conclut à la réalité des phénomènes physiologiques et psychiques du magnétisme, y compris la « lucidité magnétique » qui conférerait des dons de clairvoyance. Ces résultats faisant scandale, ils ne sont finalement pas publiés. En 1842, le magnétisme est officiellement réfuté, et ce alors même que « *le somnambulisme magnétique est condamné depuis 1837 par la médecine académique après que le magnétisme l'a été en 1784*[1] ».

Dans cette même période, alors que la science a rejeté le magnétisme, mais que ce sujet continue de susciter la controverse auprès de la population, un certain Alexis Didier, considéré comme un somnambule magnétique, commence à se faire connaître.

Ce jeune prodige est considéré comme clairvoyant par les uns, simulateur par les autres. Sur son cas, pourtant, aucun contradicteur n'a pu mettre en évidence la moindre fraude, la moindre preuve de manipulation, ou encore d'erreur d'interprétation ou de perception. Alexis Didier n'était pas un lucide parfait, il se disait lui-même sujet à l'erreur, mais ses prouesses ont marqué son siècle à une époque où un véritable reflux opère sur les magnétiseurs et somnambules magnétiques. Au travers des nombreux témoignages, on découvre qu'il est capable de vision à distance, de « lire » la vie des gens, simplement avec concentration. Et sa pratique, il la mène intensément de ses 15 ans à ses 25 ans, usant de sa santé. Les gens viennent de toute l'Europe pour le consulter. Ils sont de tous rangs et toutes classes sociales. Des princes, des écrivains, des journalistes. Ses exploits, rapportés par la presse, sont si incroyables que beaucoup doutent de ses dons. Voilà comment se traduisent ses pouvoirs, tels qu'ils ont pu être observés et corroborés par les témoins pendant des années.

D'abord, Alexis se met dans un état de transe profonde appelé transe somnambulique. Au fil des années, sa maîtrise fait qu'il ne lui faut que quelques minutes pour atteindre ce stade. Puis, il peut se déplacer à distance sur demande. Il cible quelque chose (une maison, un lieu, une pièce), peut se focaliser sur des détails comme des tableaux ou des objets de décoration par exemple, et même ressentir les émotions associées aux lieux et personnes présentes aux endroits qu'il visite à distance. Il peut aussi, à partir d'un objet quelconque, donner des informations

1. *Ibid.*

sur une personne, connaître sa vie, son nom, ses adresses, ses humeurs, et même son état de santé. Pour ce faire, Alexis examine l'objet sous toutes ses coutures, le manipule, le soupèse, le porte à son front, au niveau de ses lèvres, de sa nuque, à sa bouche… Son corps est un instrument et lorsqu'il doit diagnostiquer un mal, le jeune prodige est capable de déceler une blessure ancienne ou nouvelle invisible à l'œil, et même d'utiliser son propre corps comme d'un détecteur pour diagnostiquer le mal de personnes absentes[1]. Ces capacités, qui défient les lois de la nature et renversent les savoirs de l'homme, font d'Alexis Didier une figure extrêmement polémique. Et puisque le terme de « voyant » n'existe pas à l'époque d'Alexis, on l'appelait somnambule magnétique, sujet lucide ou clairvoyant. Des termes au cœur des débats et préoccupations de son époque, mais son parcours, atypique, s'est toujours fait par simple intérêt pour la curieuse occupation, la fraude diront certains, qu'il exerçait, plus que par motivation idéologique.

Le travail le plus complet à ce jour le concernant nous vient de l'auteur Bertrand Méheust, qui y a consacré un ouvrage d'investigation, *Un Voyant prodigieux, Alexis Didier 1826-1886*, qui constitue une source exceptionnelle sur cette personnalité controversée, mais aussi sur le milieu dans lequel il a évolué, le Paris des merveilles.

Alexis Désiré Constant Joseph Didier naît le 30 mars 1826 à Paris, vers 10 h du matin, au 41 rue de Grenelle. Ses parents sont Nicolas Didier et Barbe Germain. Ils vivent eux aussi un état de somnambulisme particulier de temps en temps, comme l'observe le jeune garçon dans ses mémoires. Alexis est issu d'un milieu modeste de tradition chrétienne. Descendants de paysans lorrains, les membres de sa famille sont artisans et ouvriers. Baptisé avec son frère Adolphe dans la paroisse Saint-Eustache, il y a aussi appris à lire et à écrire. À quatorze ans, les deux frères partent en apprentissage pour reprendre le métier de leur père, cordonnier.
Seulement voilà, un événement fait basculer leur destin : ils découvrent le magnétisme. Par au moins deux fois auparavant, Alexis a été en contact avec des magnétiseurs. D'abord à onze ans lorsqu'il se fait magnétiser par curiosité, puis à quatorze ans du fait de sa santé fragile. Il subit le somnambulisme naturel, mais également des crises d'épilepsie. Et c'est un certain Jean-Joseph Ricard, célèbre magnétiseur, qui le soigne, selon ses dires[2].

Mais c'est en 1841 que le destin extraordinaire d'Alexis débute. Une petite foule assiste à une séance publique de magnétisme à Paris. Curieux, Alexis est, lui aussi, présent. Le magnétiseur sur l'estrade fait appel à son auditoire : quelqu'un est invité à monter sur scène pour une démonstration. Le jeune Alexis se fraie un chemin parmi les observateurs et se distingue. Il est invité à monter pour devenir le sujet de la prouesse du magnétiseur. C'est sur cette scène qu'Alexis aurait fait pour la première fois la démonstration de ses capacités extraordinaires, en

1. Robert Méheust, *Un Voyant prodigieux, Alexis Didier 1826-1886*, 2003, p. 420.
2. Jean-Joseph Ricard, *Lettres d'un magnétiseur*, Paris, 1843, p. 103.

transanse profonde[1]. Après cet événement hors du commun, Alexis est magnétisé par plusieurs personnes. Chez Ricard, qui l'examine à nouveau, le jeune prodige fait la rencontre du magnétiseur Jean-Bon Marcillet qui deviendra son mentor pour les quinze années suivantes, l'aidant à développer ses capacités. Car malgré son jeune âge, son apparence frêle et sa santé fragile, l'adolescent est capable de prouesses qui défient l'entendement.

Marcillet accompagne Alexis dans l'étude de ses dons. Au bout d'une année, sa réputation est telle qu'on vient de Londres pour consulter le jeune garçon. En parallèle, au quotidien, Alexis est d'abord ouvrier graveur, puis commis dans l'entreprise de roulage[2] de Marcillet. Ce dernier, pris d'affection pour Alexis, joue le rôle de père. Ils travaillent la journée et, la nuit tombée, s'exercent au magnétisme pour affiner les capacités extraordinaires de l'adolescent. Mais lorsque l'entreprise de Marcillet fait faillite, la pratique devient quotidienne : le magnétisme leur permet de gagner leur vie.

En 1846, Alexis devient également comédien pendant plusieurs années. Sa passion pour la scène le fait même jouer pour Alexandre Dumas. Dans ce milieu, sa réputation est celle d'un thaumaturge, un faiseur de miracles. Bien vite, malgré ses origines modestes, Alexis vient à se produire dans des séances publiques et privées où le petit monde des hautes sphères parisiennes s'ouvre à lui. Tous veulent voir ce jeune prodige, petit, à l'allure féminine et au large front, symbole à l'époque de sagacité. Ses démonstrations sont animées de passion, d'un soupçon théâtral, sans jamais laisser le jeu prendre le dessus sur la qualité des informations qui lui sont inaccessibles, mais qu'il parvient pourtant à dispenser en sondant ses sujets grâce à ses dons supposés de somnambule magnétique. Le prodige fréquente toutes les classes de la société au cours de ses représentations, et donne même une séance gratuite par semaine aux « gens du peuple ». Peuple qui n'a malheureusement que trop peu accès à l'écrit à l'époque, nous privant dans le même temps d'une documentation considérable autour du compte-rendu de ces séances. En 1843, Alexis se produit en Angleterre et y rencontre rapidement un vif succès, puis continue de faire la démonstration de ses talents entre la France et l'Angleterre.

La controverse naît bien vite autour de ses supposés dons, et ce dès sa première tournée. Un homme met en doute la lucidité du jeune garçon, après que ce dernier n'a pas pu décrire les écrits à l'intérieur d'une enveloppe qu'on lui a spontanément présentée : « *[Je m'étonne qu'] Alexis qui, un instant auparavant, lisait à travers les plus épais obstacles, voyait malgré les montagnes, les nuages et l'obscurité, ce qui se passait à trente lieues, ne put décrypter le mot unique que dérobaient quelques enveloppes de papier*[3] ». À ce sujet, Robert Méheust commente que « *cette querelle (...) met déjà en scène tous les arguments qui seront avancés à propos d'Alexis. À charge : l'inconstance de la lucidité ; le fait que le somnambule cherche parfois à soutirer des informations*

1. The Zoist, *Reports of Various Trials of the Clairvoyance of Alexis Didier, last Summer in London*, 1845, vol. II.
2. Une entreprise de roulage désigne une entreprise de transport de marchandises.
3. Robert Meheust, *op. cit.*, p. 79.

de ses consultants ; le soupçon de compérage. À décharge : les réussites incontestables ; le fait que les échecs n'annulent pas les succès ; l'improbabilité qu'Alexis ait pu trouver tant de comparses parmi des personnes honorables; la nécessité de ne pas préjuger d'une faculté inconnue en exigeant d'elle une impossible régularité[1] ». Alexis se produit jusqu'au milieu des années 1850. Certaines de ses grandes affaires sont largement documentées. Ses exploits détaillés, rapportés par témoignages, suscitent toujours la controverse de par leur nature extraordinaire. On sait qu'Alexis se trompait bien entendu, mais également que ses démonstrations se sont longtemps intensifiées. Poussé par Marcillet, il lui arrivait de pratiquer quatre à cinq fois par jour, ce qui l'épuisait considérablement en plus de le rendre plus en proie à l'erreur. En 1856, Alexis Didier publie son unique ouvrage intitulé *Le Sommeil magnétique expliqué par le somnambule Alexis en état de lucidité* avant de progressivement se retirer de la sphère publique.

Pourquoi Alexis, au sommet de sa gloire, décide-t-il d'arrêter de pratiquer ? Par épuisement ? Ou parce qu'il est la cible de plus en plus de critiques ? Ou encore par soucis financiers, voire à cause de ses ennuis judiciaires, sa pratique étant punie par la loi, et le prodige ayant d'ailleurs récemment subi un procès et échappé à la prison ? Peut-être même qu'il aurait tout simplement perdu sa faculté ? Seul un document pourrait nous mettre sur la bonne piste. En février 1886, un article paru dans le journal Light à l'occasion du décès de son frère Adolphe stipule que « *le frère du défunt possède toujours sa belle faculté* », et « *la foule distinguée qui suivra sa dépouille le jour de ses obsèques, de même par ailleurs que son aisance financière, montre qu'il a conservé intacte sa réputation dans un certain milieu. Le plus vraisemblable est que, pour éviter les ennuis, il a pris le parti de la discrétion*[2] ».

Ainsi, Alexis s'est produit pendant plus de douze ans dans un nombre de prestations impossibles à déterminer, car seuls les comptes-rendus de témoins aisés et d'une certaine élite culturelle nous sont parvenus. La documentation autour de ces séances est donc incomplète et fragmentaire, mais renvoie l'image d'un clairvoyant capable de deviner et décrire bien des choses. De sa vie riche d'expériences, intéressons-nous à un épisode qui l'a confronté à l'un des plus glorieux illusionnistes français, Robert-Houdin, qui a inspiré le célèbre Harry Houdini, magicien qui s'inscrit dans son sillage. Robert-Houdin aurait expertisé Alexis Didier sur l'initiative du marquis de Mirville. Il aurait même reconnu ses pouvoirs. C'est un passage de sa vie qui est controversé et, en substance, qui met en lumière le cas complexe de ce voyant hors-norme.

Jean-Eugène Robert-Houdin est le plus célèbre illusionniste français du XIXe siècle. Né à Blois, ensuite installé à Paris, il est connu comme l'un des prestidigitateurs les plus doués au monde, toutes époques confondues. D'abord très bon ingénieur et horloger, l'homme se perfectionne dans ses domaines de prédilection, ainsi que dans celui de l'électricité et de la construction d'automates. C'est aussi un curieux qui, à travers ses créations, devient inventeur. On lui doit

1. *Ibid.*, p. 79-80.
2. *Ibid.*, p. 162.

par exemple le taximètre, entre autres nombreux brevets. Robert-Houdin se passionne pour l'escamotage qui deviendra ensuite la prestidigitation, après lecture d'un recueil du docteur Carlosbach qui dénonce les pratiques de charlatans. Ainsi, vers 1844, il devient prestidigitateur, et les tours qu'il invente lui valent très rapidement une forte réputation et lui ouvrent les portes de l'élite parisienne. Robert-Houdin aime autant montrer ses tours que débusquer les mystificateurs qui vendent leurs performances truquées comme une démonstration d'authentique magie. C'est un homme animé par la laïcité et la raison, mais qui pour autant ne porte pas de jugement définitif sur la question des pouvoirs magnétiques et médiumniques. Son art consiste à imiter ce que prétendent faire les médiums. En ce sens, sa démarche appelle à la prudence et à l'esprit critique.

Robert-Houdin vient donc à croiser le chemin d'Alexis Didier grâce au marquis de Mirville qui sert d'intermédiaire. En effet, l'illusionniste ne croit pas une seconde à la lucidité magnétique et aux dons supposés associés. Pour lui, ce ne sont au mieux que des tours habiles mis en scène par un performeur rusé. Par le passé, il a déjà débusqué des somnambules en flagrant délit de triche, et n'a donc que très peu de considération pour ceux qui se prétendent somnambules magnétiques. Ainsi, le marquis propose à Robert-Houdin d'assister à une séance avec un somnambule, sans préciser son identité afin que l'illusionniste puisse l'expertiser. Le 3 mai 1847, Robert-Houdin et son épouse arrivent au 42 rue de la Victoire, à Paris. Ils y rencontrent Alexis Didier. La séance débute : Alexis doit avoir les yeux bandés, et Robert-Houdin demande à poser lui-même le bandeau, refusant celui proposé par Marcillet. Une fois la vision d'Alexis coupée, Robert-Houdin commence par une vérification à l'aide de cartes. L'illusionniste sort de sa poche deux paquets de cartes cachetées, puis les ouvre et les mélange. Il invite Alexis, qui a les yeux bandés, à couper. Dix cartes sont posées sur la table devant lui. Sans la moindre hésitation, il nomme tour à tour les dix cartes posées, et ce avant même qu'elles aient été retournées[1]. Décontenancé, Robert-Houdin demande à renouveler l'opération : si ce jeune homme est vraiment capable de prouesses exceptionnelles, alors elles doivent pouvoir être reproductibles à volonté afin d'en attester l'authenticité. Ainsi, de nouveau, Robert-Houdin mélange les cartes et invite le somnambule lucide à couper le tout. Elles sont ensuite disposées sur la table. Alexis se lance alors dans l'énumération de toutes les cartes masquées, ayant toujours lui-même les yeux bandés. La réussite est totale, pas une seule erreur. L'opération est renouvelée une troisième fois. Le clairvoyant annonce à la suite les dix cartes. Elles sont retournées : une nouvelle fois un sans-faute. Trois fois de suite, Alexis Didier donne dix bonnes réponses d'affilée. Selon le récit du marquis de Mirville, Robert-Houdin se serait alors écrié : « *Qu'est-ce que cela ? Où sommes-nous ? C'est magnifique !*[2] ». L'illusionniste demande ensuite à Alexis de lui donner le contenu d'une phrase d'un livre qu'il lui présente, fermé, page huit, à une hauteur indiquée. Alexis enfonce une épingle aux deux tiers de la page et s'exprime alors :

1. Marquis de Mirville, *Des esprits et de leurs manifestations fluidiques*, 1854, p. 18-31.
2. Robert Méheust, *op. cit.*, p. 115.

« *Après cette triste cérémonie…*[1] ». Robert-Houdin vérifie l'assertion. Rien à la page huit mais, stupeur, cette phrase se trouve bien à la page suivante. Ensuite, c'est une lettre qui est remise par l'expert à Alexis. Robert-Houdin demande au somnambule le nom de son expéditeur et en requiert une description détaillée. Alexis prend la lettre dans ses mains et la porte à sa tête. Le prodige décrit un libraire, car il voit une personne entourée de livres. C'est une erreur, la personne mystère n'est pas libraire, mais évolue cependant dans un cabinet, bel et bien cerné de livres. Le lucide inscrit ensuite son adresse exacte. Lorsque Robert-Houdin demande à Alexis ce que la personne est en train de faire, Alexis déclare : « *Il vous trompe odieusement*[2] », ce qui ne manque pas de fâcher l'illusionniste, ami de la personne décrite. Renfrogné, il s'écarte pour laisser faire sa femme. Alexis lui prend la main. Immédiatement, il annonce à Madame Houdin qu'elle a perdu un enfant le 15 juillet dernier. Lorsqu'elle lui demande à quoi elle songe, Alexis annonce qu'elle pense à un enfant bien plus jeune, car il n'existe pas encore. Ensuite, Alexis se saisit du carnet du marquis de Mirville et le pose sur sa tête. Il déclare avec exactitude des lignes écrites au crayon aux pages indiquées et parvient à décrire, sans connaître sa nature, un petit calendrier dans le calepin. La démonstration se révèle à nouveau exacte, mais cette fois, Robert-Houdin ne se laisse pas impressionner. Après tout, il ne connaît pas très bien le marquis qui pourrait parfaitement être le complice du prodige. L'illusionniste souhaite donc soumettre Alexis à une dernière évaluation. Robert-Houdin donne une mèche de cheveux au somnambule. Alexis l'examine et annonce que la mèche de cheveux appartient au fils de l'illusionniste, âgé de 16 ans. Il le rassure également sur sa santé. Effectivement, ses propos sont exacts[3]. La séance terminée, Robert-Houdin, sur le départ, déclare au marquis : « *Monsieur, s'il y avait dans le monde entier un escamoteur capable d'opérer de semblables merveilles, il me confondrait mille fois plus, comme escamoteur, que l'agent mystérieux que vous venez de me montrer*[4] ». L'illusionniste est-il impressionné ? Voici en tout cas une attestation de Robert-Houdin, remise au marquis le lendemain de sa rencontre avec Alexis Didier, qui en dit long quant à son opinion sur l'affaire :

> « *Tenant surtout à ce que ma signature ne laisse en rien préjuger mes opinions en faveur du magnétisme ou contre lui, je ne puis cependant m'empêcher de déclarer que les faits rapportés ci-dessus sont de la plus haute exactitude, et que plus j'y réfléchis, plus il m'est impossible de les ranger parmi ceux qui font l'objet de mon art et de mes travaux.*
> *Ce 4 mai 1847, Robert-Houdin.*[5] »

L'avis de Robert-Houdin est-il prématuré ? Après tout, son attestation d'expertise n'est remise au marquis qu'un jour à peine après sa rencontre avec le prodige. Son émotion est peut-être

1. *Ibid.*, p. 116.
2. *Ibid.*
3. Notons qu'à cette époque, les reliquaires familiaux contenant une mèche de cheveux ou le simple fait de conserver une mèche de cheveux de ses proches est une pratique très courante en France, aussi bien dans un contexte funéraire que dans la vie courante. Il n'est donc pas surprenant que Robert-Houdin ait une mèche de cheveux de son fils.
4. Robert Méheust, *op. cit.*, p. 116.
5. *Ibid.*, p. 117.

encore vive et son jugement partiellement biaisé. Difficile à dire. Quoi qu'il en soit, une nouvelle lettre reçue quinze jours plus tard par le marquis montre l'opinion de l'illusionniste quant aux capacités du jeune somnambule :

> *« Monsieur,*
> *Comme j'ai eu l'honneur de vous le dire, je tenais à une seconde séance ; celle à laquelle j'assistais hier chez Marcillet a été plus merveilleuse encore que la première et ne me laisse plus aucun doute sur la lucidité d'Alexis. Je me rendis à cette séance avec l'arrière-pensée de bien surveiller la partie d'écarté[1] qui m'avait tant étonné. Je pris cette fois de bien plus grandes précautions encore qu'à la première ; car, me méfiant de moi-même, je me fis accompagner d'un de mes amis, dont le caractère calme pouvait apprécier froidement et établir une sorte d'équilibre dans mon jugement. Voilà ce qui s'est passé, et l'on verra si jamais des subtilités ont jamais pu produire des effets semblables à celui que je vais citer. Je décachette un jeu apporté par moi et dont j'avais marqué l'enveloppe, afin qu'il ne pût être changé… Je mêle… C'est à moi de donner… Je donne avec toutes les précautions d'un homme exercé aux finesses de son art. Précautions inutiles ! Alexis m'arrête, et me désignant une des cartes que je venais de poser devant lui sur la table. «J'ai le roi», me dit-il. «Mais vous n'en savez rien encore, puisque la retourne n'est pas sortie.» «Vous allez le voir, reprit-il ; continuez.» Effectivement je retourne le huit de carreau et la sienne était le roi de carreau. La partie fut continuée d'une manière assez bizarre, car il me disait les cartes que je devais jouer, quoique mon jeu fût caché sous la table et serré dans mes mains. À chacune de ces cartes jouées, il en posait une de son jeu sans la retourner, et toujours elle se trouvait parfaitement en rapport avec celle que j'avais jouée moi-même. Je suis donc revenu de cette séance, aussi émerveillé que je puisse l'être, et persuadé qu'il est TOUT À FAIT IMPOSSIBLE QUE LE HASARD OU L'ADRESSE PUISSENT JAMAIS PRODUIRE DES EFFETS AUSSI MERVEILLEUX.*
> *Recevez, Monsieur, etc.*
>
> *Ce 16 mai 1847. Signé : Robert-Houdin[2] »*

Les démonstrations d'Alexis tiennent-elles réellement ni du hasard ni de l'adresse ? Robert-Houdin, figure d'autorité, a-t-il vraiment expertisé Alexis Didier correctement ?

Si le marquis de Mirville nous rapporte ces fabuleux échanges dans ses écrits, Robert-Houdin, quant à lui, n'a jamais mentionné sa rencontre avec Alexis Didier. Comment, lui qui a été si stupéfait des prouesses du clairvoyant, n'en aurait-il pas discuté la nature exacte dans ses propres œuvres ? Des différentes hypothèses envisagées pour expliquer cela et analyser leur rencontre, voici les plus probantes. Michel Seldow, illusionniste français, a écrit plusieurs livres

1. C'est-à-dire une démonstration à l'aide de cartes, comme décrite précédemment.
2. Robert Méheust, *op. cit.*, p. 117-118.

sur Robert-Houdin et a commenté sa rencontre avec Alexis Didier[1]. Pour Seldow, la lucidité magnétique est impossible, donc tous ceux qui s'en revendiquent ou en feraient la démonstration ne sont que des illusionnistes. Ainsi, selon Seldow, la rencontre entre Robert-Houdin et Alexis Didier a bien eu lieu, mais ce qu'il remet en doute, c'est la sincérité des mots de son homologue. Dans la description d'Alexis qu'il fait au marquis dans son certificat, Robert-Houdin omet de pointer les nombreuses erreurs du prodige, aussi nombreuses que ses succès. Mais si Robert-Houdin avait de sérieux doutes quant à la réalité des dons d'Alexis Didier, pourquoi n'en aurait-il jamais fait mention de lui-même, sachant que le marquis a publié à de nombreuses reprises le certificat de Robert-Houdin et n'a pas hésité à jouer de son argument d'autorité pour s'attirer bonne presse ? En effet, comme l'analyse Robert Méheust, « *comment comprendre que Robert-Houdin n'ait jamais – même dans ses œuvres posthumes – tenté de rétablir la vérité sur cette affaire, fût-ce à mots couverts ? On ne voit pas, d'autre part, ce qui justifierait cette mansuétude à l'égard du marquis de Mirville. On voit très bien, au contraire, ce qui devrait opposer les deux hommes. Robert-Houdin n'a jamais fait mystère de son attachement à la laïcité, de ses idées républicaines, de son combat contre la superstition. Or le lecteur connaît les opinions obscurantistes du marquis*[2] ». En d'autres termes, l'illusionniste n'aurait jamais cherché à protéger Alexis Didier ou même le marquis, qui représentent sur le plan idéologique ce qu'il s'est toujours évertué à combattre. « *Pourquoi le roi des escamoteurs se serait-il privé d'ajouter le roi des somnambules à son tableau de chasse ?*[3] », questionne justement l'auteur, précisant à nouveau que, même dans ses correspondances privées, le cas d'Alexis Didier n'est jamais discuté.

Pourrait-on alors imaginer que Robert-Houdin ait bien démenti le tout, mais que cette déclaration se soit perdue dans les archives ? Robert Méheust explore cette hypothèse sous l'angle des adversaires du magnétisme. Le chimiste Mabru, dans *Les Magnétiseurs jugés par eux-mêmes,* publie en 1857 un pamphlet contre le magnétisme visant à démasquer les fraudes et les pseudosciences. Mabru déteste particulièrement le marquis de Mirville et ses positions jugées obscurantistes. Comment se pourrait-il alors, si un écrit ou une déclaration de Robert-Houdin avait existé à l'époque pour contrer le certificat autour d'Alexis Didier, que Mabru ne s'en soit pas servi pour dénoncer la manipulation du marquis ? Tout cela n'est qu'hypothétique bien sûr, mais nourrit la réflexion autour de l'interprétation laissée au regard des sources disponibles autour de ce cas. À ce titre d'ailleurs, le plus célèbre des somnambules lucides de l'époque, Alexis Didier, est aux abonnés absents de ce pamphlet. Une prudence de Mabru, qui, sans certitude, a pu choisir de ne pas discuter de sa controverse.

Enfin, pour achever d'affirmer que cette rencontre entre les deux hommes a bien eu lieu, André Saturnin Morien, qui a rencontré Robert-Houdin, a eu confirmation de sa part qu'il a véritablement expertisé Alexis Didier. L'illusionniste témoigne d'ailleurs de nouveau auprès de l'auteur

1. Michel Seldow, « Robert-Houdin et les fantômes », *Vie et secrets de Robert-Houdin*, Paris, Fayart, 1971.
2. Robert Méheust, *op. cit.*, p. 254.
3. *Ibid.*, p. 255.

dans un ouvrage publié en 1860, *Du magnétisme et des sciences occultes*. Dans ce témoignage, Robert-Houdin livre de nouveaux détails. Par exemple, souvenons-nous du fameux ami de l'illusionniste dénoncé comme un traître, ce qui avait vexé Robert-Houdin qui passa ensuite le relais à son épouse. Eh bien, Robert-Houdin commente : « *À trois mois de là, cet ami, que j'avais cru si sûr et si dévoué, se trouva impliqué dans une honteuse affaire d'escroquerie, et j'acquis la certitude qu'il n'avait cessé de me trahir, qu'il avait soudoyé mes ouvriers pour surprendre mes secrets et en abuser. Alexis avait vu juste, et non seulement il n'avait pas été influencé par mes sentiments, mais encore il avait lutté énergiquement contre mes contradictions en accusant l'auteur de la lettre* ». Ainsi, non seulement Robert-Houdin ne révise pas son jugement à l'égard d'Alexis Didier, mais au contraire, loue une fois encore sa lucidité extraordinaire.

Si l'on sait que le marquis de Mirville n'est pas fiable et ses propos questionnables, ils l'ont été suffisamment en tout cas pour que Robert-Houdin lui délivre son certificat sans jamais objecter par la suite sur les propos tenus ou l'utilisation faite. Peut-être que l'illusionniste n'a pas relaté leurs rencontres dans ses mémoires afin d'éviter que ce cas ne légitime toutes les errances et les controverses du magnétisme ? Mais alors, pourquoi n'a-t-il pas mis en avant les erreurs d'Alexis ou encore celle du marquis, comme le questionne Robert Méheust ? Par négligence ou pour éviter de blesser le marquis ou Alexis, difficile à dire. Des zones d'ombre demeurent, mais voilà, Robert-Houdin, mystifié ou non, a bien reconnu le caractère extraordinaire des démonstrations d'Alexis Didier, comme beaucoup d'autres avant lui.

> « *Il ne subsiste guère de doute que Robert-Houdin a bien rencontré Alexis et qu'il a été confondu par ce qu'il a vu*[1]. »

Pourtant, n'oublions pas le biais du survivant, qui concentre davantage l'attention sur les réussites et la statistique de celles-ci que sur les échecs. Se peut-il donc que des erreurs, des biais d'interprétations puissent troubler la perception que nous avons aujourd'hui du cas d'Alexis Didier ?

Sur la problématique de la fiabilité des sources, se pose par exemple la question du nombre d'éléments extraordinaires ajoutés après-coup dans les rapports. En d'autres termes, se peut-il qu'à des séances assez banales, les récits hors du commun rapportés par les témoins aient pu être écrits a posteriori pour créer la figure merveilleuse du prodige Alexis ? Si toutes les sources ne sont pas systématiquement datées et précises quant à leur méthodologie de restitution, on sait que la plupart des rapports sont consignés durant la séance ou très peu de temps après. Cela suppose un témoignage relativement proche du réel. Mais compte tenu de l'imprécision de beaucoup de rapports, d'autres éléments permettent de crédibiliser davantage les récits rapportés autour d'Alexis. Bertrand Méheust explique : « *Voici un élément que j'estime décisif. Le corpus d'Alexis présente une homogénéité telle que sa lecture finit par devenir ennuyeuse. Aussi extraordinaires soient-elles, ses prouesses magnétiques s'inscrivent toujours dans le même registre et*

1. *Ibid.*, p. 381.

il y a des domaines dans lesquels il s'aventure rarement ou jamais, comme la prévision du futur ou les contacts avec les décédés qui sont pourtant à la mode à partir de 1853. Quels que soient les rapporteurs, leur origine sociale, leur niveau de culture, leur nationalité, ils décrivent des faits qui présentent une structure analogue et se déroulent selon un scénario à peu près immuable. (...) Si les prouesses en question avaient été ajoutées après-coup par l'imagination fertile des rapporteurs, comment pourraient-elles présenter cette homogénéité de style ? N'aurait-on pas justement toute la gamme des fantasmes de l'époque, des visions angéliques, des contacts de décédés ?[1] » En effet, comme il le met en évidence, dans les premières années de représentation d'Alexis, personne ne savait à quoi s'attendre, et donc personne ne pouvait anticiper ou projeter ses propres croyances et fantaisies. C'est dès 1847 que le somnambule lucide devient très populaire dans la presse parisienne, et vers les années 1850 que tout le monde connaît ses capacités. Mais c'est le travail de regroupement de textes et documentations autour de la figure d'Alexis Didier, notamment effectué par Robert Méheust, qui permet d'en esquisser avec précision son portrait et l'étendue de ses représentations et dons. En revanche, aucun de ses contemporains n'avait une idée claire de l'ensemble des entrevues du prodige et donc de ses capacités, mais leurs témoignages mis dans un corpus présentent une figure homogène de ses séances. Si cela ne prouve rien, cette homogénéité de sources semble indiquer qu'une vision commune de l'Alexis Didier de ses contemporains est bel et bien décrite au regard des documents qui nous sont parvenus.

Mais s'il n'y a pas d'erreur d'interprétation quant à sa figure historique, littéraire ou sa considération réelle en son temps, thématiques largement analysées et discutées par Robert Méheust dans son livre, on est en droit de se poser la question suivante : Alexis Didier était-il un escroc ? Il n'a jamais été surpris à tricher, n'a jamais eu de complices avérés, et personne ne s'est jamais présenté comme partie prenante de ses tours. Pratiquait-il, sans même le savoir, de la lecture à froid à la manière des mentalistes modernes, en analysant d'un rapide coup d'œil les expressions du visage, le regard, l'attitude corporelle, le ton de la voix ? Cette hypothèse est plausible jusqu'à un certain point. En effet, la voyance se définit en plusieurs niveaux. Le niveau le plus bas est sujet à bien des biais et s'avère très questionnable : il s'agit d'être attentif aux indices conscients ou non de l'interlocuteur pour deviner quelque chose, et ne fait pas appel à un quelconque processus paranormal. Autrement dit, dans le cadre d'une séance de lucidité somnambule, à ce niveau, il est facile pour un habitué de cette pratique de deviner qu'un « *intérieur du XIXe siècle comportera inévitablement des meubles cossus, des bibelots, des tableaux aux murs ; il faut s'attendre à ce qu'une dame de cette époque présente au voyant des bijoux et des reliques familiales, et si, en public, elle l'invite à lui parler d'un homme inconnu, ce sera son frère, son mari ou son père, mais certainement pas son amant ; chez une dame catholique, la présence d'un tableau représentant le Christ sera vraisemblable et un révérend mettra à ses murs des sujets religieux, etc.*[2] ».

Vient ensuite le niveau de voyance moyenne : on donne un objectif à décrire ou deviner au voyant qui le découvre par analogie, en rattachant des images et symboles à l'objectif à deviner.

1. *Ibid.*, p. 354.
2. *Ibid.*, p. 356.

Tout ce qui permet, notamment par biais de confirmation, de donner l'illusion de divination. En effet, comment savoir si le sujet de voyance ne met pas involontairement le prodige sur la piste à deviner ? L'effet de voyance pourrait-il donc résulter de la séance et des indices donnés par l'interrogé ? Là encore, ce niveau qui pose beaucoup de questions demeure bien trop imprécis. La voyance haute, à laquelle pourrait être catégorisé Alexis Didier, supprime en principe le problème de l'interprétation et toutes les imprécisions que cela implique. Dans ce niveau, le voyant est capable de décrire des cibles et objectifs nets et hautement improbables. Donner précisément les nom et prénom d'une personne en la décrivant avec des informations qu'elle seule connaît, par exemple, ou encore en décrivant un objet et ses singularités, comme des initiales gravées ou un message indiqué. À la lumière du corpus autour d'Alexis, si certains cas tiennent de cibles prévisibles, ce sont les singularités qu'il met en lumière qui, selon Robert Méheust, démontrent le caractère exceptionnel du prodige. Que ce soit par le biais de ses lectures dans des livres fermés, jusqu'aux visions à distance en lisant dans la tête de son interlocuteur comme dans un livre ouvert.

> *« Soyons sérieux : il est radicalement impossible de découvrir de telles singularités en tablant sur la personnalité des consultants, en devinant au hasard, en captant tous les indices que l'on voudra. Le fait qu'Alexis se trompe souvent de quelques pages n'infirme en rien sa réussite ; se tromperait-il même totalement dans la localisation de la page que la performance resterait intacte, dès lors qu'on a affaire non pas à un mot, mais à un groupe de mots formant une configuration suffisamment singulière. Affirmer le contraire, c'est commettre un véritable attentat contre la raison. S'il y a une explication simple, il faut la chercher ailleurs. Et la même chose peut être redite, mais à un niveau supérieur, des nombreux cas où Alexis parvient à retrouver et localiser un objet ou une personne en donnant des précisions de lieu, de date, de nom[1]. »*

De cette jeune figure si surprenante et singulière, ressort un portrait. Celui d'un homme considéré comme un clairvoyant exceptionnel par les auteurs et la presse de son époque. Alexis Didier se montre capable de prouesses qui défient l'entendement. Pourtant, sa « carrière » de somnambule magnétique fut relativement courte, une dizaine d'années tout au plus, avant de progressivement se retirer de la sphère publique. Mais alors, que fait le prodige parisien du reste de sa vie privée ? Il vit de ses rentes. Sa réputation est toujours considérable et il continue d'avoir une clientèle fortunée des quatre coins du monde. Il se recentre principalement sur les diagnostics médicaux, s'associe à un médecin qui lui signe ses ordonnances pour éviter d'attirer l'attention judiciaire ou médicale sur lui. Le 9 octobre 1886, Alexis meurt vers 9 h du matin à son domicile, au 10 rue Notre-Dame-de-Lorette, à Paris. Le 10 octobre, un cortège funéraire accompagne le défunt jusqu'à son caveau. Son cercueil couvert de couronnes et de fleurs est acheminé par un corbillard qui porte ses initiales[2]. Une fois arrivé, Alexis rejoint son frère Adolphe décédé la

1. *Ibid.*, p. 363.
2. *Ibid.*, p. 166.

même année. Ils reposent encore aujourd'hui au cimetière de Montmartre, avenue de la Croix, division 29, ligne 9, numéro 19.

Ainsi, deux des plus grands clairvoyants du XIXe siècle étaient deux frères français et parisiens. D'où viennent leurs dons ? « *Que la transmission de ce don soit culturelle, liée à l'ambiance, voire à une tradition familiale, qu'elle fasse appel à une particularité physiologique inconnue et relève donc de l'hérédité biologique, ou encore à une combinaison de ces deux facteurs, il est impossible d'en décider dans l'état actuel de nos connaissances qui, sur ce sujet, sont embryonnaires, pour ne pas dire nulles*[1] », commente Robert Méheust.

Jusqu'aux années 1850, son frère Adolphe, également somnambule magnétique, apparaît ponctuellement à ses côtés, et y va de démonstrations publiques en lisant des lettres scellées les yeux triplement bandés par exemple. Au milieu des années 1850, il abandonne les démonstrations publiques et part s'installer à Londres. Il consacre le reste de sa vie à la médecine. Les décennies passent. En 1883, c'est un guérisseur londonien réputé. Mais à cause de maladies, et peut-être par soucis financiers, Adolphe rentre à Paris pour y vivre ses dernières années.

Ces deux personnes ont évolué dans une société en pleine transformation. À leur échelle, ils ont contribué à l'influencer, et ce même sans le vouloir. Mais alors que reste-t-il des vies extraordinaires de ces deux frères ? La fille d'Adolphe, Antoinette, a brûlé la plupart de leurs mémoires, estimant que les deux frères étaient diaboliques. Deux carnets ont pu être récupérés par Robert Méheust grâce à M. Haguenoer, un descendant avec qui il a pu entrer en contact. Ces carnets n'étaient pas destinés à voir le jour publiquement, et achèvent d'esquisser le portrait de deux frères convaincus de leurs dons, bien loin de tours de charlatans et prestidigitateurs déployés dans la complicité. Voici l'avis que s'en fait l'auteur après lecture de ces carnets :

> « *Ce que l'on peut écrire avec quelque vraisemblance, c'est que les deux frères se sont démarqués en développant leurs dons, à l'origine analogues, dans des directions différentes et dans des pays différents. Tout se passe comme s'ils avaient convenu qu'il n'y avait pas assez de place pour les deux en France, comme s'ils s'étaient en quelque sorte partagé le marché. (...) [Ces carnets, concernant Adolphe] plaident en faveur de sa sincérité, et nous montrent plutôt un homme un peu naïf, confiant dans les immenses ressources du magnétisme. Il en faut certes plus pour percer le secret des êtres, mais c'est un indice supplémentaire*[2]. »

Comprendre. Percer le mystère. Peut-être partagez-vous notre envie de saisir toute la complexité d'Alexis Didier, et par analogie celle de son frère. À l'époque, déjà, on pouvait lire dans *Le Figaro* du 20 août 1857, à l'occasion d'un article lyrique, mais non moins satirique sur les médiums et

1. *Ibid.*
2. *Ibid.*, p. 44-45.

les somnambules : « *On compte dans Paris, au dire des experts, environ cinq cents somnambules en possession de la confiance publique. (...) Le somnambule Alexis Didier était, il n'y a pas longtemps encore, le plus à la mode de tous*[1] ». De son temps, déjà, le prodige était discuté. S'il l'est toujours aujourd'hui, le problème de la contextualisation historique, des sources et de l'interprétation de ces dernières à notre époque moderne aux mœurs et enjeux bien différents complexifient le traitement de son cas. Mais à travers cette chronique d'Alexis Didier, nous souhaitions parler d'un prodige, oublié, qui a marqué son époque. Car dans toutes les considérations du Paris des merveilles, du Paris occulte, du Paris de tous les possibles, des camps, des clans idéologiques se sont montés. Alexis Didier, bien sûr, rattaché à son mentor Marcillet et de par les cercles qu'il fréquentait, pourrait être associé à un groupe. Mais nous pensons que ces polarisations, ces enjeux, sont bien plus complexes qu'une dualité aussi radicale entre croyants et sceptiques, ou entre pro et anti magnétisme/somnambule magnétique. Il est primordial et nécessaire de soulever les questionnements et controverses associées au personnage pour en comprendre toute l'ampleur et les enjeux, mais également pour narrer son histoire qui prend place à une époque bien déterminée. En revanche, comme vous vous en doutez, il est impossible de restituer en si peu de pages avec exhaustivité les tribulations d'une vie aussi riche dans ses rencontres, accomplissements et errances. En ce sens, l'œuvre de Robert Méheust constitue à ce jour, et à notre connaissance, le travail le plus complet et objectif que nous avons pu consulter sur Alexis Didier. De même que lire les ouvrages et la presse d'époque autour de ces sujets permet de mieux comprendre le monde si particulier dans lequel a évolué Alexis Didier. Aujourd'hui, les capacités d'Alexis s'apparentent à ce que la parapsychologie appelle un « sujet-psi » : quelqu'un capable de perceptions extrasensorielles. Bien que le sujet a longtemps été à l'étude et l'est toujours aujourd'hui de manière éparse, ni les expérimentations à grand renfort de millions de dollars de la CIA à travers le projet *Stargate*, ni cent cinquante ans de parapsychologie[2], ni les différents prix récompensant les éventuelles preuves qui pourraient valider ces assertions, n'ont apporté de conclusions irréfutables de la réalité de ces capacités. Capacités qui restent donc controversées, à l'étude, et dont l'existence n'est à ce jour pas établie scientifiquement.

Alexis Didier, figure illustre du Paris des merveilles aujourd'hui tombé en désuétude, représente le vestige d'une époque révolue où Sciences et Paranormal se livraient une bataille farouche et où les frontières étaient très troubles. Pourtant, à travers ses frasques reposent les croyances toujours vives aujourd'hui de voir peut-être un jour l'humanité repousser les limites de la compréhension qu'elle a du savoir général, de la réalité et de la nature des phénomènes naturels établis. Grâce à la démarche scientifique, grâce aux apports de la science, grâce aussi, parfois, à des êtres exceptionnels qui sortent du lot. Alexis Didier, quelle que soit l'opinion définitive sur son cas, a marqué son histoire. Peut-être que, comme le dit Robert Méheust, « *[Alexis] commence à faire parler de lui juste après la clôture du prix Burdin*[3] *et toute sa carrière va se dérouler dans cette époque*

1. E. Guillot, « Les Somnambules et les Medium(s) », *Le Figaro*, 20 août 1857.
2. Renaud Evrard, *Enquête sur 150 ans de parapsychologie: la légende de l'esprit*, 2016.
3. Le prix Burdin, mis en place par le docteur Burdin, membre de l'Académie de Médecine en septembre 1837, visait à récompenser de trois mille francs quiconque pourrait prouver l'existence du magnétisme.

où la science s'est retirée : arrivé trop tard pour les commissions officielles, il est également arrivé trop tôt pour être étudié, dans des conditions contrôlées, par les pionniers britanniques des psychic studies. (…) Et l'on comprend mieux les motivations d'Alexis et de son magnétiseur, leur rage de convaincre, de prouver, qui, au regard blasé et ironique des post-modernes, paraissent relever d'un autre âge[1] ».
Nous pouvons néanmoins nuancer et inviter à la prudence, sachant que le magnétisme peut se définir par le fait que « *l'homme peut agir matériellement à distance, et sans l'intermédiaire d'aucun moyen physique ou mécanique, sur les autres êtres de son espèce, et en général sur tous les corps, soit comme un fluide particulier propre à l'organisation animale, et dans ce dernier cas, qui est le plus probable, il n'est autre chose que le fluide nerveux*[2] ». Même si ces descriptions s'inscrivent dans des définitions physiologiques, le magnétisme laisse apparaître des capacités supposées et déjà sujettes à controverse par le passé, comme le chapitre précédent le met en évidence sous le point de vue de la sorcellerie à travers les capacités de divination et de magie curative par exemple. Rappelons que l'histoire de cet homme aux pouvoirs supposés s'inscrit dans un contexte exceptionnel, autour de capacités non prouvées scientifiquement et qui demeurent aujourd'hui hypothétiques. Assurons-nous bien du fait avant de nous inquiéter de la cause disait Fontenelle. Les allégations autour des dons d'Alexis Didier sont bien rapportées. Reste à comprendre ce qu'il s'est réellement passé, ce que nous ne saurons probablement jamais. Il est intéressant, en tout cas, de voir ces mêmes fascinations et potentialités ressurgir sous différentes manifestations à travers les époques. Symptômes d'espoirs de transcendance de notre espèce ?

1. Robert Méheust, *op. cit.*, p. 25.
2. *Revue des deux mondes*, Volume 4, Volume 29, Volume 52, p. 709.

MÉROVAK, L'HOMME DES CATHÉDRALES

Ile de France
Paris

« Vibrer par les grandes orgues, Vivre par les cathédrales. »
Devise de Mérovak

Dans la tour nord de la cathédrale Notre-Dame de Paris, s'affaire un homme à la longue chevelure et en habits vert pâle de chevalier, semblant tout droit venu du XIVe siècle. Sur son torse, une croix de Malte, et près de lui, un chat, Quasimodo, qui surveille du coin de l'œil son excentrique colocataire. Nous ne sommes pourtant pas au Moyen Âge, mais bien à la fin du XIXe siècle et notre curieux personnage n'est pas sorti d'un étrange conte de fées. Sans doute s'agit-il de l'artiste-médium le plus original de l'histoire, celui que l'on appelait à juste titre « l'homme des cathédrales », de son vrai nom Gabriel François Léopold Robuchon, plus connu sous le nom de Mérovak.

Gabriel Robuchon naît le 14 juillet 1874 dans une famille d'artistes. « *Fils d'un homme de Vendée à l'imagination ardente, lié par sa mère à ces curieux insulaires de Ré, dont le regard s'aiguise à contempler sans relâche les horizons infinis de l'océan, [il] était promis à la vie dolente et infiniment cruelle de ceux-là pour qui le rêve seul est la réalité vraie*[1]. » Son père, en effet, est un pionnier de la photographie et un sculpteur de bonne notoriété, tandis que son frère est un intrépide explorateur, s'étant pour un temps essayé à l'illustration. Ce dernier, Eugène, disparaît malheureusement prématurément dans l'une de ses expéditions, quelque part dans l'Amazonie, tandis que l'une de ses sœurs « *aurait été mangée par les cannibales, sans doute dans les mêmes lieux*[2] ».

Enfant, Gabriel avait souvent suivi à pied les interminables périples de son père qui, à travers le Poitou, était allé immortaliser les paysages et monuments remarquables, des églises en ruines

1. Felix Hautfort, « L'Homme des cathédrales », *La Plume,* p. 328
2. Henri Tribout de Morembert, « Mérovak, l'homme des cathédrales », *Mémoires de Metz*, vol. 151/152 (1967/69) p. 125.

aux vestiges de châteaux forts en passant par de pittoresques maisons traditionnelles des marais bretons vendéens. De là, sûrement, les deux fondements de son existence : son amour du voyage, d'abord, et sa passion des cathédrales, évidemment. Dans son adolescence, son début de parcours est un peu chaotique : un acariâtre religieux l'ayant connu dit avec beaucoup de mépris qu'il est « *un inadapté affectif, social et sexuel, sans véritable génie ; avec un talent de qualité assez médiocre ; romantique attardé, pseudo-médiéval, paranoïaque caractérisé ; pique-assiette fort subtil ; un peu clochard sur les bords…* ». À l'âge adulte, sa vie ne sera pas bien plus conventionnelle. Comme son père désire qu'il l'aide dans son travail, il est très vite inscrit dans une école d'art. Arrivé à Paris, en 1891, il s'installe au 6e étage d'un hôtel à deux pas du Jardin du Luxembourg. Mais bien vite, c'est dans la tour nord de Notre-Dame qu'il passera le plus clair de son temps, en compagnie du sonneur de cloches Herbert qui finit par se prendre d'affection pour lui, et du chat Quasimodo. Il entre à l'École des Arts Décoratifs, comme souhaité par son père, mais n'y restera qu'à peine quatre mois, au bout desquels il finit par se faire renvoyer faute « *d'assimiler la technique officielle*[1] ». Car il faut dire que Gabriel a sa propre vision de l'art et qu'il n'est pas vraiment du genre à se laisser dicter sa conduite. Âme libre et rêveuse par excellence, c'est par lui-même que le jeune artiste fera son éducation. Et rien ne semble lui résister. Gabriel devient non seulement un peintre et un dessinateur particulièrement talentueux, mais également un musicien brillant. Son inspiration et sa dextérité virtuose témoignent très vite de quelque chose de mystique, tant l'on s'étonne qu'il ait pu à ce point maîtriser ces deux arts sans jamais n'avoir eu besoin de les apprendre. Il se forge alors la conviction d'être un être à part, investi d'une mission divine.

Gabriel commence à se faire connaître dans quelques cercles parisiens très fermés pour ses talents extraordinaires, que l'on dit être des dons médiumniques. Forcément, un tel personnage, comme tout droit sorti d'un Moyen Âge plein de mystères, attire les occultistes parisiens qui voient en lui des talents qui ne peuvent qu'être paranormaux : guidés par les esprits, peut-être, des âmes d'un autre temps. D'autres observateurs de l'époque, moins versés dans l'occultisme tel que Felix Hautfort, journaliste acerbe pour la revue *La Plume*, se demandent « *s'il fallait voir en ce personnage singulier un comédien, un philosophe, un artiste ou un fou* ». Car effectivement, tout le monde n'est pas tant enclin à croire en les pouvoirs médiumniques de Gabriel Robuchon duquel, comme le fait remarquer Henri Tribout de Morembert, les prétendues improvisations musicales semblaient être davantage des reproductions de célèbres airs appris par cœur. Dans un article de 1898 dans la revue consacrée au paranormal *L'Écho du merveilleux*, le journaliste Gaston Méry est tout aussi critique : « *N'engagez pas trop votre plume sur ce sujet nébuleux. Je l'ai entendu au piano et à l'orgue. (…) Ce n'est pas, à mon avis, un cas de médiumnité probant, au moins en ce qui concerne la musique, composition et exécution. Il joue et rejoue les mêmes choses qu'il sait par cœur*[2] ». Difficile de savoir si les talents de Gabriel relevaient de l'ordre de l'extraordinaire ou de la supercherie. Après tout, un personnage se baladant en tenue moyenâgeuse ne devait pas toujours

1. *Ibid.*
2. Gaston Mery, *L'Écho du merveilleux,* n° 24, 1er janvier 1898.

s'attirer que de la sympathie, et c'est sans aucun doute que son allure a dû lui causer quelques déficits de crédibilité. Les chroniqueurs de l'époque n'ont donc peut-être pas pris au sérieux les dires de cet original, n'expliquant son talent que par la mémorisation par cœur. Pourtant, d'autres témoignages n'ont pas du tout la même tonalité. Tribout de Morembert rapporte : « *Il ne s'exprimait musicalement qu'avec son seul instinct et sans souci des règles qu'il ignorait ; il s'était en effet obstiné à n'entreprendre aucune étude musicale. Il avait cependant un jeu étourdissant, brutalisant les touches du piano de ses doigts tendus, arrachant au clavier des gémissements et même cassant parfois des cordes, il se livrait à un étrange tumulte de traits, de gammes, d'arpèges, d'accords, avec une virtuosité incomparable, fulgurante* ». Difficile à dire donc, maintenant comme à l'époque, si cet impressionnant spectacle était une réinterprétation *grunge* ou une musique mystique dictée par les esprits.

Il faut d'ailleurs savoir que les cercles parisiens de la Belle Époque se livrent une guerre plus ou moins confidentielle, entre ceux appartenant au mouvement du spiritisme et ceux du spiritualisme. Gaston Méry et *L'Écho du merveilleux* appartenaient à la première catégorie, s'attachant à démontrer avec un protocole expérimental l'existence d'êtres éthérés, tandis que Papus et dans son sillage Gabriel Robuchon appartenaient à la seconde, s'intéressant davantage à des questions métapsychiques, considérant l'esprit humain comme détaché de la matière. Ainsi, en fonction des accointances des journalistes avec tel ou tel club de l'occulte, Gabriel sera tour à tour médium acclamé et charlatan patenté.

Un bon exemple se trouve dans les différents articles produits à l'occasion du premier congrès spiritualiste de France à Paris, en 1908, pour lequel l'invité d'honneur de la soirée de gala n'est autre que notre Gabriel, maintenant baptisé Mérovak, « *le médium bien connu des promeneurs du Luxembourg*[1] ». Une conversation rapportée par Henri Carbonnelle, un journaliste pour *La Liberté*, permet de mieux saisir la dimension médiumnique chez Mérovak, qui affirme « *que c'est sous l'inspiration des Esprits qu'il compose ses poèmes et sa musique et exécute ses dessins* ». Carbonnelle met en lumière la modestie sincère, presque syndrome de l'imposteur de l'artiste : « *Je n'ai aucun mérite, me disait-il après la séance, à composer mes poèmes ou à dessiner, c'est une force extérieure qui me pousse ; je prends du papier, une plume, et soudain je dessine, je dessine sans fatigue, sans pensée ; une main invisible conduit ma main*[2] ». Si, pour le journaliste, ces déclarations entérinent la vocation mystique de Mérovak, d'autres témoignages de cette même soirée donnent une vision diamétralement opposée du personnage. Dans le bulletin mensuel de la maçonnerie mixte en France et à l'étranger[3], on décrit la performance avec un oeil incrédule : « *M. Merovak traça à la craie sur le tableau noir – en prenant pour thème quelques traits faits au hasard par M. le Dr Papus – un dessin soi-disant «mediumnimique» représentant plusieurs édifices gothiques de fantaisie. Durant le tracé, le médium expliquait ses facultés musicales et poétiques et ses dessins qu'il*

1. « Le Grand Architecte : le congrès spiritualiste », *Messidor : informations du monde entier,* 8 juin 1908.
2. Henri Carbonnelle, Le Congrès Spiritualiste, *La Liberté,* 10 juin 1908.
3. *Bulletin trimestriel de la maçonnerie mixte en France et à l'étranger,* association philosophique française Le Droit humain, 1908, p. 434-435.

attribue à une influence occulte. (...) Cette dernière partie de la séance, fort goûtée par une partie du public, ne me donna guère qu'un sentiment de gêne profonde, car je ne puis comprendre qu'on expose ainsi en public des êtres paraissant tirer grande vanité d'un état évidemment peu normal. »

Hormis les querelles cherchant à légitimer ou non les dons de Mérovak, ce congrès nous apprend, grâce à un autre article dans le quotidien *Messidor*, une nouvelle information d'importance. « *Comme M. Jaurès, Mérovak a vu en rêve la cité future, mais elle lui apparaît sous la forme d'une cathédrale immense, infinie, aux tours gothiques ressemblant «à des mains jointes en prières» et où des orgues éternelles, plus puissantes que les voix unifiées des tribunes socialistes répandront sur la misère humaine calmée leur symphonie ! Déjà Mérovak, dessinateur habile, a dressé son plan. L'autre jour, au Luxembourg, nous le surprîmes construisant sur le papier la dernière pierre de la plus haute tour qui se cachait dans le firmament bleu, parmi les étoiles.* »
Si l'anecdote nous permet aujourd'hui d'évaluer l'importance de Mérovak dans ces cercles ésotériques très célèbres, elle fait également office de prédiction pour l'avenir du médium. Dans sa vision Mérovak a rêvé de cette cathédrale infinie, elle finira par prendre forme dans un cauchemar bien réel près de dix ans plus tard.

Quoi qu'il en soit, l'attitude bizarre et les excentricités dramatiques de notre jeune artiste ne passent pas tout à fait inaperçues dans les rues du vieux Paris de cette fin de siècle. Bien vite, le jeune homme attire curiosité et sympathie, et devient à lui seul une sorte d'attraction du Quartier Latin. Il faut dire que dans son costume de gentilhomme, il colle parfaitement avec la carte postale du Paris médiéval fantasmé par les romantiques. Il clame d'ailleurs à qui veut l'entendre : « *Je date du règne de Louis XI et j'ai très bien connu Jeanne d'Arc*[1] ». À ses chaussures sont attachés de longs éperons qui, dit-on, font la terreur des jupons de ces dames, et l'on retrouve le jeune homme, maintenant quasiment installé chez le sonneur Herbert, tous les jours sur le parvis de Notre-Dame. Là, il peint sous le regard à la fois amusé et admiratif des passants, et quelques célébrités en vogue vont même l'enorgueillir de leurs signatures dans son livre d'or. Mais si tout le monde dans le quartier connaît l'homme des cathédrales, l'argent n'est pas pour autant au rendez-vous. Ses dessins ne se vendent pas et il doit sa subsistance à la générosité des commerçants du coin. « *Heureusement qu'un petit restaurateur avait consenti à lui accorder des bons de rosbif en échange de ses dessins, sinon il aurait bel et bien crevé de faim* », raconte Gaston Méry. Qu'importe, Gabriel Robuchon vit sa passion dévorante pour les cathédrales. Jour et nuit, il dessine et peint les moindres recoins de Notre-Dame. Depuis le parvis ou perché dans sa tour, son œil décortique chaque voussure, chaque pinacle, chaque gargouille. Et de ses dessins ressort autant une virtuosité d'exécution sans pareille qu'une poésie vibrante et douce.

Rapidement, l'histoire d'un artiste en costume médiéval vivant dans les tours de la « vieille dame », comme on l'appelle alors, commence à s'ébruiter. C'est le célèbre journaliste Adolphe Brisson qui s'intéresse en premier à lui et lui consacre un article dans le journal *Le Temps*.

1. *Ibid.*

La popularité du personnage saugrenu s'en voit décuplée, si bien qu'un jour l'illustre astronome et amateur du paranormal Camille Flammarion, qu'il a rencontré plus tôt chez des amis, lui rend visite à son tour. Après avoir longuement discuté, celui-ci laisse en partant sa trace dans le livre d'or qui tient tant à cœur à l'artiste. Ce serait d'ailleurs Flammarion qui aurait donné son surnom à notre Gabriel. Il écrit : « À *Merovak, j'admire l'harmonie dans les cathédrales comme dans les cieux.* »

Mais d'ailleurs, pourquoi ce drôle de surnom de « Mérovak » ? Sans doute faudrait-il poser la question à l'astronome. Mais il faut savoir qu'à l'époque, Mérovak a un presque homonyme qui lui ressemble fort tant en personnalité qu'en allure : Joséphin Péladan dit le Sar Mérodack. Il s'agit d'un écrivain occultiste extravagant, adepte de la Rose-Croix et du martinisme, deux ordres secrets, et qui, tout comme Mérovak, est empreint à outrance du romantisme de son siècle. Il se balade lui aussi dans les rues de Paris dans des tenues qui, pour l'époque, en font se retourner plus d'un. Il est plus âgé que Mérovak et donne plutôt dans le quattrocento que dans le gothique, mais globalement, les deux hommes, s'ils se sont croisés, ont dû particulièrement bien s'entendre. Ou peut-être ont-ils été de terribles concurrents… Un article de *L'Ouest-Éclairé* dit d'ailleurs que Mérovak « *voulait sans doute concurrencer le Sar Joséphin Péladan, lui-même alors dans toute sa gloire vaticinante*[1] ». Mérovak et le Sar Mérodack fréquentaient sans aucun doute les mêmes cercles occultes, des groupes d'intellectuels parisiens proches de Papus, et il y a fort à parier qu'en baptisant Mérovak, Camille Flammarion avait fait le rapprochement avec Péladan. Mérovak avait d'ailleurs organisé une soirée « *cathédralesque* » dédiée « *à ceux qui sentent, plutôt qu'à ceux qui pensent, aux rêveurs et à ceux qui ont mis leur foi dans les rêves comme dans les seules réalités*[2] » dans laquelle il n'aurait pas été surprenant de croiser Le Sar.

À force de côtoyer le Tout-Paris, Mérovak devient de plus en plus célèbre, mais toujours aussi sans-le-sou. Bien vite, de nombreux autres reporters cherchent à l'approcher dans sa tour hors du temps, et c'est alors une véritable cohue qui se presse pour l'interviewer. Les autorités ecclésiastiques, agacées par l'incessant ballet de journalistes, finissent par le chasser de son refuge. Qu'importe, pour l'homme des cathédrales, tous ces badauds curieux de le voir dans ses habits de velours, perché dans sa logette gothique, avaient fini par rompre le charme, et il lui aurait fallu déménager quoi qu'il arrive, dit-il. Il prend alors un train au hasard, et se retrouve à Bruxelles. Là-bas, il se décide à donner des conférences sur l'art et parcourt un temps la Belgique en quête d'un public curieux : « *Il esquisse une sérénade du haut du balcon de pierre de la Maison du Roi devant une foule enthousiasmée, Louvain, où la jeunesse universitaire le fête, Malines, Bruges, Anvers qui lui livrent le secret enchanteur de leurs cloches carillonnantes*[3] ». Après quelque temps à vagabonder, il revient finalement à Poitiers pour mieux s'en retourner, puisque le 29 mai 1898, il décide de partir en croisade « *contre le banal et le laid* » : il parcourt alors la distance de

1. Florian Le Roy, « Mérovak, l'homme des cathédrales. Son dernier rêve : l'embellissement du Mont-Saint-Michel », *L'Ouest-Eclair,* 28 octobre 1929.
2. V. Riemer, « Une nouvelle croisade de Mérovak », *La Charente,* 12 mai 1899.
3. Henri Tribout de Morembert, « Mérovak, l'homme des cathédrales », *op. cit.*

Fontenay dans le Poitou à La Rochelle à pied, soit près de 50 km, accompagné d'un petit âne caparaçonné tractant un clocher mobile confectionné par ses soins. Malheureusement pour lui, il ne sera pas vraiment bien accueilli à La Rochelle, les habitants voyant d'un mauvais œil cet hurluberlu hirsute et excentrique. Cette expérience ne le découragera pas pour autant, puisque quelques années plus tard, Mérovak part à dos d'âne sillonner toute la France et la Belgique des mois durant, s'arrêtant dans chaque ville ou village afin de donner des concerts d'orgue dans le but de financer la restauration des grands orgues de Saint-Gervais.

En 1900, l'année de l'Exposition universelle, Paris est dans une effervescence inouïe. « *Mérovak, vêtu d'un costume à la mode du XIIIe siècle – blouse plissée, serrée à la taille par une ceinture de cuire à boucle d'argent, pantalon bouffant, collants aux chevilles, béret à couvre-nuque, le tout couleur lie de vin, brodé de rouge vif* – » est de retour. Il nourrit le projet de devenir professeur de dessin, mais bien vite le peintre Frédéric Robida parvient à lui obtenir un travail de rêve : il est nommé carillonneur du Palais de l'Industrie. Pour Mérovak, c'est un honneur incroyable. Tribout de Morembert raconte que « *les visiteurs le considéraient avec un étonnement ravi ou une sorte de sympathie confuse, toujours en tout cas avec un profond respect, car Merovak n'apparaissait point en ces lieux comme un subalterne médiocre ni même comme un fonctionnaire anonyme, mais comme un personnage de légende et de rêve paré de toutes les séductions* ». Cependant, malgré son statut de légende, Mérovak n'est pour autant pas invité à l'inauguration officielle de l'Exposition, ce qui a pour effet de le vexer au plus haut point. Qu'importe, même sans invitation, il décide d'y assister. Pour ce faire, il s'infiltre en suivant de près l'ambassadeur d'Angleterre. Bien vite, les gens autour de lui s'interrogent sur son uniforme bien étrange et exotique. Serait-il un ambassadeur de Saint-Marin, d'Andorre ou encore de Patagonie ou du Nicaragua ? Mérovak, qui entend les murmures s'élever autour de lui, s'exclame alors : « *Je suis l'ambassadeur rétrospectif de la collégiale gothique* ». Une phrase si théâtralement romantique qu'elle restera dans les mémoires. Adolphe Brisson raconte : « *Un long silence accueillit cette déclaration inattendue. Mérovak fut entouré par un flot d'habits brodés qui l'accablent des compliments les plus flatteurs* ». Et voilà comment notre ambassadeur du Moyen Âge réussit à se faire un nom jusque dans les plus hautes sphères de la société d'alors.

Un autre jour, au détour d'une des allées de l'Exposition, André Gaucher, un journaliste croise Mérovak et le reconnaît. Il raconte : « *Monsieur, me dit Mérovak, je crois vous avoir déjà rencontré quelque part. – C'est exact, fis-je à mon tour, et vous êtes, je crois, Mérovak, l'homme qui recathédraliserait les cathédrales si elles venaient jamais à se décathédraliser. – Vous l'avez dit*[1] ». Car Mérovak, en effet, outre son personnage excentrique et ses frasques dramatiques, fut aussi un fervent défenseur du patrimoine à une époque où cette notion, certes très en vogue, n'était pas encore tout à fait communément admise. Peu à peu, il « *forme le projet de ressusciter le Moyen Âge et rénover l'art romantique*[2] ». Son amour sincère des cathédrales l'amène non seulement à

1. André Gaucher, « L'Homme des cathédrales. Mérovak à l'Exposition », *La Presse*, 26 avril 1900.
2. J. De Nouvion, « Les Projets de Mérovak », *Le XIXe siècle : journal quotidien politique et littéraire*, 3 mai 1898.

devenir un expert en architecture et en histoire, mais également à transmettre cette passion aux plus jeunes. En effet, à 25 ans, il commence à donner des conférences pour les enfants, quand bien même il n'a aucune formation, et se lance dans ce qui constitue, en quelque sorte, sa deuxième carrière, après celle d'amuseur public involontaire et d'artiste loufoque désargenté. Pour l'occasion, il se donne une allure un peu plus conventionnelle. Il n'abandonne pas les costumes médiévaux, mais rase sa longue barbe hirsute, probablement pour paraître « plus présentable ». Avec sous le bras une lanterne magique, cet ancêtre de nos rétroprojecteurs, et un phonographe mécanique, il met en scène ses conférences dans la plus grande des extravagances, fidèle à lui-même. Il appelle cela des « *géographies sonores* » et devient un « *pèlerin de l'enseignement* », sillonnant non plus à dos d'âne, mais cette fois à motocyclette, la Belgique d'abord, puis la France, faisant payer quelques francs aux parents des enfants (50 francs aux plus riches, 20 francs aux autres), excepté aux plus pauvres qui pouvaient assister à ses classes gratuitement. Si ces conférences sont prisées, il n'y fait pour autant pas fortune, achetant même des gâteaux à ses petits élèves lorsqu'il considérait avoir trop bien gagné sa journée. « *La vie est pour moi un perpétuel voyage et une perpétuelle joie…* », écrit-il.

Durant son périple, c'est encore à l'ombre des cathédrales que Mérovak rencontre sa femme, Éléonore, qui est née et a vécu toute sa vie dans une petite maison accolée à la cathédrale de Metz. L'histoire veut que Mérovak, planté sur le parvis à dessiner l'édifice, ait bien vite attiré un grand nombre de curieux, et qu'au milieu des visages anonymes de la foule, il ait vu celui d'Éléonore, « *la fleur des cathédrales* » et qu'il en serait immédiatement tombé amoureux. L'histoire est digne d'un roman courtois. C'est, sans surprise, au sein de la cathédrale de Metz que les deux amants se marient le 29 janvier 1912. Un an et demi plus tard, naît Éliane, leur fille. La petite famille déménage ensuite pour s'installer à Arnaville, au sud de Metz. Mais bien vite, la Première Guerre mondiale éclate, et dans ce petit village à la frontière de la Moselle annexée, le choc est rude. Dans son autobiographie[1], Mérovak raconte : « *Les chants des hordes en marche vers Paris heurtaient nos cœurs et s'évanouissaient sur le seuil des maisons verrouillées. (…) La canonnade faisait rage : plusieurs fois, les obus tombaient à quelques pas, faisant remuer les foyers. Toutes les terreurs planaient au ciel en courroux…* » Le 22 décembre 1914, Mérovak et toute sa famille sont faits prisonniers. « *Le convoi d'un millier d'esclaves, pendant plusieurs jours, roula lentement vers le nord de l'Allemagne et, une nuit, déversa à Holzminden (Hanovre) le long chapelet de ses victimes*, raconte-t-il. *Nos bourreaux, en face de l'horrible tableau que présentait la vue des vieillards, des femmes de tous âges et des enfants, dont plusieurs naquirent en ce lieu d'infamie, durent baisser la tête et ne purent s'empêcher de relâcher, de renvoyer en France ces malheureux et ces malheureuses.* » Grâce à la clémence des pauvres soldats, la femme et la fille de Mérovak parviennent à quitter le camp de prisonniers et à regagner la France. Mais notre héros restera en captivité pendant deux ans. Comme on consent à lui fournir du matériel, c'est dans cette sinistre situation qu'il crée son œuvre monumentale *La Cathédrale des Morts*. Mérovak raconte que le projet serait né d'un capitaine allemand venu lui demander de dessiner

1. Merovak, *La Cathédrale des morts*, suivi d'une notice sur Mérovak, France, imp. Gérente.

des plans pour construire une cathédrale. La gigantesque peinture de près de trois mètres de long sur plus de deux mètres de haut occupe huit mois de sa captivité. Mais son projet est plus grand que la seule peinture, pour lui, il s'agit de l'esquisse d'une bâtisse qui devra voir le jour près de Verdun, « *sentinelle imposante, personnifiant à jamais l'abolition du militarisme prussien* ». C'est une cathédrale chimérique que Mérovak imagine, combinant des éléments architecturaux puisés dans les nombreuses églises gothiques attentivement scrutées durant toute son existence, et pensée comme un monument commémoratif pour le jour où le conflit cessera. « *La Cathédrale des Morts, aux jours des funèbres anniversaires, parlera aux Nations. Les bourdons, énormes masses de bronze, de leurs prisons de pierre, rejetteront les sourds grondements qui pénètrent les âmes. L'orgue réveillera les trépassés que les vivants évoqueront sous les hautes voûtes qui se rempliront de la prière suprême des peuples endeuillés.* » Si la cathédrale impossible ne verra jamais le jour, il est cependant difficile de ne pas repenser au Rêve de Mérovak, cette « *expérience psychique et occultiste* » à laquelle s'était intéressé le congrès spiritualiste de 1908.

Il est finalement relâché le 23 décembre 1916, deux ans quasiment jour pour jour après sa capture, « *pour cause de maladie* ». En partant, on lui confisque son chef-d'œuvre, duquel il ne peut conserver que quelques clichés. Amputé de l'œuvre la plus importante de sa carrière, il rentre parmi les siens. Mais le bonheur des retrouvailles est bref. Alors qu'Éléonore vient tout juste de donner naissance à leur deuxième enfant, Romain, celle-ci s'éteint brutalement fin septembre 1918. Mérovak est laissé « *seul devant le malheur irréparable qui équivaut à un coup de poignard dans le cœur* », comme il le raconte. Après la mort de sa femme, il déménage à Langres, dans la Haute-Marne, une cité médiévale fortifiée évidemment, où il s'installera au 11 rue Château-du-Mont, dans l'une des anciennes tours du vieux château de la ville. Les années passent, mais Mérovak reste fidèle à lui-même, n'abandonnant ni ses frasques vestimentaires ni sa passion des édifices médiévaux. Assagi et bientôt oublié, Mérovak devient pour ces anciens détracteurs le souvenir cocasse d'une époque révolue. En 1939, au début de la guerre, le vieil artiste vit péniblement en vendant des dessins à 5 francs pièces. Lorsque le 4 février 1945, il fait une attaque, cinq ans après la première, qui le laisse paralysé du côté et de la jambe droite, il apprend à peindre et dessiner de la main gauche. Mérovak refuse de quitter son château de Langres et continue de vivre dans la misère. « *Sa sœur doit employer toutes sortes de ruses pour lui faire parvenir vêtements et denrées, car il ne veut rien recevoir*[1]. » Moins pour sa subsistance que parce qu'il ne saurait faire autrement, il se met à peindre dans la cathédrale de Langres. Froidement, il finit par s'en faire éjecter à cause de « *ses expositions chaque jour plus envahissantes, ses interventions intempestives et le désordre permanent qui s'en suivait*[2]. » Même vieillard, les dernières photos de Mérovak conservées dans les archives de la Haute-Marne montrent un homme au visage malicieux d'un enfant rêveur, qui a passé sa vie à partager tout ce qu'il avait, son amour et son érudition. En 1946, Robert Kempf écrira dans le journal *Le Temps* : « *Père Noël qui instruit en amusant, ô vagabond pédagogique ! Vous n'avez pas vieilli, puisque vous n'avez rien pris au sérieux* ».

1. Henri Tribout de Morembert, « Mérovak, l'homme des cathédrales », *op. cit.*
2. Chanoine Turlure, *L'indépendant de la Haute-Marne*, 6 septembre 1952.

En 1953, Mérovak est contraint d'entrer à l'hôpital de Langres, d'où il ne sortira plus. Il meurt seul et dans le plus grand dénuement le 4 novembre 1955. Médium, écrivain, peintre et musicien effacé de (presque) toutes les mémoires, il n'a pas été facile de remettre la main sur Mérovak. On compte en tout et pour tout deux ouvrages écrits de sa main, *La Cathédrale des morts* et *Le Mont-Saint-Michel interprété par Mérovak, homme des cathédrales*, un article paru dans la *Gazette des Beaux-Arts* en 1962 écrit par Maurice Hamel, et un autre dans l'ouvrage *Mémoires de Metz* écrit par Henri Tribout de Morembert. Pourtant, des dizaines d'articles de la fin du XIXe siècle relatent des frasques de Mérovak, de son curieux aménagement dans la tour nord de Notre-Dame à son tour de France à dos d'âne, en passant par ses extravagantes démonstrations de dessins médiumniques. Quelques photos éparses se trouvent encore dans les confins d'Internet ou dans des collections privées. Mais de ses peintures et dessins, presque plus rien. Une exposition a été organisée par la Mairie de Redon, en Bretagne, où il a un temps séjourné.
Cet être hors du commun, si sincère et extravagant, si généreux et inspiré, a marqué l'histoire à sa façon. Légende de la Belle Époque, curiosité du Vieux-Paris, parfois raillé et tourné en ridicule, souvent admiré pour son œuvre et son abnégation, Mérovak n'a vécu que pour voir le monde du haut d'une tour moyenâgeuse. Des confins des Temps, il a rêvé sa vie et en a fait une réalité. Poète oublié, Mérovak, l'homme des cathédrales.

LES AUTRES VOIX DU PARIS OCCULTE

Île-de-France
Paris

« Qui regarde au fond de Paris a le vertige. Rien de plus fantasque, rien de plus tragique, rien de plus superbe. »
Victor Hugo

Dans le Paris magique d'antan, les clairvoyants côtoient les spirites. Les magnétiseurs s'écharpent avec les adeptes des sciences modernes. À l'intérieur des salons populaires, les diseuses de bonne aventure lisent l'avenir de personnes fortunées et les prophètes prédisent les bouleversements prochains. Les mages, eux, cherchent encore le secret de l'immortalité, et les alchimistes, moins nombreux, s'emploient toujours à trouver la formule de la pierre philosophale. Mais dans le flot de cet autre Paris insolite et merveilleux, certains entendent aussi des voix qui semblent venues d'un au-delà. Parfois injonctions, parfois conseils, ces voix mystérieuses semblent guider et inspirer celles et ceux qui les entendent.
Ces individus sont appelés des télépathes. Au cours du XXe siècle, dans la capitale, plusieurs de ces personnalités émergent et se démarquent par leur chemin de vie exceptionnel.

Jeanne Tripier naît le 10 janvier 1869 à Paris. Elle est la fille d'un négociant en vins. Ses jeunes années se passent à la campagne aux côtés de sa grand-mère. Jeune, on la dit rêveuse, singulière : Jeanne est une personne atypique qui marque celles et ceux qui croisent son chemin. Une fois adulte, elle vit à Paris dans le quartier de Montmartre. La Parisienne fréquente un temps un Américain avec lequel elle a un fils, Gustav, surnommé Gustio. Jeanne l'élève seule, tout en travaillant en tant que sertisseuse en joaillerie. C'est finalement assez tard que Jeanne est touchée par l'occulte, notamment le spiritisme et la divination. Elle s'initie alors à la médiumnité. Lorsqu'elle a cinquante-huit ans, l'apprentie médium se prend véritablement de passion pour ces pratiques hors du commun. Mais en 1934, la pauvre femme est sans emploi ni ressources. Ainsi, le 8 octobre de la même année, elle est expulsée et conduite à l'infirmerie spéciale de la Préfecture de police. En effet, depuis peu, Jeanne présente des signes de détresse psychique.

Le docteur qui l'examine, Gatian de Clérambault, la transfère au service des admissions de l'hôpital Sainte-Anne. Elle est finalement placée à Maison-Blanche, au service du docteur Henri Beaudouin, car elle souffre de psychose chronique, de logorrhée et de mégalomanie. Elle est persuadée d'être une réincarnation de Jeanne d'Arc[1]. Elle est convaincue d'être une spirite accomplie, une médium et une justicière planétaire, qui utilise le fluide[2] pour recevoir des messages d'esprits et guider l'humanité. Sa mission, pense-t-elle, est de préparer le Jugement dernier. Elle tente de le prévenir par ses voyages interplanétaires qu'elle retranscrit en textes prémonitoires, accompagnés de dessins étranges, violents et empreints de noirceur. Mais elle a également recours à des broderies et des peintures qu'elle réalise au doigt, avec de l'encre qu'elle mélange à de la teinture pour cheveux ou encore du vernis à ongles. Ainsi, elle développe ses propres messages, ses codes secrets qu'elle nomme elle-même « *langage sphérique* ». Jeanne Tripier passe dix ans à l'hôpital à poursuivre ses messages médiumniques. Elle meurt le 26 juin 1944 à Neuilly-sur-Marne. Après son décès, le docteur Henri Beaudouin confie ses œuvres au peintre Dubuffet qui rend célèbre Jeanne. Elle est en effet aujourd'hui considérée comme l'une des grandes artistes de l'art brut, et l'essentiel de son œuvre se trouve à présent dans la Collection de l'art brut à Lausanne, en Suisse. *« Le 28 août 1945, Dubuffet baptise «art brut» un art qu'il collectionne depuis plusieurs années, art qui comprend à la fois l'art des fous et celui de marginaux de toutes sortes : prisonniers, reclus, mystiques, anarchistes ou révoltés*[3]. »

Le cas de Jeanne Tripier est particulièrement intéressant, puisqu'elle se définit comme spirite, dans la mouvance des médiums et entend faire la démonstration de ses capacités à travers ses productions. Pour autant, sa santé psychologique fragile lui vaut, comme nous l'avons vu, d'être internée pour le restant de ses jours. Ses productions, elles, sont aujourd'hui considérées non pas comme d'authentiques messages dispensés par des esprits, mais tout simplement comme une forme d'art. Ces « artistes médiumniques » malgré eux, dont Jeanne Tripier fait partie, il y en a eu plusieurs.

On peut ainsi citer Augustin Lesage, un mineur à qui une voix entendue de lui seul lui prédit une carrière de peintre. Il finit par effectivement en devenir un. Il peint plus de huit cents toiles au cours de sa vie, lesquelles le catégorisent comme un peintre médiumnique. On trouve également Marguerite Burnat-Provins, sujette à des visions qu'elle retranscrit en peinture, ou encore Laure Pigeon, célèbre peintre médiumnique, pionnière de l'art brut qui réalise ses dessins en état de transe.

Le XXe siècle efface progressivement le paranormal populaire des salons parisiens, et les quelques personnages qui se livrent encore publiquement à ces bizarreries sont peu à peu relégués au rang d'artistes, de prestidigitateurs, d'escrocs, de fous. Une évolution des mœurs intéressante si nous

1. Bertrand Matot, *Paris occulte*, 2018, p. 63.
2. Le fluide, également appelé périsprit, notamment pour les spirites, serait un lien entre l'énergie immatérielle et la matière, entre le monde matériel et spirituel.
3. Laurent Danchin et Martine Lusardy, *Art Brut et compagnie : La Face cachée de l'art contemporain*, Paris, 1995, p. 10.

faisons l'analogie avec l'évolution de la chasse aux sorcières et le changement de paradigme qui l'entoure, transformant au fil du temps les sorciers et sorcières en des charlatans ou des parias ostracisés[1].

En 1925, alors que le 8 rue Copernic voit défiler des milliers de Parisiens pour assister au Congrès spirite international, la Capitale accueille de curieux personnages parfois venus de l'autre bout du monde. Ainsi, un certain Tahra-Bey commence à se faire connaître pour ses capacités extraordinaires. Il est coiffé d'un turban et vêtu d'une longue robe blanche. De son vrai nom Krikor Kalfayan, l'homme né à Constantinople de parents arméniens enchaîne les représentations à succès. Et pour cause : il prétend détenir des secrets d'anciens rites orientaux qui lui permettent d'accomplir des prouesses extraordinaires. Lors de ses performances, il utilise des planches à clous ou encore des épingles et des couteaux qu'il se plante dans le corps, sans douleur. Tout aussi visuels et impressionnants, d'autres numéros le font s'enfermer dans un cercueil qu'il recouvre ensuite de sable, mais à l'intérieur duquel il parvient néanmoins à respirer. Tahra-Bey promeut ensuite ses idées en fondant le Tahraïsme Institut qui entend étudier et diffuser le fakirisme et le tahraïsme, qu'il identifie comme des phénomènes psychiques.

Pourtant, s'il attire les curieux, Tahra-Bey est controversé. Dans la presse, notamment dans les colonnes du *Diário da Noite*, le journal de Rio de Janeiro, il est accusé de jouer avec les superstitions pour mystifier les crédules[2]. Il lui est alors demandé de produire une preuve décisive de ses pouvoirs extraordinaires. Dans le même temps, Tahra défie à son tour les illusionnistes de venir le voir se représenter et d'essayer de le confondre. Lorsqu'ils essaient, ils sont interdits d'entrée par la police[3]. Les polémiques s'accentuent et le fakir est suspecté de charlatanisme dès 1928. Tahra est cependant considéré comme un bon prestidigitateur, ce qui lui vaut son succès. Il se produit devant des personnalités et même devant des rois, des reines et des chefs d'État. Finalement, l'homme est expulsé de France le 2 septembre 1938 pour escroquerie. Déchu, il revient à Paris quelque temps plus tard et remonte à nouveau sur scène malgré de nouveaux démêlés judiciaires.

Un autre Fakir, Fhakya-Khan, ne manque pas non plus de faire parler de lui dans la France entière lorsqu'il prédit en 1925 la destruction de Paris pour l'année suivante. Une prophétie si alarmiste que *Le Petit Journal illustré* en fait sa une et rapporte toutes les prophéties du fakir devin.

En parallèle des fraternités, des mouvements occultes et artistiques empreints de mysticisme qui se perpétuent, comme les surréalistes et leurs liens avec l'occultisme parisien, les années effacent peu à peu la magie de la sphère publique parisienne. Bien sûr, les devins, les médiums et les voyants sont toujours là. Mais la Seconde Guerre mondiale rugit, la politique s'immisce dans les mouvements occultistes, et des camps se forment. Les « heures noires » que décrit bien Bertrand

1. Cf. chapitre 1. Les bouleversements sociétaux transforment les figures judiciaires des sorciers et sorcières pour en faire des escrocs, des charlatans.
2. *Le Prestidigitateur*, gazette mensuelle des artistes professionnels et amateurs, dir. Agosta-Meynier, octobre 1932, p. 1465.
3. *Ibid.*, p. 1466.

Matot dans son livre *Paris occulte* font que, en plein conflit, la capitale devient un symbole à la fois de propagande et de résistance. La période troublée n'échappe pas aux prophéties de toutes sortes. La Seconde Guerre mondiale terminée, le traumatisme est bien présent. Après la magie, vient le désenchantement.

> « *Pour les pionniers du spiritisme, féministes spiritualistes, fondateurs de la parapsychologie et artistes inspirés, Paris a donc été la capitale des sciences occultes, presque une cité magique peuplée de symboles cachés, d'intersignes et de communication avec l'au-delà. Au sortir de la Seconde Guerre mondiale, les arts divinatoires perdent néanmoins de leur superbe, quand ils ne tombent pas de leur piédestal au profit des sciences sociales. Une page se tourne, une génération s'efface*[1]. »

Si les voix du Paris occulte sont bien faibles aujourd'hui, il reste néanmoins quelques personnalités singulières, à la marge, qui continuent de perpétuer à leur manière cette facette méconnue de la Capitale. Quand l'extraordinaire bouleverse le quotidien, Paris est bel et bien magique.

1. Bertrand Matot, *op. cit*, p. 122.

BIBLIOGRAPHIE

Alexis Didier, le Prince des Somnambules

Nicole Edelman, « Le Somnambulisme magnétique : les enjeux d'une mise à la marge (première moitié du XIXe siècle en France) », *L'Homme & la Société*, vol. 167-168-169, n° 1-2-3, 2008.

Renaud Evrard, « *Enquête sur 150 ans de parapsychologie: la légende de l'esprit* », 2016.

E. Guillot, « Les Somnambules et les Medium(s) », *Le Figaro*, 20 août 1857.

Marquis de Mirville, *Des esprits et de leurs manifestations fluidiques*, 1854.

Robert Méheust, *Un voyant prodigieux, Alexis Didier 1826-1888*, 2003.

Revue des deux mondes, Volume 4, Volume 29, Volume 52.

Jean-Joseph Ricard, *Lettres d'un magnétiseur*, Paris, 1843.

Michel Seldow, « Robert-Houdin et les fantômes », dans *Vie et secrets de Robert-Houdin*, Paris, Fayart, 1971.

The Zoist, *Reports of Various Trials of the Clairvoyance of Alexis Didier, last Summer in London*, 1845, vol. II.

Mérovak, l'homme des catédrales

Bulletin trimestriel de la maçonnerie mixte en France et à l'étranger, Association philosophique française Le Droit humain, 1908.

Henri Carbonnelle, « Le Congrès Spiritualiste », *La Liberté*, 10 juin 1908.

Chanoine Turlure, *L'Indépendant de la Haute-Marne*, 6 septembre 1952.

J. De Nouvion, « Les Projets de Mérovak », *Le XIXe siècle : journal quotidien politique et littéraire*, 3 mai 1898.

Exposition « Mérovak, l'homme des cathédrales », Archives municipales de la ville de Redon.

André Gaucher, « L'Homme des cathédrales. Mérovak à l'Exposition », *La Presse*, 26 avril 1900.

Maurice Hamel, « Mérovak, l'homme des cathédrales », *Gazette des beaux-arts*, Paris, 1962.

« Le Grand Architecte : le congrès spiritualiste », *Messidor : informations du monde entier*, 8 juin 1908.

Florian Le Roy, « Mérovak, l'homme des cathédrales. Son dernier rêve : l'embellissement du Mont-Saint-Michel », *L'Ouest-Eclair*, 28 octobre 1929.

Merovak, *La Cathédrale des morts...* Suivi d'une notice sur Mérovak. France, imp. Gérente.

Gaston Mery, *L'Écho du merveilleux*, n° 24, 1er janvier 1898.

V. Riemer, « Une nouvelle croisade de Mérovak », *La Charente*, 12 mai 1899.

Gérard Simmat, « L'Homme des Cathédrales », *La Vienne en mémoire*, Centre presse, 13 octobre 2011.

Henri Tribout de Morembert, « Mérovak, l'homme des cathédrales », *Mémoires de Metz* vol. 151-152 (1967-1969).

Les autres voix du Paris occulte

Laurent Danchin et Martine Lusardy, *Art Brut et compagnie : La Face cachée de l'art contemporain, Paris*, 1995.

Le Prestidigitateur : gazette mensuelle des artistes professionnels et amateurs, dir. Agosta-Meynier, octobre 1932.

Bertrand Matot, *Paris occulte*, 2018.

III
SECTES À MYSTÈRES

LA SECTE SECRÈTE DU MONT THABOR : LES ILLUMINÉS D'AVIGNON

Provences-Alpes-Côte d'Azur
Bédarrides - Avignon

« Ce qui est en bas est comme ce qui est en haut, et ce qui est en haut est comme ce qui est en bas. »

Hermès Trismégiste

Depuis la nuit des temps, les hommes ont recherché un savoir primordial, absolu, qui se serait perdu au fil des âges. Dans la France prérévolutionnaire du XVIIIe siècle, jeux de pouvoir, intrications interreligieuses et doctrines secrètes aux parcours initiatiques se mêlent. Un siècle où, en parallèle des Lumières et du rationalisme, sont explorés des mouvements ésotériques chrétiens et mystiques. Ainsi, ces années connaissent notamment l'émergence de l'illuminisme, déclinaison théosophique qui avance que le salut de l'âme et la connaissance ne peuvent passer que par le divin. C'est une quête graduelle de savoir, et l'initiation se fait par un ésotérisme chrétien. Dans ce contexte particulier, un moine bénédictin mauriste, décrit comme « *penseur, écrivain, découvreur, décorateur, psychologue, bénédictin illuminé*[1] », Dom Pernety, inspiré par l'un des plus éminents penseurs de son époque, Emmanuel Swedenborg, va suivre sa doctrine qui emprunte à bien des courants de pensées mystiques pour fonder sa propre secte, les Illuminés d'Avignon. Si le mot secte a une connotation péjorative aujourd'hui, il est à l'origine analogue au mot culte, à savoir un groupe de personnes qui se rassemblent autour d'une même doctrine ou d'une même foi. Et pour les Illuminés d'Avignon, la recherche de la pierre philosophale ainsi que de l'élixir de longue vie ne sont que des étapes pour une quête de vérité ultime et de connaissance absolue.

1. M. Meillassoux-Le Cerf, *Dom Pernety et les Illuminés d'Avignon, suivi de la transcription intégrale de la Sainte-Parole*, 1992, p. 455.

Dans le Vaucluse, en Provence-Alpes-Côte d'Azur, vers Bédarrides, une maison trône au milieu d'une plaine aujourd'hui traversée par la route d'Avignon à Courthezon. La maison et la plaine se trouvent sur une colline nommée mont Thabor à l'époque par Pernety et qui porte toujours ce nom aujourd'hui. Il est à ne pas confondre avec le sommet montagneux du mont Thabor dans les Alpes françaises, lui aussi une référence biblique à la montagne de Nazareth sur laquelle eut lieu le miracle de la Transfiguration[1]. Ainsi, cette maison, aujourd'hui privée, se trouve sur des terres qui appartenaient autrefois au marquis de Vaucroze.

Le marquis est un noble provençal très porté sur l'illuminisme et les réflexions mystiques. Il reçoit au château de Bédarrides Dom Pernety qui s'y installe. Ce dernier, moine défroqué, auteur du « *dictionnaire mytho-hermétique* », fondateur de la secte des Illuminés d'Avignon, élève sur place un temple du Thabor qu'il dédie à la Vierge Marie. À l'intérieur du lieu, les séances de culte et les méditations collectives se déroulent dans deux pièces meublées seulement de chaises et de tables. Dans cette maison se trouve également un laboratoire d'alchimie. Les membres de la secte y expérimentent toutes sortes de choses pour le Grand-Œuvre, c'est-à-dire la recherche de la pierre philosophale, notamment en s'essayant à l'alchimie. Dom Pernety est un mystique aux nombreuses influences. Sa loge est décrite par ses détracteurs comme un mouvement qui « [*allie*] *la perfection morale à la perversion mentale*[2] ». Les activités du groupe reposent sur des pratiques alchimiques ordinaires auxquelles se greffent des considérations plus ésotériques. En effet, les adeptes, menés par Dom Pernety, prétendent entrer en contact surnaturel avec la Vierge et les anges Gabriel, Raphaël, Assadaï, Hebdoël et Ajadoth. La nuit, les adeptes interrogent la Sainte Parole qui les guide dans leurs actions. Lors de son apogée, la secte compte une centaine de membres, dont des personnalités locales comme Jacques Timothée de Trémolet de Bucelli, marquis de Montpezat. Remise dans son contexte historique, cette loge influencée par tous les courants de son époque dispense des idéaux mystiques et spirituels cohérents. Aujourd'hui encore, les Illuminés d'Avignon, associés à la franc-maçonnerie, descendent de la doctrine swedenborgienne que nous aurons le temps de développer au fil de ce récit. Dom Pernety lui-même déclare : « *Dieu ouvre les yeux de son âme et l'élève à la vision des esprits angéliques, pour recevoir par leur communication des communications, des révélations célestes, même divines, et éprouver les effets admirables qui en sont le résultat*[3] ».

Mais qui est Dom Pernety ? De son vrai nom Antoine-Joseph Pernety, il naît le 23 février 1716 à Roanne dans la Loire. L'homme descend d'une famille d'érudits. Il est le neveu de Jacques Pernetti, un homme d'Église membre de l'Académie des Sciences. Tout comme son oncle, Dom Pernety suit un chemin religieux. En 1757, alors que Dom Pernety se trouve dans l'abbaye de Saint-Germain-des-Prés, il étudie comme à son habitude dans la bibliothèque de

1. Période importante pour les chrétiens qui désigne le changement d'apparence corporelle de Jésus pendant quelques instants de sa vie terrestre, afin de révéler sa nature divine à trois disciples.
2. Jean-Paul Clébert, *Guide de la Provence Mystérieuse*, 1992, p. 115.
3. D.A.J.P.A.D.B, Dom Pernety, *Les Vertus, le Pouvoir, la Clémence et la Gloire de Marie, Mère de Dieu*, Paris, 1791.

l'édifice. C'est là qu'il découvre l'hermétisme, une quête de la connaissance totale qui mêle science et spiritualité. La doctrine hermétique voit se croiser magie, ésotérisme, religion, médecine, astronomie et initiation à la connaissance, selon le modèle enseignant/adepte qui entend distiller un savoir graduel et finalement absolu à ceux désireux de se dévouer corps et âme à cette quête. L'hermétisme connaît deux développements majeurs. D'abord, son développement initial et ésotérique provient des écrits de l'Antiquité attribués à Hermès Trismégiste. Il s'agit d'un ensemble de textes intitulés *Hermetica*. Dans ces textes qui croisent notamment philosophie, mysticisme et alchimie, se trouve la célèbre *Table d'émeraude.*

Vers le IIIe ou IIe siècle avant J.-C. en Égypte, des textes grecs commencent à circuler. Ils sont attribués à Hermès Trismégiste, un personnage mythique censé être le détenteur de toutes les réponses et de toutes les connaissances. En effet, ce personnage est la fusion de deux divinités : Hermès chez les Grecs, Thot dans la mythologie égyptienne. Quel rapport avec l'Égypte ? Au pays des pharaons, Thot était le dieu du temps, des sciences, des poids et des mesures. Il est également celui de l'écriture et de la magie. Cette divinité aurait donc gravé son savoir dans des temples et sur des tablettes. La légende du livre perdu de Thot naît ainsi. De nombreux individus le recherchent pour acquérir un savoir primordial et absolu. Lorsque les Grecs prennent le contrôle du territoire égyptien, les savants grecs créent un syncrétisme entre leurs deux panthéons. Thot et Hermès se confondent pour donner Hermès Trismégiste. Il symbolise l'essence du savoir. Ainsi, l'hermétisme puise dans la culture égyptienne, entre autres emprunts aux cultures orientales et hébraïques. Et cette quête de connaissance, Hermès Trismégiste l'adresse en mission pour les générations futures. Dans l'un de ses textes, la *Koré Kosmou* (littéralement « La Pupille du monde »), Hermès dispense ses enseignements puis déclare remonter au ciel pour que les générations suivantes recherchent et trouvent la connaissance essentielle. Ses enseignements circulent. L'Égypte devient chrétienne puis byzantine, et est conquise par les Arabes. Ces derniers perpétuent la tradition hermétique et alchimique, dont *La Table d'émeraude* est l'essence. Voici, traduite en français, ce qu'elle énonce :

> *« Il est vrai, sans mensonge, certain & très véritable : ce qui est en bas, est comme ce qui est en haut ; et ce qui est en haut est comme ce qui est en bas, pour faire les miracles d'une seule chose. Et comme toutes les choses ont été & sont venues d'un, par la médiation d'un : ainsi toutes les choses ont été nées de cette chose unique, par adaptation. Le soleil en est le père, la Lune est sa mère, le vent l'a porté dans son ventre ; la Terre est sa nourrice. Le père de tout le telesme de tout le monde est ici. Sa force ou puissance est entière, si elle est convertie en terre. Tu sépareras la terre du feu, le subtil de l'épais doucement, avec grande industrie. Il monte de la terre au ciel, et derechef il descend en terre & il reçoit la force des choses supérieures et inférieures. Tu auras par ce moyen la gloire de tout le monde ; et pour cela toute obscurité s'enfuira de toi. C'est la force forte de toute force : car elle vaincra toute chose subtile, et pénétrera toute chose solide. Ainsi le monde a été créé. De ceci seront & sortiront d'admirables adaptations, desquelles le moyen en est ici. C'est pourquoi j'ai été appelé*

Hermès Trismégiste, ayant les trois parties de la philosophie de tout le monde. Ce que j'ai dit de l'opération du Soleil est accompli, et parachevé. »

La Table d'émeraude d'Hermès Trismégiste, père des Philosophes (traduction de l'Hortulain, célèbre alchimiste)

La Table d'émeraude a aussi bien été écrite en latin puis traduite et diffusée en arabe. Le premier courant de l'hermétisme descend donc des écrits directs d'Hermès Trismégiste. Il s'articule autour de la recherche de sa connaissance essentielle. Ensuite, elle se développe à travers l'histoire, et est notamment reprise par les alchimistes au Moyen Âge et à la Renaissance. Avec sa diffusion plus générale, la doctrine hermétique s'étend et ne repose plus seulement sur les seuls écrits d'Hermès. Elle s'incorpore dans un ésotérisme chrétien qui se diversifie pour former un ésotérisme occidental, lequel inspire la kabbale chrétienne ou le rosicrucisme par exemple. Plus diluée, la doctrine garde cependant des impératifs qui la codifient. L'autorité d'Hermès est suprême, la doctrine se veut ésotérique et initiatique. Elle s'inscrit dans le *Corpus Hermeticum*, texte à l'origine de ce mouvement de pensée. Ses bases philosophiques sont l'alchimie mystique, la divinisation de l'esprit, l'Un-Tout (c'est-à-dire que tout n'est qu'un, et un fait partie d'un tout), et enfin les correspondances entre toutes choses (tout est lié). Bien que très différent, l'hermétisme peut faire penser à la gnose, c'est-à-dire la recherche de la connexion avec le divin qui passe par une connaissance totale de soi, une forme d'illumination. De même, cette recherche perpétuelle de connaissances, sous forme d'initiation, fait écho aux cultes à mystères : des religions païennes grecques et moyen-orientales, largement diffusées dans le monde romain d'autrefois, qui visaient pour objectif ultime une connaissance cachée. Ces cultes à mystère prônent une voie à suivre, le chemin de la connaissance, pour se rapprocher de Dieu, et en substance sauver son âme, le tout par un enseignement de maître à disciple.

C'est donc dans ce contexte ésotérique, hermétique et teinté d'alchimie qu'évolue Dom Pernety. Après sa découverte de l'hermétisme en 1757, le chanoine poursuit ses apprentissages. Il devient rapidement très cultivé. « *Pernety lit non seulement la philosophie de Lenglet, mais encore ses livres qu'il indique, et soudain la lumière se fait dans son esprit. La mythologie est une allégorie de l'art hermétique, "elle s'explique par là d'une manière plus vraisemblable que dans aucun autre système*[1]*."* » Il vit alors une véritable crise mystique. S'il souhaite trouver des réponses, il doit rompre avec le dogme classique de l'Église, explorer des sentiers analogues, chercher à comprendre les symboles. S'il aiguise sa sensibilité, en épousant pleinement l'hermétisme, alors peut-être pourra-t-il percer les secrets du Grand-Œuvre et de l'élixir de longue vie. Vers 1762 et 1763, ses pérégrinations le font suivre le célèbre explorateur français Louis-Antoine de Bougainville vers l'Égypte, la Grèce[2] et enfin les îles Malouines où il devient aumônier et naturaliste. L'initié y reste un temps, puis décide de revenir en France. De nouveau sur sa terre

1. Jean Lucas-Dubreton, « Mythologie d'Alchimiste », *La Revue critique des idées et des livres*, 23 mai 1921, p. 417.
2. *Ibid.*

natale, Dom Pernety se défroque, autrement dit il quitte les ordres religieux. Il devient écrivain, mystique et épouse pleinement l'illuminisme. Il se rend alors à Avignon en 1765 et rejoint la loge franc-maçonne des Sectateurs de la Vertu pour en suivre les enseignements mystiques et diffuser son rite hermétique. Ce n'est pas un hasard s'il se rend précisément dans cette ville. En effet, en 1309, Avignon devient pour la première fois la résidence pontificale, faisant de cet endroit un haut lieu d'intérêt où se concentre le pouvoir papal. Le Palais des papes y est pour l'occasion construit. Ainsi, la papauté balance à travers les époques entre Rome et Avignon. Dès 1377, la papauté retourne à Rome, et la ville d'Avignon est administrée par un légat, un représentant du pape. Les papes revinrent l'habiter lors du Grand Schisme de l'Église[1], avant que la cité ne soit de nouveau administrée par un légat, puis un vice-légat dès 1542.

Arrivé à Avignon, Dom Pernety se dévoue donc à sa quête de connaissance, exclusivement hermétique. Il souhaite que lui soient révélés les secrets les plus profonds de ce monde, les mystères insondables et purs, lavés d'interprétations humaines. Il veut apprendre et comprendre pour le salut de son âme, mais surtout afin de révéler la vérité à ses semblables, une fois sa voie intérieure achevée. De par son éducation, ce n'est probablement pas un hasard si l'homme choisit Avignon et ses accointances avec le pouvoir religieux pour chercher ses enseignements. Mais Avignon est également l'un des principaux foyers de la franc-maçonnerie française. Deux loges coexistent, Saint-Jean de Jérusalem et les Sectateurs de la Vertu. C'est dans cette dernière que Pernety diffuse l'hermétisme. Il se base sur les textes anciens magiques et alchimiques, dans un ésotérisme qui permettrait aux initiés d'entrer en contact avec le divin au cours de rites singuliers. Le but est toujours le même, faire progresser la connaissance, le tout par les principes de foi, espérance et charité. L'ésotérisme chrétien s'insère dans un syncrétisme qui mêle hermétisme, cultes à Mystères, théosophie, illuminisme et enfin, et non des moindres, doctrine swedenborgienne… Nous reviendrons sur cette dernière doctrine, mais d'abord, afin d'éviter des ennuis, Dom Pernety part pour Berlin. En effet, il fuit l'inquisition du vice-légat d'Avignon, Grégoire Salviati. Il parvient à arriver à Berlin, et son influence est telle qu'il est aidé par le roi Frédéric II de Prusse, qui le nomme conservateur de sa bibliothèque. Mais comment ce jeune mystique, bien qu'il ait des relations, a-t-il pu susciter l'intérêt d'un roi aussi puissant ? Intrigués, nos recherches nous ont menés à éplucher quelques revues d'époque pour tenter d'en savoir plus. En réalité, il s'agit là d'un curieux quiproquo puisque le roi pensait, semble-t-il, nommer son oncle Jacques Pernetti. Ce dernier est un ecclésiastique populaire, membre éminent de l'Académie des Sciences ainsi que des Belles-Lettres et Arts de Lyon. Lorsque Frédéric II reconnaît son erreur, il traite néanmoins le jeune moine défroqué avec considération[2]. Une aubaine pour cet homme en quête du sens profond des choses ! Le voilà avec l'accès à une source de connaissances considérables. C'est dans cette bibliothèque que le mystique poursuit ses recherches. Notamment celle de la pierre philosophale.

1. 1379-1411.
2. F. Euvrard, *Les Tablettes d'Avignon et de Provence : revue hebdomadaire illustrée de propagande régionaliste par Avignon*, centre de tourisme, *Le Baron de Corbeau chez les Illuminés d'Avignon*, 16 mai 1937.

Dans ses lectures, Dom Pernety apprécie tout particulièrement les enseignements mystiques du scientifique, théologien et philosophe suédois Emmanuel Swedenborg. Ces enseignements auront une influence primordiale sur le reste de la vie de Dom Pernety. Ce Suédois, considéré autrefois comme l'un des plus grands clairvoyants de tous les temps, est aujourd'hui tombé dans l'oubli. Si Dom Pernety est séduit par les enseignements du Suédois, c'est aussi parce qu'il s'agit d'un grand intellectuel. Précurseur dans la psychologie scientifique naissante du XVIIIe siècle, on le surnomme alors le Léonard de Vinci du Nord, l'Aristote de Suède. « *Le poète Jorge Luis Borges va plus loin encore en affirmant que "l'homme le plus extraordinaire qu'ait mentionné l'Histoire (...) est peut-être le plus mystérieux de ses sujets : Emmanuel Swedenborg"*[1]. »
Les domaines explorés par Emmanuel Swedenborg sont nombreux. Il s'illustre rapidement dans les disciplines sur lesquelles il s'attarde. C'est un inventeur. Il imagine une machine à vapeur, mais aussi une machine volante munie d'ailes fixes et dotée d'une hélice. La première du genre. Il conçoit aussi un sous-marin, un fusil à air comprimé ou encore une pendule à eau représentant le mouvement des planètes. Au total, quatorze inventions remarquables. Il n'a alors que vingt-six ans et en fait la liste à son oncle Benzelius, futur archevêque d'Uppsala, dans une lettre qu'il lui adresse. Il rédige un traité sur le fer, traduit en français par l'Académie Royale des Sciences de Paris en 1762 et considéré, à l'époque, comme le plus abouti sur le sujet. Ses travaux pratiques ont une influence dans toute l'Europe. Conséquence de ses exploits, il est anobli. Dans sa grande œuvre les Principia, « *il y élabore une théorie de l'atome, une théorie de l'origine solaire de la terre et des autres planètes, une théorie ondulatoire de la lumière, une théorie nébulaire de l'origine du système solaire (chapitre 4 des Principia) qui a priorité dans le temps sur celles de Buffon, Herschel, Kant et Laplace, et une théorie cinétique de la chaleur. Il publie une méthode pour calculer les longitudes d'après l'observation de la Lune ; il se passionne pour la formation des sols et le phénomène des marées ; il contribue aux sciences naissantes de la cristallographie et de la métallurgie. Il identifie, dix-neuf ans avant Franklin, la nature des phénomènes électriques et s'intéresse bien avant Faraday au magnétisme. Il découvre que la position de l'équateur magnétique est différente de l'équateur géographique, et que le pôle magnétique Sud a un axe plus distant de l'équateur magnétique que le pôle Nord*[2]. » Ce savant est précurseur dans bien des domaines, et ses travaux contribuent au progrès scientifique. La fascination de Pernety comme de ses contemporains pour Swedenborg est légitime. Mais c'est la phase mystique du Suédois qui va achever de convaincre Pernety que les doctrines spirituelles d'Emmanuel Swedenborg sont à suivre pour qui aspire à découvrir tous les secrets de l'univers.

À la mort de son père, Swedenborg traverse une crise existentielle. Il s'intéresse alors à la neurologie, tout d'abord par le prisme de la théologie. Il recherche la présence physique de l'âme. Travaillant à Paris, il dissèque des cerveaux afin d'alimenter ses recherches sur l'âme. Il poursuit ses études d'anatomie en parcourant les travaux publiés par d'autres chercheurs. Malheureusement, toute sa volonté ne suffit pas : il a beau chercher, il ne parvient pas à trouver le siège

1. Mario Poirier, « Le Mystère Swedenborg : raison ou déraison ? », *Santé mentale au Québec*, vol. 28, n° 1, 2003, p. 258-277.
2. *Ibid.*

physique de l'âme. Il pense alors ne pas avoir été assez assidu et reprend ses recherches à zéro. Il a pour projet de rédiger onze volumes autour de la présence physique de l'âme dans le corps. Les deux premiers ouvrages sont rapidement publiés. Les autres resteront fragmentaires, à l'état de simples manuscrits.

En 1741, Swedenborg a cinquante-trois ans. Il est alors gêné par du photisme : sa perception visuelle est altérée. Il voit des flammes et de brillantes lumières. S'agit-il de symptômes d'un corps vieillissant ou bien de signes mystiques ? Swedenborg voit dans ces perceptions un signe. Se pourrait-il qu'à côté de l'empirisme scientifique existe un instinct de vérité qui donne à l'esprit les sensations premières des grands postulats du savoir humain[1] ? L'homme de science et de foi s'opposent alors en lui. Mario Poirier, qui a fait une analyse psychologique du personnage, développe : « *Il recherche un sens nouveau à sa vie et estime s'être laissé happer par l'orgueil du savoir. Au week-end de Pâques de 1744, il a une vision mystique du Christ, et après une année de combat intérieur et de doute, une seconde vision, encore à la période de Pâques, le convainc qu'il a été appelé par Dieu à une nouvelle carrière. Cette période d'intenses crises le conduit à fonder une nouvelle secte, encore active deux cents ans plus tard.* » À l'âge de 55 ans, Swedenborg abandonne presque complètement ses recherches scientifiques. Dès 1745, il demande à être relevé de toutes ses fonctions et utilise dès lors sa brillante plume et ses dons intellectuels exceptionnels pour rédiger ce qu'il croit entendre, voir et comprendre : la conversation des anges et des esprits. Et de quelles conversations il témoigne ! Il a des rêves extraordinaires, puis des visions, rares au début, nombreuses ensuite. Elles sont suivies d'extases. Il décrit ses visions sans effet de rhétorique, avec une précision de naturaliste. Elles sont souvent mi-dramatiques, mi-cocasses. «*J'étais à Londres et je dînais très tard dans mon auberge. J'avais faim et mangeais de bon appétit. Vers la fin du repas, je vis une sorte de brouillard devant mes yeux, la lumière baissa et je vis le plancher couvert de reptiles immondes : serpents, crapauds et créatures semblables. Je fus dans l'étonnement car j'étais en pleine possession de mon sang-froid, et clairement conscient. Finalement, l'obscurité se fit puis se dissipa d'un coup et j'aperçus dans un coin de la pièce un homme assis, qui me dit : "Ne mange donc pas autant !"*[2] »

Ainsi, Swedenborg, en proie à un nouveau paradigme et des visions qu'il interprète comme des manifestations du divin entend les étudier. Il les appelle « deliquium ». De ses expériences mystiques, Swedenborg rédige une œuvre-fleuve, l'*Arcana Celestia* en douze gros volumes. Il y rassemble dix mille huit cent trente-sept articles ! Quelles sont les idées mystiques de Swedenborg ? Souvenons-nous de la doctrine hermétiste : la connaissance ultime de soi par l'initiation, le divin ou les correspondances. C'est sur cette dernière idée que se fonde le mysticisme du Suédois, établi par ses visions prophétiques. Selon lui, c'est la correspondance entre le spirituel et le naturel qui fonde et organise le réel. Le monde spirituel et le monde naturel s'interpénètrent. Pour mieux expliquer cette idée, Swedenborg explique qu'un « *homme qui meurt ne se rend tout*

1. *Ibid.*
2. *Ibid.*

d'abord pas compte qu'il est mort. Il continue à vivre comme si rien ne lui était arrivé : il rencontre ses amis, va au travail, parcourt les rues habituelles, fait ses courses, ne pense pas qu'il est mort. Puis, peu à peu, il commence à remarquer quelque chose d'étrange, d'inattendu, qui d'abord le réjouit puis l'inquiète. Il remarque que tout est plus intense. Il y a davantage de couleurs qu'auparavant, plus de formes, plus de sensations, et des sensations plus riches qu'auparavant. Tout est plus tangible, palpable. C'est alors que l'homme constate qu'il est mort et qu'il est au ciel[1] ».

Swedenborg décrit une vie naturelle et surnaturelle imbriquée. Selon lui, même dans l'au-delà, l'être humain est libre de choisir son existence surnaturelle selon sa personnalité, calquée sur sa vie terrestre. Comme si une intrication liait ces stades qui ne formeraient qu'un tout. Ainsi, l'au-delà, bon, mauvais, plus nuancé, serait à l'image de la personne. Plus largement, sa doctrine est teintée de théosophie. C'est une recherche d'une tradition spirituelle primordiale. Le savant est transcendé par des expériences mystiques, ses apparitions divines, souvent restituées avec un certain lyrisme. D'ailleurs, Swedenborg influence notamment les poètes comme Paul Valéry, Charles Baudelaire, ou encore des auteurs comme Honoré de Balzac ou le peintre William Blake. En 1757, il annonce, comme beaucoup avant lui, le Jugement dernier et crée une secte baptisée la nouvelle Jérusalem. Il prédit le retour sur Terre du Christ, la condamnation de l'Église chrétienne jugée corrompue, et la constitution de l'Église nouvelle.

Si rien ne se passe en 1757, il se persuade tout de même que le Jugement dernier a bien eu lieu cette année-là. Ainsi, selon lui les forces du Bien l'emportent désormais sur les forces du Mal. Cette doctrine s'inscrit dans la conception chrétienne de l'Apocalypse, elle-même dans le sillage de l'eschatologie spirituelle. Lorsque Swedenborg annonce un triomphe des forces du Bien, le modèle de sa secte s'inspire de la spiritualité chrétienne. Une pensée nourrie ensuite de mouvances théosophiques et hermétiques. Cependant, cela ne ravit pas l'Église qui déclare Emmanuel Swedenborg hérétique le 22 mars 1769, alors même que certains voient en lui un véritable mystique. De fait, en 1759, il avait prédit l'incendie de Stockholm. Le philosophe Kant va s'intéresser au personnage. Il relate ainsi, dans ses correspondances, l'extraordinaire vision du mystique[2]. Un témoignage qui souligne davantage l'intérêt de ses contemporains pour cet homme hors du commun. Sur ses idées, Balzac écrit en 1837 : « *Le swedenborgisme, qui n'est qu'une répétition dans le sens chrétien d'anciennes idées, est ma religion. (...) Swedenborg reprend au magisme, au brahmanisme, au bouddhisme et au mysticisme chrétien ce que ces quatre religions ont de commun, de réel, de divin, et rend à leur doctrine une raison pour ainsi dire mathématique. Sa religion est la seule que puisse admettre un esprit supérieur*[3] ». En Suède et en Angleterre, les Swedenborgiens, pendant des décennies, tentent de façonner ou d'influencer une société dans le respect de leur croyance.

1. *Ibid.*
2. Yves David-Marescot, Yvonne David-Marescot, *Prédictions et Prophéties*, chapitre 10 : Les visions de Swedenborg, 1994.
3. *Ibid.*

Au milieu de sa bibliothèque royale en Prusse, à Berlin, Dom Pernety a étudié en détail l'œuvre de Swedenborg. Le mystique connaît tout du parcours du Suédois. Il se fait tout d'abord le relais de Swedenborg en traduisant un écrit de celui-ci, *Le Ciel et l'Enfer*[1]. Puis, séduit par les enseignements du théologien hérétique, il décide de fonder une loge appelée les Illuminés de Berlin, aidé par le comte polonais Grabianka.
Mais Dom Pernety n'est pas un adepte swedenborgien. S'il est très influencé par le Suédois, le mystique est également proche des cercles martinistes et des loges maçonniques, sans totalement épouser ces courants non plus[2]. Il explore et maintient un regard dans toutes les voies vers l'illumination de son siècle.

La doctrine de Dom Pernety s'affine, et tient enfin de l'illuminisme. Voilà la définition qu'en fait l'historien de la philosophie Jean Deprun : « *Essayons de dégager une vulgate de l'illuminisme : on y verra tout à la fois l'image inversée des Lumières et le complément que celles-ci réclamaient de l'intérieur. (...) L'illuminisme est «passéiste» : l'homme est un être déchu, et le crime originel dont il s'est rendu coupable a eu un retentissement cosmique : toute la création est malade avec lui, et de son fait. (...) L'origine de la parole est divine ; Dieu seul peut l'instituer. (...) L'homme n'est en lui-même ni digne ni capable de se rendre heureux : sa visée doit être celle d'une «réintégration», d'une «transformation» qu'il devra mériter par le dépouillement et atteindre par la prière. Il sera aidé sur cette voie de retour par le déchiffrement d'une parole originelle perdue (la langue hébraïque «restituée» par Fabre d'Olivet), l'étude de la mystique des nombres, enfin par les rites initiatiques*[3] ».

Selon les croyances, l'alchimie peut aider à faire le lien entre exploration de la Nature et compréhension des Saintes Écritures. Ceci pour mener à de grandes découvertes transcendantales. Avant d'être hermétiste, Dom Pernety est surtout un chrétien. Ainsi, son ésotérisme se caractérise avant tout par une adoration de la Vierge, un suivi des morales chrétiennes, le tout teinté d'hermétisme et d'illuminisme.

Ce nouvel élan mystique leur vaut la réprobation du roi de Prusse. Mécontent, il exige que son ancien conservateur de bibliothèque ainsi que le comte Grabianka quittent sa cour. Congédié, Dom Pernety ne se laisse pas miner le moral. Qu'importe qu'on ne veuille plus de lui ici, l'érudit mystique en sait maintenant assez pour suivre sa propre voie. Il quitte Berlin et regagne son point de départ, Avignon, en entraînant des adeptes avec lui. En 1784, le voilà donc de retour et, avec l'aide du marquis de Vaucroze qui lui prête ses terres, il installe sa loge, Les Illuminés d'Avignon, sur la colline qu'il renomme mont Thabor. On raconte qu'il y sème symboliquement des graines rapportées de Palestine. Là, il fait ériger un temple en l'honneur de la Vierge Marie. Ses objectifs sont en substance toujours les mêmes : parvenir à acquérir la pierre philosophale et l'élixir de longue vie en sondant les profondeurs de l'univers. Dès son retour, il parvient à faire

1. Papus, *Martinésisme, willermosisme, martinisme et franc-maçonnerie*, 1899, p. 11.
2. Meillassoux-Le Cerf, *Dom Pernety et les Illuminés d'Avignon - suivi de la transcription intégrale de la Sainte-Parole*, 1992, p. 455.
3. J. Deprun, « Les Anti-Lumières », *Histoire de la philosophie*, Gallimard, La Pléiade, t. 2, 1973, p. 725-726.

adhérer ses proches parents, « *son frère, sa belle-sœur, et ses neveux. Puis ce seront des prosélytes de marque qui l'entoureront d'une barrière de complicité savante et attirante. Dans ces adeptes, il faut citer le comte Thadée Grabianca, staroste polonais, à l'imagination vagabonde et sans borne, avec toute sa famille. Un deuxième adepte, Brumore, frère du célèbre chimiste Guyton de Morveau, de Dijon, et plusieurs autres dont les noms importent peu ici*[1] ». Le caractère extravagant de ce mystique touché par la grâce convainc des personnalités diverses de suivre ses préceptes et de rejoindre son ordre.

Sa secte prospère un temps. Il pense que Dieu lui « *ouvre les yeux de son âme*[2] », et déclare ces révélations célestes et divines. Dans la hiérarchie, chaque adepte est désigné par un chiffre. Comme pour la franc-maçonnerie, les niveaux d'initiation sont répartis en degrés, au nombre de six pour le cas des Illuminés d'Avignon. Le plus haut grade est celui de Chevalier du Soleil. Pendant les années qui suivent jusqu'à la Révolution française, la secte du mont Thabor poursuit ses nombreuses quêtes extraordinaires à l'abri des regards. On y recherche notamment l'Arche d'Alliance, comme on y étudie toutes sortes de prophéties. Enfin, les expérimentations alchimiques ne manquent pas. Pernety prétend avoir trouvé le secret pour prolonger la vie. En parallèle, il transmet la Sainte Parole et les enseignements du mercure des philosophes, dispense ses connaissances et ses questionnements à ses adeptes en fonction de leur degré d'initiation.

Lorsque la Révolution française a lieu, beaucoup de bouleversements impactent les mouvements mystiques et les cercles et mouvements sectaires en France. Après promulgation d'une loi, les Illuminés d'Avignon sont dissous en 1793. Dom Pernety est arrêté, puis relâché par les autorités. Il s'éteint en 1796, à l'âge de 80 ans. Même si des réunions secrètes se tiennent encore dans la clandestinité, en 1800, il ne reste plus qu'une quinzaine de membres à Avignon sur la centaine que comptait la secte.

Bien que les Illuminés d'Avignon soient structurellement différents de la franc-maçonnerie, ils partagent des similitudes mystiques et spirituelles avec celle-ci. Ces ordres, inscrits dans le courant de l'illuminisme, se croisent et s'entremêlent. Pour preuve, encore aujourd'hui, le grade de Chevalier du Soleil existe toujours dans le Rite écossais ancien en franc-maçonnerie.

Voilà donc l'histoire d'une autre société française du XVIIIe siècle prérévolutionnaire, où les considérations mystiques se heurtent au rationalisme des Lumières. Le tout vu sous le prisme d'un singulier Illuminé. Pourtant, Dom Pernety est animé par les mêmes tiraillements intérieurs que beaucoup de ses contemporains. Exactement comme Emmanuel Swedenborg. En effet, « *la conviction qu'avait Swedenborg de vivre simultanément dans deux univers distincts imprègne en fait toute la culture de son temps et constitue plutôt la norme que l'exception. Swedenborg est un dualiste, et point absolument crucial à noter, son dualisme n'est pas une conséquence*

1. F. Euvrard, *op. cit.*
2. D.A.J.P.A.D.B, *op. cit.*

de ses visions, mais les précède : on en voit déjà la trace dans ses premiers travaux scientifiques. Ce dualisme découle de la Foi, qui postule la double existence d'un corps mortel et d'une âme immortelle, mais il découle aussi d'une explication rationnelle pour la science de l'époque des forces s'exerçant sur la matière. Dès le Opera Philosophica et Mineralia, publié en 1733, soit bien avant ses visions, Swedenborg exprime l'idée que les mouvements de la nature s'élèvent dans une succession de formes géométriques vers un idéal transcendant, la progression s'effectuant par degrés. (…) Il faut replacer les choses dans leur contexte et au XVIIIe siècle, le contexte en est un d'efforts effrénés pour promouvoir une pensée rationnelle tout en préservant l'essentiel des croyances religieuses en l'autre monde, c'est-à-dire un monde spirituel distinct de celui de la matière visible, tangible[1] ». La quête d'une vérité absolue à atteindre par le divin et les expériences mystiques, cet ésotérisme chrétien empreint de rites hermétiques et magiques, est donc pleinement partagée par Dom Pernety. Cela l'a inspiré à fonder son propre ordre. L'influence de Swedenborg sur ses idées est telle que les Illuminés d'Avignon est encore qualifiée de secte swedenborgienne[2].

Aujourd'hui, la société des Illuminés d'Avignon a disparu. Dans le musée Calvet d'Avignon, on peut lire des écrits de Dom Pernety sur les procédés de fabrication de l'or potable. Peut-être que quelques locaux gardent secrètement de précieux documents traitant de la vie du mystique. La légende raconte même que sur le mont Thabor seraient enterrés les documents secrets permettant de créer la pierre philosophale…

1. Mario Poirier, *op. cit.*
2. Jean Lucas-Dubreton, *op. cit.*, p. 416.

LA GUERRE DES MAGES

Île de France
Paris

« On me demande à grands cris des explications. Les meilleures, en pareil cas, se donnent sur le pré. C'est du moins mon avis. »
Stanislas de Guaita

Au XIXe siècle à Paris, Ville Lumière, bien des activités occultes se jouent dans l'ombre. Le spiritisme se développe. Cependant l'intérêt pour le surnaturel est déjà présent en France depuis longtemps. Les alchimistes avec leur recherche de la Pierre Philosophale, mais aussi les devins, les médiums, les hermétistes, les gnostiques et autres membres de sectes secrètes. Sans oublier les artistes et les bourgeois qui se passionnent pour le paranormal. Tous contribuent à former cet autre visage de la France, empreint de mystères, de magie… et de noirceur. Bien entendu, beaucoup de courants de pensée se mélangent et s'opposent même parfois sur leur vision du monde. De quoi susciter des polémiques. Une affaire toute particulière en ce temps défraie la chronique. Elle concerne des occultistes influents qui en viennent à se livrer une véritable guerre. Une histoire dans laquelle vont se croiser des personnalités importantes de l'époque. À l'époque, Joseph-Antoine Boullan et Eugène Vintras sont des mystiques devenus gourous qui fondent chacun leur secte. Très vite, les deux hommes, gourous, vont s'opposer au camp des occultistes. Un véritable affrontement débute alors entre les deux clans.

Tout commence lorsqu'un certain Stanislas de Guaita fait la rencontre de Gérard Encausse, plus connu sous le nom de Papus. Stanislas naît en Lorraine le 6 avril 1861. Il est issu d'une famille noble et fait son lycée à Nancy. Dès les années 1880, le jeune homme, poète en devenir, se passionne pour le mysticisme. Plus précisément le mysticisme chrétien. Il plonge profondément dans l'occultisme à la lecture des œuvres d'Eliphas Levi. Eliphas Levi est l'un des occultistes français les plus influents à l'époque. Auteur notamment de *Dogme et rituel de la haute magie*[1], l'intéressé est un écrivain prolifique très influent. Cela lui vaut d'être très estimé

1. Eliphas Lévi, *Dogme et rituel de la haute magie*, États-Unis, G. Baillière, 1856.

et il fréquente les salons parisiens où il est régulièrement convié. Il y croise Victor Hugo ou encore Alexandre Dumas.

Gérard Encausse, dit Papus, est né quant à lui en Espagne en 1865 d'un père français et d'une mère espagnole. Il s'installe à Paris dès son enfance. Au lycée, le jeune homme verse déjà dans l'occultisme en publiant par exemple une revue ésotérique. Il fonde aussi une société secrète lycéenne. Il est touché par les doctrines ésotériques populaires, notamment la Théosophie d'Helena Blavatsky. Il s'agit d'un mouvement qui estime que la vérité universelle se cache de manière fragmentaire dans plusieurs courants mystiques et religions. Le but est d'acquérir le savoir dispensé par la tradition primordiale[1]. Il entame ensuite des études de médecine et fait la rencontre de Stanislas. En 1886, à tout juste 21 ans, Gérard Encausse assume publiquement ses opinions et s'oppose au scientisme, ce mouvement qui prône que rien en dehors de la science n'est fiable. Selon lui, la science ne se résume pas qu'à l'expérimentation et englobe notamment les sciences occultes. Il se place alors dans la lignée des grands scientifiques occultistes de son époque qui croisent science dure et emprunts magiques, superstitieux et ésotériques. Leur but est la recherche d'une vérité cachée et perdue qui transcende la matière. Il pratique lui-même la chiromancie, le tarot, les arts divinatoires, et étudie la Kabbale.

Au XIXe siècle, ce mélange de science et d'occulte a le vent en poupe. C'est une vision du monde facilement compréhensible. Les progrès fulgurants en sciences et techniques amènent de grands questionnements. Puisque l'on peut transmettre des voix à distance par le biais du téléphone par exemple, pourquoi ne pas pouvoir communiquer avec les morts ? Le télégraphe, la photographie ou les phénomènes magnétiques ne paraissent pas moins « magiques » que les tables tournantes ou la radiesthésie. Ce mélange scientifico-occultiste amène légitimement certains chercheurs à se pencher sur des questions d'ordre plus métaphysiques. Après tout, les controverses autour du magnétisme sont encore vives. Les somnambules magnétiques et autres sujets psi suscitent l'intérêt des croyants et des sceptiques. Et des scientifiques, malgré la méthodologie discutable de l'époque, entendent explorer d'autres champs de la perception. Chiromancie, cartomancie, astrologie, liseurs d'âmes, perceptions extrasensorielles. Si des phénomènes inexpliqués peuvent être observés, il est de leur ressort de faire la lumière sur leur nature. C'est un siècle qui espère accroître la compréhension de ces manifestations. Particulièrement celles qui tiennent de perceptions extrasensorielles comme la médiumnité. En parallèle, la guerre est faite aux pratiques charlatanesques, aux escrocs et mystificateurs de toutes sortes qui mettent en scène le surnaturel pour s'enrichir.

Les débats sont vifs. On parle aussi de psychologie pour tenter de comprendre et d'éclairer ces phénomènes. Les névroses, les interventions du subconscient ou l'autosuggestion sont pour les

1. La Tradition Primordiale revient énormément dans l'ésotérisme et la gnose. C'est l'essence d'une vérité métaphysique qui relie l'ensemble des traditions sacrées à une révélation originaire et divine. Ce principe est réinterprété par les différents grands courants mystiques à travers l'Histoire.

adeptes de psychologie autant d'arguments qui peuvent tout aussi bien expliciter ces phénomènes. Ceux qui s'intéressent d'ailleurs à la nature de ces pratiques sont les ancêtres des parapsychologues. Ce que Charles Richet, prix Nobel de médecine, appellera un métapsychiste. Ce terme désigne ceux qui étudient la métapsychique, à savoir l'analyse des phénomènes psychiques inexpliqués. Ainsi, les occultistes évoluent dans une société en pleine mutation, alimentée par de vifs débats autour de ce qui tient de la raison et de ce qui tient de la croyance. Ces différents milieux et courants de pensée sont en interaction constante.

C'est durant ses études que Gérard Encausse adopte le surnom de Papus, en hommage au médecin de l'Antiquité du même nom. Stanislas, lorsqu'il apprend le surnom de son ami, se moque de lui. Le mystique est également un bohémien qui fréquente les hautes sphères sociales de Paris. C'est un habitué du cabaret Le Chat noir à Montmartre, célèbre pour avoir été, selon la légende, un important centre ésotérique et politique. Inspiré par plusieurs figures de l'occultisme, Papus marche un temps dans leurs pas avant de se décider à suivre son propre chemin. Il s'éloigne de la Société théosophique et fonde avec Pierre-Augustin Chaboseau l'ordre Martiniste. Les martinistes sont des mystiques chrétiens qui pourraient s'apparenter à la franc-maçonnerie d'un point de vue structurel et notamment hiérarchique. Essentiellement, l'ordre vise l'illumination spirituelle.

Les deux amis fondent parallèlement deux sociétés occultes très importantes à la fin du XIXe siècle en Europe. Des sociétés dont ils seront tous les deux membres. En effet, Stanislas rejoint l'ordre Martiniste de Papus qui se développe rapidement en Europe, aux États-Unis et en Russie. Tandis que Papus devient influent au sein de la confrérie de la Rose-Croix kabbalistique fondée, elle, par Stanislas, un mouvement ésotérique judéo-chrétien qui entend diffuser un savoir occulte sur fond de religion. En 1889, Papus fonde le groupe indépendant d'études ésotériques, et en 1890, il s'associe au poète Lucien Chamuel pour créer la librairie du Merveilleux où se tiennent nombre de ses conférences dans l'arrière-boutique. Leur parcours se déroule sans heurts jusqu'en 1893, date à laquelle l'affaire Boullan éclate. Celle-ci est à l'origine de la Guerre des Mages.

Joseph Boullan, dit l'abbé Boullan, est un religieux très respecté aussi bien en France qu'en Italie. En 1859, l'homme a déjà une certaine notoriété. Il fonde avec Adèle Chevalier, sa maîtresse, une congrégation religieuse nommée *L'Œuvre de la Réparation*. Celle-ci va être au cœur de nombreux scandales. On lui reproche notamment de tenter de guérir les religieuses qui tombent malades en leur appliquant sur le corps des matières fécales et de l'urine. L'abbé et sa comparse sont condamnés à trois ans de prison pour escroquerie en 1861. Une décennie plus tard, sa pensée hérétique est dénoncée. Il quitte alors l'Église et se rapproche d'autres religieux occultistes avec lesquels il fonde des ordres pour développer sa doctrine qui s'apparente à un ésotérisme chrétien similaire à la magie sexuelle. De fait, dans les enseignements qu'il dispense, il déclare que, puisque les humains ont perdu l'Éden à cause d'un acte d'amour coupable, ce n'est qu'en se livrant à des actes d'amour religieusement accomplis que peut s'opérer la rédemption de l'humanité. Ainsi, il préconise à l'adepte qui souhaite se racheter d'avoir des rapports sexuels avec des entités célestes, tandis que celui qui, par charité, souhaite aider des êtres dans le péché à expier leurs fautes, doit avoir des rapports sexuels avec eux. Boullan, dans toute sa bonté, se dévouera pour sauver les siens… Selon lui, le salut divin passe par la sexualité. Une philosophie de vie qui fait penser au tantrisme ou encore à la magie sexuelle qui viendra plus tard, popularisée par Aleister Crowley et l'Ordo Templi Orientis.

Rejeté par l'Église, Boullan est considéré comme un hérétique. Même s'il est persuadé de suivre le bon chemin. Il est également très lié au religieux Eugène Vintras. Ce dernier a lui aussi une vie mouvementée. Enfant illégitime, il est placé vers l'âge de dix ans à l'hôpital général des enfants trouvés de Bagneux. Il devient ensuite ouvrier tailleur, puis ouvrier colporteur. Il s'endette et tente d'échapper à ses créanciers, ce qui lui vaut d'être condamné à quinze jours de prison. Par la suite, il tente de rejoindre la police de Paris sans succès. Il essaie de voler l'homme qui l'héberge, puis travaille avec un marchand de vin qui le renvoie pour vol. De même, l'hôtel qui l'emploie ensuite en tant que domestique finit par le congédier. L'homme enchaîne les petits larcins. Jusqu'au jour où Saint Joseph lui serait apparu. À partir de cette révélation, Eugène fonde une secte, *l'Œuvre de la Miséricorde*, qui s'inscrit dans le christianisme. Ce mouvement est chargé de répandre le règne du Saint-Esprit dont Eugène se dit messie et prophète. Cependant, il autorise ses disciples à jouir des plaisirs terrestres sans crainte. Il parvient ainsi à réunir plusieurs milliers d'adeptes en France au fil des années.

En 1841, Éliphas Lévi, l'occultiste de référence à l'époque, s'intéresse à Eugène Vintras, notamment car il aurait obtenu des hosties sanglantes. Le messie autoproclamé aurait en effet de surprenants pouvoirs. Stanislas de Guaita s'intéresse également de près aux actions d'Eugène. En parallèle, la colère commence à gronder contre ce dernier, peu à peu considéré comme un hérétique hypocrite.

> « *Il y a des hérétiques qui rompent ouvertement avec l'Église et l'attaquent franchement. Vintras, lui — comme les jansénistes —, voulut rester dans l'Église malgré l'Église, tout en enseignant trois ou quatre erreurs capitales. Mais il avait grand soin d'exalter l'autorité doctrinale de l'Église et prétendait que ses dogmes à lui s'accordaient parfaitement avec l'enseignement officiel catholique. Son apparente piété, sa dévotion ardente, les effusions brûlantes de sa ferveur, ses protestations de soumission aveugle, trompaient les âmes pieuses et peu éclairées*[1]. »

Le prophète hérétique est arrêté et emprisonné pour escroquerie le 12 avril 1842. Pendant le reste du règne de Louis-Philippe, Eugène demeure enfermé. Mais alors qu'il lui reste encore quelques mois de peine à purger, le roi est renversé ! Le gouvernement provisoire se met alors

1. *La Légitimité : journal historique hebdomadaire* (puis *Revue historique bi-mensuelle*, puis *Revue historique mensuelle*), *organe de la survivance du roi-martyr* (puis *Journal contre-révolutionnaire et anti-maçonnique*), p. 439.

en place et le libère en avance. Seulement voilà, les adeptes de Vintras étendent de plus en plus leur influence. Ils commencent à être perçus comme de véritables ennemis de l'Église. « *En 1843, le Souverain Pontife Grégoire XVI ratifiait solennellement la condamnation du vintrasisme, portée peu d'années auparavant par l'évêque de Bayeux et renouvelée plus tard par les évêques d'Angers, de Strasbourg, d'Orléans et de Nancy*[1]. » Mais les condamnations ne suffisent toujours pas à freiner l'expansion de son mouvement. Alors, en 1848, Eugène est exilé par le Second Empire. Malgré tout, il continue de gagner des adeptes. « *Comme l'erreur ne cessait de s'étendre, le Concile provincial de Rouen de 1850 crut devoir condamner à nouveau la secte vintrasienne, que Pie IX réprouva une fois de plus dans sa lettre du 16 février 1851 à l'évêque de Nancy. Malgré ces mesures prohibitives, les faits extraordinaires de l'illy exerçaient sur certains esprits un tel attrait que même des ecclésiastiques et des personnes d'un rang élevé devinrent les chauds partisans du second Elie, Strataraël, Pierre Michel, grand pontife et organe de la divinité*[2]. »

Après sa sortie de prison, Vintras continue d'avoir des révélations. Ses adeptes sont toujours à ses côtés et il revendique être le porte-parole d'un christianisme nouveau. Le prophète reçoit beaucoup d'argent. Il se présente à ses fidèles en arborant une longue barbe, une robe blanche et un manteau rouge. Sur sa poitrine repose une croix renversée, la croix de Saint Pierre, un symbole chrétien d'humilité. Les années passent et les plaintes s'accumulent contre Eugène. En 1852, de nouvelles condamnations de justice le font fuir en Belgique. « *Dès lors, l'Œuvre de la Miséricorde, sortie de sa période héroïque, prit un développement considérable*[3]. » Le messie autoproclamé revient en France en 1862. Il occupe ses dernières années sur Terre à aller prêcher dans les sanctuaires qu'il a fondés. Il s'éteint en 1875 à Lyon, capitale de sa secte.

> « *Il a été accusé de mœurs infâmes. Qu'est devenue l'Œuvre de la Miséricorde ? Elle n'aurait pas totalement sombré, à en croire le biographe de Vintras. Les habitants de Tilly disent apercevoir de temps à autre des voyageurs énigmatiques qui, ayant parcouru le pays, "pensifs et retournent, après ce pieux pèlerinage, rejoindre quelque pontife inconnu, dernier représentant de bonne foi d'une mystification qui sera bientôt centenaire…"*[4] »

Eugène meurt donc finalement en 1875, date à laquelle l'abbé Boullan se nomme successeur d'Eugène à la tête de *l'Œuvre de la Miséricorde*. Le prophète et mystique décédé, l'ex-abbé Boullan règne en chef de secte et assoit son pouvoir. Mais sa prise de fonction est vue d'un mauvais œil par une bonne partie des hauts placés de l'ordre. Beaucoup de disciples, d'ailleurs, ne le reconnaissent pas comme successeur légitime d'Eugène. L'abbé suscite de vives polémiques. Stanislas le décrit comme un « *pontife d'infamie, basse idole de la Sodome mystique, goétien de la*

1. Paul D. Renaudin, « Lumière et Ténèbres : La fausse mystique de Michel Vintras », *La Croix*, 9 septembre 1936.
2. *Ibid.*
3. *Ibid.*
4. Maurice Garçon, « Vintras, hérésiarque et prophète », *L'Œuvre*, 29 mai 1928.

Pire espèce, homme misérable et criminel, sorcier et fauteur d'une secte immonde[1] ». En effet, Stanislas suit l'ordre de près depuis un moment. Il constate que l'abbé Boullan, comme pour son œuvre de la Réparation, enseigne aux fidèles de *l'Œuvre de la Miséricorde* la fornication en tant que rite et pratique régulière. En novembre 1886, Stanislas se rend à Lyon accompagné d'Oswald Wirth, son secrétaire, également occultiste. Ensemble, ils rejoignent l'ordre de l'abbé Boullan pour l'infiltrer et récupérer des informations compromettantes. Ils font semblant d'adhérer aux préceptes de l'abbé pendant un an, avant de quitter l'ordre en possession d'un document écrit qui récapitule ses doctrines hérétiques.

Ce document, c'est le début de l'escalade des conflits. Grâce à celui-ci, Stanislas de Guaita et Oswald Wirth montent un tribunal initiatique en 1887 pour faire condamner l'abbé Boullan le 27 mai de la même année. Du point de vue de Boullan et ses proches, cette condamnation symbolique est une menace de mort. Boullan commence à prendre véritablement peur lorsqu'en 1891, ses pratiques débauchées sont dénoncées dans le livre de Stanislas de Guaïta intitulé *Le Temple de Satan*. Dans son ouvrage, Stanislas accuse l'ex-abbé Boullan de satanisme et de magie noire. Cela ne plaît pas du tout à l'écrivain Joris-Karl Huysmans qui se rallie à son bon ami Joseph Boullan. En effet, il décrit Joseph comme suit : « *C'est un très intelligent et très savant prêtre. Il a été supérieur de communauté et il a dirigé, à Paris même, la seule revue qui ait jamais été mystique. Il fut aussi un théologien consulté, un maître reconnu de la jurisprudence divine*[2] ». Il en est de même pour le journaliste Jules Bois qui partage la sympathie de Huysmans à l'égard de Boullan. Les occultistes du camp de Stanislas sont perçus comme des adeptes de magie noire et des fauteurs de trouble. Après tout, n'est-ce pas Stanislas qui a infiltré l'ordre de l'abbé en vue de le faire tomber ? Et pire, depuis la condamnation symbolique orchestrée par Stanislas, ce dernier essaierait selon eux d'envoûter à distance Boullan, par jalousie sans doute. Boullan, alors persuadé d'une menace imminente contre sa vie, élabore des sortilèges pour tenter de se protéger. Papus, lui, se range aux côtés de son ami Stanislas et accuse à son tour le camp adverse de pratiques de magie noire et de satanisme. Leur guerre magique débute, chacun opérant à l'aide de rituels à l'abri des regards.

Les choses vont ensuite aller crescendo. En 1892, une nouvelle condamnation est proclamée, officielle cette fois : le tribunal de Trévoux juge l'ex-abbé coupable d'exercice illégal de la médecine. Il est condamné à une amende de 2 000 F. C'est son ami Huysmans qui paie l'amende[3]. Les mois passent, mais Boullan et Huysmans accusent toujours Stanislas de magie noire, et inversement. L'ex-abbé tombe alors malade, si bien que ses suspicions augmentent à mesure que son mal progresse. Sur son lit de mort, en 1893, il maintient que c'est la magie noire de Stanislas de Guaita et de son secrétaire Oswald Wirth qui le tue. Lorsque Boullan meurt, son

1. Joanny Bricaud, *L'Abbé Boullan (docteur Johannès de Là-Bas) : sa vie, sa doctrine et ses pratiques magiques*, librairie générale des sciences occultes Chacornac frères, Paris, 1927.
2. *Ibid.*
3. Société J.-K. Huysmans, *Bulletin de la Société J.-K. Huysmans*, Paris, avril 1935, p. 155.

ami lui achète une concession de quinze ans au cimetière de la Croix-Rousse, à Lyon. La tombe porte l'épitaphe « *J.-A. Boullan (Docteur Johannès), noble victime*[1] ».
Huysmans est alors persuadé que son ami a été tué par des attaques magiques provoquées par le camp de mages noirs de Stanislas. Il croit que maintenant que Boullan est mort, il est leur prochaine cible. Lui et Jules Bois accusent alors Stanislas et le dénoncent dans la presse, précisément dans le *Gil Blas* du 9 janvier 1893. Il blâme les Rose-Croix en accusant tout particulièrement Stanislas de Guaita d'avoir empoisonné Joseph Boullan par le moyen des « forces astrales ». Pour Bois, Stanislas a provoqué la mort de l'ex-abbé[2]. Huysmans rejoint Bois et reprend ces accusations le lendemain, le 10 janvier, dans *Le Figaro*. Il est persuadé que la mort de Boullan est due à un « *envoûtement suprême*[3] ». Face à ces dénonciations, Stanislas fait valoir son droit de réponse dans lequel il défie ses accusateurs en duel au pistolet. Voici quelques extraits de sa longue réponse, qui vaut son pesant d'or :

> « *Paris, ce 13 janvier 1893.*
> *Monsieur le rédacteur du Gil Blas, Voilà plusieurs jours que la presse colporte sur mon compte certains ragots, d'un ridicule plus infamant en vérité pour les malveillants ou les naïfs qui ont lancé ce canard, que pour moi-même, aux trousses duquel il s'acharne. Nul n'ignore plus que je me livre aux pratiques de la plus odieuse sorcellerie ; que je suis à la tête d'un collège de Rose-Croix fervents du Satanisme, et qui dévouent leurs loisirs à l'évocation du Noir Esprit ; que ceux qui nous gênent tombent, l'un après l'autre, victimes de nos maléfices ; que moi, personnellement, j'ai féru à distance nombre de mes ennemis, qui sont morts envoûtés, en me désignant pour leur assassin. (…) Ce n'est pas tout. Je manipule et dose les plus subtils poisons avec un art infernal, c'est convenu ; je les volatilise avec un bonheur particulier, en sorte d'en faire affluer, à des centaines de lieues d'éloignement, la vapeur toxique, vers les narines de ceux-là dont le visage me déplut. Je joue les Gilles de Raiz au seuil du vingtième siècle. (…) Enfin, je tiens prisonnier en un placard un Esprit familier qui en sort visible sur mon ordre ! Est-ce assez ? — Point. Tous ces beaux renseignements ne sont qu'une préface.*
>
> *L'affaire où l'on veut en venir, c'est que l'ex-abbé Boullan, ce thaumaturge lyonnais dont la mort récente a fait quelque bruit, n'a succombé qu'à mes infâmes pratiques, à mes efforts combinés avec ceux de mes noirs complices, les Frères de la Rose-Croix. On va même (cette insinuation naquit sous la plume méridionale de M. Jules Bois) jusqu'à laisser entendre qu'il serait expédient de pratiquer l'autopsie du défroqué, de qui certaines lettres, rendues publiques avec l'assentiment de M. J.-K. Huysmans, leur destinataire, me dénoncent positivement comme le magicien provocateur de la crise cardiaque qui a ravi au Carmel son Souverain Pontife, et au monde des démoniaques son «Roi des Exorcistes».*

1. Joanny Bricaud, *op. cit.* p. 89.
2. Joris-Karl Huysmans : du naturalisme au satanisme et à Dieu, [exposition], Bibliothèque nationale, Bibliothèque de l'Arsenal (7 juin-22 juillet), 1979.
3. *Ibid.*

Car il faut bien dire que M. Boullan, dont j'ai démasqué dans mon dernier livre (avec preuves à l'appui), les œuvres et les doctrines, souffrait dès longtemps d'une double atteinte au cœur et au foie. Cette affection suivait son cours normal, avec des hauts et des bas. Mais à chaque nouvelle atteinte, notre pontife criait à l'envoûtement nouveau.

M. Boullan est mort : paix à sa cendre ! (...) Les allégations produites dans les journaux, ces jours derniers seraient abominables, si elles ne respiraient la plus intense bouffonnerie. Me défendre de pareils cancans, allons donc ! Le bon sens public en a fait justice, et je n'ai peur que d'une chose, pour les fauteurs de ces naïves calomnies ; c'est que, curieux d'épater les badauds et de divertir les sceptiques, ils n'aient fait rire beaucoup plus à leurs dépens qu'aux miens.

J'avais d'abord l'idée de m'en tenir au silence du plus parfait dédain. (...) Je me disais : laissons tomber ces plaisanteries d'un goût fâcheux, et que nul ne rééditera. Je me trompais. (...) Donc, mon intention était de me taire ; mais ces sottes histoires menacent enfin de s'éterniser. La patience a des bornes, et c'est décidément trop de ridicule pour une fois.

On me demande à grands cris des explications. Les meilleures, en pareil cas, se donnent sur le pré. C'est du moins mon avis.

Mais à qui m'en prendre ? A M. Huysmans, d'abord : à tout Seigneur, tout honneur ! A M. Huysmans, qui, dans son roman Là-Bas, et depuis la publication de ce livre, n'a cessé de se faire l'écho central de ces invraisemblables calomnies ; à M. Huysmans, qui a permis qu›on publiât les folles lettres où M. Boullan me désigne comme son persécuteur ; — à M. Huysmans enfin, dont la rectification parue dans un journal du matin souligne en quelque sorte les calomnies qu'on lui prêtait à mon endroit, plutôt qu'elle ne les atténue. (...) Puis ensuite à M. Jules Bois qui m'a pris à partie par trois fois, dans le Gil Blas. En conséquence, j'ai envoyé des témoins à ces deux derniers. (...)

STANISLAS DE GUAITA[1]. »

Voici donc Stanislas qui, pour conclure sa longue diatribe envers ses rivaux en les « invitant sur le pré », leur désigne en fait sa volonté de les combattre en duel. Mais Huysmans refuse. Cependant Jules Bois, loin de reculer, se lance dans une nouvelle provocation :

« Eh bien, je puis lui répondre hautement que si je l'ai attaqué de face, si je soutiens qu'il a poursuivi d'une haine implacable ce vieillard qui maintenant n'est plus, je serai devant lui, Stanislas de Guaita, sur le pré, avec la même audace[2]. »

1. Stanislas De Guaita, « L'Envoûtement et la mort du docteur Boullan », *Gil Blas*, 15 janvier 1893.
2. Joanny Bricaud, *op. cit.*

Ils se retrouvent alors dans la forêt de Meudon pour un duel au pistolet. Papus est le témoin de Stanislas. Le public s'attend à un affrontement sans pitié. Ceux que l'on considère comme des mages influents se retrouvent enfin pour en découdre. Jules Bois est soucieux. Il s'attend à ce que la magie de Stanislas soit à l'œuvre et que cela fasse pencher le duel en la faveur du mage noir. Les hommes se toisent, puis reculent. Ils font dix pas, se retournent et tirent. Les détonations retentissent, mais personne n'est blessé ni atteint. Les témoins, dont Papus, stupéfaits, pensent que la magie a protégé les deux adversaires. Jules Bois imagine qu'une des balles aurait été magiquement arrêtée dans le pistolet. Peut-être que l'arme s'est simplement enrayée. Ou bien que les deux duellistes ont chacun raté leur cible. Quoi qu'il en soit, le mage et le journaliste s'en retournent dos à dos, sans victime. Après examen des armes, il s'avérera qu'une balle était bel et bien restée bloquée dans le canon d'une des armes.

Mais personne, dans les deux camps, ne compte en rester là. Si Stanislas n'a pu laver son honneur, c'est Papus qui défie Jules Bois en duel. Cette fois à l'épée. Les deux hommes s'affrontent. Bois souhaite venger la mémoire de son ami Boullan. Papus, quant à lui, entend bien ne pas se laisser calomnier. La mort de Boullan est malheureuse, mais ils n'y sont pour rien. Les deux hommes croisent le fer. Là encore, pas de blessés graves dans l'affrontement. L'écrivain et l'occultiste s'en tirent tous deux avec quelques égratignures. La presse souligne cependant davantage l'infériorité manifeste de Jules Bois :

> « *L'arme choisie est l'épée de combat. La rencontre a eu lieu aujourd'hui à 11 h (...) au Prè-Catelan. À la seconde reprise, M. Jules Bois a reçu une blessure intéressant la partie externe du triceps. Sur la demande expresse de M. Jules Bois, le combat a continué et à la troisième reprise M. Jules Bois a de nouveau été atteint d'une blessure au tiers inférieur du cubital postérieur. Ces deux blessures mettant M. Bois dans un état d'infériorité manifeste, les témoins, sur l'avis des médecins, ont arrêté le combat*[1]. »

Si l'on s'imagine souvent que le duel est à mort, il est en réalité très codifié et encadré. Il y a par exemple deux témoins pour le duel au pistolet, quatre pour ceux au sabre et à l'épée. Les duels étaient ainsi très souvent arrêtés au premier sang versé ou après quelques coups portés. Ils étaient à l'époque encore perçus comme une façon noble de régler des querelles.

Après ce duel, contre toute attente, Jules Bois et Papus commencent à s'apprécier. Les années passent et chacun emprunte un chemin différent, même si leurs vies respectives restent intimement liées par leurs fréquentations. Stanislas de Guaita, poète et écrivain prolifique, s'éteint le 19 décembre 1897 à l'âge de 36 ans, des suites de problèmes rénaux, mais probablement également à cause de sa forte consommation de drogues. Son ami Oswald s'éteint le 9 mars 1943 à 82 ans, après une vie dans la franc-maçonnerie. Du côté du camp de Boullan, Huysmans finit ses jours à Paris le 12 mai 1907 à 59 ans, après une carrière de romancier prolifique, poète et

1. « Le Duel Jules Bois – Papus », *La Presse*, 14 mai 1893.

critique d'art. Jules Bois, lui, développe un féminisme ésotérique, devient l'amant de la cantatrice Emma Calvé et voyage beaucoup avec elle, pour finir ses jours aux États-Unis. Là, il fonde une société de sciences psychiques, pour finalement mourir à New York en 1943. Papus, enfin, laisse un héritage littéraire occulte impressionnant avec plus d'une centaine de livres, almanachs, revues et articles à son actif. Figure controversée, il est passé par les ordres ésotériques les plus importants de l'époque et a rencontré bien des personnalités. Il s'éteint le 25 octobre 1916 à 51 ans et repose au cimetière du Père-Lachaise à Paris.

En définitive, cette affaire en apparence surprenante n'est que le reflet de son époque. Des hommes s'estimant chacun calomniés décident d'employer les recours légaux en vigueur, dans ce cas le duel, pour asseoir leur réputation et décrédibiliser leur adversaire. L'issue ne nous dit pas s'il y avait un véritable mage parmi eux, quoi qu'il en soit. Ils n'en demeurent tous pas moins influents et des figures centrales de leur époque. De grands noms des sciences occultes. Si les préoccupations du XIXe siècle sont bien différentes de l'époque des Lumières et du développement de l'illuminisme, leurs croyances et idéaux se rejoignent. La quête de l'ultime vérité régit les principes profonds qui animent des individus en apparence très différents.

Le paranormal émerge et gomme lentement le surnaturel associé au divin. De ces fractures émergent de nouveaux enjeux qui cachent en leur sein cette si vieille et récurrente quête de sens. Quel récit incroyable, toutefois, que celui de la Guerre des Mages. Une histoire encore récente et pourtant extraordinaire dans laquelle se mêlent des occultistes, un gourou et de la magie noire. Qu'on ne dise pas que le réel manque d'extraordinaire !

LES OMPHALOPSYQUES : LES ADORATEURS DU NOMBRIL

Île-de-France
Paris

« J'ai encore rencontré ce matin le mot omphalopsyque dans un texte anodin. Qui a jamais su ce que signifiait omphalopsyque ? Si ça a des pattes ou des ailes, si ça mange, si ça boit, si c'est européen. Il a fallu que je cherche dans Le Larousse *(en deux volumes) et j'ai vu "hésichiaste"... L'omphalopsyque est tout bonnement un hésichiaste. Alors pourquoi ne pas le dire tout de suite ? Heureusement, il y a des dictionnaires. »*

Alexandre Vialatte

Des histoires invraisemblables se cachent souvent derrière une porte que personne n'imagine ouvrir. Et pourtant, elles sont là, bien réelles. Combien de tranches de vie se jouent à l'abri des regards ? Combien de personnes au parcours excentrique ne les racontent que dans l'intimité de leur foyer ? Nous pourrions penser qu'à notre époque moderne, la magie s'est envolée. Peut-être que les guerres mondiales, les progrès scientifiques et la mondialisation ont façonné un monde occidental rationnel, mais désenchanté. Et pourtant, lorsque l'on regarde derrière les rideaux, la magie continue bel et bien d'opérer. Même en France, le chemin vers l'extraordinaire est toujours balisé. Il est un peu moins entretenu, mais de curieux personnages l'empruntent encore aujourd'hui. Bien sûr, ils ne partagent le secret de son existence qu'avec quelques initiés. Nous les connaissons sous les dénominations de maître, gourou, chef. Ils officient au sein de sectes qui rassemblent des personnes de tous milieux et de toutes origines pour les fédérer autour d'un même principe, d'une même croyance. Mais, même si certains de ces termes sont hautement péjoratifs aujourd'hui, et même si ces pratiques peuvent mener à des dérives dramatiques, ces dernières ne désignent pas forcément un cheminement négatif.

Et si nous pouvions porter un regard dans le passé afin d'ouvrir la porte sur le chemin de ces mystiques hors du commun ? Évoquons ensemble un phénomène sectaire récent et décalé, extraordinaire, à la frontière du réel. Ces curieux cas nous sont rapportés en nombre dans les années 1960 par Guy Breton, un auteur, journaliste et figure publique de la radio et de la télévision française. Il consacre un ouvrage aux cultes étranges[1] qui se tiennent en France et particulièrement dans la capitale. En effet, l'homme s'est passionné tout au long de sa vie pour les parcours atypiques, exceptionnels et insolites en France. Et pendant une période de son existence, il a infiltré des sectes aux coutumes toutes plus étranges les unes que les autres. De ses comptes-rendus, un nous a particulièrement interpellés. Il présente une secte dont la doctrine ferait sourire la plupart d'entre nous. Et pourtant…

Depuis quand n'êtes-vous pas allé chez le coiffeur ? Gageons qu'en 2021, cette question innocente révèle un sujet sociétal plus complexe. Il en est de même dans les années 1960, à Paris. Les mouvements sectaires ont toujours eu pour habitude de se rassembler dans de grandes salles, afin d'accueillir un maximum d'individus. Appartement, maison, librairie, hangar, entrepôt, magasin quelconque, pourvu que l'endroit soit assez spacieux pour que chacun y trouve sa place. La secte des omphalopsyques, qui compte alors une soixantaine de membres, se réunit dans l'arrière-boutique d'un coiffeur chaque samedi soir. Et ses membres ne se rassemblent pas pour discuter des dernières coupes de cheveux à la mode.

Ainsi, à Paris, lorsque l'enseigne de ce coiffeur anonyme descend son rideau de fer, une animation toute particulière s'élève derrière celui-ci. Les omphalopsyques se réunissent. Derrière ce nom déconcertant se cache un mouvement curieux au premier abord. En effet, les omphalopsyques vénèrent… le nombril. Et ce littéralement, puisqu'ils sont également connus sous le nom des « adorateurs du nombril ». Curieuse pratique ? Laissez-vous donc embarquer par la description que fait Guy Breton de son improbable découverte du culte pratiqué par les omphalopsyques :

> *« Mon guide poussa une porte et nous pénétrâmes dans une pièce couverte de tapis où quinze personnes, assises par terre autour d'un poêle, se regardaient le nombril. Il y avait des femmes entièrement nues, d'autres qui avaient simplement relevé leur jupe, et des hommes dont le pantalon était largement déboutonné. Malgré les poses immodestes et le débraillé des personnes présentes, il régnait dans cette pièce, où de petits cierges éclairaient des icônes, une atmosphère quasi religieuse. Pourtant, il émanait de ces corps chauds diverses senteurs dont le mélange ne constituait pas ce qu'on peut appeler une odeur de sainteté[2]. »*

Derrière cette description humoristique, Guy Breton nous fait pousser la porte d'une secte à la mystique difficile à cerner. Immergé à leurs côtés, en séance de méditation, l'homme penche la tête, comme eux, pour regarder son ombilic. L'idée est que le nombril abrite la pureté. C'est une porte vers le passé, un lien qui permet d'unir la généalogie de l'humanité jusqu'au premier homme éclairé et vertueux, Adam. Parmi les adeptes, des personnes de tous horizons. Tous se réunissent autour de cette même foi, ce principe qui prône la recherche d'une pureté perdue.

1. Guy Breton, *Les Nuits secrètes de Paris*, Éditions de Crémille, 1970.
2. *Ibid.*, p. 33-34.

Après la méditation, le prêtre ouvre une séance de confession publique. Ainsi, les adeptes, les uns après les autres, s'accusent eux-mêmes de crimes horribles, invraisemblables et imaginaires. Cette cohue d'aveux est une façon symbolique de se libérer. Les adeptes, en avouant des crimes par procuration, confessent les péchés de l'humanité. Car si un être humain est pécheur, alors tous les humains partagent ce même péché.

Une fois cette séance de confession publique levée, les adeptes se rhabillent, satisfaits. Ils se donnent ensuite rendez-vous au samedi suivant, pour recommencer cette curieuse démarche.

Mais qui sont donc les omphalopsyques ? La légende voudrait que cette secte soit à l'origine de l'expression «*se regarder le nombril*». L'étymologie du terme, elle, renvoie au grec ancien «omphalos» pour «nombril», et «psychè» pour «âme». Un mot qui associe donc le nombril à l'âme. À l'origine, entre le XIIe et le XIVe siècle, les moines orthodoxes du mont Athos sont appelés omphalopsyques, parce qu'ils prient la tête inclinée vers le bas, le menton dans l'axe du nombril. Les moines pratiquants dans les monastères sont ainsi tout d'abord connus sous le nom d'omphalopsyques. Ils deviennent une secte chrétienne de l'Église d'Orient. Par leurs prières, ils cherchent une forme d'élévation, de pureté originelle. Cette forme de prière chrétienne est d'ailleurs proche du bouddhisme dans la posture et la recherche spirituelle. Mais les adeptes du nombril créent la controverse. En effet, les moines espèrent percevoir la lumière apparue sur le mont Thabor, qui a entouré Jésus pendant la Transfiguration. En somme, ils espèrent contempler cette illumination divine, celle-là même qui a baigné Jésus et qui pourrait jaillir de leur nombril. C'est une doctrine qui entend renouer avec le divin à travers un lien unique et pur, mais qui dérange. En 1341, l'empereur byzantin Andronic III préside un concile dans l'église de Sainte-Sophie au sujet des omphalopsyques et de leur statut. Ils sont finalement reconnus comme moines orthodoxes.

Des siècles plus tard, à Paris, dans les années 1960, quelques dizaines d'adeptes perpétuent cette pratique chrétienne, la tête penchée vers le nombril, dans l'axe central de leur corps, pour chercher l'illumination. Où sont-ils aujourd'hui ? Probablement pas dans l'arrière-boutique d'un coiffeur, mais peut-être çà et là, dans nos régions. Qui sait, peut-être avez-vous dans votre entourage, sans le savoir, un adorateur du nombril.

Les sectes aux doctrines étranges sont légion. Il peut être intéressant de voir dans quelles doctrines et spiritualités passées elles puisent pour éprouver aujourd'hui leur foi moderne. Nous avons choisi de présenter celle des omphalopsyques, mais il en existe beaucoup d'autres en France. Par exemple, les Adorateurs du Feu perpétuent le culte du soleil et du feu selon des pratiques ancestrales. Selon eux, si notre univers est toujours là, c'est grâce au culte que vouent les adorateurs du monde entier à l'astre solaire divinisé. Mais il existe aussi les Éthérés, qui souhaitent permettre à l'humanité de fuir sur une autre planète, notamment sur Vénus, avant une catastrophe cosmique. Ou encore les Adorateurs de l'Oignon, qui dans un culte construit autour de l'oignon (*sic*) prônent une échappatoire à la mort…

En 2010, on estimait à environ cinq cents le nombre de sectes en France. Autant de voies spirituelles qui, au cours des siècles, revendiquent faire progresser l'humanité vers une meilleure compréhension du vivant et qui, bien souvent, croisent science et mystique. Toutes empruntent des enseignements spirituels dits traditionnels et les mêlent à des idées mystiques pour créer un syncrétisme au mieux très curieux, au pire douteux et dangereux. Néanmoins, la symbolique est systématiquement la même. Un nouveau culte naît, qui rompt avec le précédent et qui entend donner une vision différente de la vie.

BIBLIOGRAPHIE

La secte secrète du Mont Thabor : les Illuminés d'Avignon

Ronny Ambjörnsson, *« La République de Dieu » : une utopie suédoise de 1789*, 1989.

Jean-Paul Clébert, *Guide de la Provence Mystérieuse*, 1992.

Yves David-Marescot et Yvonne David-Marescot, *Prédictions et Prophéties*, chapitre 10 : Les visions de Swedenborg, 1994.

D.A.J.P.A.D.B, Dom Pernety, *Les Vertus, le pouvoir, la clémence et la gloire de Marie, mère de Dieu*, Paris, 1791.

J. Deprun, « Les Anti-Lumières », dans Y. Belaval (dir.), *Histoire de la philosophie*, Gallimard, coll. La Pléiade, t. 2, 1973.

F. Euvrard, *Les Tablettes d'Avignon et de Provence : revue hebdomadaire illustrée de propagande régionaliste par Avignon*, centre de tourisme, *Le Baron de Corbeau chez les Illuminés d'Avignon*, 16 mai 1937.

Jean Lucas-Dubreton, « Mythologie d'Alchimiste », *La Revue critique des idées et des livres*, 23 mai 1921.

Meillassoux-Le Cerf, *Dom Pernety et les Illuminés d'Avignon - suivi de la transcription intégrale de la Sainte-Parole*, 1992.

Papus, *Martinésisme, willermosisme, martinisme et franc-maçonnerie*, 1899.

Poirier, Mario « Le Mystère Swedenborg : raison ou déraison ? », *Santé mentale au Québec*, vol. 28, n° 1, 2003.

La Guerre des Mages

Joanny Bricaud, *L'Abbé Boullan (docteur Johannès de Là-Bas) : sa vie, sa doctrine et ses pratiques magiques*, librairie générale des sciences occultes Chacornac frères, Paris, 1927.

Stanislas De Guaita, « L'Envoûtement et la mort du docteur Boullan », *Gil Blas*, 15 janvier 1893.

Paul D. Renaudin, « Lumière et Ténèbres : La Fausse Mystique de "Michel" Vintras », *La Croix*, 9 septembre 1936.

Maurice Garçon, « Vintras, hérésiarque et prophète », *L'Œuvre*, 29 mai 1928.

Joris-Karl Huysmans : du naturalisme au satanisme et à Dieu, [exposition], Bibliothèque nationale, Bibliothèque de l'Arsenal (7 juin-22 juillet), 1979.

La Légitimité : journal historique hebdomadaire (puis *Revue historique bi-mensuelle*, puis *Revue historique mensuelle*), *organe de la survivance du roi-martyr* (puis *Journal contre-révolutionnaire et anti-maçonnique*).

« Le duel Jules Bois - Papus », *La Presse*, 14 mai 1893.

Eliphas Lévi, *Dogme et rituel de la haute magie,* États-Unis, G. Baillière, 1856.

Société J.-K. Huysmans, *Bulletin de la Société J.-K. Huysmans*, Paris, avril 1935.

Les omphalopsyques : les adorateurs du nombril

Guy Breton, *Les Nuits secrètes de Paris*, Éditions de Crémille, 1970.

IV
JEUX DE POUVOIR OCCULTES

LES POSSÉDÉES DU XVIIE SIÈCLE

Côte-d'Or
Auxonne

« Dans les lieux où l'on brûle les sorciers on ne voit autre chose, parce que, dans les lieux où on les condamne au feu, on croit véritablement qu'ils le sont et cette croyance se fortifie par les discours qu'on en tient. Que l'on cesse de les punir et qu'on les traite comme des fous, et l'on verra qu'avec le temps ils ne seront plus sorciers, parce que ceux qui ne le sont que par imagination, qui sont certainement le plus grand nombre, deviendront comme les autres hommes. »

Malebranche

Pendant des siècles, le pouvoir judiciaire a traqué chaque trace de magie et d'extraordinaire. Au XVIIe siècle, en France, l'Église et le pouvoir judiciaire se réforment doucement concernant la chasse aux sorcières. Celle-ci reste cependant très vive jusqu'à la fin du siècle. Les controverses et luttes intestines éclatent entre Paris et la province, jusqu'à ce que les grandes chasses aux sorcières prennent officiellement fin. Les condamnations à mort ne sont plus la norme et un changement d'opinion progressif s'opère : beaucoup de sorciers et sorcières sont considérés comme des charlatans et des imposteurs. Par ailleurs, les affaires de possessions démoniaques sont radicalement différentes des affaires de sorcellerie : les nonnes possédées sont alors considérées comme des victimes, alors que les sorciers et sorcières sont des criminels qui pactisent délibérément avec le Diable. Après les chasses aux sorcières, voici le temps de la chasse aux possessions démoniaques.

Plusieurs affaires font date et permettent de faire évoluer les mentalités : « *l'affaire d'Aix-en-Provence (1610-1611) qui ouvre vraiment le cycle, offrant, par la publicité qui lui fut donnée, une sorte de modèle de base pour les affaires suivantes survenues à Lille (1612-1614), Agen (1618-1619), Nancy (1618-1625), Loudun (1623-1638), Louviers (1643-1647) et enfin Auxonne (1658-1663)*[1]. »

1. Jean-Pierre Cavaillé, « Possession et sorcellerie en France au XVIIe siècle. D'Aix-en-Provence à Auxonne », *Archives de sciences sociales des religions*, vol. 188, n° 4, 2019, p. 141-159.

Néanmoins cette transition ne se fait pas sans heurts. À cette période, la France est marquée par les guerres et les épidémies.

Dans les années 1650, la Bourgogne et la Comté (qui deviendra la Franche-Comté) vivent dans la peur du diable. Après de vastes affaires de possessions collectives, les suspicions et les poursuites sont encore très fréquentes pour éradiquer toute trace du mal sur ces terres. Les Bourguignons se persuadent que de nombreux sorciers vivent parmi eux. Estimant que la justice est trop lente, ils décident de les débusquer eux-mêmes, donnant lieu à de véritables lynchages.

En 1658, les « maladies de cloître », c'est-à-dire les vagues de possession qui frappent les couvents et l'Église surtout au XVIe siècle continuent de survenir ponctuellement. Le recours à la magie est toujours très présent en dehors de la capitale. Les superstitions et croyances en la sorcellerie traditionnelle restent tenaces. Ainsi, de nombreux villages ont un sorcier. Cet enracinement magique toujours présent pousse le pouvoir judiciaire à légiférer davantage. Dans ce contexte, de nombreuses affaires éclatent, dont la possession d'Auxonne. Celle-ci survient après celle de Loudun, sans précédent dans l'histoire des chasses aux sorcières en France, puis celle de Louviers.

> *« Ce qui rassemble toutes ces affaires est le fait qu'à chaque fois de jeunes religieuses ou laïques sont déclarées possédées et que cette possession est associée à une enquête visant à incriminer et éliminer le ou les sorciers, généralement un prêtre, parfois un médecin et, dans le cas d'Auxonne, la sorcière, une religieuse accusée d'être à l'origine et l'agent de la possession[1]. »*

Revenons rapidement sur les affaires qui précèdent celle d'Auxonne pour bien saisir les enjeux. Les possédées de Loudun désignent les sœurs de l'ordre des Ursulines, un ordre religieux catholique qui honore Sainte-Ursule. Dans les années 1630, elles commencent à délirer, invoquer le diable, proférer des menaces, des insultes et avoir un comportement dégradant. Elles accusent le curé Urbain Grandier d'être responsable de leur condition. Il aurait usé de magie noire et pactisé avec Satan. Ces accusations sont soutirées durant des exorcismes qui font office de séances d'interrogatoire. En réalité, le sujet est avant tout politique, car Grandier est une personnalité problématique et populaire à éliminer. L'homme est connu pour avoir des mœurs légères. Mais surtout, il est jugé trop proche des protestants. Le problème, c'est que le cardinal Richelieu exerce alors une grande influence sur Louis XIII. Richelieu souhaite faire reculer, voire éradiquer le protestantisme. Il fait de Loudun un exemple, car la ville est selon lui trop clémente avec les protestants.

> *« Le parti de la Raison était représenté à Loudun par les protestants. La ville possédait en outre un gros donjon qui pouvait servir de base à une révolte féodale contre*

1. *Ibid.*

> *la Monarchie. Des Carmes, des Capucins, des Cordeliers, fort bons moines, se disputaient en cette petite ville où vivait un prêtre intelligent, ironique et orgueilleux, Urbain Grandier. Des Ursulines un peu jeunettes vivaient également en un moutier de Loudun. M. de Richelieu, évêque de Luçon, avait dû, un fort vilain jour pour lui, céder le pas en une procession loudunaise au prêtre Grandier. Mgr de Luçon, quoique prêtre et bientôt Cardinal-Ministre, ne pardonnait point les offenses. Il avait de plus fort bonne mémoire. Autour de cette ville de vingt mille habitants, s'étendait une campagne misérable. Des sorciers, nombreux, y évoquaient le Grand Bouc Noir. De plus, les lauriers de Madeleine de Mandol et des Capucins d'Aix furent bien vite connus – et enviés – dans tous les couvents de France. Toutes les circonstances favorables à un grand procès de Sorcellerie se trouvaient réunies à Loudun*[1]*.* »

Urbain Grandier jeté en prison, avant son jugement, les récits d'exorcismes des possédées de Loudun se propagent au sein des milieux ecclésiastiques. Ils sont décrits avec sensationnalisme, à la manière de récits orientés vers l'horreur. Ainsi, Madeleine Bavent, alors nonne au couvent de franciscaines de Sainte-Elisabeth à Louviers, entend tous les détails de cette affaire hors du commun. Pendant qu'Urbain Grandier est emprisonné, l'affaire des possédées de Louviers débute. Mathurin Picard, le directeur du couvent et prêtre de bonne réputation, n'est pas inquiété contrairement à Urbain Grandier. Alerté par les cas signalés au couvent Sainte-Elisabeth, l'évêque d'Évreux décide de faire la sourde oreille. Il ne lance aucune enquête pour exorcisme. L'homme ne souhaite pas un autre scandale d'État alors même que le procès sulfureux des possédées de Loudun est en cours. Le 18 août 1634, Urbain Grandier brûle sur le bûcher, jugé responsable des possessions survenues à Loudun.

Fin 1642, Mathurin Picard, en charge du couvent, meurt, et c'est en mars 1643, dix ans après l'affaire des possédées de Loudun, que François Picard, l'évêque d'Évreux, décide de se rendre à Louviers pour enquêter sur les cas de possessions qui semblent durer. Il commence alors son investigation et auditionne les nonnes. Madeleine Bavent et six autres nonnes sont mises en cause. L'enquête devient progressivement une affaire d'État. Le parlement de Rouen, sceptique, et les ecclésiastiques s'opposent. Le cas remonte aux oreilles du parlement de Paris. Celui de Rouen est contraint de transmettre les éléments de l'affaire, très certainement pour éviter que le scandale ne se répande. L'affaire des possédées de Louviers met en évidence des jeux d'influences. Des religieux comme des hommes de lois locaux tentent d'instrumentaliser l'enquête d'un côté comme de l'autre pour gagner en prestige et en réputation.

Dans ce contexte confus, le jugement définitif est rendu le 21 août 1647. Entre autres sentences, les nonnes sont dispersées dans leur famille ou différents couvents. Madeleine Bavent est finalement condamnée à la prison à perpétuité pour sorcellerie à Rouen. Le couvent et les bâtiments sont vendus.

1. Jean Palou, « La Sorcellerie au XVIIe siècle », Jean Palou éd., *La Sorcellerie*. Presses Universitaires de France, 2002, p. 72-107.

Vient alors le cas de la possession d'Auxonne qui prend place dans la ville du même nom, dans un couvent d'Ursulines. Là, des nonnes et confesseurs souffrent de troubles qui nécessitent l'intervention d'exorcistes. C'est une nouvelle et dernière affaire de possession collective qui débute en 1658 et dure jusqu'en 1663.

Nous sommes en 1658. Le roi Louis XIV est au pouvoir. Il est notamment assisté par son ministre Jean-Baptiste Colbert qui aide à étendre les réformes de Paris à la France entière. Auxonne est une petite ville située sur la rive gauche de la Saône, à la frontière entre les deux Bourgognes. En effet, si le duché de Bourgogne est français depuis le XVe siècle, la Comté voisine est une province espagnole. Aux tensions militaires se mêlent des craintes de diableries. La région est encore marquée par l'« épidémie » de sorcellerie rurale de 1644. Dans ce contexte, le couvent d'Auxonne fondé en 1625 voit une nonne, Marie Borthon, la sœur du curé Borthon, être sujette à des malaises répétés. Ses troubles débutent juste après le départ de son confesseur du couvent. En effet, Marie Borthon est attirée par son confesseur, Nouvelet. Elle et sept autres religieuses souffrent « *pour lui de grandes tentations de la chair*[1] ». Ainsi, les deux confesseurs du couvent semblent provoquer quelques émois auprès des nonnes. Lorsqu'ils sont écartés à cause de la tentation qu'ils créent, Marie Borthon perd pied. Elle lâche alors des paroles impies auprès du nouveau confesseur, Terrestre. Le doute n'est plus permis pour ceux qui constatent sa condition : la graine du diable a été semée en elle. L'abbé Terrestre avertit alors le curé Borthon de la condition de sa sœur. Les autorités sont prévenues dans le plus grand secret.

Des prêtres exorcistes sont envoyés pour faire la lumière sur cet incident. Au regard des rumeurs qui courent en Bourgogne et en Comté, il ne faudrait pas que des cas de possessions éclatent dans un nouveau couvent. Une semaine avant Pâques, le curé Borthon meurt d'une hernie étranglée. Il est remplacé par le supérieur Devenet, qui administre le lieu avec la supérieure Marguerite Jeannel.

Lorsque les prêtres exorcistes arrivent, la supérieure décide de faire examiner tout le monde sans ménagement. Les exorcismes commencent à Pâques 1658. Marie est déclarée guérie, puis à nouveau possédée. Les confesseurs écartés, Pelletier et Nouvelet intègrent de nouveau le couvent. Les nonnes possédées refusent de se confesser à Terrestre, préférant leurs confesseurs habituels. Les investigations se poursuivent pendant des mois, au cours desquels des luttes internes politiques se jouent. Pour les prêtres exorcistes, le couvent est marqué par la sorcellerie. Ils détectent quinze religieuses âgées de quinze à vingt-cinq ans qui sont, selon eux, possédées. Ils débutent immédiatement leurs exorcismes au sein du couvent. Parmi ces possédées se trouvent plusieurs novices. Ce sont des nonnes en « période d'essai » : elles sont jeunes, ont rejoint les rangs religieux tout récemment et n'ont pas encore prononcé leurs vœux monastiques. Deux fois par jour, les prêtres tiennent leurs séances. Elles se font à l'église, mais également dans les chambres de religieuses, au plus près d'elles.

1. Samuel Garnier, *Barbe Buvée en religion, sœur Sainte-Colombe et la prétendue possession des Ursulines d'Auxonne* (1658-1663), 1895, p. 6.

« *Les confessions, les sermons, les exorcismes portent sur l'Enfer, Satan, les Démons, les tentations de la chair. Il s'agit de femmes en plein développement physiologique – car les religieuses déjà âgées sont indemnes – ayant naturellement des besoins. Rien de surprenant qu'au moindre trouble menstruel, les mettant dans un état de moindre résistance, tout leur corps, tout leur esprit ne se portent vers des rêves diaboliques, vers des idées érotiques. Et pour peu que les confesseurs – et c'est le cas dans cette épidémie hystéro-démonopathique – n'aient pas été prudents ni réservés, tous les phénomènes s'exagèrent, d'où les hallucinations diaboliques et génitales*[1]. »

Les conditions médicales seraient intéressantes à développer, mais nous faisons le choix de nous focaliser sur la dimension judiciaire de l'affaire. Notons cependant que cette analyse très souvent soutenue reste à prendre avec un regard critique.

Les exorcismes se poursuivent à l'abri des regards. Parmi les symptômes relevés, le plus fréquent est la posture du corps en arc de cercle, corps courbé, pieds et mains au sol, torse bombé. Mais le tout s'accompagne aussi de convulsions, d'une force jugée surhumaine, etc. Si cette nouvelle contagion ne touche que quelques nonnes, pour les enquêteurs, le mal ne s'arrête pas au couvent. L'emprise du diable s'est frayé un chemin hors du monastère. Toute la ville est suspecte et doit être surveillée. Selon les enquêteurs, les sorciers se cachent en nombre parmi les habitants. Des rondes nocturnes secrètes commencent pour surprendre ceux qui errent en pleine nuit. Peut-être se rendent-ils à des sabbats ? Les exorcismes se poursuivent pendant des mois au couvent, alors même que les prêtres exorcistes continuent de veiller dans la ville entière. Cependant, le mal n'est toujours pas chassé. Voilà que la crainte d'une nouvelle épidémie de possession rurale gagne les ecclésiastiques. Qui est à l'origine de cette contagion ? Le mystère reste entier pour les prêtres.

Au printemps 1660, les nonnes interrogées dénoncent quatre veuves de la ville d'Auxonne d'être les responsables des maux qui les frappent. L'affaire de la possession d'Auxonne se répand alors en dehors des murs de l'édifice religieux. Le secret est levé, la population entend parler des exorcismes. Les accusées sont arrêtées et incarcérées à la mairie. Jugées dans la foulée, elles sont d'abord condamnées au bûcher pour avoir participé à des sabbats, pactisé avec le diable et commis des maléfices. Mais finalement, la sentence est révisée. Deux sont bannies, deux autres innocentées. Malheureusement, ces deux dernières ne sont pas au bout de leur peine.
« *Les innocentées rentrées chez elles, un exorcisme les dénonce à nouveau : "Le peuple de la ville en estant averti les cherche et les poursuit jusques au bout du pont où il les assomme et les brusle sans autres formalités de justice*[2]*".* »
Les pauvres femmes finissent massacrées par une foule vindicative.

1. *Ibid.*, p. 7.
2. Robert Mandrou, *Magistrats et sorciers en France au XVIIe siècle : une analyse de psychologie historique*, 1979, p. 406.

Pendant plusieurs mois, les exorcismes reprennent. Cette fois, ils sont publics et se tiennent à l'église paroissiale Notre-Dame. Des foules curieuses se pressent pour assister à ces démonstrations. De nouvelles dénonciations auprès de la population ont lieu. C'est finalement l'accusation de la nonne Claudine Bourgeot, corroborée par d'autres religieuses, qui est déterminante. Claudine est interrogée dans l'église paroissiale pour simple suspicion. Elle déclare que le mal se trouve aux Ursules, que les prêtres doivent focaliser leur attention sur le couvent. Plus précisément, Claudine accuse Barbe Buvée d'être la responsable de tout le mal qui frappe le couvent et la ville d'Auxonne. Elle leur a fait avaler des sorts en mélangeant des cailloux à leur nourriture.

Souvent appelée « mère de Sainte-Colombe », Barbe Buvée est l'ancienne supérieure d'une institution religieuse proche, à Flavigny. Elle est redoutée et peu appréciée dans sa communauté. Pourtant, Barbe Buvée est une des plus anciennes recrues du couvent d'Auxonne. Elle y vit en 1628, puis part pendant presque vingt ans à Flavigny où elle est la dirigeante de la communauté religieuse pendant six ans. Lorsqu'elle revient au couvent d'Auxonne en 1651, elle est vivement critiquée. En effet, le couvent manquerait de discipline et Barbe Buvée entend bien remettre de l'ordre. Elle souhaite instaurer un comportement plus respectueux et rigoureux auprès de ses religieuses. Sa volonté de reprendre les rênes du couvent avec fermeté ne va être que modérément appréciée.

En 1655, elle s'oppose au curé Borthon autour d'un conflit dont le sujet demeure inconnu. Le curé Borthon s'occupe à ce moment-là de la direction spirituelle du couvent. Elle va jusqu'à porter plainte, mais perd l'affaire. Celle-ci est même condamnée à faire réparation à son supérieur. Elle doit jeûner cinq vendredis et rester enfermée un mois dans sa chambre. Ce conflit qui l'oppose au curé Borthon lui vaut désormais une suspicion générale. En effet, le curé Borthon a trois sœurs et des parentes dans le couvent. On perçoit alors les deux camps qui se forment au sein de la communauté. De plus, à son retour, elle sait que les affaires se portent mal. Les rumeurs veulent qu'elle souhaite prendre la direction de la maison, ce qui ne ravit pas les responsables en place. Enfin, au début des exorcismes, elle critique le manque de pudeur des exorcistes envers les religieuses, particulièrement leur « *manière d'exorciser dans le lit visage contre visage*[1] ».

Cependant, lorsque les troubles éclatent au couvent en 1658, Barbe, alors âgée de quarante-cinq ans, se tient à l'écart. Mais voilà, même si elle tient ses distances, elle est tout de même accusée dans la chapelle du monastère. L'instruction commence au mois de novembre, elle est mise en cause et dénoncée pendant les exorcismes. « *Les Diables l'accusent "d'avoir fait un enfant dans le monastère et de l'avoir fait mourir, d'avoir donné une promesse écrite de son sang au diable Asmodée qui présidait à un certain sabath en l'absence de Lucifer"*[2]. » Les chefs d'accusation qui pèsent sur Barbe sont donc d'une extrême gravité. Pactes avec le diable, apostasie, utilisation de la magie et même infanticide au sein du couvent.

1. Samuel Garnier, *op. cit.*, p. 9.
2. Robert Mandrou, *op. cit.*, p. 408.

De plus, elle est dénoncée aussi bien par les Ursulines qu'on dit possédées que par d'autres a priori saines d'esprit.

> *« Sœur Gabrielle de Malo, élevant la voix, s'écria : «Barbe Buvée, dicte sœur de Sainte Colombe, est la Sorcière et la Magicienne». Et se jetant sur elle, elle la frappa et lui arracha son voile. Une autre religieuse lança un cierge à Barbe Buvée et la battit. Une autre possédée la décoiffa et la roua de coups. Les diables interpellés jurèrent que c'était la vérité*[1]. »

Y a-t-il un désir de vengeance qui anime certaines sœurs accablant l'accusée ? Ce qui est sûr, c'est que les accusations sont aisément instrumentalisées par celles et ceux qui aimeraient voir Barbe Buvée tomber. De plus, le ressentiment envers elle ne s'arrête pas après la mort du curé Borthon. Barbe reste une personne méprisée par plusieurs membres du couvent.

Barbe est victime de violences et consignée dans sa chambre dans un premier temps. Puis elle est enfermée dans un cachot du couvent, enchaînée aux mains et aux pieds. Dans cette cellule, il n'y a aucune fenêtre. Elle décrit elle-même l'endroit comme une chambre noire. Elle ne peut y recevoir aucune visite. Sa détention se fait en plein hiver, dans une pièce froide non chauffée. La prisonnière ne porte que des haillons en guise de vêtements. Elle est interrogée pendant un mois. La supérieure du couvent fait ensuite construire une prison au fond du parc pour y enfermer la future condamnée. Son supplice et les décisions prises laissent peu d'espoir quant à son devenir. Mais, coup de théâtre, la famille de Barbe Buvée est mise au courant du sort réservé à leur fille. Une requête est déposée au parlement le 7 décembre pour dénoncer la séquestration et les exactions commises à son encontre.

Pour justifier la requête, la famille revient sur les incidents qui secouent Auxonne. Ils décrivent les violences et les meurtres commis pour suspicion de magie par les habitants. Mais ils soulignent également les exorcismes publics, dont ceux de Claudine Bourgeot, a priori innocente, qui a lancé de fausses accusations notamment envers des notables. Pour la famille, les prêtres ont provoqué la rancœur des nonnes qui ont comploté pour faire accuser à tort Barbe Buvée. Cette requête est entendue. Les magistrats font transférer l'accusée ainsi que Claudine Bourgeot à la conciergerie de Dijon.

C'est cette décision qui fait que l'affaire se répand jusqu'à Paris. Le pouvoir s'inquiète alors du sort des possédées d'Auxonne, mais également de la vindicte populaire. Il s'agit d'éviter les débordements et de faire respecter l'ordre. Dans le même temps, plusieurs voix s'élèvent. Certains croient à la possession des religieuses, alors que d'autres pensent qu'elles sont accusées à tort. La controverse éclate. La procédure dijonnaise initiée le 7 décembre 1660 à l'encontre de Barbe se poursuit. Une commission d'enquête dirigée par Bénigne Legoux, un conseiller du parlement de Dijon sensible au problème des procédures expéditives sur ce cas, est lancée pour

1. Samuel Garnier, *op. cit.*, p. 10.

étudier les accusations. Cette commission n'est pas perçue d'un bon œil par le curé d'Auxonne qui fait tout pour retarder la procédure. Mais Legoux compte bien faire la lumière sur ce cas. Il parvient à faire remplacer les prêtres qui mènent habituellement les exorcismes sur les nonnes. En parallèle, il interroge une quarantaine de témoins qui confirment les troubles qui se sont déroulés au couvent depuis des années. Le 18 mars, après un rapport, toutes les nonnes possédées sont transférées à Dijon. Barbe Buvée, elle, est condamnée à mort. Elle dépose une requête pour réviser son exécution. Des mois d'enquêtes reprennent. Une fois n'est pas coutume, les instructeurs explorent toutes les pistes. Ils savent que des jugements expéditifs ont pu condamner des innocents sur la base d'accusations farfelues. Des accusations perpétrées par des instigateurs ayant parfois des conflits d'intérêts bien précis à l'encontre des coupables désignés.

Ainsi, l'instruction se focalise sur Claudine Bourgeot, la principale accusatrice de Barbe. Le motif d'enquête est la « *contrefaçon de possédée*[1] ». Toutes les pièces de l'enquête sont étudiées avec attention. Legoux fait alors une découverte saisissante ! Il révèle que les lettres de délivrance des possédées, qui décrivent comment le démon qui les possède quitte leur corps, sont en réalité écrites des mains de l'un des prêtres exorcistes et non par les nonnes. Les preuves sont fabriquées. C'est un complot ourdi pour faire accuser ces femmes.

Pendant ses interrogatoires, l'accusée ne fléchit jamais. Alors qu'elle est suspectée d'avoir mis des démons à l'intérieur des nonnes possédées, elle nie avec véhémence. Sur le banc des accusés, Barbe entend bien prouver son innocence. Elle espère que les procédures s'accélèrent afin que la machination puisse être révélée. Qui en est l'instigateur, et pourquoi ? Le responsable qui se dessine, c'est le curé à l'initiative de toute cette histoire, Jannon d'Auxonne.

> *« Les résultats négatifs au point de vue d'une possession véritable, constatés d'une manière officielle par une commission dont l'autorité ne pouvait guère être récusée, n'étaient pas sans préoccuper très vivement le clergé auxonnais et notamment les prêtres qui avaient exorcisé dans les conditions que l'on sait. Ils redoutaient tout au moins le ridicule et la confusion qui allaient en rejaillir sur eux, sinon des pénalités contre les instigateurs manifestes du complot dirigé contre sœur Buvée. En tout état de cause, une lumière sur tous ces faits leur était particulièrement désagréable ; aussi s'employèrent-ils de toute leur énergie à entraver l'action du Parlement[2]. »*

Alors que l'enquête s'enlise, Jannon d'Auxonne fait jouer ses relations à Paris pour que les magistrats bourguignons interviennent. Son but est qu'une nouvelle commission approuvée par le roi établisse un nouveau rapport. Il souhaite faire reconnaître la possession des nonnes.
Ainsi, le centre du pouvoir à Paris ordonne à Jean de Maupeou, évêque de Chalon-sur-Saône, d'enquêter au couvent d'Auxonne. En décembre 1661, l'évêque se rend sur place et mène de

1. *Ibid.*, p. 411.
2. Samuel Garnier, *op. cit.*, p. 36.

nouveaux exorcismes. Les nonnes sont, une fois de plus, interrogées. Legoux propose son aide pour cette nouvelle investigation, mais il est tenu à l'écart. Le rapport est remis à une commission d'enquête qui comprend un archevêque, des évêques, un médecin et des théologiens de la Sorbonne proches du roi et de la reine[1]. Les résultats sont à charge contre les nonnes :

> *« L'intelligence des langues, la connaissance des pensées les plus secrètes des exorcistes, la prédiction d'événements arrivés ensuite, l'aversion manifestée pour les choses saintes, reliques, objets sacrés, des manifestations physiologiques non naturelles comme l'arrêt du pouls, l'insensibilité à la douleur et l'immobilité du corps, le vomissement de corps étrangers, l'existence de messages diaboliques révélés par les démons exorcisés et enfin des convulsions violentes et postures qui surpassent les forces féminines. Au total, c'est tout l'arsenal des preuves données au cours des grands procès antérieurs qui se retrouve là. Enfin le rapport tire argument de la durée de «cette affliction» excluant «un dessein de fourberie et de friponnerie (qui) pût conserver le secret parmi des filles en si grand nombre, de conditions et d'intérêts si différents[2] ».*

Les chefs d'accusation sont clairs : il y a une véritable volonté de condamner en acculant le plus possible les nonnes avec des charges extrêmement graves à l'époque. Cette intervention royale provoque un conflit entre l'intendance et le parlement. Les nonnes se retrouvent au centre d'un jeu de pouvoir politique. De plus, ce rapport diligenté par le parlement balaie les investigations précédentes qui innocentent les religieuses, dont Barbe Buvée. Les procédures se poursuivent tout au long de l'année 1662. Les prêtres continuent leurs exorcismes publics et des témoins rapportent les démonstrations accablantes auxquelles ils assistent dans des témoignages écrits. Le commissaire du parlement de Paris, lui, pense que les nonnes ne sont pas possédées par le démon. Les avis divergent. Au cours de l'année, Barbe tente ses dernières requêtes pour être lavée de tout soupçon. Finalement, le 4 août 1662, la cour dijonnaise l'innocente. Elle est transférée dans un autre monastère, mais l'affaire de la possession d'Auxonne est loin de toucher à sa fin.

Si Barbe est libérée, Claudine Borgeot, son accusatrice, est quant à elle en prison. En parallèle, une nouvelle procédure judiciaire est lancée : l'enquête du complot à l'encontre de Barbe Buvée, persécutée, qui a bien failli être condamnée à mort.

Quelles sont donc les intrigues qui se développent derrière l'affaire de possession des nonnes? Tout d'abord, le déroulé des événements met en exergue les querelles autour des désordres précédents du couvent, avant que l'affaire de la possession d'Auxonne n'éclate. Le défunt curé Borthon souhaitait déjà depuis des années réduire l'influence de Barbe Buvée. Alors lorsque cette dernière critique l'exorcisme des nonnes, elle est d'autant plus détestée.

1. L'archevêque de Toulouse Pierre de Marca, les évêques de Rodez, Hardouin de Péréfixe, et de Rennes, Henri de la Mothe-Houdancourt, le confesseur du roi François Annat et le confesseur de la reine Cordelier Leroy.
2. *Ibid.*, p. 411-412.

Survient ensuite un élément tu jusqu'alors, mais de première importance dans l'instrumentalisation de l'affaire au niveau régional, puis national. Anne Moroge, l'une des possédées, exorcisée pendant des mois, meurt. Il y a alors un conflit autour de l'autopsie. La première autopsie effectuée par les chirurgiens d'Auxonne indique une mort d'un abcès. Mais la seconde, menée par les magistrats dijonnais, dénonce un empoisonnement et montre qu'elle aurait eu un enfant. Si cette seconde autopsie est juste et que Anne a bien eu un enfant, cela confirme donc le problème de « mœurs légères » dénoncées. La mort d'Anne Morogue est utilisée comme prétexte par le curé Jannon et les prêtres exorcistes pour appuyer les procédures supplémentaires auprès du parlement. En effet, c'est un argument imparable pour la thèse des possessions : les nonnes n'auraient pas dû être innocentées. Un certain Henri de la Mothe-Houdancourt, évêque de Rennes, est approché par le curé Jannon. L'évêque de Rennes a des intérêts en Bourgogne et aurait aidé à appuyer les enquêtes auprès du parlement de Paris. De plus, le curé Jannon a un oncle substitut du procureur général au parlement de Paris à même de le renseigner sur les décisions autour de l'affaire. Une fois encore, ce sont des intérêts particuliers qui semblent être au cœur des motivations des uns et des autres.

Ainsi, de l'intérieur du couvent des Ursulines jusqu'au plus près de la cour du roi, des personnes ont tiré les ficelles dans l'ombre pour faire jouer l'instruction selon leurs intérêts. Le 14 octobre 1662, le curé Jannon obtient une nouvelle enquête au couvent des Ursulines qui entend réviser les conclusions dijonnaises. Après des lenteurs administratives probablement occasionnées par la cour de Dijon, la nouvelle commission arrive à Auxonne le 1er juin 1663. Contre toute attente, elle conclut à l'absence de possession des nonnes, au mieux affabulatrices, au pire prises de folie. De nouvelles conclusions qui devraient satisfaire le conseiller Legoux et la cour de Dijon. Mais de nouvelles requêtes du curé Jannon relancent une fois de plus les procédures. Ainsi, l'intendant de Bourgogne, Bouchu, dépêche une nouvelle commission et conclut de lui-même que les maléfices ont été lancés sur plusieurs nonnes, dont la plupart sont désormais guéries grâce aux exorcismes prodigués. Il ajoute enfin que les vingt-neuf nonnes mises en cause accusent Barbe Buvée.

De longs conflits procéduriers commencent alors entre le parlement et l'intendance de Bourgogne. Bouchu joue de sa position ambigüe, refusant de fournir certains éléments d'enquête malgré les ordonnances royales. Cet imbroglio n'est pas nouveau dans les affaires de sorcellerie et de possessions.

Finalement, un jugement définitif est rendu le 29 novembre 1663. Une décision du parlement de Paris, sur instructions royales, donne raison à l'intendant Bouchu et interdit toutes nouvelles procédures de la cour de Dijon. C'est la mort qui attend de nouveau Barbe Buvée et probablement les autres soi-disant possédées. L'affaire de la possession d'Auxonne touche à sa fin. Le sort des nonnes est scellé par une décision qui balaie toutes les procédures précédentes des magistrats bourguignons. Cette ultime volonté du parlement de Paris de condamner toutes les suspectes de l'affaire sans autre forme de procès fait monter au créneau les parlementaires et même le procureur général Languet qui critiquent fermement la décision royale. Dans une longue diatribe intitulée *Remontrances faites à Sa Majesté*, le procureur dénonce les décisions arbitraires du parlement de Paris qui, sur ordre du roi, n'a pas cherché à faire la lumière sur toute cette affaire. Les enquêteurs de Paris, appuyés par le curé Jannon, ont simplement voulu faire taire les troubles en Bourgogne le plus rapidement possible, quitte à condamner tout le monde afin de faire de ce cas un exemple, pour éviter que des possessions rurales ne se répandent dans les environs. Surtout, le procureur général insiste sur le fait que, si Paris parasite les instructions et les enquêtes d'autres provinces où se tiennent des affaires polémiques similaires par volonté politique, alors c'est tout le système judiciaire qui est remis en cause.

Cette critique est primordiale pour bien comprendre les enjeux de cette époque. Rappelons que de grandes réformes judiciaires sont initiées autour de la sorcellerie en France. La prudence et la modération sont recommandées sur ces sujets. Cependant, si le parlement de Paris a bien intégré ces changements menés par Colbert, la situation n'est pas aussi simple ailleurs en France. Différentes affaires de possession rurale éclatent. Bien que des enquêtes soient promptement menées, il arrive que le pouvoir local cherche parfois à clore ces cas fâcheux le plus vite possible. Le tout pour éviter des troubles. Mais également afin d'éviter d'attirer l'attention, voire les foudres royales.

Ainsi, le procureur général de Bourgogne dénonce un complot politique qui fait tout pour condamner des nonnes innocentes. En dernier recours, le parlement bourguignon autorise Barbe Buvée à se rendre à Paris afin d'entamer de nouvelles procédures sur sa condamnation. Elle souhaite mettre en avant la décision du 4 août 1662 de la cour de Dijon qui l'innocente. Le 30 juin 1664, Pierre Séguier, chancelier de France à la cour du roi, fait transférer tous les éléments de l'enquête à Paris, des informations de la possession jusqu'au complot. L'ensemble constitue désormais une affaire d'État, et la prochaine décision rendue doit être la dernière. C'est la première fois depuis l'affaire des possédées de Loudun qu'une intervention royale aussi poussée survient dans une procédure judiciaire pour possession et sorcellerie. Puisque le conflit se joue entre l'intendant et le parlement, les deux partis ont trois mois pour fournir tous les détails de la procédure. Le parlement de Paris doit ensuite statuer sur l'issue de cette longue affaire. Barbe Buvée est contrainte de rester à Paris afin d'être disponible pour le parlement le temps de la procédure. Finalement, l'enquête est purement et simplement enterrée. En effet, le procureur général semble avoir fait sensation puisqu'aucune autre trace d'un acte procédurier initié par l'intendant Bouchu n'existe dans les archives. Tout porte à croire que, en définitive, l'arrêt de Dijon qui innocente Barbe Buvée est respecté puisque la principale accusée est lavée de tout soupçon. Le cas de la possession d'Auxonne finit par s'éteindre de lui-même après une bataille juridique de plusieurs années.

> *« Peu à peu le silence se fit autour de cette affaire, les exorcistes eux-mêmes ayant tout à y gagner. Un siècle plus tard, Courtépée faisant allusion à cette possession, portait sur elle le jugement suivant : «La prétendue possession de plusieurs religieuses Ursulines qui fit tant de bruit dans le dernier siècle, fruit du fanatisme et de l'ignorance, peut augmenter*

> *le chapitre des égarements de l'esprit humain». Nous ne saurions mieux dire aujourd'hui ; peut-être pourrions-nous ajouter qu'elle ne fut pas seulement le fruit de l'ignorance et du fanatisme, mais aussi des coupables manœuvres des exorcistes auxonnais*[1]. »

La plupart des historiens s'accordent à dire qu'il y a bien eu un complot dans cette affaire. Mais alors, de quoi souffraient réellement les nonnes ? Le docteur Samuel Garnier, qui a écrit un ouvrage sur le cas, déplore que le rapport médical de cette affaire ait été perdu. Il est convaincu que les médecins étaient pour la plupart bien au fait des névroses qui se jouaient. En effet, selon lui, les nonnes prétendument possédées souffraient de délires, précisément d'un cas clinique « *d'hystérie convulsive et délirante* » nourri d'hallucinations religieuses et érotiques.

Benoît Garnot, historien et ancien professeur d'histoire moderne à l'université de Bourgogne, analyse plus largement le cas, notamment à la lumière d'une dimension sociale qui lui est révélée par l'ensemble des documents d'archives autour de l'affaire. Il précise que les nonnes supposément possédées sont toutes des cadettes de bonne famille qui n'ont pas été mariées afin d'éviter de payer des dots et ainsi diminuer le patrimoine familial. Leur chemin est donc tout tracé, elles rejoignent les ordres religieux. Ainsi, elles ne se marient pas et le patrimoine ne se retrouve pas divisé[2]. Ces jeunes femmes, pas plus ferventes religieuses que d'autres, se retrouvent donc au couvent, particulièrement dans celui d'Ursulines dont la réputation troublée est alors déjà connue. En effet, les bruits courent à propos des « mœurs légères » de certaines nonnes et de certains prêtres qui les visitent. Des visites que souhaite faire cesser Barbe Buvée à son arrivée. Pour l'historien, les événements qui prennent place au couvent sont au moins en partie simulés par les nonnes dans un contexte de rébellion sociale. En effet, ces dernières sont placées arbitrairement dans les ordres par leur famille. Comme pour l'affaire Louviers, elles ont eu vent des récentes affaires de possessions démoniaques. Elles ont en outre conscience que, désormais, la législation considère les possédées comme victimes et non comme coupables, ce qui peut leur offrir un sentiment de protection. Elles auraient pu ainsi simuler et semer des troubles délibérément par désaccord et rébellion.

Rien ne prouve que les nonnes possédées le soient par d'authentiques démons. En effet, d'un point de vue sociologique, il est curieux de voir que les diables s'accoutument des cultures locales et font des erreurs d'interprétations. Cet exemple précis le met bien en exergue : « *Le latin, le plus souvent, n'est pas même compris : à Auxonne, selon le témoignage d'un médecin, un diable, à l'injonction que lui faisait l'exorciste : Declara quis te miserit in corpus creaturae, répondit: «Si tu demandes de la clarté en voilà sur l'autel», car dans la Bourgogne toute proche, la lumière d'un cierge se dit clarta précise le témoin (Garnot, 2018 : 164). Ce qui lui fait dire que les diables d'Auxonne sont de «vrais Bourguignons de nom et d'idiome» (ibid. : 165). On retrouve ses mêmes remarques ironiques en toutes les affaires de possession jusqu'à la fin du XVII*e* siècle : les diables, selon les lieux*

1. Samuel Garnier, *op. cit.*, p. 86.
2. Benoît Garnot, *Une affaire de possession au XVII*e *siècle : les religieuses d'Auxonne* (1658-1663), Paris, Imago, 2018.

des événements, parlent wallon, normand, gascon, basque, etc. Ils appartiennent pleinement au peuple de leurs pays et participent des cultures orales locales, urbaines et rurales, et il est de la plus grande importance d'en tenir compte si l'on veut réaliser une véritable histoire sociale de la possession et de la sorcellerie[1] ».

Ainsi, l'interprétation même de l'exorcisme des nonnes peut être analysée de différentes façons. Sur la possession d'Auxonne, l'historien Benoît Garnot conclut que « *en trois ans, dix-huit religieuses se déclareront possédées et l'épidémie s'est répandue dans la ville, propageant une sorte de terreur. Tout le monde s'est mis à accuser n'importe qui et deux habitantes seront même lynchées en public. Pour pallier ce mal, des prêtres viennent réaliser des séances d'exorcisme à l'intérieur de l'église. C'est un événement très spectaculaire qui attire toute la ville. (…) À l'heure actuelle, il reste peu de traces de cette affaire dans la commune. Les habitants ne sont pas forcément au courant. En tout cas, le cas d'Auxonne permet une vraie mutation. À partir de ce moment-là, on ne croit plus à la sorcellerie*[2] ».

Le couvent, lui, est aujourd'hui devenu un appartement privé situé rue des Ursulines à Auxonne. Cette affaire a fait date. D'abord pour le contexte inhabituel dans lequel il frappe : d'habitude, les possessions diaboliques sont rurales et ciblent les miséreux, or, ici, ce sont les filles de famille bourgeoise ou noble qui sont touchées. Les événements prennent place dans des couvents, mettent en conflit plusieurs corps disciplinaires, et se concluent par l'opprobre jeté sur des figures de vertu et d'autorité : prêtres, curés, nonnes, responsables religieux, judiciaires, administratifs… Tous jouent un rôle afin d'instrumentaliser l'affaire sous couvert de possession diabolique.

Cette affaire est historique, car c'est la dernière de ce genre en France. Elle achève de transformer les mentalités autour des possessions diaboliques et contribue à faire avancer la législation sur ces cas. En 1682, après le scandale de l'affaire des poisons, la sorcellerie est dépénalisée par Louis XIV dans une ordonnance qui traite de la sorcellerie et des poisons. Les croyances autour de la sorcellerie s'effacent peu à peu des mentalités populaires. « *Ainsi on ne se trouvait plus qu'en présence de pauvres hommes, simplement coupables de pensées malfaisantes. Tout procès était désormais inutile. Imaginaires les maléfices, imaginaires les prouesses des sorciers. Les Juges devaient céder le pas aux Médecins pour soigner, pour guérir des malades cérébraux et non plus châtier des coupables. (…) Le feu des bûchers reculait devant le Siècle de la Lumière…*[3] »

1. Jean-Pierre Cavaillé, *op. cit.*, p. 141-159.
2. Chloé Vernet, *Quand Auxonne était possédée par le démon*, Le Bien Public, 8 juillet 2018.
3. Jean Palou, *op. cit.*, p. 72-107.

FRANÇOIS MICHEL ET LE SECRET DU SPECTRE

Bouches-du-Rhône
Salon-de-Provence

« Je n'ai pas la prétention d'expliquer ce que sont ou ce que ne sont pas les apparitions. Le seul élément certain est que les gens de bonne foi affirmant en avoir été témoins, qu'il s'agisse de spectres ou de saints ou d'anges ou de la Vierge, étaient nombreux au temps de Louis XIV, au moins autant qu'ils l'ont été aux autres époques. »

Jean-Pierre Tennevin

La pleine lune éclaire la campagne de ses rayons éclatants. Le soir du samedi 8 décembre 1696, non loin de Salon-de-Provence, François Michel, un maréchal-ferrant de 35 ans, est témoin d'un événement extraordinaire. Un spectre lui apparaît afin de lui délivrer un secret de la plus haute importance ! Dans le même temps, l'apparition lui lance un avertissement. Le contenu de cette mise en garde, l'homme ne peut le révéler qu'au roi Louis XIV ou à l'un de ses ministres. Car telle est la volonté du spectre, et seule une éminence de la royauté peut en prendre connaissance. Ainsi, François Michel s'affaire pour préparer un court voyage. Il entend bien prévenir l'autorité locale, l'intendant, afin de l'avertir de la tâche surnaturelle qui lui a été confiée. Voilà donc que vers le milieu du mois de décembre, le maréchal-ferrant, animé par sa curieuse et fantastique mission, se rend à Aix-en-Provence pour s'entretenir avec Pierre Cardin Labret, intendant de Provence. De belle allure, le visiteur fait le récit de sa rencontre surnaturelle et de la mission capitale qui en découle : il doit voyager jusqu'à Versailles pour rejoindre la cour du roi et porter son message. S'il a sollicité cette entrevue, c'est pour demander un appui auprès de l'intendant et les moyens d'entreprendre son aventure.

Celui-ci rejette sa requête. L'intendant ne compte tout de même pas mettre à disposition les moyens de traverser le pays jusqu'à la cour, puis revenir pour une raison aussi fantaisiste ! Cependant, quelque temps plus tard, un magistrat de Salon mène des investigations sur François et sa famille. Le maréchal-ferrant n'est-il qu'un lunatique ? Un homme simple, à l'imagination débordante, et aux oreilles portées un peu trop près des diables ? Après enquête, le magistrat rend son rapport à l'intendant Labret qui estime que les membres de la famille Michel sont d'honnêtes gens. Manifestement alerté par la demande curieuse du maréchal-ferrant, Labret décide de revenir sur sa décision. Il accepte de venir en aide à François Michel pour poursuivre son étrange tâche dictée par un spectre, un soir hivernal de pleine lune.

Le 25 février 1697, François se met en route pour Versailles, accompagné d'un de ses frères et de quelques recrues. À peine partis qu'on parle déjà de leur quête à la cour du roi et à travers la France ! On dit de François qu'il est un envoyé de l'au-delà, portant une demande de diminution d'impôts au roi. Sa mission serait ainsi non seulement divine, mais éminemment politique. Voilà que les morts se mêlent des grandes affaires des vivants. Dans les villes et villages où le cortège passe, on les accueille chaleureusement. Lorsqu'enfin, François Michel arrive à Versailles, il est le sujet de toutes les conversations. Certains courtisans sont enthousiastes. D'autres, cyniques, voire hostiles, le prennent pour un désaxé. Il ne serait qu'une personne excentrique, un être déraisonnable et abracadabrant parvenu à flouer même les plus éduqués. Malgré la controverse, le maréchal-ferrant n'en démord pas. S'il a parcouru tout ce trajet, ce n'est pas pour rebrousser chemin après les intimidations de la cour. Grâce à son sang-froid, il s'entretient enfin avec le secrétaire d'État à la Provence M. de Barbezieux le 8 avril. Cet entretien lui permet d'obtenir l'audience la plus fantasmée du royaume. Après avoir parcouru la France, le maréchal-ferrant a l'autorisation de rencontrer le roi Louis XIV en personne.

Les deux hommes se rencontrent. De cette entrevue, très peu de détails filtrent. Mais une chose est sûre, François Michel n'est pas un hurluberlu ! Car même le roi le décrit comme un homme plein de bon sens. Ainsi, après son échange, François reste un moment à la cour. Pendant deux semaines, le jeune homme de Salon est approché et entendu par les personnes les plus influentes de la cour. Princes, princesses, mais également hommes d'État puissants. Tous veulent entendre son parcours, l'écouter parler. Ils souhaitent comprendre ce qu'il a de si spécial. Alors le maréchal-ferrant est considéré et courtisé. Peut-être en ont-ils après son secret, mais le confident ne fléchit pas et garde le silence. Seul le roi est voué à connaître la nature de leur conversation.

Une fois sa mission céleste accomplie, il quitte la cour de Versailles le 22 avril 1697 et retourne à Salon. Dès son retour, le père Alexandre, son confesseur, le conduit au château de l'Empéri. Là-bas, il fait rencontrer à François l'archevêque d'Arles, Monseigneur de Grignan, qui y séjourne. L'archevêque tente de lui soutirer son fameux secret, en vain. François reste muet et tient la promesse du spectre. Même après son retour à Salon, nombreux sont ceux qui, pendant des années, tentent de résoudre le mystère de cette rencontre hivernale avec l'au-delà. Mais seuls le roi et ses plus proches relations en connaissent la nature. Ayant repris son travail et menant une vie modeste, François Michel aurait fini ses jours à Lançon, rendant son dernier soupir en 1726 sans jamais révéler son secret à qui que ce soit.

Cette tranche de vie incroyable du maréchal-ferrant François Michel n'est, vous le verrez, que le point de départ d'une affaire aux ramifications bien plus complexes qu'il n'y paraît. Gazettes, mémoires, estampes élogieuses, récits imprimés, manuscrits sont autant de sources qui témoignent de la popularité du cas, mais qui en ont également repris ou modifié le récit, parfois à des fins politiques. Car au fil des années, l'affaire a fini par se répandre, et les discussions sur la nature du secret ont fait couler beaucoup d'encre.

La version la plus communément admise de cette histoire est que le spectre croisé par François Michel soit celui de Marie-Thérèse, défunte reine, au XVIIe siècle. Il en reçoit des ordres si importants qu'il est convoqué à la cour de Versailles par Louis XIV en personne et est auditionné comme relaté plus haut. Sauf que, finalement, le tout se révélerait être une supercherie orchestrée par Madame de Maintenon pour persuader le roi de l'épouser officiellement, avec la complicité de sa première femme. En effet, Madame de Maintenon n'est mariée que secrètement au roi depuis octobre 1683. Le tout ne serait qu'un vaste complot politique sur fond de paranormal. Mais de cette version « principale » découlent d'autres points de vue et rumeurs colportées, principalement à cause d'extrapolations de sources imprécises ou de confusions et abus de langages.

Le tout s'explique en partie par le contexte dans lequel cette affaire prend place. En 1696-1697, la France est dans un conflit épuisant, long, difficile. Le royaume est empêtré dans la guerre de la Ligue d'Augsbourg qui oppose la France à une Europe de coalition où de grandes puissances sont unies contre les Français. De ce fait, les impôts sont élevés pour toutes les classes sociales. La cour du roi n'est d'ailleurs pas épargnée, entre querelles religieuses et politiques. C'est donc dans une période troublée que l'extraordinaire épopée de François se déroule, ce qui laisse la part belle aux interprétations de toutes sortes. La bibliographie exacte et toute la controverse historique sont relatées précisément dans l'ouvrage *François Michel de Salon-de-Provence : le maréchal-ferrant reçu par Louis XIV : étude historique, documents inédits* de Jean-Pierre Tennevin, qui a fait un travail de recherche et de documentation remarquable. L'ouvrage livre une version factuelle des événements vécus par François Michel.

Reprenons ensemble le déroulé des événements afin de faire la lumière, ou tout du moins essayer de le faire, sur cette histoire. Le samedi 8 décembre 1696, François s'aventure hors de la ville à la faveur de la nuit. Marchant au clair de lune, il rejoint l'oratoire Saint-Pierre, récite un « Notre Père » puis gagne la chapelle Notre-Dame de Bon Voyage à proximité. Là, il effectue quelques prières. Lorsqu'il décide de repartir, le maréchal-ferrant sent deux mains se poser sur son épaule. Il entend alors une voix qui lui dit par trois fois : « *François Michel, ne crains rien* ». Surpris, et peut-être apeuré, l'homme s'évanouit, mais ne s'effondre pas au sol : une force invisible le maintient debout. Il décrit comment une main semble se hisser à la hauteur de sa bouche pour lui faire boire une sorte de liqueur qui lui fait immédiatement reprendre connaissance.

Voilà donc les éléments de la rencontre avec le spectre les plus factuels. L'élément frappant qui en ressort, c'est que François Michel ne voit pas le spectre ! Une voix lui parle, semblant sortir de nulle part. Il ne rencontre donc personne, même s'il ressent une présence physique. Néanmoins, le récit le plus populaire de cette affaire fait état de sa rencontre avec un spectre. Et c'est d'ailleurs cette version qui prédomine aujourd'hui : la rencontre avec une entité paranormale à première vue, dont l'apparition fait débat[1]. Jean-Pierre Tennevin a identifié trois variantes majeures autour de l'identité de cette apparition. La première est associée au fantôme de Nostradamus. Une hypothèse qui ne tient pas la route selon lui, puisque la source est une chanson populaire accompagnée d'une représentation d'un vieillard barbu, écrite sur la postérité récente de Nostradamus et son lien avec Salon. Aucune autre mention ou source écrite ne permet confirmer cette variante. La seconde, c'est l'apparition d'un être d'apparence angélique. Dans l'une des sources, le manuscrit de Lyon, on peut lire la description suivante :

> « *Revenu à soi il se trouva debout, comme immobile ; il ouvrit les yeux et vit à trois pas de lui une très belle figure, à pied, très richement parée, le visage blanc, les cheveux blonds, les joues vermeilles, couverte d'une grande et belle robe blanche, tenant à sa main gauche un flambeau de cire blanche allumé, le portant par ses charmes, ses ris et ses attraits à dissiper sa frayeur et à avoir en elle une parfaite confiance pour écouter et suivre ses avis et ordres...*[2] »

Trois estampes montrent une scène semblable. Leur légende dit que François Michel « *fut arrêté un soir dans la campagne par un spectre armé d'un flambeau*[3] ». Deux de ces estampes sont d'ailleurs ornées d'un dessin qui représente une apparition à l'allure angélique, voire féminine. Enfin, il faut savoir que le récit des événements qui a permis d'ouvrir la voie aux historiens suivants est celui de l'écrivain Saint-Simon, en 1888, accompagné de nombreuses notes et de références solides. Et c'est chez Saint-Simon que l'apparition se précise et se veut plus sensationnelle: « *Au milieu d'un phénomène lumineux une personne vêtue de blanc et par-dessus à la royale*[4], *belle, blonde et fort éclatante... lui dit qu'elle était la Reine qui avait été l'épouse du Roi...*[5] » La reine en question serait Marie-Thérèse d'Autriche, la fille de Philippe III d'Espagne et l'épouse de Louis XIV, morte en 1683.

Il existe donc plusieurs variantes autour de cette étrange rencontre. Cependant, si les historiens associent l'apparition à des personnalités historiques, les détails de la rencontre ne permettent pas de l'affirmer. En effet, les sources décrivent toutes une apparition désignée parfois comme un spectre, parfois comme une figure angélique. Jean-Pierre Tennevin met en exergue différentes versions : le phénomène lumineux chez Saint-Simon, mais également un faux spectre en drap de lit dans la farce racontée à l'intérieur du dictionnaire d'Achard, et la figure angélique du manuscrit de Lyon ainsi que des estampes de Bonnart. S'agit-il d'une personne clairement identifiée ou d'une apparition peu identifiable ? Quoi qu'il en soit, François Michel est bien confronté à quelqu'un ou quelque chose ce soir-là, les sources s'accordent sur ce fait.

1. Jean-Pierre Tennevin, *François Michel de Salon-de-Provence : le maréchal-ferrant reçu par Louis XIV : étude historique, documents inédits*, p. 53.
2. *Ibid.*, p. 51.
3. *Ibid.*
4. Cette expression, selon une note de Boislisle rapportée par Tennevin, implique « *le manteau de Reine et peut-être la couronne* ».
5. *Ibid.*, p. 53.

De plus, l'apparition confie bien un message au maréchal-ferrant que ce dernier doit rapporter au roi, à la manière d'une mission de la plus haute importance. Si la forme exacte de ce que voit François ce fameux soir est discutable, sa quête est historiquement valide. Et les rumeurs sur la nature du message vont bon train. Car à cette époque, la France en guerre interprète différemment ce genre de message surnaturel : prédiction de bonnes récoltes, paix négociées, victoires et conquêtes… Cet événement est surtout pris pour un présage qui laisse la porte ouverte à bien des interprétations. D'autres sources, comme le dernier vers du quatrain de Nostradamus, laissent penser que Michel va demander au roi de baisser les impôts. Ces espérances sont colportées dans les chansons populaires et les textes en prose qui galvanisent le peuple autour du périple de François. Son aventure est reprise, contée, embellie. L'écho qu'a sa quête complexifie davantage la restitution factuelle du voyage du messager.

Si la teneur du secret est sujette à débat, la plupart des sources rapportent que l'apparition ordonne à François d'aller trouver l'intendant de Provence pour qu'il l'aide à approcher le roi. Toujours en croisant les sources, l'apparition précise effectivement que si le maréchal-ferrant a le malheur de révéler le secret à qui que ce soit ou bien s'il abandonne sa mission, alors il sera puni de mort.

Suite à cette nuit bouleversante, François rentre chez lui vers minuit. Sa femme le questionne sur son état agité et son retour tardif. Il ne lui répond pas. Il consigne à l'écrit le message reçu, le cache dans la doublure de son justaucorps et passe quelques jours confiné à son domicile à cause d'une éruption cutanée soudaine. Entre ses murs, il évoque autant qu'il le peut sa rencontre surnaturelle avec sa femme. Son épouse et ses amis se succèdent alors au domicile et conseillent à François de ne pas entreprendre cette curieuse aventure qu'il s'est mise en tête. Les pensées fusent dans l'esprit du jeune homme qui, tiraillé entre les conseils de ses proches et son apparente révélation mystique, se décide à aller demander conseil auprès de son confesseur, le père Alexandre. Celui-ci est décrit comme « *un bon capucin, excellent homme, disposé à accueillir avec joie le surnaturel, mais non dépourvu d'esprit critique à l'égard des apparitions*[1] ». Sans certitude, on peut néanmoins imaginer que ses échanges avec son confesseur ont pu le persuader de prendre la route pour commencer sa quête, en allant s'enquérir de l'intendant Lebret.

Le vendredi 14 décembre, en plein hiver, François part à pied en direction d'Aix. Une fois arrivé, il obtient péniblement accès à l'intendant de Provence qui, comme déjà évoqué, le congédie lorsque François lui demande un soutien pour aller à Versailles sans révéler la nature de sa mission. François revient quelques jours plus tard et Lebret écrit à un haut fonctionnaire de Salon afin de se renseigner sur François et ses proches.

Après audition de quarante-deux témoins décrits comme « *dignes de foi*[2] », tous s'accordent à dire que François Michel est un homme parfaitement honnête et respectable. Ils ajoutent qu'il en va

1. *Ibid.*, p. 58.
2. *Ibid.*, p. 169.

de même de ses proches. Les témoins confirment leur déposition. Un procès-verbal est adressé par l'intendant Lebret au marquis de Barbezieux qui répond qu'après en avoir discuté avec le roi Louis XIV, le maréchal est autorisé à se rendre à Versailles pour y être entendu.

C'est finalement le samedi 23 février 1697, ou le lundi 25 février 1697 selon les sources, que François Michel prend la route avec des recrues et un officier salonais nommé d'Antrages. Il est accompagné de son frère aîné, Jean. Lorsqu'il arrive à la cour le 9 avril 1697, François est d'abord reçu par Barbezieux. Ce dernier s'entretient avec le voyageur afin de le jauger, savoir s'il est bien là pour ce qu'il prétend ou s'il cache de pernicieuses intentions. L'entrevue se passe sans encombre, le maréchal paraît tout à fait honnête aux yeux du marquis. Cependant, il faut mériter le temps précieux du roi, alors Barbezieux interroge François de plus belle. Il le questionne sur sa rencontre avec le spectre et la nature du secret révélé. Bien entendu, François ne parle pas. Mais pour se valoriser, il demande à son interlocuteur de rappeler à Louis XIV l'incident de la forêt de Saint-Germain. Cet incident, qui concerne le roi, relate la rencontre du Roi-Soleil avec un spectre ! Une rencontre à l'époque connue du Roi et de son épouse uniquement.

> « *Il s'était présenté devant lui un spectre qui disparut aussitôt, mais que cette figure avait tellement effrayé le cheval de Sa Majesté qu'il avait tourné la tête à la queue (le fait était très vrai, mais le Roi l'avait confié à Mme de Maintenon, et à elle seule)*[1]. »

François est alors logé à l'écart de la cour, isolé des intrigues qui pourraient le rattraper. Pendant ce temps, le roi part pour Meudon pendant une semaine. Du 10 au 16 avril, le quotidien et les agissements de François sont discutés en fonction des différentes sources. On lui prête notamment une audience avec le roi, ou un échange écrit. Il est néanmoins veillé par le valet de chambre de Louis XIV, Bontemps, proche du roi et décrit comme son confident. Le visiteur de Salon, lui, lorsqu'il est vu, est reconnu comme le prophète de Provence, et est même surnommé Nostradamus.

Finalement, le 16 avril, Louis XIV lui accorde une entrevue. Celui-ci va d'abord à nouveau rencontrer Barbezieux. Le roi le charge de récupérer les mots et tout ce que le maréchal aurait à lui présenter, puis de lui faire un compte-rendu. Résigné à partager son secret à quelqu'un d'autre que le roi, car il faut bien suivre les ordres monarchiques, ce dernier déboutonne son justaucorps et récupère la note sur laquelle est rédigé le précieux secret. Le marquis fait cacheter le message sous une enveloppe et promet de remettre le tout au roi. La journée passe. La mission de François est à son sens accomplie. Le lendemain, le mercredi 17 avril, le roi part à nouveau, cette fois-ci pour Marly, pour y rester jusqu'au 27 du même mois.
Un événement qui souligne bien l'importance de François Michel qui se retrouve dans la plupart des sources.

1. L. Dussieux et E. Soulié, *Extrait des mémoires du Duc de Luynes sur la cour de Louis XV*, publié sous le patronage de M. de Luynes, tome 3, 1862, p. 410.

Le jour du départ, le roi, accompagné par le maréchal de Duras, voit François. Le maréchal de Duras peste alors sur François, le qualifiant de fou. Cependant, Louis XIV prend sa défense et le décrit comme un homme de bon sens. Même si l'on peut douter des circonstances exactes de la rencontre entre François et Louis XIV, ce qui est sûr, c'est que le roi n'aurait jamais eu cette considération positive à l'égard de François s'il n'avait pas pu un minimum échanger avec lui.

Pendant les dix jours d'absence du souverain, François est bien au contact de la cour, des princes, princesses, nobles et autres personnes de pouvoir. Il reçoit des présents avec lesquels il peut passer sans encombre malgré les douanes intérieures entre les provinces, les autorités s'assurant de son retour sécurisé. Une fois de retour, François poursuit modestement sa vie auprès de sa famille.

Il y a réellement eu un engouement général autour de François, devenu célèbre. Sa personnalité est visiblement singulière et attachante. Si les uns le décrivent comme un fou, nombreux sont ceux, dont le roi, qui lui accorde du crédit et de la considération. Il restera un sujet de débats et discussion durant des années. Jusqu'à sa mort et au-delà, il est surnommé « le prophète » par certains gens de Salon. Pourtant, à la fin du XVIIe siècle, les intellectuels sont sceptiques, à Paris comme en province. Lorsqu'ils entendent pour la première fois le récit de François Michel, ils sont d'ailleurs méfiants et pensent à des affabulations. Sans oublier que le siècle du rationalisme arrive. Le surnaturel est plus que jamais questionnable. Cependant, pendant des décennies, François, retiré à Salon, voit arriver des curieux qui souhaitent vérifier sa réputation ou tenter de lui extirper son secret. Finalement, malade, il se retire à Berre et non à Lançon comme les rumeurs le laissent entendre, sans que l'on sache précisément ce qui motive son départ. Le maréchal-ferrant s'éteint le 8 ou 9 décembre 1726. L'acte d'enterrement, daté du 10 décembre 1726, est disponible en document d'archives, de même que son testament signé dans lequel il lègue ses quelques biens à sa fille, Claire, et à sa femme.

Son secret est emporté dans sa tombe… Mais quel était-il ? Les hypothèses sont nombreuses. Elles mettent en exergue le sujet passionnant que cette histoire représentait à l'époque. Il est aisé d'imaginer l'amplitude bien supérieure encore de rumeurs colportées concernant ce fameux secret et les personnes qui pourraient être impliquées. D'abord, la mise en cause fréquente de Madame de Maintenon dans cette affaire. En 1697, l'épouse secrète du roi a 62 ans.

A-t-elle voulu être reconnue officiellement comme reine ? Les récits populaires décrivent que l'apparition qui se présente à François serait Madame de Maintenon elle-même. Le message secret consisterait à convaincre le roi de rendre publique leur union. Les historiens modernes ne donnent que peu de crédit à ces assertions. Jean-Pierre Tennevin précise :

> *« Pour être complet, il faut noter que parmi les biographes sérieux de notre siècle, il n'y en a guère qu'un seul pour croire à la réalité de tentatives de M de Maintenon, c'est l'abbé Langlois qui a écrit sa vie et publié sa correspondance. Certes, il ne donne pas*

> *dans les outrances qu'on vient de voir et, signalant le voyage à Versailles de François Michel, il admet, sans plus, que sa mission pose une énigme, et ne s'en sert pas pour renforcer son point de vue*[1]. »

Madame de Maintenon souffre, au cours de sa vie, des rumeurs que beaucoup font circuler à son sujet. Surtout qu'en 1697, ces bruits enflent jusqu'à rapporter qu'elle aurait essayé d'influencer Louis XIV pour le convaincre de l'épouser dans une cérémonie officielle, par le biais du père La Chaize, son confesseur.

Le cas de François Michel survient alors que la cour du roi est secouée de querelles autour du quiétisme. Il s'agit d'une doctrine mystique qui prône l'union parfaite avec Dieu et qui est prêchée par Jeanne Guyon. Cette dernière est une proche de Madame de Maintenon, ce qui lui ouvre les portes du pensionnat de Saint-Cyr dont l'épouse du roi est la directrice. Ainsi, les idées du quiétisme se diffusent dans le pensionnat, ce qui crée une grande controverse car beaucoup y voient un danger pour l'Église traditionnelle en France. L'affaire crée des remous auprès de grandes figures de la cour, et si Louis XIV prend une décision à l'encontre de quelqu'un dans ce contexte, l'opinion populaire estime que Madame de Maintenon en est forcément à l'initiative. Le roi est perçu comme une marionnette manipulée par une femme avide de pouvoir et de reconnaissance. L'affaire du quiétisme permet surtout de montrer qu'il y a bien une dispute entre Louis XIV et Madame de Maintenon au moment où François Michel se rend à la cour. Ceci a engendré toutes les théories et rumeurs autour d'un complot orchestré par Madame de Maintenon qui se cacherait derrière le spectre. Mais si le tout n'est pas une mise en scène de Madame de Maintenon pour manipuler le maréchal-ferrant et asseoir son pouvoir sur le royaume, quel est ce secret et, en substance, quelle est la nature de l'apparition de François ?

Vers la fin du XVIIe siècle, si le scepticisme se répand dans les hautes sphères, le peuple demeure croyant et superstitieux. Les religieux, eux, classent les apparitions surnaturelles et les miracles relatés dans les Saintes Écritures comme authentiques. Les autres apparitions d'esprits souvent rapportées, comme celle de François Michel, sont alors mises en cause, décriées, discutées. Cela met en lumière la différence de traitement vis-à-vis du surnaturel. Tout ce qui n'entre pas dans le paradigme strictement religieux peut être perçu comme une autre forme de surnaturel encore souvent associé au Diable et au Mal. Selon Jean-Pierre Tennevin : « *L'intérêt de l'Église est, en effet, d'enfermer dans les barrières du dogme tout ce qui peut passer pour surnaturel, sinon le peuple, qui croit au pouvoir des sorciers, qui a peur des fantômes, qui est avide de merveilleux, risque de développer inconsciemment une autre religion à côté de celle qui est établie*[2] ».

D'autant que l'édit de juillet 1682 promulgué par Louis XIV qui vise à réprimer les pratiques impies et superstitieuses fait que François Michel peut risquer de sérieuses poursuites judiciaires

1. Jean-Pierre Tennevin, *op. cit.*, p. 90.
2. *Ibid.*, p. 121.

selon la tournure que prend son affaire. Cependant, si les croyances analogues sont réprimées, la foi chrétienne, elle, marque toujours le paysage. Notamment par ses démonstrations surnaturelles. Ainsi, en Provence, comme ailleurs, les pèlerinages, miracles et guérisons exceptionnelles se font toujours et galvanisent les foules.

> *« À Salon on ne peut oublier le passage de la révérende Mère Magdeleine de la Sainte Trinité qui, allant fonder un monastère à Arles, voyait pour ainsi dire les prodiges éclore sous ses pas pour cautionner la sainteté de sa mission. On racontait comment près de Saint-Martin-de-Crau elle avait guéri des troupeaux de moutons ravagés par une épidémie ; les bergers l'en étaient venus remercier dès son arrivée à Arles. Cela se passait en 1665*[1]*. »*

Le retentissement de l'affaire de François Michel est donc aussi exceptionnel que sa rencontre.

Ainsi, l'affaire est instrumentalisée politiquement pour critiquer Madame de Maintenon dans la sphère publique. Reste qu'au regard des archives disponibles, personne ne connaît avec exactitude le secret révélé à François. Le reste tient de la spéculation.

Par ailleurs, autour de cette histoire, des considérations plus merveilleuses sont également explorées. Par exemple, l'affaire est parfois associée au phénomène OVNI parce que François Michel va se recueillir en pleine nuit à la chapelle, poussé par une impulsion mystérieuse. Après sa rencontre, comme le rapporte le manuscrit de Lyon, il perd connaissance, tombe en défaillance. Un court moment de torpeur le saisit. Pour certains, cet événement est interprété comme une abduction extraterrestre. S'il est intéressant d'explorer toutes les possibilités d'une affaire en interprétant les détails, cette association au phénomène OVNI manque clairement d'éléments manifestes autres que des concordances circonstancielles pour étayer l'hypothèse. L'analogie est parfois faite avec l'apparition surnaturelle de Louis XIV dans sa jeunesse, déjà évoquée plus haut :

> *« Sa Majesté, suivant ces historiens, crut entrevoir un objet fantastique qu'il ne pouvait définir. Son cheval, épouvanté, se cabra violemment, comme s'il eût voulu se dérober de dessous lui ; mais la vision ayant passé comme une ombre, le Roi se persuada qu'elle pouvait être l'effet du vol de quelque oiseau et n'en parla à personne*[2]*. »*

C'est une manifestation qui sort des récits d'apparitions classiques à l'époque. Cependant, elle manque de détails factuels pour l'associer au phénomène OVNI.

Des explications religieuses sont également avancées pour appuyer une apparition providentielle afin de missionner une personne du peuple pour guider le roi. Ce serait Dieu qui aurait fait

1. *Ibid.*, p. 122.
2. *Ibid.*, p. 148.

apparaître Marie-Thérèse au maréchal-ferrant pour guider le monarque quant à la problématique de la succession en Espagne.
Au regard du déroulé des événements, aucune conclusion n'est satisfaisante. Voilà la conclusion factuelle à laquelle s'essaie Jean-Pierre Tennevin après avoir exposé chaque partie prenante de cette affaire :

> « *Supposons que François Michel ait entendu un sermon où un religieux dénonçait avec vigueur une nouvelle hérésie appelée quiétisme, qui menaçait la religion dans ses fondements, introduite qu'elle était jusque dans la famille du Roi. Pour l'âme simple de cet homme dévot, le quiétisme est devenu une espèce d'hydre à sept têtes dont il fallait à tout prix préserver la France et la Chrétienté. Et voici qu'en priant Dieu d'écarter des âmes ce fléau d'un nouveau genre, François Michel se demande si la divine Providence ne l'a pas choisi lui-même pour éclairer le souverain. Dans la solitude et l'obscurité son imagination s'exalte. Il croit que les démons l'attaquent, le saisissent aux épaules pour le détourner de sa mission… Mais un ange le sauve. Aux hallucinations tactiles et auditives s'ajoutent des hallucinations visuelles ; l'ange lui ordonne d'aller signifier à Sa Majesté qu'elle doit exercer une extrême sévérité contre ceux qui veulent saper l'autorité de l'Église... Désormais François Michel s'exprime avec la conviction d'une foi absolue ; son hallucination lui confère un pouvoir magnétique qui fera impression sur le Roi lui-même. Le maréchal-ferrant aura été la victime exaltée d'une vision psychopathologique aux contours encore mal définis par la médecine, mais que certains ont mise en avant pour expliquer la mission de Saint Paul ou celle de Jeanne d'Arc*[1]. »

Le secret ne serait donc que cela, François Michel se serait persuadé qu'il fallait à tout prix atteindre le roi pour l'avertir du danger du quiétisme qui menace le pouvoir.

Si le travail conséquent de Jean-Pierre Tennevin a pu démêler beaucoup d'inexactitudes et faire la lumière sur la fiabilité des sources autour de l'affaire, nous ne saurons probablement jamais ce qu'a pu dire François au roi. Le secret demeure comme tel, mais les faits nous apprennent que l'étonnant périple de cet homme du peuple jusqu'à la cour royale a bien eu lieu.

Aujourd'hui, il ne reste qu'un oratoire de l'ancienne chapelle détruite en 1850 pour élargir le chemin qu'a emprunté François pour s'y recueillir. Cette affaire autrefois âprement discutée est peu à peu tombée dans l'oubli. Peut-être que des correspondances royales exhumées nous permettront un jour d'apprendre de nouveaux détails sur la nature de cette étonnante rencontre. Le destin hors du commun de ce maréchal-ferrant est bien réel, même si le mystère concernant la nature de son message reste entier.

1. *Ibid.*, p. 150.

François n'est toutefois pas le seul à avoir connu pareil destin dans l'histoire de France. En 1816, Thomas Martin, un paysan de Gallardon, près de Chartres, est lui aussi témoin d'une apparition. L'Archange Raphaël lui aurait commandé d'aller voir le roi Louis XVIII. Il doit commander au roi de remettre de l'ordre dans le pays, rendre le dimanche jour chômé pour honorer le Christ, et rétablir une monarchie de droit divin. Les autorités le prennent d'abord pour un fou, mais jugé sain d'esprit, il réussit lui aussi à avoir une entrevue avec le roi aux Tuileries en avril 1816. Une rencontre qui laisse le roi ému, et qui fait par la suite de Thomas Martin un paysan prophète qui parcourt les salons et les campagnes pour prodiguer des conseils.

Quelle que soit la nature de ces apparitions, elles initient en tout cas des quêtes qui ont une réelle influence non seulement sur la cour du roi, mais aussi sur la société dans laquelle l'affaire est débattue et le mystique écouté. Des récits fantastiques et des itinéraires extraordinaires qui marquent durablement la société.

LE DESTIN TRAGIQUE DU CHEVALIER DE LA BARRE

Somme/Hauts-de-France
Abbeville

« Il vaut mieux hasarder de sauver un coupable que de condamner un innocent. »

Voltaire

Un après-midi d'été, au pied du Sacré-Cœur, je me balade dans un Montmartre calme et paisible. Alors que j'avance le nez en l'air pour admirer la vue, mon œil est tout à coup attiré par le petit panneau bleu d'une rue adjacente. En lettres blanches, on peut y lire : « rue du chevalier de La Barre, 1747-1766, libre penseur ». L'inscription est si intrigante et attrayante que ma curiosité me pousse immédiatement à plonger la main dans ma poche pour y attraper mon téléphone. En quelques secondes la recherche est lancée, et je découvre l'histoire d'un jeune homme pas tout à fait comme les autres. Un peu plus haut, au square Nadar, une sculpture dudit chevalier de La Barre le montre valeureux, bien planté sur ses deux jambes. Pourtant, j'apprends que la statue à sa mémoire n'a pas toujours été celle-ci. Ce sont les francs-maçons du Grand Orient de France qui ont commandé, en 1897, le premier bronze à son effigie et qui l'ont installé à Montmartre, « le mont des martyrs ». Mais le régime de Vichy choisira de le déboulonner et de le faire fondre en 1941. Près de deux cents ans plus tard, il semblerait que le chevalier de La Barre divise encore beaucoup. Qu'est-ce qu'un adolescent de bonne famille a bien pu faire pour se retrouver érigé en martyr près du Sacré-Cœur et pourquoi son symbole semble encore en déranger certains aujourd'hui ?

François-Jean Lefebvre de La Barre voit le jour autour de 1747 dans une famille noble de Férolles, non loin de Paris. Sa lignée est prestigieuse : un de ses ancêtres a été prévôt des marchands de Paris, une situation de grand pouvoir, tandis que son arrière-grand-père a été gouverneur de la Nouvelle-France, c'est-à-dire chef des armées et de la diplomatie au Canada, en Acadie et en Louisiane. Le père de François-Jean, quant à lui, est un chevalier et seigneur qui vit très confortablement dans son château de Férolles. Mais il dilapide petit à petit l'argent de sa rente, héritée de son propre père. François-Jean et son grand frère, Jean-Baptiste, n'ont qu'une dizaine d'années lorsque leur mère meurt brutalement. Les années qui suivent, leur fortune ne fait que s'amoindrir, et lorsque leur père s'éteint à son tour, les deux frères, encore mineurs, sont ruinés. Leur tante[1], mademoiselle Feydeau, abbesse d'Abbeville en Picardie, les prend sous son aile et les deux enfants déménagent. Rapidement, le frère aîné, Jean-Baptiste, est envoyé chez les mousquetaires tandis que son petit frère reste auprès de sa tante.

Les mois passent et le jeune orphelin se fait de nouveaux amis, avec lesquels il aime passer du temps, à la salle d'armes notamment. Ce sont de jeunes garçons appartenant, comme lui, à l'élite locale. Toutefois, s'ils sont les enfants de riches administrateurs, ils rêvent pour leur part d'entrer dans l'armée. Cette jeunesse fougueuse aime faire les quatre-cents coups et leurs mœurs légères, dit-on, ne sont pas vues d'un bon œil par une partie des habitants d'Abbeville. Parmi la bande indisciplinée, on trouve le jeune Douville, le fils de l'ancien maire, Gaillard d'Étallonde[2] fils du deuxième président de la cour des Aides, Saveuse de Belleval, fils du lieutenant du tribunal de l'Élection, accompagné de Moisnel son pupille[3].

François-Jean, le jeune chevalier de La Barre, vit en dehors du couvent. Sa tante, abbesse, l'élève comme son propre fils et lui offre régulièrement le souper. François-Jean invite à ces soirées quelques-uns de ses amis. À ces derniers, se joint un homme d'une soixantaine d'années, un dénommé Dumaisniel de Belleval, qui s'est amouraché de l'abbesse. Celle-ci, après avoir un temps entretenu avec lui une relation que l'on qualifie de « proche » sans plus de détails, le repousse à plusieurs reprises, si bien qu'il n'est plus le bienvenu à ces fameux soupers. Vexé, Belleval se met en tête de causer quelques soucis à la tante du chevalier, tout gonflé d'orgueil qu'il est du fait de son statut de lieutenant du tribunal de l'Élection, une administration chargée de partager l'impôt de la taille dans la circonscription. François-Jean prend alors la défense de l'abbesse et se met en travers du chemin de Belleval. Le lieutenant de l'Élection est bien décidé à se venger.

Tout commence avec un incident passé a priori inaperçu à l'époque. En juillet 1765, le jeune La Barre accompagné d'un de ses amis, le jeune d'Etallonde, seraient tous les deux passés devant une procession religieuse sans ôter leur chapeau. Une attitude qui nous semble anodine, mais qui, au XVIIIe siècle, était irrespectueuse et considérée comme un blasphème. Ce comportement, oubli étourdi ou acte irrévérencieux, va entraîner le jeune La Barre dans une affaire politico-judiciaire à l'issue dramatique.

Les procès pour blasphème sont relativement rares. De fait, on trouve très peu de condamnations jusqu'au XVe siècle. Cependant, on peut noter que sous Saint Louis, au XIIIe siècle,

1. Plus précisément, ils sont ses neveux à la mode de Bretagne, c'est-à-dire les fils d'un cousin ou d'une cousine germaine.
2. Aussi appelé De Talonde.
3. J. F. C. Le fèvre, *Relation de la mort du chevalier de la Barre, par Monsieur Cass*** avocat au Conseil du Roi, à Mr. le marquis de Beccaria, écrite en 1766.*, 1768, p. 15.

s'il y a une certaine clémence lorsqu'il s'agit d'un emportement passager, le blasphème revêt le caractère d'un crime lorsqu'il est une insulte volontaire à Dieu et est alors rudement puni allant jusqu'à la mutilation des lèvres et de la langue. Dans le cas du jeune chevalier de La Barre, l'affaire va très rapidement prendre de l'ampleur et son crime sera jugé au plus haut niveau…

Au matin du 9 août 1765, une habitante d'Abbeville se rend à la messe. En traversant la ville, elle emprunte, comme à son habitude, le Pont Neuf. Arrivée au milieu du pont, elle lève les yeux vers le grand crucifix en bois qui trône en hauteur quand, stupeur, elle réalise que celui-ci a été lourdement entaillé par une arme tranchante. Dans la même journée, on découvre un tas d'immondices déversé la nuit précédente devant un autre crucifix dans le cimetière Sainte-Catherine[1]. Visiblement, quelqu'un dans la ville s'en prend à l'image de Dieu. Serait-ce là l'œuvre occulte d'un groupe secret ? Un rituel macabre a-t-il eu lieu cette nuit-là à Abbeville ? Si les crimes de sorcellerie sont bien loin dans les mémoires, se pourrait-il qu'une résurgence des rituels païens survienne à cette époque de raison où l'on tente de chasser les superstitions enracinées depuis des siècles ?

On soupçonne d'abord quelques soldats ivres d'avoir commis cette « *insolence impie*[2] », mais bien vite la piste est abandonnée. L'évêque d'Amiens, Orléans de La Motte, prend l'affaire très à cœur et publie un monitoire, c'est-à-dire qu'il invite les habitants à révéler toute information pouvant faire avancer l'enquête, sous peine d'excommunication. Une véritable paranoïa s'empare des habitants. Dans le village, il se raconte qu'opère une nouvelle secte « *qui brisait tous les crucifix, qui jetait par terre toutes les hosties et les perçait à coups de couteau*[3]. » Des femmes assurent même en avoir été témoins et déclarent que les hosties, ainsi maltraitées, se seraient mises à saigner sous leurs yeux. Comme l'affaire fait de plus en plus de bruit, Dumaisniel de Belleval, l'amoureux frustré, y voit là une occasion inespérée de prendre sa revanche. Toute la ville cherche à attraper celui ou ceux qui ont osé s'attaquer à Dieu, or on lui a rapporté un récent acte de blasphème commis par deux jeunes rebelles, le fameux incident du chapeau. Il n'en faut pas plus pour que La Barre se retrouve accusé. Voltaire, sous le pseudonyme de Cassen, avocat au conseil du Roi, raconte que Belleval clame alors haut et fort :

> « *Si vous n'êtes pas sûrs que le chevalier de La Barre ait mutilé un crucifix en passant sur le pont, vous savez au moins que cette année au mois de juillet, il a passé dans une rue avec deux de ses amis à trente pas d'une procession sans ôter son chapeau. Vous avez ouï dire qu'il a chanté une fois des chansons libertines ; vous êtes obligés de l'accuser sous peine de péché mortel.*[4] »

1. François César Louandre, *Histoire d'Abbeville et du comté de Ponthieu jusqu'en 1789*, 1834, p. 407.
2. J. F. C. Le Fèvre, *Relation de la mort… op. cit.*, p. 9.
3. *Ibid.*
4. *Ibid.*, p. 11.

Belleval se rend au tribunal pour porter plainte contre le chevalier. S'ensuivent de nombreux témoignages des habitants des alentours contre le jeune homme et ses amis, rapportant de prétendus blasphèmes. La rumeur prend de l'ampleur et, avec elle, de nombreuses affabulations. Si ses amis, fils de notables, sont rapidement mis à l'abri, envoyés par leurs parents à l'étranger, François-Jean, quant à lui, reste en France et est arrêté le 1er octobre 1765, non loin de Montreuil. Il est ensuite enfermé à la tour Montgomery à Paris[1]. Il est ramené le 1er août à Abbeville pour y être questionné[2]. Entendez par là qu'il est soumis à la Question, c'est-à-dire qu'il est torturé dans le but d'obtenir des aveux. Il subit les brodequins, une méthode barbare qui consiste à broyer les jambes d'un inculpé, et perd connaissance. Le médecin en charge, M. Gatte, fait arrêter l'interrogatoire, affirmant que la poursuite des sévices le tuerait. Le jeune Moisnel, un des compagnons de La Barre arrêté lui aussi, âgé d'à peine quinze ans, est également torturé pour motif d'attentat contre la religion et, à bout, avoue rapidement. La Barre, quant à lui, résiste tant bien que mal et fait tout son possible pour disculper le pauvre Moisnel. Il se défend seul avec courage, mais avoue, sous la contrainte, être l'auteur du blasphème du cimetière Sainte-Catherine. Cependant, aucun témoin visuel ne corroborera le crime de profanation du crucifix dont il est accusé, et La Barre niera jusqu'au bout cet élément central de son accusation. Si le traitement subi par le jeune homme indigne pour sa cruauté, la condamnation va être, malgré tout, confirmée par le Parlement de Paris.

> *« Le Parlement de Paris, par arrêt du 5 juin 1766, rendu à la majorité de quinze voix contre dix, commua la peine en ordonnant que le coupable aurait la tête tranchée après qu'on lui aurait coupé la langue et le poing, et avant d'être jeté dans les flammes. (...) L'arrêt du Parlement de Paris fut exécuté à Abbeville le 1er juillet 1766. L'infortuné jeune homme, à peine âgé de dix-neuf ans, fut conduit au lieu du supplice dans un tombereau, avec un écriteau sur la poitrine portant : Impie, blasphémateur, sacrilège abominable et exécrable[3]. »*

Si le blasphème est considéré à l'époque comme un acte très grave, il n'en demeure pas moins qu'il n'est pas ordinaire de le condamner aussi sévèrement, surtout lorsqu'il est le fait de jeunes fils de notables. Par ailleurs, la personne reconnue coupable d'un tel acte n'était théoriquement plus passible de la peine de mort, révoquée en 1666 par Louis XIV. Pour les chroniqueurs de l'époque, à commencer par Voltaire, comme pour ceux qui, plus tard, raconteront cette histoire, la décision du Parlement de Paris semble tout à fait incompréhensible. François César Louandre, dans son *Histoire d'Abbeville*, nous donne un début d'explication :

> *« On a remarqué que le Parlement se trouvait présidé par Maupeou, et que la délibération fut rédigée par lui. Maupeou combattait alors les Jésuites pour plaire*

1. *Ibid.*, p. 414.
2. François César Louandre, *Histoire d'Abbeville…*, *op. cit.*, p. 410.
3. Marie de Vichy Chamrond Du Deffand. *Correspondance complète de la marquise du Deffand avec... le président Hénault, Montesquieu, d'Alembert, Voltaire, Horace Walpole. Précédée d'une histoire de sa vie [&c.] par M. de Lescure*,1865, p. 502-503.

tout à la fois à la majorité de ses collègues et au ministre tout puissant, le duc de Choiseuil ; mais voulant ménager des ennemis dangereux qui pouvaient l'accuser de ne le persécuter que par esprit d'irréligion, il se persuada que le meilleur moyen de se mettre à l'abri d'un reproche aussi grave, était de sévir contre La Barre que défendaient les philosophes. L'infortuné fut donc sacrifié à cette lâche et infâme politique. Ainsi, sans la bulle Unigenitus, sans les misérables querelles que les Jésuites suscitaient à cette époque, le Parlement de Paris n'aurait peut-être pas confirmé la sentence. »

L'évêque d'Amiens, qui avait tant tenu à découvrir les coupables, tente à présent de faire révoquer la condamnation. Mais rien n'y fait, le jeune chevalier de La Barre est bel et bien voué à être exécuté.

C'est le 1er juillet 1766 que le chevalier de La Barre, dix-neuf ans, est amené en charrette vers son lieu d'exécution. En chemin, la foule s'amasse de toutes parts, malgré la pluie. « *Ce qui me fait le plus de peine en ce jour, dit le chevalier pendant cet affreux trajet, c'est de voir aux croisées tant de gens que je croyais mes amis*[1]. » Il fait d'abord amende honorable sur la première marche de l'église Saint-Vulfran d'Abbeville. Les bourreaux, pris de pitié, feignent de lui couper la langue. On l'amène ensuite sur la place du marché où l'attend l'échafaud. En montant sur l'estrade, le jeune homme se tourne vers son bourreau et lui demande de lui montrer ses armes, afin de s'assurer qu'elles sont bonnes et qu'il ne souffrira pas davantage. Le bourreau, décontenancé, lui promet alors qu'il ne se ratera pas, à condition qu'il ne bouge pas. La Barre lui aurait alors répondu : « *Ne crains rien ; je ne ferai pas l'enfant*[2]. » Et, de fait, c'est d'un coup de sabre que l'homme ôte la vie au chevalier. La dépouille est ensuite brûlée une nuit entière sur place, avant que les cendres n'en soient retirées. La foule, apaisée, viendra par la suite récupérer les morceaux de l'échafaud qui n'ont pas été consumés pour les revendre aux enchères et, ainsi, boire à la santé du défunt[3].

Le destin tragique du jeune chevalier de La Barre est rapidement devenu un symbole de la cruauté de l'obscurantisme, dans une époque trouble où les Lumières bousculent les mœurs d'une société encore attachée à ses croyances et ses superstitions. D'abord accusé par esprit de vengeance, François-Jean a ensuite été la victime d'un jeu politique. Voltaire, sous le nom d'emprunt de Cassen, écrira : « *Il est aussi absurde que cruel de punir les violations des usages reçus dans un pays, les délits commis contre l'opinion régnante et qui n'ont opéré aucun mal physique, du même supplice dont on punit les parricides et les empoisonneurs*[4]. » Il défend d'ailleurs, dans son ouvrage *Relation de la mort du chevalier de La Barre*, l'hypothèse selon laquelle ce serait en réalité une charrette chargée de bois qui aurait causé l'entaille sur le crucifix.

1. François César Louandre, *Histoire d'Abbeville…*, *op. cit.*, p. 417.
2. *Ibid.*, p. 419.
3. *Ibid.*, p. 420.
4. J. F. C. Le Fèvre, *Relation de la mort…*, *cp. cit.*, p. 6-7.

Le nom du chevalier de La Barre apparaît aujourd'hui dans près de soixante-dix communes en France. Places, rues, impasses, sa mémoire habite nos espaces publics sans que, bien souvent, on ne connaisse son histoire. Moi-même, en passant devant la rue nommée en son honneur, j'étais loin d'imaginer quelle triste histoire se cachait derrière la qualité « libre penseur ». Fort heureusement, le scandale fut tel à l'époque qu'il fit à tout jamais changer la législation relative au blasphème.

L'affaire du chevalier de La Barre constituera le dernier procès pour blasphème de l'histoire de France.

Bibliographie

Les possédées du XVIIe siècle - Le complot de la possession d'Auxonne

Jean-Pierre Cavaillé, « Possession et sorcellerie en France au XVIIe siècle. D'Aix-en-Provence à Auxonne », *Archives de sciences sociales des religions*, vol. 188, n° 4, 2019.

Samuel Garnier, *Barbe Buvée en religion, sœur Sainte-Colombe et la prétendue possession des Ursulines d'Auxonne (1658-1663)*, 1895.

Benoît Garnot, *Une affaire de possession au XVIIe siècle : les religieuses d'Auxonne (1658-1663)*, Paris, Imago, 2018.

Robert Mandrou, *Magistrats et sorciers en France au XVIIe siècle : une analyse de psychologie historique*, 1979.

Jean Palou, « La Sorcellerie au XVIIe siècle », éd. Jean Palou, *La Sorcellerie*, Presses Universitaires de France, 2002.

Chloé Vernet, *Quand Auxonne était possédée par le démon*, Le Bien Public, 8 juillet 2018.

François Michel et le spectre

L. Dussieux et E. Soulié, *Extrait des mémoires du Duc de Luynes sur la cour de Louis XV*, publiés sous le patronage de M. de Luynes, tome 3, 1862.

Jean-Pierre Tennevin, *François Michel de Salon-de-Provence : le maréchal-ferrant reçu par Louis XIV : étude historique, documents inédits.*

Le chevalier de La Barre

Marie De Vichy Chamrond Du Deffand, C*orrespondance complète de la marquise du Deffand avec ses amis le président Hénault, Montesquieu, d'Alembert, Voltaire, Horace Walpole. Précédée d'une histoire de sa vie [&c.] par M. de Lescure*, 1865.

André Larané et Mariam Magarditchian, *Le Blasphème, un délit politique plus que religieux*, 12 décembre 2020, www.herodote.net

J. F. C. Le Fèvre, *Rélation de la mort du chevalier de la Barre, par Monsieur Cass*** avocat au Conseil du Roi, à Mr. le marquis de Beccaria, écrite en 1766.*, 1768.

François César Louandre, *Histoire d'Abbeville et du comté de Ponthieu jusqu'en 1789*, 1834.

V
CITÉS ENGLOUTIES

LES CLOCHES MERVEILLEUSES

France
Lieux multiples

« Tout a sombré, rien n'est perdu.
Tout s'est englouti, rien n'a péri.
Tout s'est abîmé, rien n'est mort.
Tout a disparu, tout reparaît. »
Victor Hugo

Dans la nuit du 14 au 15 août 1718, un gigantesque orage s'abat avec une violence inouïe sur la Basse-Bretagne[1]. Toute la nuit, les éclairs déchirent le ciel, des trombes d'eau se déversent sur les campagnes et les vagues se fracassent sur la côte. À quatre heures du matin, la foudre tombe par trois fois, accompagnée d'un vacarme à réveiller les morts. Dans les villages, comme le veut la tradition depuis des siècles, les sonneurs de cloches s'affairent dans l'espoir de repousser l'orage. Malheureusement, au petit matin, trois carillonneurs y ont laissé la vie. En effet, les vingt-quatre églises à avoir fait superstitieusement sonner leurs cloches cette nuit-là ont toutes été foudroyées. Comme si les éclairs étaient tombés précisément là où on les craignait le plus. Alors, les cloches n'éloigneraient pas le tonnerre ? C'est en tout cas ce que beaucoup commencent à croire après cet incident. Si l'anecdote ne vous dit rien, nous sommes prêts à parier que vous y avez pourtant fait allusion au moins une fois dans votre vie. De fait, l'effroyable orage breton de l'été 1718 a donné naissance à l'expression « *Tonnerre de Brest* » !

D'où vient cette légende qui attribue aux cloches le pouvoir de protéger des orages ? Avant toute chose, il faut savoir que la cloche n'est pas un objet comme les autres. En effet, encore aujourd'hui, elle est traitée à bien des égards comme une personne. Bernard Coussée, dans son article « *Le Carillon de tonnerre* », explique que « *c'est vers l'an 900 que le pape Jean IX ordonne de sonner les cloches comme moyen de défense contre la foudre. Soixante-huit ans plus tard, Jean XIII après avoir donné son nom la grande cloche de l'église de Latran institue le «baptême» de ces instruments,*

1. Mémoires de l'académie des sciences pour l'année 1719, *Histoire de l'Académie royale des sciences... avec les mémoires de mathématique & de physique...* tiré des registres de cette Académie, Imprimerie royale, Paris, 1719, p. 21.

histoire de renforcer leur pouvoir[1] ». Ainsi, on commence à organiser des cérémonies de bénédiction des cloches. Comme pour un baptême d'enfant : on donne un nom à la cloche, on requiert la présence d'un parrain et d'une marraine, l'objet est béni, on peut même parfois l'habiller de blanc. Par cette cérémonie, les cloches semblent presque prendre vie. Leur tintement devient alors la voix qui repousse le mal. « *C'est, dit-on, parce qu'elles sont baptisées que les cloches sont odieuses à Satan. On assure que quand le diable porte ses suppôts au sabbat, il est forcé de les laisser tomber s'il entend le son des cloches*[2]. »

De là sont nées une quantité impressionnante d'histoires et de légendes mêlant cloches et orages. La cloche de Pérignac en Charente porte d'ailleurs la très belle inscription « *Et les foudres vaincus ne font que murmurer*[3] ». Pourtant, comme l'histoire du Tonnerre de Brest le montre bien, l'efficacité des cloches semble tout compte fait bien relative… Bernard Coussée rapporte qu'en « *1783, la foudre frappe en France 386 clochers et tue 121 sonneurs de cloches*[4] ». Il faut dire qu'à l'époque, le célèbre Benjamin Franklin n'a pas encore inventé le paratonnerre, si bien qu'il peut s'avérer mortel de monter en hauteur dans des clochers pointus les soirs d'orage. Si l'on connaît déjà à l'époque l'attrait de l'électricité pour les métaux, on ne connaît pas encore le principe du pouvoir des pointes en hauteur qui attirent et concentrent les champs électriques. Il faudra donc attendre encore quelques dizaines d'années pour que les villages soient protégés, non par les cloches, mais bien par les pointes en métal. Cela n'empêchera cependant pas que la croyance persiste encore longtemps dans certains villages. Par exemple en 1956, dans le Gers, plus de la moitié des églises sonnent toujours les cloches à chaque orage[5]. Pourtant, dès le XVIe siècle, de nombreuses voix s'élèvent contre cette pratique qui sera même interdite par un arrêt du Parlement de Versailles de 1787[6]. Les superstitions sont souvent tenaces. Mais le pouvoir de repousser démons et éclairs n'est pas le seul effet que l'on attribue longtemps aux cloches. En effet, elles seraient capables de prodiges.

> « *La cloche du monastère de Ligugé, fondue selon Dom Chamard au IVe siècle et par conséquent l'une des plus anciennes cloches de France, possédait déjà toutes ces propriétés merveilleuses : "Ceux qui souffrent du mal de tête ou de dent, dit le moine Guibert, qui la vit en 1180, montent dans la tour où elle est suspendue, et, plaçant leur tête à l'intérieur, ou frottant la partie endolorie sur le bord extérieur, la puissance s'ajoutant à celle de leur prière, ils s'en retournent souvent guéris"*[7]. »

1. Bernard Coussée, « Le Carillon de tonnerre », *Cloches & sonnailles : mythologie, ethnologie et art campanaire*, France, Edisud, 1996, p. 47.
2. Jacques-Auguste-Simon Collin, (connu sous le nom de Collin de Plancy), *Dictionnaire infernal, répertoire universel des êtres, des personnages, des livres, des faits et des choses qui tiennent aux esprits, aux démons, aux sorciers…*, 6 éd. France, Henri Plon, 1863, p. 174.
3. *Bulletin historique et littéraire : Études, documents, chronique littéraire*, tome XI, troisième série, dixième année, Société de l'histoire du protestantisme français, France, 1891, p. 601.
4. Bernard Coussée, *op. cit.*, p. 47.
5. *Ibid.*, p. 47-48.
6. Jean Deguilly, « La Foudre dans l'Aube, hier et aujourd'hui », *Folklore de Champagne*, n° 65, Société des amateurs de folklore et arts champenois, 1979, p. 8.
7. *Bulletin historique et littéraire…*, *op. cit.*

Les cloches prémunissent des fléaux météorologiques et des ruses sataniques. Elles appellent l'aide de Dieu de leurs voix harmoniques, elles réveillent les graines endormies après l'hiver, elles repoussent la grêle et la maladie, elles aident aux accouchements ou encore agissent contre les morsures de serpent. Elles guérissent la surdité et l'une d'elles, la cloche de Pol Aurélien, aurait même ressuscité un mort[1]. La liste pourrait être encore très longue. Mais dans certaines légendes, les cloches peuvent également avoir de plus sombres usages. N'est-ce pas elles qui sonnent le glas des enterrements ? N'est-ce pas elles qui, de leur tocsin, annoncent les catastrophes ? Les cloches sont en ceci ambivalentes : elles symbolisent aussi bien la protection que le mauvais présage. En témoignent les très nombreuses histoires qui, dans toute la France, évoquent l'écho lugubre de cloches englouties.

Le vol de ces cloches peut aussi parfois donner lieu à de véritables malédictions.

> « *À Massiac en Loire-Atlantique, ce sont les pirates normands qui au IXe siècle, volèrent les cloches de l'église de Saint-Melaine, à Rennes. Ils en furent d'ailleurs bientôt punis, car descendant la Vilaine avec leur butin, dès que le drakkar arriva devant la chapelle de Saint-Melaine à Massérac, il fut secoué par une vague et chavira entraînant normands pillards et butins au fond de la rivière*[2]. »

Les cloches, précieuses, représentaient un butin de choix pour toutes sortes de pillards, pas seulement pour les envahisseurs :

> « *Dans l'arrondissement de Louhans, en Saône et Loire, à Dommartin, de vulgaires voleurs décidèrent de s'emparer de la cloche de la chapelle de Chavannes, pour la vendre. Ils décrochent, la chargèrent sur un char, mais quand ils voulurent passer le gué du Solnan, un gouffre s'ouvrit sous eux et engloutit char, cloche et voleurs*[3]. »

Mais au XVIIIe siècle, c'est une nouvelle menace qui pèse sur les cloches. En effet, la Révolution française entraîne son lot d'instabilités. Rapidement, la France se retrouve à court de métaux pour fabriquer monnaies et canons. Le cuivre des cloches devient alors très convoité. Le 23 juillet 1793, la convention nationale décrète que les paroisses ne doivent plus avoir qu'une seule cloche[4]. Pour les villageois, souvent très attachés à leurs cloches, c'est un déchirement.

> « *Certaines cloches sonnantes sont liées à la Révolution, période durant laquelle certaines personnes tentèrent de les sauver, comme ce fut le cas en Haute-Saône des cloches*

1. Henri Fromage, « La Cloche dans les mythes et légendes de l'ancienne France », *Cloches & sonnailles : mythologie, ethnologie et art campanaire*. France, Edisud, 1996, p. 37.
2. *Ibid.*
3. *Ibid.*
4. Jérémie Genessay, *Les Cloches et la Révolution dans le département de l'Ain*, Société Française de Campanologie, 2007, p. 38.

> *de Saulnot qui furent jetées dans un marais, ou celles du château d'Étobon qui furent cachées dans un puits d'où on les entend résonner*[1]. »

Henri Fromage, dans son article « La cloche dans les mythes et légendes de l'ancienne France », fait une large étude des récits de cloches englouties. Il réunit soixante-dix-huit histoires de cloches englouties différentes, dont trente-neuf sont françaises[2]. Grâce à ce corpus, Henri Fromage parvient à énumérer les occurrences les plus fréquentes dans les mythes des cloches. De son analyse ressort un récit type qui serait : les habitants d'un village cherchent à protéger les cloches de leur église d'un danger imminent (un châtiment divin ou des pillards la plupart du temps) ; ils décident donc de descendre les cloches et de les cacher ; sur le trajet, les cloches tombent (dans un pré, un gouffre, un lac ou la mer) et elles sont englouties ; on entend alors les cloches perdues sonner mystérieusement (soit de manière aléatoire, soit le soir de Noël). Après avoir dressé un récit type, Henri Fromage s'aperçoit d'une étrange corrélation : il semble que dans certaines régions de France, les récits populaires fassent une assimilation entre pierres et cloches. Si cela peut paraître curieux au premier abord, l'étude du mythologue permet de mettre en lumière une dimension bien plus sombre des histoires campanaires : celles dans lesquelles les cloches représenteraient des têtes coupées.

Pour mieux comprendre, il faut d'abord s'intéresser au lien qu'il existe entre les cloches et les pierres. À l'ouest de la France, vers la Bretagne, il existe de nombreuses histoires de pierres sonnantes :

> « *À Midon en Loire Atlantique, la Grée de la Piette est une pierre sonnante : elle sonnait les heures. Encore en Loire Atlantique, à Gétigné, la Roche de Gargantua sonne l'heure du sabbat. Dans le Finistère, à Plouescat, le menhir d'Irvit sonnait douze coups à midi et à minuit*[3]. »

Dans le dictionnaire de la France merveilleuse ce même genre de récit est rapporté :

> « *Les Pierres-Sonnantes le Guildo (Saint-Cast-le-Guildo, Côtes-d'Armor) rendent un son clair lorsqu'on les frappe. Elles sont censées garder l'entrée des trésors du diable*[4]. »

Henri Fromage nous donne une explication quant au rapprochement à faire entre les pierres et les cloches : pour lui, il faut se tourner du côté de la linguistique.

> « *Les spécialistes de la langue celtique signalent en vieil irlandais (VIIIe ou IXe siècles) le mot CLOC ou CLOCH, qu'on retrouve en Gallois sous la forme CLOCH. Ce mot*

1. Marie-Charlotte Delmas, *Dictionnaire de la France merveilleuse,* France, Place des éditeurs, 2017, p. 131.
2. L'auteur précise : *« Deux traditions ont été recueillies en Espagne occidentale, quinze aux Pays-Bas, trois en Allemagne de l'Ouest, huit en Luxembourg, seize Belgique et trente-neuf en France »*. Henri Fromage, *op. cit.*, p. 37.
3. Henri Fromage, *op. cit.*, p. 37.
4. Marie-Charlotte Delmas, *op. cit.*, p. 575.

> *celtique du Haut-Moyen Age voulait dire : «pierre, boule, puis cloche». On comprend mieux les interférences nombreuses dans le folklore français entre cloche et pierre*[1]. »

Partant de cette réflexion, le mythologue explique que les récits celtiques qui survivent encore dans quelques histoires irlandaises et bretonnes font intervenir une triple analogie. Pierres, cloches et têtes coupées se confondent alors. En effet, beaucoup de récits d'outre-Manche, particulièrement en Irlande, mettent en scène des têtes coupées. Quel est le lien ? Henri Fromage explique que dans les histoires celtiques, les têtes coupées, souvent transformées en pierres, semblent avoir les mêmes pouvoirs que ceux que l'on attribue en France aux cloches.

> « *Nous notons donc que les séquences essentielles dégagées du mythe des cloches englouties en terre française et limitrophes se retrouvent dans le légendaire médiéval gallois et irlandais des têtes coupées. Ces cloches, comme ces têtes sacrées, vont finir, après un grand désastre au fond des eaux. Il arrive qu'elles soient dérobées, comme la tête coupée est d'abord ôtée au corps du héros moribondoumort, mais dérobée aussi au champion qui la possède et s'en fait gloire. Enfin la cloche et la tête ont des vertus miraculeuses, en particulier salvatrices*[2]. »

Avec cette analyse, il apparaît que les légendes des cloches englouties en France et celles de têtes coupées des îles britanniques sont étrangement similaires. Raconteraient-elles finalement les mêmes histoires ? Un récit français, non plus cette fois en Bretagne, mais dans le Quercy, à la frontière entre le Lot et l'Aveyron, rassemble tous les aspects de ces nombreuses légendes. Il met en scène aussi bien les cloches que les têtes coupées, de la plus glaçante des façons :

> « *À Lantouy, en Quercy, se trouvait au haut d'une côte abrupte un couvent dont la mère abbesse s'était donnée à Satan et se livrait à des messes noires. Pour l'une de ces horribles profanations, Satan exigea l'offrande d'une tête humaine. La Mère abbesse attira par des gentillesses la paysanne chargée des travaux domestiques et qui était mère d'un bébé. La domestique lui confia le bébé, et l'affreux sacrifice fut consommé. Aux clameurs d'horreur de la malheureuse jeune mère, un terrible cataclysme assaillit le couvent et en un instant le bâtiment, corps et âmes s'effondra dans le gouffre rempli d'eau noire qui engloutit les cloches qui d'elles-mêmes s'étaient mises à sonner le glas. Ce drame eut lieu à la Saint-Jean-d'Été : tous les ans à cette date, du fond du gouffre monte le glas des cloches englouties. Un curé des environs voulut un jour qu'on arrachât les cloches à leur gouffre. On parvint à les attacher à des cordages, on les hissa du fond de l'eau, déjà elles émergeaient, quand tout à coup les cordes se tendirent au point d'entraîner les hommes qui durent lâcher prise... Ainsi les cloches sont-elles toujours au fond du gouffre*[3]. »

1. Henri Fromage, *op. cit.*, p. 38.
2. *Ibid.*, p. 39.
3. *Ibid.*, p. 40.

Ce gouffre aux eaux des plus turquoise est aujourd'hui encore craint des habitants. En effet, au-delà de la légende, l'abbaye tout comme ce précipice existent bel et bien. La légende veut que quiconque s'aventurerait dans ses eaux maudites serait irrémédiablement aspiré vers les abymes. Or, comme l'explique le célèbre spéléologue Édouard-Alfred Martel en 1894, le bassin n'a en réalité rien d'insondable[1]. Selon lui, il ne ferait pas plus de huit mètres de profondeur et aucun tourbillon n'aspirerait qui que ce soit, comme cela peut être par ailleurs le cas sur d'autres sites. Mais la légende prend tout de même sa source dans des faits historiques. Ainsi, un peu plus haut on peut encore observer les quelques ruines qui subsistent de l'abbaye de Lantouy. Celle-ci se serait effondrée après une tempête, un événement qui aurait peut être participé à la naissance de la légende.

Mais alors, en dehors des récits mythologiques christianisés hérités d'anciennes cultures païennes, notamment celtiques, peut-on avancer d'autres explications à ces légendes de cloches englouties qui sonneraient depuis les profondeurs ? Peut-être qu'une autre partie de la réponse est à chercher derrière des phénomènes naturels, parfois difficiles à cerner. En témoigne une anecdote rapportée dans le *Dictionnaire Infernal* de Collin de Plancy :

> *« Dusaulx visitant les Pyrénées à pied, son guide, qui était un franc montagnard, le conduisit dans un marécage pour lui montrer quelque chose de curieux. Il prétendit qu'une cloche avait jadis été enfoncée en cet endroit ; que cent ans après, le diable, à qui appartenait alors tous les métaux souterrains, s'était emparé de cette cloche, et qu'un pâtre depuis peu de temps l'avait entendu sonner pendant la nuit de Noël dans l'intérieur de la montagne. - Fort bien dit Dusaulx : ce qu'on a pris pour le son d'une cloche ne viendrait-il pas plutôt des eaux souterraines qui s'engouffrent dans quelques cavités ? - Oh ! que non, répliqua le guide[2]. »*

Si le guide n'est pas convaincu par l'explication de Dusaulx, nous trouvons, pour notre part que la théorie n'est pas absurde. Une autre histoire peut être invoquée en ce sens. Dans une vidéo d'archive d'un reportage diffusé en 1986 sur FR3[3], l'archéologue Denis Fonquerle raconte l'inquiétude des pêcheurs qui, sur le lac de Thau, par vent d'Autan, entendaient sonner les cloches d'une ancienne citée recouverte par les eaux. Or, un jour qu'il est appelé par un de ces pêcheurs pour constater le phénomène, Denis Fonquerle se rend compte que ces derniers ne mentent pas. Là, sous les eaux, il y a bien quelque chose qui se balance, de gauche à droite, comme de lourdes cloches. Après recherches, l'archéologue comprend qu'il s'agit d'une illusion d'optique provoquée par une source d'eau chaude sous-marine qui, se mélangeant à l'eau salée, prenait une apparence blanchâtre qui ondulait sous l'eau.

1. Édouard-Alfred Martel, « Le Gouffre de Lantouy (Lot) », *Bulletin de la Société scientifique, historique et archéologique de la Corrèze,* 1895, tome 17, p. 269-273.
2. Jacques-Auguste-Simon Collin, *op. cit.*, p. 174.
3. *Contes du fond des mers*, FR3, archive de l'INA, diffusée le 22 juillet 1986.

Dès lors, on peut se demander si l'écho des cloches merveilleuses qui, pendant longtemps, remonta des profondeurs abyssales, ne pourrait pas être imputé à des causes d'ordre naturel ? Les nombreuses histoires folkloriques a priori légendaires pourraient alors s'avérer être de véritables témoignages de phénomènes naturels mal interprétés. Les cloches ne tintinnabulent plus depuis les souterrains, mais les phénomènes de « bruits non identifiés » existent toujours bel et bien dans nos sociétés modernes. Depuis des dizaines d'années, des quatre coins du globe, nombreux sont les témoignages qui affirment avoir entendu le « Hum », un bruit de vibration très lourd que l'on dit souvent rappeler une sirène ou un bourdonnement. Et nos légendes contemporaines ressemblent à s'y méprendre aux mythes anciens :

> « *Vibrations puissantes à la provenance impossible à déterminer, ces sons inquiétants commencent à soulever des questions et alimentent diverses théories plus ou moins crédibles. Appelés «trompettes de l'Apocalypse» ou «Hum», les vrombissements paraissent être, pour certains, un avertissement divin annonçant la fin du monde*[1]. »

Dans l'ouvrage *Le Bureau des mystères*, l'origine de cet étrange bruit est discutée. Si aucune explication certaine ne peut être à ce jour défendue, les auteurs proposent deux hypothèses que nous reprenons à notre compte en ce qui concerne le son des cloches englouties. Selon eux, il s'agirait ou bien d'un trouble de l'oreille interne qui pourrait expliquer pourquoi certaines personnes semblent être les seules à entendre des bruits persistants, ou d'un phénomène terrestre audible à grande échelle et aujourd'hui enregistrable sur différents appareils. Cette deuxième hypothèse se base sur des recherches en géophysique qui avancent que le « Hum » pourrait être la conséquence des vibrations créées par des mouvements aquatiques de grande ampleur sous la surface de l'eau. Quoique les connaissances scientifiques actuelles ne nous permettent pas d'expliquer avec certitude le phénomène, et bien qu'il existe pléthore de fausses vidéos à ce sujet, il n'en demeure pas moins que le « Hum » est effectivement attesté à de nombreux endroits sur Terre. Ainsi, bien qu'il alimente une multitude de théories du complot, sa réalité n'en est pas pour autant remise en question : il ne s'agit pas d'une légende. De là aux récits de cloches, il n'y a qu'un pas, si bien que nous pensons que l'étude des anciens mythes pourrait peut-être donner de nouveaux indices aux scientifiques qui se penchent aujourd'hui sur la question des Bruits Non Identifiés. Peut-être qu'il fut un temps où le « Hum » n'était pas identifié comme provenant du ciel, mais bien des profondeurs.

Finalement, les explications peuvent être nombreuses. L'anecdote de Dusaulx dans les Pyrénées nous rappelle que quelques rivières souterraines savent très bien produire des bruits sourds de bourdons. Tandis que les pêcheurs de l'étang de Thau nous prouvent qu'il est bien aisé de prendre l'ondoiement de sources marines pour le va-et-vient des cloches. Le « Hum » pourrait nous prouver que des activités vibratoires, si gigantesques et subtiles qu'elles échappent encore

1. Charles et Mathias, *Le Bureau des mystères*, France, Flammarion, 2019, p. 281.

à la science, provoquent les sons lugubres et dont on ne peut donner la provenance qui sont rapportés depuis des siècles. Enfin, la connaissance de la mythologie nous permet de comprendre que les grandes légendes d'abord païennes, puis christianisées, ont souvent bien plus de choses à dire qu'elles ne le laissent entendre. Trouver une explication aux sons étouffés des cloches est une chose ardue, et il est fort probable que la réponse ne se trouve pas dans l'une ou l'autre de ces thèses, mais plutôt dans chacune d'elles superposées. Néanmoins, les cloches sont merveilleuses et la légende est faite pour être racontée. Chercher une explication n'est pas toujours ce qui importe le plus. Émerveillons-nous plutôt des mystères du folklore français. Elles s'appellent Pétronille, Angadrème, Cholette et Gabriel à Beauvais, Anne-Geneviève, Denis et Marcel à Paris, Charlotte à Reims, Thérèse à Lisieux… Les cloches sont définitivement des objets très spéciaux. Elles sont telles des âmes qui veillent du haut de leurs tours, et jamais l'heure ne leur échappe. Elles sonnent, implacables, la course du temps qui ne s'arrête pas. Et du fond des âges, elles vibreraient encore parfois de l'écho des villes noyées.

LES CITÉS ENGLOUTIES

Auvergne-Rhône-Alpes et Bretagne
Lac de Paladru et Baie de Douarnenez

« Une ville n'est plus et miroir du passé
Sur ses débris éteints s'étend un lac glacé. »
Victor Hugo

Au fond des océans se cacheraient d'anciennes traces de civilisation. Bien abritées à l'ombre de fosses marines abyssales, les marques de nos ancêtres n'attendraient que de ressurgir. Civilisations perdues, savoirs ancestraux oubliés et merveilles englouties. Quels secrets de notre passé cachent véritablement les profondeurs ? Tout le monde connaît l'Atlantide. Encore aujourd'hui, nombreux sont celles et ceux qui continuent de la chercher. Le mythe de Platon rapporte l'histoire d'une cité qui, en plein âge d'or, se retrouve détruite en un jour et demi par un déluge. Mais contrairement à ce que l'on pourrait croire, ce récit platonicien de la déchéance d'une cité dévoyée et celui d'un peuple orgueilleux frappé d'une punition divine ne passionne pas avant la Renaissance. Aujourd'hui, de nombreux scientifiques affirment que l'Atlantide tient du mythe, car aucune preuve ne permet d'établir son existence. Cependant, le sujet a tout de même passionné pendant plusieurs siècles. Des milliers d'ouvrages ont été écrits autour de cette cité engloutie. Depuis l'interprétation de ses symboles jusqu'à la quête de son existence, c'est probablement l'un des récits les plus emblématiques autour de villes immémoriales englouties par les eaux.

En France aussi, nombreux sont les récits qui font état de cités antiques disparues dans l'océan. Combien de villes françaises ont été dévorées par les flots, à en croire les récits ? Se pourrait-il que ces histoires soient davantage que des légendes ? Si oui, en avons-nous des traces tangibles ?

En Isère se trouve un lac, le Paladru. Une magnifique étendue d'eau longue de plus de cinq kilomètres nichée entre deux collines. On raconte que sur sa rive se trouvait autrefois une cité médiévale baptisée Ars qui signifierait « brûlée[1] » en vieux français. Mais cette mystérieuse cité semble avoir disparu du jour au lendemain. De nombreuses légendes parlent ainsi de cette cité disparue.

1. Qui viendrait d'*Arsus* en latin, pouvant également signifier « brûlé ».

Ars est décrite comme une ville où la population vit dans l'orgueil, l'avarice et le péché. Les habitants étaient d'une telle impiété qu'ils auraient même passé un pacte avec le Diable en personne ! Tout le monde s'y complaît dans l'égoïsme absolu en ignorant la misère d'autrui. Rien n'importe au-delà des murs de la bourgade. Un soir, un vieux pèlerin vêtu de rouge et affamé vient à la rencontre des habitants pour quémander un morceau de pain. Insensibles, les passants lui ordonnent de déguerpir. Les étrangers ne sont pas les bienvenus à Ars.

Une cloche se met alors à sonner. D'où vient ce son ? De l'église ? Impossible, ce n'est pas l'horaire habituel du curé. L'un des habitants porte un regard à l'édifice religieux : la cloche est immobile. Alors que certains se questionnent sur la provenance de ce tintement, la terre commence à trembler. Le vagabond, lui, a disparu. Une mère et son enfant chancellent face aux secousses qui se font de plus en plus violentes. Une maison fragilisée s'effondre brusquement. Le ciel s'assombrit en un instant, recouvert de nuages noirs très épais. Le sol se fissure, le tonnerre gronde. Ars s'anime dans une panique générale. Toutes les âmes cherchent à s'échapper de ces murs. Chacun fait cavalier seul. Des failles béantes creusent jusqu'aux profondeurs de la Terre, engloutissant le village et ses habitants. Ars tout entier disparaît dans un abîme qui, dit-on, mène la cité déchue droit vers l'enfer. De cet abîme jaillissent ensuite les eaux du lac. La légende veut qu'en tendant l'oreille, on puisse encore entendre le son funeste de ces cloches.

Cette histoire légendaire ressemble par bien des aspects à de nombreux autres récits de cités englouties, en France comme ailleurs. Dans le monde chrétien, la racine du drame nous renvoie aux mythes de Babylone, juste après l'épisode du Déluge biblique. Babylone est une ville antique mésopotamienne. Les études et fouilles archéologiques du site effectuées depuis le XIXe siècle permettent de percevoir petit à petit la magnificence passée de cette prestigieuse capitale. Au XVIIIe siècle avant J.-C., cette cité-État antique est la capitale d'un large royaume babylonien en Mésopotamie. Elle devient un symbole de puissance, de fierté et d'orgueil. Plus que sa gloire, c'est surtout sa chute qui reste aujourd'hui dans les mémoires et a inspiré nombre de légendes. Les textes religieux, particulièrement, ont largement nourri les idées péjoratives autour de la cité de Babylone. Pour autant, historiquement, Babylone a fini par disparaître après avoir été envahie par les Perses. En 331, Alexandre le Grand prend la ville qui se rend sans combattre. Sous domination étrangère, la cité-Etat décline jusqu'à tomber en ruines.

Par la suite, dans les textes religieux et ceux des auteurs gréco-romains, elle est décrite comme une ville puissante, savante, immense, mais peuplée d'êtres orgueilleux et décadents. Dans le livre de l'Apocalypse, elle est le symbole d'une société perverse et dégénérée, conduite à sa perte par une « Grande Prostituée » qui prend la forme d'une femme vêtue de rouge : « *Sur son front était écrit un nom, un mystère : Babylone la grande, la mère des impudiques et des abominations de la terre*[1] ». Ainsi, les légendes qui décrivent Ars narrent, en substance, cette même histoire de la chute d'une cité orgueilleuse et pécheresse, frappée d'un cataclysme divin. Mais la légende de la cité d'Ars a

1. Apocalypse, 17:5, Louis Segond.

ceci de différent qu'il se pourrait bien que la réalité ait rattrapé la fiction. De fait, la cité aurait non seulement existé, mais surtout, elle aurait bien, comme le veut la légende, fini sous les eaux.

Cependant, est-ce bien dû à une punition surnaturelle ? La réalité est différente. On sait que le site du lac de Paladru est occupé depuis des millénaires. Au Néolithique déjà il existait et, durant la période gallo-romaine, les premières sociétés s'y installent de manière plus pérenne. Une fois sédentarisés, les Gaulois alors établis dans la région célèbrent des cérémonies religieuses au bord des cours d'eau, dont le lac de Paladru pour honorer leurs dieux. L'endroit fait alors partie du comté de Sermorens, rattaché à la Lotharingie puis au royaume de Provence. Mais le site aurait été progressivement abandonné vers 1035, une année décrite comme catastrophique au niveau des intempéries, de la famine et des épidémies. La majorité du site a pu être désertée, mais la cité d'Ars faisait peut-être office de dernier bastion. Selon les sources historiques, il y avait donc bien des habitants installés sur le lieu où la cité légendaire aurait été érigée. Si les écrits qui racontent le destin de la cité d'Ars sont avant tout religieux et légendaires, ce n'est que tout récemment que des éléments archéologiques ont pu apporter des preuves qui pourraient rattacher la cité disparue d'Ars à une possible existence historique. Les récits qui tiendraient de la réalité historique situent d'abord le village d'Ars en 1116. Il se trouverait près de la Sylve-Bénite, un monastère chartreux situé en Isère. Mais alors, comment aurait-elle disparu ?

La cité d'Ars était probablement un village tout ce qu'il y a de plus normal. Avec une population pas plus orgueilleuse ni décadente qu'une autre. Peut-être que sa disparition tient simplement à des conflits politiques intenses. Ainsi, Ars aurait pu être brûlée suite à la rébellion de l'abbaye de Sylve-Bénite réprimée par Frédéric 1er Barberousse sur ordre de la papauté. Une force armée serait arrivée à Ars. Acculée, la population se serait réfugiée dans l'église que les soldats auraient encerclée. Puis, alors que toute la population était recluse à l'intérieur, les assaillants y auraient mis le feu. Loin d'une punition divine, la pauvre population aurait été massacrée à cause de rivalités politiques.

Difficile de savoir quand l'attaque du village aurait eu lieu. En effet, en 1172, l'archevêque de Vienne liste encore l'église d'Ars comme étant placée sous le patronage du Saint-Chef. De plus, en 1177, le pape Alexandre III ratifie un texte qui confirme les privilèges des Chartreux à Ars. Il interdit cependant la reconstruction de l'édifice religieux incendié. Ce texte permet donc de confirmer l'existence du village ainsi que sa destruction sans nous éclairer sur sa totale disparition que l'on peut sans doute imputer à la montée des eaux du lac.

La disparition de la cité d'Ars tiendrait donc de conflits dramatiques et de phénomènes naturels qui s'enchevêtrent. Par la suite, la légende de la cité disparue d'Ars, comme d'autres, est racontée pendant des siècles dans plusieurs déclinaisons mythiques. Il faut attendre 1869 pour que l'archéologue Ernest Chantre procède à des fouilles terrestres aux alentours. Il pense d'abord à une occupation carolingienne à la manière de cités lacustres sur palafittes[1]. Mais plus de cinquante ans

1. Construction lacustre du Néolithique récent sur pilotis.

plus tard, à l'hiver 1921-1922, les eaux du lac baissent énormément, ce qui permet une découverte archéologique qui remet bien des théories en question. L'archéologue Hippolyte Müller découvre des gisements néolithiques en explorant la partie sud du lac de Paladru. Il parvient à dater les premières traces d'occupation du site vers les débuts de l'an 1000 après J.-C. Enfin, en 1972, des travaux d'aménagement permettent de sauvegarder le site et d'y découvrir bien plus de vestiges. Les fouilles se poursuivent pendant des années, et le lac devient le lieu d'expérimentation de nouvelles techniques de fouilles subaquatiques. Des révélations importantes sont alors faites, puisque de nombreux outils mettent en évidence l'existence vraisemblable d'une vie villageoise en bordure du lac. En effet, des haches, des récipients de terre cuite ou encore des fuseaux, des racloires et des parures sont retrouvés lors de ces fouilles des profondeurs. Au moins un groupe d'humains devait vivre sur ces rives, à la manière d'une petite citadelle fortifiée entre 1006 et 1038 après J.-C. Leur bastion aurait ensuite connu un destin funeste.

S'il est difficile de conclure sur la réalité historique de la disparition du village, les comparaisons archéologiques ainsi que les sources archivées permettent de mettre en exergue la réalité d'un groupement de population largement établi à l'endroit de la cité d'Ars. Il ne s'agissait pas que de quelques habitants rassemblés en communauté, mais bel et bien d'une organisation de village, en attestent les fouilles et les documents datés qui donnent des indices sur le développement du village à l'époque, ainsi que les déclins possibles qui ont conduit à sa disparition. Mais si la cité d'Ars a marqué l'Histoire de France davantage de par ses récits légendaires qu'historiques, il existe une autre ville engloutie qui rayonne à l'international et qui ressemble en bien des points à une Atlantide française : la cité disparue d'Ys.

Ys est une cité bretonne mythique et renommée. Selon l'une des légendes, elle aurait été fondée aux environs du XVe siècle par Gradlon le Grand, roi légendaire qui règne alors sur la Cornouaille et l'Armorique. L'homme la fait construire pour sa fille, Dahut. Ville portuaire, elle est protégée par une digue. Une écluse permet à Gradlon de réguler les entrées. Seulement voilà, la ville, administrée sous l'impulsion du roi Gradlon, subit les mauvaises influences de sa fille. En effet, Dahut, très attachée aux cultes païens, est en conflit avec l'évêque de Quimper, Corentin. Fille du roi, Dahut impose très vite le culte des anciens et les préceptes celtiques. Diverses versions existent. On raconte par exemple qu'elle prend le pouvoir à l'aide de dragons pour contrôler le commerce et faire de la cité d'Ys la ville la plus riche et puissante de Bretagne[1]. Mais, pétrie d'orgueil et d'égoïsme, Dahut précipite la cité à sa perte. En effet, elle ne se soucie plus du bonheur de ses concitoyens. Un jour, un homme vêtu de rouge arrive à Ys. Son aura est magnétique. Sa route croise celle de la princesse qui tombe alors amoureuse. L'amant ne tarde pas à révéler ses réels desseins. Il demande la clé de l'écluse à Dahut qui, un soir, la dérobe à son père Gradlon. À l'aide de celle-ci, le mystérieux amant ouvre les écluses de la ville. L'homme vêtu de rouge

1. Dans la pop culture, le récit de Dahut peut faire écho au personnage de Daenerys qui bâtit un empire à l'aide de dragons selon ses anciennes croyances dans l'œuvre *Le Trône de Fer* de George R.R. Martin. L'auteur appréciant tout particulièrement l'histoire et les récits de civilisations disparues, nous y voyons là une analogie intéressante.

disparaît ensuite… Ce serait, dit-on, le Diable envoyé par Dieu pour punir cette cité. En effet, les eaux montent et inondent rapidement toutes les rues d'Ys.

Le roi Gradlon assiste impuissant à la destruction de sa cité pécheresse. Les bâtiments s'effondrent. Les flots engloutissent la ville et les âmes qui la peuplent. Le roi réchappe miraculeusement à cette punition divine. Il parvient à sauver Dahut in extremis. Hissé sur son cheval, sa fille à l'arrière, le roi tente de fuir le drame. Sa monture lutte et s'enfonce peu à peu dans les flots. La charge est trop importante. Impossible pour elle de s'extirper. Gardlon décide de sacrifier sa fille, pécheresse, pour sauver sa propre vie. De cet événement naît la légende la plus célèbre de Bretagne autour de la cité d'Ys. Cette version racontée par l'historien Pierre Le Baud dans sa *Compillation des cronicques et ystoires des Bretons*[1] au XVe siècle rapporte un récit mythique hagiographique que nous avons enrobé de détails tirés des diverses légendes autour de la cité d'Ys. La légende a en effet été nourrie au fil des siècles de variations contées et chantées localement pour être retranscrites à l'écrit.

Les récits hagiographiques entendent exalter la vie des saints. L'histoire rapportée serait en effet la parabole de saint Corentin, l'un des sept saints fondateurs de Bretagne. Ainsi, à la différence de la cité d'Ars, le récit de la submersion de la cité d'Ys découle d'un mythe largement christianisé. Il existe plus d'une dizaine de versions différentes qui narrent en détail les tribulations du roi Gradlon et le déclin de la cité d'Ys.

Un mythe est avant tout allégorique. C'est un récit merveilleux, populaire, qui sert de parabole pour expliquer des phénomènes naturels, des événements en tout genre ou des comportements humains. La légende, elle, tient avant tout de bases réelles qui deviennent par la suite métaphoriques. La légendaire cité d'Ys, telle qu'elle est souvent présentée, tiendrait donc surtout du mythe. En effet, Ys, également appelée Ker Ys, inspire autant les historiens que les écrivains. Il n'y a pour autant aucune trace historique existante. Même si la légende est aujourd'hui bretonne, elle a des liens avec les contes irlandais, précisément les récits des îles du Nord du Monde. Les îles du Nord du Monde décrivent l'Autre Monde, le lieu où vivent les dieux, un monde parallèle auquel les humains n'ont normalement pas accès. Les Dieux auraient été contraints de s'y réfugier à la suite d'un déluge. Ils se seraient ensuite installés en Irlande pour fonder les bases de la civilisation, des constructeurs de mégalithes. De là naît la mythologie celtique. Plus tard, ces mêmes terres sont effectivement historiquement envahies par les Celtes. Malgré tout, le mythe originel de la destruction de la cité d'Ys reste peu expliqué et très interprétatif. Des personnes y voient le symbole de la transition entre le paganisme et la chrétienté. L'ethnologue Paul Sébillot pense d'ailleurs que la légende de la cité d'Ys est une version bretonne de la Bible. L'ethnologue met en exergue les figures de la femme corruptrice et les similitudes entre Babylone et la cité d'Ys. Paul Sébillot y voit, quant à lui, une diabolisation des déesses-mères. Un argument qui aurait pu selon lui être utilisé par le discours chrétien médiéval pour condamner le culte des déesses

1. Pierre Le Baud and Charles de La Lande de Calan, *Cronicques et ystoires des Bretons*, France, Société des bibliophiles bretons et de l'histoire de Bretagne, 1907.

en Bretagne. En 1926, Charles Guyot modernise la légende en y faisant quelques ajouts. Son récit est publié alors que l'histoire du monde est troublée : la Grande Guerre vient de marquer les esprits. Des interprétations voient alors la version de Charles Guyot comme une allégorie des ravages, des atrocités et du chaos engendrés par la guerre en Europe. Preuve, s'il en fallait une, que les légendes parlent toujours un peu de la réalité dans laquelle elles naissent.

L'histoire de cette cité engloutie se raconte depuis des siècles. C'est un récit qui se transmet par la tradition orale en Bretagne. Anatole Le Braz, folkloriste bien connu des Bretons, collecte au XIXe siècle les témoignages et la tradition orale qui se perpétue autour de la ville d'Ys[1]. Les données qu'il recueille lui permettent de situer la mythique cité d'Ys en Basse-Bretagne dans l'actuelle baie de Douarnenez, au fond de la pointe du Finistère. Encore aujourd'hui, certains marins se racontent la légende de la cité d'Ys échouée dans la baie de Douarnenez. Cependant, les recherches archéologiques entreprises jusqu'à ce jour n'ont toujours pas permis de mettre en lumière l'existence d'une cité antique engloutie par les eaux.

Plusieurs éléments géographiques permettent d'ancrer la légende d'Ys dans un contexte historique bien réel sans que des vestiges attestent de son existence réelle. Axel Creach, maître de conférence en géographie qui a étudié la légende de la cité d'Ys du point de vue de la géographie, constate que la mer monte depuis vingt mille ans depuis la dernière fonte des glaces. Ainsi, entre l'an -9000 et -7000, le niveau de la mer s'est élevé de cinquante mètres ! Une élévation si importante que les côtes, notamment bretonnes, ont reculé. Cependant, depuis -7000 jusqu'à aujourd'hui, le niveau n'est monté « que » de dix mètres. Ainsi, les côtes bretonnes ont connu des périodes de montées des eaux intenses. De quoi alimenter bien des craintes et, avec, des légendes.

Axel Creach note dans ses recherches qu'il y a une abondance des récits de cités englouties au niveau des côtes et des baies bretonnes. Tous ces récits mettent en exergue une crainte réelle de la submersion. Les habitants de ces cités maritimes craignent la montée des eaux. Une peur qui a toujours été légitime, et l'est sans doute encore plus aujourd'hui.

Pour ce qui est de la cité d'Ys, les éléments à notre disposition ne permettent pas de prouver que celle-ci a existé un jour. On remarque néanmoins dans la légende d'Ys de nombreuses similitudes avec d'autres mythes, l'Atlandide en tête. Brusque montée des eaux, pluie diluvienne, digue qui cède face à une tempête… Certaines villes, certains villages ont pu être engloutis. Diverses recherches archéologiques en attestent aujourd'hui. Des catastrophes qui, au fil du temps, se sont transformées en légendes, tout en se teintant de récits mythiques et imaginaires.

Le mythe des cités englouties se retrouve à travers toute la planète. De nombreuses légendes associées à ce mythe traduisent en allégories des disparitions de cités parfois bien réelles. Souvent, le récit y cherche une morale ou y greffe une punition divine aux méfaits des hommes.

1. Anatole Le Braz et al., *La Légende de la mort chez les Bretons armoricains*, France, Champion, 1912.

« *Partout en France, de nombreux récits évoquent d'anciennes villes englouties à la suite de quelque méfait de leurs habitants*[1]. »

Les océans, et plus largement les étendues d'eau, sont des lieux propices à faire naître des légendes. Quels mystères cachent ces profondeurs parfois abyssales ?

1. Marie-Charlotte Delmas, *Dictionnaire de la France merveilleuse*, 2016.

LES BÂTIMENTS FANTÔMES

Alsace
Haut-Rhin et Bas-Rhin
Barre d'Istein et Himmenhoffen

« Les fantômes, ce n'est que ça, des souvenirs qui persistent. »
Frédérique Martin

En Alsace, les rives du Rhin ont toujours eu un effet particulier auprès de celles et ceux qui s'y perdent. Longtemps vénéré, le Rhin cristallisait autrefois bien des croyances divines. Il tient une place très importante dans l'imaginaire alsacien. Protecteur, juge ou vengeur, sa représentation est protéiforme. Sa source d'inspiration est plurielle en tant que personnage, mais aussi pour les créatures légendaires qu'il abriterait. Autrefois, le Rhin était célébré et déifié par les Celtes, les Germains et les Romains qui le vénéraient. On plantait des flambeaux allumés accompagnés d'offrandes sur ses rives pour lui rendre hommage. C'est le long de ses rives qu'une légende naquit.

Des voyageurs rapportent en effet y avoir aperçu une église fantôme. Elle leur serait apparue sur une petite île du Rhin. L'église se situerait entre Kembs et Niffer. Sa zone d'apparition n'est pas un hasard, puisqu'il s'agit de la barre d'Istein. C'est l'une des routes fluviales les plus difficiles pour la batellerie rhénane. Le long de ce passage tortueux, de nombreux bateaux se fracassent fréquemment sur les rochers, emportant les embarcations et parfois les malheureux tombés à l'eau. Ainsi, on raconte que depuis deux siècles, une église fantôme y serait parfois visible. Certains jours, on pourrait même voir ses deux tours. Elle est souvent décrite comme transparente, à la manière d'un mirage. On parle d'église fantôme, car elle n'apparaît que rarement à la vue des bateliers et des pêcheurs. Elle semble flotter à la surface des eaux et ses deux tours ont l'apparence de deux êtres surnaturels revêtus de draps flottants que le vent déforme.

Les récits anciens racontent que cette église faisait autrefois partie d'un village disparu avec les crues terribles du Rhin. Tout aurait été englouti. L'apparition fantomatique de l'église serait une évocation de ce village.

Au regard des descriptions faites de cette église fantôme, on songe au phénomène optique appelé Fata Morgana. Il s'agit d'un mirage naturel causé par des perturbations lumineuses provoquées par la superposition d'air chaud et froid. C'est peut-être l'une des explications de cette mystérieuse apparition d'église fantôme… Un mirage imposant associé aux superstitions du passage délicat de la barre d'Istein et des croyances liées au Rhin.

Les sons des cloches et l'écho des cités et églises englouties résonnent encore parfois. Mais d'autres récits évoquent d'autres villages eux aussi disparus. S'ils n'ont pas forcément été recouverts par les flots, ils se sont pourtant bel et bien évanouis. Ainsi, dans le Bas-Rhin, diverses légendes parlent du village perdu d'Immenhoffen. Les soirs de pleine lune, les défunts se relèvent et errent dans les environs à la recherche de leur village disparu. Ces âmes en peine reviennent sans cesse pour tenter de trouver l'endroit qu'ils ont connu, mais qui s'est volatilisé sans plus d'explications.

Une autre légende narre l'histoire de l'auberge fantôme d'Immenhoffen. Elle raconte comment, un soir, deux voyageurs découvrent une auberge fastueuse et accueillante. Ils décident d'y faire une halte pour la nuit. À l'intérieur, les deux compagnons sont plongés dans le luxe. Ils mangent dans des plats en or à l'aide de couverts en argent. De telles richesses attisent la convoitise de l'un des voyageurs qui dérobe un gobelet en or en le plaçant discrètement dans son sac. Les deux hommes s'endorment. Lorsqu'ils ouvrent les yeux, ils découvrent stupéfaits qu'ils sont à l'extérieur, au beau milieu de nulle part ! Pas de trace de civilisation à l'horizon. L'auberge s'est tout simplement volatilisée. En regardant dans son sac, le voyageur constate que le larcin qu'il a commis s'avère inutile : son butin luxueux s'est transformé en vieux fer à cheval rouillé sans aucune valeur.

Au-delà des seules légendes, le village disparu d'Immenhoffen a cependant bien existé. En effet, ses traces se retrouvent dans certains documents d'archives. Ainsi, dans les Archives de l'Église d'Alsace, en 1960, il est mentionné qu'à Immenhoffen, près de Mietesheim, se trouvait une chapelle catholique avec sa cour seigneuriale. Ces édifices appartenaient alors à l'abbaye de Walbourg. Le tout est confirmé par un document du roi Sigismund en 1417. Immenhoffen était alors orthographié Ymenhofen. L'endroit était sûrement une annexe du village voisin de Mietesheim. Le lieu se situant sur un axe principal, une auberge se trouvait probablement sur la route. Cependant, la raison de la disparition de ce village reste inconnue. L'une des théories avancées est qu'il aurait été détruit durant la guerre de Trente Ans ou lors de la guerre des paysans en Alsace. Quoi qu'il ait pu se passer, les conflits armés auraient réduit ce village en cendres. Aujourd'hui, seules les légendes orales perpétuent la trace de son existence à travers des récits parfois effrayants. En ce sens, le folklore reste, dans ce cas, l'une des dernières preuves vivaces de l'existence de ce village. Les légendes rapportées ont permis de motiver les recherches historiques à son sujet, sans quoi il serait définitivement tombé dans l'oubli. Combien d'autres bâtiments fantômes ne demandent qu'à sortir de leur néant, peut-être tout proche de chez nous ?

Bibliographie

Les cloches merveilleuses

Bulletin historique et littéraire : Études, documents, chronique littéraire, tome XI, troisième série, dixième année, Société de l'histoire du protestantisme français, France, 1891.

Charles et Mathias, *Le Bureau des mystères*, France, Flammarion, 2019.

Contes du fond des mers, FR3, archive de l'INA, diffusé le 22 juillet 1986.

Bernard Coussée, « Le Carillon tonnerre », *Cloches & sonnailles: mythologie, ethnologie et art campanaire*, France, Edisud, 1996.

Jean Deguilly, « La Foudre dans l'Aube, hier et aujourd'hui », *Folklore de Champagne*, n° 65, Société des amateurs de folklore et arts champenois, 1979.

Marie-Charlotte Delmas, *Dictionnaire de la France merveilleuse*, France, Place des éditeurs, 2017.

Henri Fromage, « La Cloche dans les mythes et légendes de l'ancienne France », *Cloches & sonnailles: mythologie, ethnologie et art campanaire*, France, Edisud, 1996.

André Gabriel, « La Vésubie en volée : propos et finalités, les cloches buissonnières », *Cloches & sonnailles: mythologie, ethnologie et art campanaire*, France, Edisud, 1996.

Jérémie Genessay, *Les Cloches et la Révolution dans le département de l'Ain*, Société Française de Campanologie, 2007.

Edouard-Alfred Martel, « Le Gouffre de Lantouy (Lot) », *Bulletin de la Société scientifique, historique et archéologique de la Corrèze*, 1895, tome 17, p. 269-273.

Mémoires de l'académie des sciences pour l'année 1719, *Histoire de l'Académie royale des sciences avec les mémoires de mathématique & de physique pour la même année,* tirés des registres de cette Académie, Imprimerie royale, Paris, 1719.

Les cités englouties

Apocalypse 17.5, *Bible*, Louis Segond.

Pierre Le Baud and Charles de La Lande de Calan, *Cronicques et ystoires des Bretons*, France, Société des bibliophiles bretons et de l'histoire de Bretagne, 1907.

Anatole Le Braz et al., *La Légende de la mort chez les Bretons armoricains*, France, Champion, 1912.

Marie-Charlotte Delmas, *Dictionnaire de la France merveilleuse*, France, Place des éditeurs, 2017.

Atlantys : La Légende d'Ys et les mythes de submersion, conférence du Labo des savoirs, YouTube, 23 novembre 2017.

Claire König, « La Légende d'Ars, ville engloutie », *Futura Science*, 22 août 2010.

Les bâtiments fantômes

Paul Arnold, *Histoire secrète de l'Alsace*, France, Paris, 1979.

Jean Dentinger, *Légendes et histoires d'Alsace*, Salde, 1994.

Patricia Gaillard, *Contes et légendes d'Alsace*, France, De Borée, 2010.

Alain Klauss, *Le Monde des Esprits, eine elsässische Mythologie*, Strasbourg, bf, 1993.

Michel Krempper, *Légendes alsaciennes au regard de l'histoire*, Salde, 2018.

Bernard Schmitt, « Le Village disparu Immenhoffen », site Internet du Canton de Reichshoffen, 13 novembre 2020.

Guy Trendel, *Histoires extraordinaires et lieux mystérieux d'Alsace*, Belvédère, 2015.

VI
RITUELS MACABRES

SITARANE, SORCIER IMMORTEL

La Réunion
Saint-Pierre

« Zot la tué la vièy fanm, la mi lfeu dan la kaz, la konsomé ; sa moin la vu sa... moin lavé douz an... té Sitarane sa. »»

Anonyme

Le 12 septembre 2016. La gardienne du cimetière s'avance parmi de modestes sépultures. À l'ombre d'un frangipanier, une tombe d'un rouge vif sort à l'évidence du lot. Elle est étrangement très fleurie et un petit verre de rhum est posé sur l'un des rebords. On y trouve aussi souvent de l'encens encore brûlant ou des cigarettes, des bouteilles de vin, de la nourriture en abondance, des verres retournés et quelques pièces de monnaie. La nuit, une bougie veille à ce que l'âme du défunt soit guidée à travers les ténèbres, et il n'est pas rare qu'au petit matin, le sang des sacrifices soit encore frais. En un siècle, cette tombe a vu tant de cérémonies occultes que sa margelle en est irrémédiablement noircie.

C. est habituée à nettoyer presque quotidiennement cette tombe pourpre des stigmates de la nuit, mais cette fois le rituel est quelque peu différent. Ce sont en tout une soixantaine de photos accompagnées d'une lettre manuscrite qui sont épinglées à l'aide d'aiguilles sur la tombe. Des portraits d'adultes et d'enfants à qui l'on a visiblement voulu jeter un sort. Sur la lettre sont énumérés leurs noms et prénoms, leurs dates de naissance, et parfois même leurs plaques d'immatriculation. Le vœu est on ne peut plus macabre : ils sont prédestinés aux accidents et aux maladies. Pour la gardienne, qui a pourtant l'habitude de ce genre de surprises, cette fois c'est différent. L'aspect éminemment malveillant de ces offrandes dépasse son niveau de tolérance. Mais pourquoi cette tombe est-elle le théâtre de tant de rites nocturnes ?

Nous sommes dans le cimetière de la ville de Saint-Pierre, sur la petite île de La Réunion, perdue au beau milieu de l'océan Indien, et cette tombe, comme on peut s'en douter, n'est pas celle de n'importe qui. Elle abriterait le corps acéphale de Sitarane, le sorcier cambrioleur dont le nom fait encore frissonner même cent dix ans après sa mort. Sitarane est le surnom donné à Simicoudza Simicourba, né en 1858 au Mozambique, encore à l'époque une colonie portugaise. Il arrive sur l'île Bourbon, ancien nom de La Réunion, vers 22 ans, à la fin du XIXe siècle comme travailleur engagé, où il exerce en tant que journalier agricole vers Saint-Benoît. L'engagisme, comme on l'appelle, est une pratique apparue après l'abolition de l'esclavage en 1848, qui consiste à engager des travailleurs venus des mêmes pays qui ont subi la traite des Noirs, et de les faire travailler dans les exploitations des anciens esclavagistes. Le tout pour un salaire dérisoire, avec des tâches harassantes et dans des conditions de travail déplorables. Un phénomène de reproduction de la domination des Blancs sur les Noirs qui durera jusqu'en 1938. Le mot « Sitarane » en Malgache, écrit *tsy ito rano*, est une expression signifiant littéralement « ce n'est pas de l'eau », que l'on pourrait traduire par « on n'y voit que du feu ». Les personnes l'ayant connu, à La Réunion, au tout début du XXe siècle, racontent qu'il parle un mauvais français, qu'il a des scarifications sur le visage, et que sa carrure est assez impressionnante, bien qu'il ne mesure qu'un mètre soixante-six.

Avant même que son destin ne bascule, Sitarane était déjà un personnage hors du commun. Dans les premières années du XXe siècle, La Réunion est encore une île à la végétation impénétrable, partiellement inexplorée et à la population éparse. Les campagnes sont isolées, certaines parties de l'île sont quasiment inconnues et la police, dont les effectifs sont (très) limités, se déplace à cheval sur des sentiers parfois très escarpés. Autant de facteurs qui profitent à la petite criminalité qui se développe un peu partout. Les cambriolages sont fréquents, et s'ils dégénèrent quelquefois, les forces de l'ordre n'ont, dans tous les cas, que très peu de chance de retrouver les coupables qui profitent des épaisses forêts tropicales et des cirques isolés pour s'enfuir et se cacher. Un climat d'insécurité règne sur l'île, et il va largement s'accentuer au cours de l'année 1908 lorsque la bande à Saint-Ange va commencer ses larcins. Saint-Ange, c'est le surnom quelque peu ironique attribué à un dénommé Pierre Élie Calendrin, né en 1869 à La Réunion. Il va devenir le cerveau des sinistres méfaits qui vont survenir pendant deux ans entre les villes de Saint-Louis et Saint-Pierre au sud de l'île. On ne sait pas vraiment comment Sitarane et Saint-Ange se sont rencontrés, mais on sait qu'ils forment, avec Emmanuel Fontaine, un trio criminel inséparable et rapidement meurtrier. Ensemble, ils ont rassemblé une petite dizaine de complices et mis au point un mode opératoire si bien ficelé qu'il aurait été quasiment impossible de les attraper s'ils n'avaient pas commis l'erreur qui finira par leur coûter la vie.

En ce début de XXe siècle, les cambriolages sont si courants sur l'île de La Réunion que beaucoup de propriétaires aux petites économies vont engager des gardiens armés ou à défaut, des chiens agressifs, afin de protéger leurs habitations ou leurs commerces. Cela dit, comme les crimes graves étaient relativement peu communs, les « colonies » (ici précisément Madagascar, La Réunion, et l'île Maurice) n'avaient pas de bourreau attitré, pour des raisons économiques. Ainsi, l'édition du journal *Madagascar* du 14 mars 1928 raconte que « *quand une exécution doit avoir lieu, on recrute des volontaires. À Madagascar, ils tirent sur des silhouettes en carton. À La Réunion, ils exécutent un tronc de bananier. À Maurice, ils pendent des sacs de sable. (...)*

C'est charmant...[1] », ponctue-t-on ironiquement. C'est donc dans un climat de petite délinquance habituelle qu'évoluent Sitarane et sa bande. Mais Saint-Ange, leur chef, n'est pas un homme comme les autres : c'est un sorcier. Il fait boire des décoctions étranges à ses complices avant leurs cambriolages. Cette potion de morts, ce « sirop de cadavre » comme on l'appelle, serait à base de sang de cabri d'abord, puis de sang humain lorsqu'ils commenceront leurs meurtres. On raconte que dans la maison de Saint-Ange se trouve un squelette d'enfant appelé « *Baba sek*[2] », que le sorcier fait danser avant chaque expédition afin de porter chance au petit groupe de malfrats. Le leader et manipulateur a, dit-on, réussi à convaincre Sitarane et ses autres comparses que la mort n'a aucune emprise sur eux : ils sont en quelque sorte devenus immortels. Du moins le pensent-ils alors. C'est sans doute ce qui les poussera à s'enfoncer toujours plus loin dans l'horreur.

Le *modus operandi* est particulièrement original, et surtout très élaboré. Ils envoient « une première équipe d'espionnage » chargée de repérer les personnes avec des économies à détrousser. Une fois les victimes sélectionnées, une deuxième équipe, celle de Sitarane, passe à l'action. D'abord, ils percent un petit trou dans la porte à l'aide d'un vilebrequin, une sorte de perceuse à main. Celle-ci est fournie par Emmanuel Fontaine qui travaille dans un atelier de menuiserie, et qui a donc pour mission d'apporter l'outillage. C'est ensuite par cet interstice que le sorcier Saint-Ange souffle une poudre de *sitrimoniom* (cetrimonium[3] ?) qui agit comme un puissant somnifère, plongeant dans le sommeil toutes les personnes présentes dans la maison. L'effet est fulgurant, si bien que les cambrioleurs peuvent ensuite agrandir le trou dans la porte, passer une main, défaire le verrou et s'infiltrer dans la maison. Là, ils s'emparent de leur butin sans avoir à s'inquiéter d'être discrets et de ne pas faire de bruit. Ce qui explique pourquoi les maisons sont retrouvées sens dessus dessous alors même que les propriétaires n'ont rien entendu. Pour le chien, même procédé : un morceau de viande macéré dans le sitrimoniom jeté dans le jardin suffit à attirer les fidèles gardiens qui s'endorment aussitôt.

Grâce à leur étonnante combine, la bande à Sitarane détrousse de nombreuses familles pendant plusieurs années, et la psychose de ces cambriolages parfaitement inexplicables gagne petit à petit toute l'île. La population est alors persuadée qu'il s'agit d'envoûtements par de puissants sorciers et chacun y va de son talisman pour essayer de s'en prémunir.

Mais si pendant un long moment les malfrats de La Réunion se contentent d'endormir leurs victimes, ils prennent un funèbre tournant à la fin de la première décennie du XXe siècle. Jules Bénard, historien spécialiste de Sitarane, raconte : « *Calendrin prétendait entretenir des relations privilégiées avec le diable et les démons. Il a eu besoin de sang pour renforcer les «potions magiques» qu'il donnait à sa bande. Ce n'était peut-être rien, mais sur des esprits faibles, ça fonctionne* ».

1. Frigolet, *Madagascar Industriel, commercial, agricole*, n° 154, mercredi 14 mars 1928.
2. « Bébé sec »
3. Les références trouvées à ce sujet sont écrites en créole, sans que nous ayons pu clairement identifier l'élément dont il est question. De nombreux auteurs rapportent par ailleurs que cette « poudre jaune » pourrait être de la datura.

C'est ainsi que le 20 mars 1909, dans la ville du Tampon, est retrouvé chez lui le corps sans vie d'Hervé Deltel, un jeune homme sur le point de se marier et qui gardait donc ses économies pour la cérémonie chez lui. Il aurait ainsi été poignardé à la tête. Une récompense de 1 500 francs est alors offerte à qui retrouverait ses assassins, somme considérable pour l'époque, mais personne n'avait vu ou entendu ce qu'il s'était passé. Quelques mois plus tard, le 11 août de la même année, ce sont les époux Robert qui sont retrouvés assassinés à leur domicile de Saint-Pierre. Cette fois, les faits sont encore plus effroyables puisque l'on retrouve des traces de viol sur Madame Robert, horreur que l'on soupçonne même d'avoir été commise post-mortem. Dans la même période, deux femmes sont retrouvées brûlées à la plaine des Cafres, dans les hauteurs du Tampon, sans pour autant qu'un lien certain puisse être établi avec cette affaire. Quoi qu'il en soit, les trois meurtres perpétrés avec une violence inouïe secouent l'île qui se met alors à traquer activement les responsables. Des rumeurs commencent à se faire entendre, rapidement on raconte que les meurtres ont été commis afin de boire le sang des victimes, et les meurtriers sont bientôt surnommés les « vampires de La Réunion ».

Et Sitarane, dans tout ça ? Dans l'affaire, on peut dire qu'il fait le sale boulot : il est en effet chargé d'assassiner les pauvres victimes. C'est aussi lui qui violait les femmes en premier. C'était également Sitarane qui était en charge de partager le butin entre les complices après les vols. Mais pourquoi alors, si Saint-Ange était le cerveau et le véritable sorcier de l'histoire, a-t-on, à La Réunion, si peur de Sitarane ? On ose à peine murmurer son nom. Si Saint-Ange est à la tête de ce gang, c'est Sitarane qui passe pour le bras armé de celui-ci. La violence des meurtres va très vite aider à façonner la légende qui l'entoure. La fin forcément tragique de cette bande de criminels va contribuer à forger la légende.

Un jour, un commerçant de café du Tampon, Monsieur Roussel, engage un gardien pour surveiller son commerce. La nuit du 30 septembre, des bruits se font entendre dans l'obscurité. Alerté, le gardien dégaine son arme et commence à tirer plusieurs coups de fusil. Les malfaiteurs sont mis en déroute, mais sur le pas de la porte on retrouve un *bertel*, un sac tressé en vacoa dans lequel se trouvent un revolver et quelques balles, un couteau de boucher, un chapeau, un vilebrequin et une paire de chaussettes. Très vite, la nouvelle de l'incident fait le tour de la ville, et on ne tarde pas à reconnaître les propriétaires de certains de ces objets. Sans aucun doute, le chapeau appartient à un certain Sitarane, tandis que le vilebrequin a été vu chez un artisan tamponnais travaillant le bois qui emploierait un dénommé Emmanuel Fontaine… Très rapidement, la bande est arrêtée, les criminels passent aux aveux et un premier procès au Tribunal de Saint-Pierre s'ouvre le 2 juillet 1910. Ils sont huit à comparaître : Sitarane, Saint-Ange et Emmanuel Fontaine, bien évidemment, mais également leurs cinq complices. Joseph Grondin et Augustin Ambiry, dont on ne connaît pas l'âge, Vincent Assouadi, 25 ans, Louis Coupataquoi, 47 ans, et Pierre-Noëlle Baraka, 23 ans. Tous étaient des travailleurs journaliers ou de modestes cultivateurs[1]. Sur le banc des accusés, on trouve également des complices plus lointains n'ayant

1. Me François d'Assises, « Chronique judiciaire : À la commission des grâces », *Le Rappel*, dimanche 21 août 1910.

pas participé aux meurtres, parmi lesquels un adolescent de quatorze ans, Louis Firouaguet, ainsi que Célérine et Olive, la femme et la fille de Sitarane, coupables de recel[1]. En tout, ce sont donc onze personnes entendues au tribunal ce jour-là. Les principaux accusés reviennent sur leurs aveux, et vont même commencer à s'accuser les uns et les autres. Dans l'ouvrage *Le Mémorial de La Réunion*, qui retrace dans l'un de ses chapitres toute l'histoire dans ses moindres détails en s'appuyant sur les documents d'Henri Negrel, substitut du procureur de la République pendant l'affaire, on peut lire les détails glaçants que Sitarane lui-même finit par donner à la cour :

> « *J'ai porté plusieurs coups de couteau à Deltel. J'ai agi ainsi parce que, certainement, Saint-Ange et Fontaine m'auraient tué si je ne l'avais pas fait… Monsieur et Madame Robert dormaient profondément. Fontaine et Saint-Ange, qui avaient de grands couteaux à la main, me menacèrent. J'ai dû obéir. J'ai frappé Monsieur Robert à l'endroit que m'indiquait Saint-Ange comme étant le plus tendre, à la tempe. La femme s'est réveillée… Elle a demandé à faire sa prière. Au moment où elle était à genoux, je l'ai frappée avec une barre de fer. Elle est morte… C'est Saint-Ange qui monta dans le lit et profana Madame Robert en disant : "Ça, c'est pour le diable !"* »

Pendant les huit jours de procès, la population réunionnaise qui avait redouté pendant des années les exactions commises dans le sud de l'île laisse exploser sa colère. Au vu de « *l'atrocité montrée par les accusés, la souillure infâme infligée au cadavre de Madame Robert* », les juges ne témoignent d'aucune clémence et les huit accusés sont unanimement condamnés à la peine de mort. La femme et la fille de Sitarane, quant à elles, écopent de travaux forcés à perpétuité. Le garçon de 14 ans ne bénéficiera de la part des juges « *ni de leur clémence ni de leur pitié* » et sera condamné à dix ans d'emprisonnement dans une colonie correctionnelle[2].

Ce verdict est si sévère, et le procès mené à la va-vite truffé de vices de procédures, que bientôt un deuxième procès, cette fois à Saint-Denis, le chef-lieu de l'île, s'organise. Il se déroule du 7 au 13 décembre 1910. Cette fois, les accusés ont repris du poil de la bête, sans doute puisqu'ils attribuent l'annulation de leur première condamnation à la magie de Saint-Ange. Tout se déroule comme si, à ses côtés, ils étaient invincibles, immortels. Comme à l'époque du *Baba sek* et du sirop de cadavre… Henri Negrel, dans son rapport, insiste sur leur insolence, leurs insultes et leurs menaces. Sitarane, plus encore que les autres, est si véhément qu'il fait s'enfuir de peur sa propre femme, qui témoigne finalement contre lui. Furieuse, la foule se presse chaque jour dans les rues de Saint-Denis pour accompagner le cortège d'accusés de la prison jusqu'au tribunal. Le verdict tombe, finalement, le soir du septième jour : Sitarane, Fontaine et Saint-Ange sont condamnés à la peine capitale pour la deuxième fois, mais les juges sont plus indulgents avec le reste des complices, qui devront passer le reste de leurs jours à effectuer des travaux forcés. Enfin, les deux femmes et le jeune garçon de 14 ans, qui ont déjà effectué un an de prison, sont

1. *Bulletin des arrêts de la Cour de cassation rendus en matière criminelle*, tome 115, n° 497, janvier 1910, p. 912.
2. *Ibid.*

relâchés. La population est rassérénée, le sentiment de justice règne. Mais à la stupeur générale, le 18 juin 1911, soit six mois après le jugement, Armand Fallières, le Président de la République en personne, commue la condamnation à mort de Saint-Ange en travaux forcés à perpétuité. Pourquoi Saint-Ange et pas les autres ? Pourquoi le chef de la bande, le manipulateur, sûrement le plus dangereux d'entre tous ? Difficile à dire. On peut déjà noter qu'Armand Fallières, fervent opposant à la peine de mort, a gracié énormément de condamnés pendant les premières années de son mandat. Par ailleurs, la défense de Saint-Ange s'est beaucoup basée sur le fait que, s'il était certes le cerveau, il a toujours clamé n'avoir lui-même jamais tué ni violé personne. D'ailleurs, tant dans les conversations de la population que dans les correspondances du procureur de la République, on parle bien de « l'affaire Sitarane et consorts » et non de « l'affaire Saint-Ange ». Quoi qu'il en soit, l'hypnotique sorcier sauvera sa tête, mais celles d'Emmanuel Fontaine et Sitarane finiront bel et bien par tomber.

Quelques jours avant l'exécution, un dénommé Frigolet, journaliste pour le bimensuel *Madagascar*, rapporte une curieuse anecdote qu'il aurait lui-même vécue : alors qu'il assiste à ce fameux exercice de décapitation du tronc de bananier en vue de l'exécution de Sitarane, deux apprentis bourreaux se disputent sur le sens dans lequel positionner le tronc. Frigolet raconte que Sitarane, « *philosophe résigné* » et cassant des cailloux dans la prison, « *assistait tous les jours aux répétitions* ». En entendant la dispute, le prisonnier se serait alors adressé aux maladroits en ces termes : « *Mes camarades quand zot' va coupe a moin, prends garde zot' y bourre mon pied dans la linette* ». En somme, « *Quand vous me couperez, prenez garde à ne pas mettre mes pieds à la place de ma tête sous la guillotine*[1] ». Un trait d'humour douteux.

Sitarane et Fontaine sont finalement exécutés par décapitation avec une guillotine vieille de cent dix ans, le 20 juin 1911, l'un à 6 h 20, l'autre à 6 h 30, devant la prison de Saint-Pierre. Un journaliste écrit pour l'édition du 29 juillet 1911 dans *Le Temps*, que Sitarane « *monta à l'échafaud avec crânerie, après avoir mangé du pain et du sucre. Ayant plaisanté avec le bourreau et chanté un air de son pays, il plaça sa tête sous le couperet. L'autre condamné, Fontaine, âgé de vingt-sept ans, tremblait de peur. Frappé de stupeur, il ne songeait ni à se défendre, ni à protester lorsqu'on lui lia les mains. Placé sur la bascule, il voulut se débattre et dégager sa tête, d'une telle sorte que le couperet n'entama qu'une partie du cou, et le bourreau fut obligé de l'achever avec un coutelas*[2] ». Des détails sordides et macabres dont les lecteurs de l'époque raffolaient sûrement.

Contrairement à ce que l'on raconte, ces criminels sont sommairement enterrés dans une fosse commune au nord-ouest du cimetière, près du mur d'enceinte quasi-communiquant avec la prison dans lequel a été creusée une brèche afin d'y basculer rapidement les cadavres après l'exécution, et non à l'endroit de la sépulture actuelle, qui est donc vide… Saint-Ange, quant à lui, meurt le 20 avril 1937 à Cayenne des suites du paludisme et d'une mauvaise bronchite jamais soignée.

1. Frigolet, *op.cit.*
2. « Affaire coloniale : double exécution capitale à la Réunion », *Le Temps*, 29 juillet 1911, p. 3.

C'est aujourd'hui sur une tombe vide que viennent quotidiennement de nombreuses personnes s'adonner à d'occultes rituels. La tombe rouge de Sitarane semble davantage être un lieu de mémoire qu'une véritable sépulture, et son nom est éternellement lié à ceux de Saint-Ange et Fontaine avec qui il partage la dédicace sur la stèle. Peut-être est-ce là une piste d'explication pour la fascination et la peur que le personnage inspire encore de nos jours. Il n'y a pas un seul habitant de La Réunion qui ne connaisse le nom de Sitarane, mais peu, finalement, savent qui il a réellement été. En rassemblant les différentes légendes autour du voleur, on finit par comprendre que son nom cristallise et personnifie à lui seul le trio infernal Sitarane/Saint-Ange/Fontaine. Sitarane et Saint-Ange en particulier se fondent pour devenir une seule et même entité : un sorcier-voleur et meurtrier dévoué au diable. Pourquoi a-t-on gardé le nom de Sitarane ? Peut-être parce que Saint-Ange n'a pas été exécuté et enterré sur l'île, et qu'Emmanuel Fontaine n'était pas une personnalité marquante. Sitarane est l'auteur principal des meurtres d'une violence inouïe qu'il décrit au tribunal ; c'est également lui, lors du procès, à l'origine des frasques les plus remarquables qui frapperont sûrement le plus les esprits. Saint-Ange, qui est d'ailleurs le premier nom inscrit sur la stèle, représente quant à lui l'image du sorcier occulte et terrifiant qui va finir par irrémédiablement se mêler au personnage de Sitarane pour former un monstre hybride et fantastique qui continue de hanter les récits et les imaginaires créoles. On raconte parfois que la tête de Sitarane se trouverait enterrée quelque part à l'autre bout de l'île et que, si par malheur on venait à la réunifier à son corps, alors il reviendrait d'entre les morts pour se venger. On raconte également qu'il lui arrive encore aujourd'hui de posséder le corps de certaines personnes afin de les contraindre à faire le mal. D'autres encore considèrent Sitarane comme une sorte de saint puisque l'on raconte qu'il se serait subitement converti au catholicisme en demandant à être baptisé juste avant son exécution. Pour l'historien Jules Bénard, Sitarane aurait même été un homme bien et digne de confiance avant de tomber sous l'emprise du gourou Saint-Ange qui, lui faisant boire des décoctions, aurait totalement transformé sa personnalité, le rendant selon lui irresponsable de ses actes.

Le culte de Sitarane à La Réunion est encore aujourd'hui extrêmement présent, si bien que les trois comparses sont, comme le désirait Saint-Ange, en quelque sorte bel et bien devenus immortels. Certains prient le voleur de leur apporter la protection contre le mal, le courage et la santé, tandis que d'autres font appel à ses pouvoirs afin de lancer d'horribles malédictions. Un dénommé Amouni serait même payé par un particulier anonyme afin d'entretenir soigneusement la tombe de Sitarane. Preuve, s'il en fallait, qu'il y a parfois bien de la vie dans nos cimetières...

CAGLIOSTRO, L'ÉTERNEL INSAISISSABLE

Alsace/Rhône-Alpes
Strasbourg/Lyon

« À certaines dates passent dans l'humanité des êtres étranges qui forcent l'attention de toute une époque.
Ce sont ni des héros, ni des conquérants, ni des fondateurs de race ou des révélateurs de mondes nouveaux ; ils apparaissent, brillent, disparaissent, et le monde semble, après leur départ, ne pas avoir changé. »

Marc Haven

À la cour des plus grands souverains d'Europe, un homme défraie la chronique. On ne sait ni d'où il vient ni d'où il tire ses enseignements. Il parle italien avec un accent français, et français avec un accent italien. Surtout, il a, sous les yeux des élites, accompli des miracles. Il a soigné des mourants, réalisé des prouesses alchimiques, et fondé son propre ordre maçonnique, le rite égyptien, dont les cérémonies ésotériques sont de celles « *dont on ne parle qu'avec effroi*[1] ». Les rumeurs précèdent Cagliostro. Elles l'entourent, l'enveloppent, le façonnent pour finalement l'engloutir et occulter l'individu derrière le mythe. De cet homme mystérieux, il ne nous reste plus que sa légende. Une légende qu'il s'est construite lui-même, de laquelle il est bien ardu de démêler le vrai du faux. Et plus l'on creuse, plus le mystère s'épaissit. Qui se cache derrière ce pseudonyme ? Cagliostro est-il le mystique martyr ou le charlatan rejeté ? Il fut un jour connu dans toute l'Europe comme un mage alchimiste capable des plus grands prodiges, mais l'hubris mena finalement le comte Alexandre Cagliostro à une fin tragique…

Nous sommes au XVIIIe siècle. Quelque part à Francfort, une cérémonie macabre se tient dans le plus grand secret. L'Ordre des Templiers, qui semble mystérieusement réapparu depuis peu, se prépare à accueillir un nouveau novice. Son initiation est une épreuve qui doit le changer à tout jamais, en plus de prouver sa dévotion. Le rite ésotérique que l'on s'apprête à mettre en œuvre est millénaire. Il serait directement hérité d'une branche templière qui aurait survécu en Écosse après les persécutions de Philippe IV le Bel. Pendant quatre siècles, l'Ordre des Templiers

1. Pierre Mariel, *Cagliostro : imposteur ou martyr ?*, France, Grasset, 1973, p. 41.

se serait caché dans l'ombre, mais leurs activités clandestines n'auraient pas pour autant disparu. En ces temps éclairés, les disciples se font plus nombreux. Un nouveau grand maître entend faire revivre l'ordre.

Il fait nuit, le baptême commence.

> « *Le récipiendaire est conduit, à travers un sentier ténébreux, dans une salle immense, dont la voûte, le parquet et les murs sont couverts d'un drap noir parsemé de flammes rouges et de couleuvres menaçantes ; trois lampes sépulcrales jettent, de temps en temps, une mourante lueur, et laissent à peine distinguer, dans cette lugubre enceinte, des débris de morts soutenus par des crêpes funèbres ; un monceau de squelettes forme, dans le milieu, une espèce d'autel. (...) Huit heures s'écoulent. Alors des fantômes traînant des voiles mortuaires, traversent lentement la salle, et s'abyment dans les souterrains, sans qu'on entende le bruit des trappes, ni celui de leur chute. On ne s'en aperçoit que par l'odeur fétide qu'ils exhalent*[1]. »

L'initié doit alors attendre que vingt-quatre heures s'écoulent dans cet antre effroyable. Comme il ne peut ni manger ni boire, il voit lentement s'affaiblir ses forces. Comble de la tentation, devant lui sont disposées trois coupes remplies d'un liquide verdâtre et répugnant. Parfois, submergé par sa faiblesse, il se voit les approcher de ses lèvres. Mais la crainte l'emporte bientôt et son bras repousse l'infâme breuvage.

L'épreuve vient à peine de commencer.

Au bout de ce qu'il lui semble une éternité, deux hommes apparaissent. Leur allure est plus effroyable encore que tout ce qu'il a vu jusqu'à maintenant. Ils lient alors autour de son front un « *un ruban aurore, teint de sang, et chargé de caractères argentés, entremêlés de la figure de Notre-Dame-de-Lorette* ». On lui donne un crucifix et toutes sortes d'amulettes avant de le déshabiller entièrement. Deux personnes portent ses vêtements sur le bûcher situé de l'autre côté de la salle.

> « *On trace sur son corps nu des croix avec du sang. Dans cet état de souffrance et d'humiliation, il voit s'approcher de lui à grands pas cinq fantômes armés d'un glaive, couverts de draps dégouttant de sang. Leur visage est voilé : ils étendent un tapis sur le plancher, s'y agenouillent, prient Dieu, et demeurent les mains étendues en croix sur la poitrine, et la face contre terre, dans un profond silence. Une heure se passe dans cette pénible attitude. Après cette fatigante épreuve, des accents plaintifs se font entendre ; le bûcher s'allume ; mais ne jette qu'une lueur pâle ; les vêtements y sont consumés.*

1. *Vie de Joseph Balsamo, connu sous le nom de comte Cagliostro, extraite de la procédure instruite contre lui à Rome, en 1790*; traduction d'après l'original italien, imprimé à la chambre apostolique ; enrichie de notes curieuses et ornée de son portrait, France, Onfroy, 1791, p. 9-15.

Une figure colossale et presque transparente sort du sein du même bûcher. À son aspect, les cinq hommes prosternés entrent dans des convulsions insupportables à voir : images trop fidelles de ces luttes écumantes, où un mortel aux prises avec un mal subit, finit par en être terrassé[1]*.* »

Alors une voix s'élève, qui demande au candidat de renier père et mère, d'oublier famille et amis, de laisser derrière lui le lieu qu'il l'a vu naître, de jurer allégeance au nouveau maître, et de fuir les « *terres maudites* ». Mais surtout, on lui demande d'honorer l'Acqua Tofana, ce venin mortel composé d'arsenic, réputé comme le plus dangereux et le plus efficace des poisons, afin de purger la Terre de ceux qui voudraient les soustraire à la Vérité.

« *Quand le patient a prononcé ces paroles, on place exactement devant lui un candélabre garni de sept cierges noirs ; à ses pieds est un vase plein de sang humain, où on lave son corps. Il en boit la moitié d'un verre, et il articule le fatal serment. Une sueur froide découle de ses joues livides ; à peine il se soutient sur ses jambes défaillantes. Les frères se prosternent, et lui tremblant, déchiré de remords, jeté dans une espèce de délire, attend sa destinée… Aussitôt que la cérémonie est finie, le récipiendaire est jeté dans un bain, au sortir duquel on lui sert un repas composé de racines*[2]*.* »

L'initiation est enfin achevée. Le candidat fait maintenant officiellement partie des illuminés. Il vient d'accomplir le rite initiatique appelé le cléricat templier. C'est un grand honneur que d'être reçu dans cet Ordre fermé. Mais quelle est donc cette société qui procède à des rituels aussi macabres ? Il s'agit de la congrégation créée par le maître suprême de Cagliostro. Il s'appelle Johann August von Starck et aurait reçu le « Secret des Secrets ». Au milieu du XVIIIe siècle, il tente de redonner vie à l'Ordre des Templiers. L'idée est loin de faire l'unanimité. Des rumeurs courent bientôt sur les étranges rites qui y seraient pratiqués. On reproche à cette société secrète de Bavière d'être derrière de nombreux soi-disant complots. L'un des plus célèbres aurait même mené à la Révolution française !

Le rituel décrit ci-dessus, très codifié et particulièrement macabre, est rapporté par une source de l'époque. C'est un siècle où l'illuminisme, le mysticisme et l'occultisme sont en pleine expansion, tous profondément empreints de la philosophie des Lumières. Les deux hommes qui auraient prétendument vécu cette initiation rapportent ces scandaleuses pratiques ésotériques dans un document à charge contre Cagliostro. En effet, ils sont extraits de la procédure qui sera instruite contre lui lors de son procès à Rome des années plus tard. Ainsi, vous l'aurez peut-être compris, le récit de cette initiation maçonnique est extrêmement exagéré et présente des éléments calomnieux. C'est une caricature du rituel macabre, qui aurait d'abord été exécuté par le maître Johannes Stark et que Cagliostro aurait lui-même perpétré par la suite.

1. *Vie de Joseph Balsamo, connu sous le nom de comte Cagliostro…, op. cit.*, p. 9-15.
2. *Ibid.*

Sauf que, comme dans toute l'histoire du personnage, apologies et diatribes se sont confondues. Ces témoignages partiaux n'en disent pas forcément si long sur ce que fut réellement Alexandre Cagliostro.

Pierre Mariel, dans son ouvrage consacré au mystérieux personnage, rapporte une tout autre version des faits. Il est lui-même franc-maçon, adepte d'un courant proche de la doctrine qu'a conduite Cagliostro. Il connaît donc très bien les rites initiatiques pratiqués dans ces cercles et s'est lui-même renseigné auprès de grandes figures de la maçonnerie, tels le fils du mage Papus, le docteur Philippe Encausse. Selon lui, il s'agirait ici d'une initiation effectivement liée à l'Ordre du Temple. Voici comment Mariel raconte ce rituel :

> *« L'initiation avait lieu dans un templum tendu de rouge, devant un autel blanc, orné aux quatre angles d'un carré noir, timbré de la croix rouge templière. Au centre de l'autel, une lampe à huile allumée et un "phallus" stylisé. La cérémonie était conduite par l'initiator et le conductor noviciorum, tous deux revêtus d'une soutane violette et d'un surplis blanc à croix rouge.*
>
> *De chaque côté de l'autel étaient alignés, debout, immobiles, des novices en aube blanche, portant une torche noire dans la main gauche. Sur un signal, quatre de ces novices allumaient leur torche, se dirigeaient vers le parvis du temple, où ils accueillaient le récipiendaire qu'ils conduisaient solennellement devant l'autel ; celui-ci portait des ornements maçonniques, dont on le dépouillait.*
>
> *L'initiateur interrogeait le futur novice auquel le conducteur des novices dictait les réponses. (...) Le néophyte ayant répondu, prêtait ensuite un serment solennel sur les Évangiles et sur des objets sacrés exposés sur l'autel. On le dépouillait de ses vêtements de dessus, on le déchaussait, on lui enlevait tous les métaux qu'il aurait pu encore porter. Après quoi, les quatre novices le conduisaient dans un souterrain obscur, faiblement éclairé par une lampe à huile ; il y apercevait des squelettes grimaçants. La tête couverte d'un voile noir, il méditait.*
>
> *Au bout d'une heure environ, on venait le chercher, on le rhabillait et on le réintroduisait dans le templum. Tenant une torche de cire blanche allumée, il psalmodiait le Credo. (...)*
>
> *Enfin, on vêtait ce nouveau «clerc» d'une robe violette, ceinte d'une cordelière blanche. Les assistants lui donnaient le baiser de la paix, et la cérémonie s'achevait. (...) On retrouva l'essentiel de ce rituel dans les cérémonies présidées par Cagliostro, non seulement à Strasbourg, mais dans les diverses villes où il séjourna[1]. »*

1. Pierre Mariel, *op. cit.*, p. 43-44.

Voici deux versions d'une même histoire, radicalement différentes, mais particulièrement représentatives de la légende que l'on prête à Alexandre Cagliostro. Perçu par certains comme un puissant mage et par d'autres comme un vil charlatan, autant dire que l'homme divise autant qu'il ne laisse pas indifférent. Mais qui était-il vraiment et pourquoi l'a-t-on accusé d'avoir fondé l'un des rites occultes les plus sanglants de son siècle ?

D'après Alexandre Cagliostro lui-même, il serait un immortel né au milieu de la mer Rouge, ayant tiré ses enseignements des plus grands prêtres de l'Égypte antique et capable de ressusciter les morts. À Francfort, il aurait découvert un parchemin vieux de 470 ans sur lequel son propre nom était inscrit en lettres de sang. De cette manière, l'Ordre des Templiers aurait assigné au futur Cagliostro sa vengeance : la mission de détruire la monarchie[1]. Bien évidemment, tout ceci n'est que légende.

Pour ceux qui le détestent, l'histoire est tout autre. Son vrai nom serait celui de Joseph Balsamo, un escroc de bas étage né à Palerme en 1743. Dès son plus jeune âge, il n'est que fourberies et petits larcins. On l'accuse de voler régulièrement et même d'avoir déjà tué. Ses crimes sont si nombreux que la menace de se faire arrêter, voire de subir la vengeance mortelle d'une de ses victimes, l'aurait poussé à fuir l'Italie. De là, il aurait écumé l'Europe, de l'Espagne à l'Angleterre en passant par la Prusse et, bien sûr, la France. Balsamo aurait été un bandit misérable, proxénète qui, avec sa femme Lorenza Feliciani, aurait fomenté un nombre impressionnant d'arnaques en tout genre. Pourtant, selon plusieurs historiens, rien ne prouve de manière formelle que le comte Alexandre Cagliostro et Joseph Balsamo soit une seule et même personne[2]. Les deux portraits semblent si éloignés l'un de l'autre qu'ils en paraissent quasiment irréconciliables. Cette thèse reste toutefois aujourd'hui la plus communément admise.

Pierre Mariel livre lui aussi une théorie intéressante. Il pense également que Balsamo et le comte ne sont qu'une seule et même personne. Le nom même de Cagliostro serait un hiéronyme, c'est-à-dire un nom spirituel, qui signifierait « *compagnon du vent astral, une expression qu'on trouve fréquemment dans des traités hermétiques*[3] ». Pierre Mariel retrace dans son récit l'itinéraire du personnage en France.

Lui et sa femme sont arrivés à Strasbourg le 19 septembre 1780. Lui adopte le pseudonyme de Cagliostro ; sa femme Lorenza Feliciani se fait quant à elle appeler Seraphina. Elle est d'une grande beauté. Quant à lui, son portrait est moins reluisant. D'environ 1,60 m, l'homme est décrit comme ayant des « *épaules carrées, à la poitrine large et bombée*[4] ». « *On entend sa voix*

1. Franck Ferrand, *L'Ombre de Cagliostro*, émission radiophonique diffusée le 20 avril 2012, Europe 1.
2. Ce serait Goethe, ayant pris en grippe Cagliostro qui, à l'occasion d'une enquête lors d'un voyage en Italie, aurait acquis l'intime conviction que Cagliostro et Balsamo ne feraient qu'un. Denis Labouré, dans *Cagliostro – les arcanes du Rite Égyptien*, rapporte quant à lui que le pseudonyme viendrait du nom de sa marraine, comtesse de Cagliostro.
3. Pierre Mariel, *op. cit.*, p. 35.
4. *Ibid.*, p. 32.

cuivrée qui ne parle ni le français, ni l'italien, ni l'espagnol, ni l'arabe. Sa langue est un jargon bien à lui qui mêle tous les jargons méditerranéens. On le comprend à peu près parce qu'il s'exprime aussi par ses yeux, son front, et tout son visage. Avec ses mains, ses bras et tout son corps[1]. » Rappelons que Balsamo est supposé être originaire de Palerme en Sicile, ce qui pourrait expliquer ces problèmes de compréhension. D'autres hypothèses affirment qu'il pourrait être un Français ou un Italien d'origine juive, sans que nous ayons pu trouver une quelconque source l'attestant. Tout ce que l'on sait, c'est qu'on le comprenait mal.

Mais de lui semble se dégager une aura quasi magique qui charme dès le premier abord. Bien vite, à Strasbourg, il est reçu dans de prestigieuses loges maçonniques dans lesquelles il impressionne par son éloquence et son érudition. Il ne faut pas beaucoup de temps pour que toute la ville se mette à parler du couple et prêter à Cagliostro des pouvoirs extraordinaires. Il est avant tout connu dans Strasbourg pour ses talents de soigneur. C'est d'ailleurs grâce à cette réputation qu'il rencontre le cardinal de Rohan, le grand aumônier de France. Ce dernier souffre d'asthme et Cagliostro, précédé de sa réputation de guérisseur miraculeux, l'aurait soigné. Immédiatement, les deux hommes s'entendent à merveille et l'on raconte que Cagliostro aurait initié le cardinal aux sciences occultes, et plus particulièrement à l'alchimie. La réputation du couple Cagliostro est telle que, bientôt, des voyageurs du monde entier viennent les consulter à Strasbourg. D'autant plus qu'ils soignent gratuitement. D'autres, à la même époque, en flirtant sur la mode du magnétisme, ne font pas preuve d'autant de scrupules. À Strasbourg, tout le monde connaît et adore le comte et la comtesse de Cagliostro. Tout le monde, sauf les médecins de la ville, ruinés par leur entreprise aux accents philanthropiques. Bien vite, les nouveaux ennemis s'en prennent à Cagliostro. Dans Strasbourg est placardé un libelle le traitant de charlatan. La situation s'envenime jusqu'à ce que le couple finisse par quitter l'Alsace en août 1783.

Après quelques pérégrinations en Europe, les époux Cagliostro s'établissent finalement à Lyon le 20 octobre 1784. Lyon est à l'époque la « *capitale de l'illuminisme et de la maçonnerie occultiste et templière*[2] ». Cette fois, il tente de se faire appeler le « comte de Phoenix », peut-être dans l'espoir naïf de faire oublier ses déboires alsaciens. Malheureusement pour lui, sa tentative est vaine et son identité rapidement démasquée. Pour autant, son image de grand mystique est déjà bien connue. Il est tout de suite pris en grippe par Jean-Baptiste Willermoz, un riche et très respecté commerçant adepte de la franc-maçonnerie. Pourtant, les deux hommes auraient pu s'entendre, eux qui appartiennent à des obédiences très similaires. En effet, Willermoz est membre de la Stricte Observance Templière qui accomplit elle aussi le rituel du cléricat templier. Mais Willermoz ne voit pas d'un bon œil le nouveau rite que le mage tente de mettre en place. Car à Lyon, l'objectif principal de Cagliostro est de poursuivre l'entreprise entamée à Strasbourg. Il veut imposer un rite franc-maçon égyptien, en France d'abord, en Europe ensuite. Un rite dont il serait le maître absolu, le « Grand-Cophte » au sein de la Loge nommée « La Sagesse Triomphante ». À Lyon, cette loge est installée au n° 33 chemin neuf, dans une

1. *Ibid.*, p. 34.
2. *Ibid.*, p. 63.

maison qui existe toujours aujourd'hui « *dans la montée entre la place Saint-Jean et Saint-Irénée*[1] ». Avant toute chose, il nous semble important de préciser certaines bases au sujet de la franc-maçonnerie, si souvent source de fantasmes. Celle-ci, officiellement fondée au début du XVIIIe siècle en Angleterre, repose sur un récit mythique millénaire hérité des constructeurs de cathédrales. Les outils des bâtisseurs sont symboliquement liés à l'idée du « grand architecte divin », dans la continuité d'une certaine tradition chrétienne. Mais les courants maçonniques sont aussi nombreux que contradictoires : certains sont empreints du mysticisme chrétien, comme le rite de Cagliostro, quand d'autres s'affranchissent de la religion pour s'aventurer vers un idéal laïque hérité du siècle des Lumières. D'autres encore empruntent à différentes cultures et civilisations, tels les rites orientaux. Ce sont, dans tous les cas, des cercles d'initiés qui ont eu un rôle important dans la politique et la philosophie, quoique l'on ait parfois tendance à romantiser et surestimer leur influence. Loin d'être un seul et même mouvement tourné vers une unique idéologie, la franc-maçonnerie est divisée en de nombreuses branches, parfois opposées. Le courant égyptien que Cagliostro tente de mettre en place à son époque est d'ailleurs resté relativement anecdotique au sein de l'organisation.

Qu'est-ce donc que ce rite égyptien ? À l'époque, rappelons que Champollion n'a pas encore n'a pas encore décrypté la pierre de Rosette, si bien que les hiéroglyphes donnent lieu à de nombreuses interprétations presque toujours erronées. Cagliostro, ayant effectué un voyage au Caire durant sa cavale, peu de temps après avoir quitté l'Italie, s'en est trouvé bouleversé par ce mysticisme obscur et surtout fantasmé. « *En 1731 Jean Terrasson publia un roman pseudo-historique, Sethos, où il écrit, avec les détails les plus circonstanciés, des cérémonies initiatiques se déroulant à l'intérieur de la Grande Pyramide. (...) C'est dans cette ambiance romanesque et initiatique que Cagliostro développa son propre rite maçonnique qu'il nomma la maçonnerie égyptienne*[2] ». Il se met alors en tête de fonder un rite maçonnique en Europe, inspiré des enseignements qu'il pense avoir reçus en Égypte. C'est ainsi qu'on lui attribue la paternité du rite égyptien de la franc-maçonnerie, quand bien même il n'était pas le seul à cette époque à avoir ce dessein dans les loges maçonniques[3]. Cette nouvelle branche rencontre un tel succès que c'est par ce biais que Cagliostro met la maçonnerie à la mode dans toutes les capitales de l'Europe, et tout particulièrement en France. Pour se reconnaître entre eux, les adeptes de cette loge ont un code secret : à la question « Qui êtes-vous? », il faut répondre « Je suis ».

Le rite égyptien est une loge qui mélange enseignements maçonniques et alchimiques. Elle vise par la régénération physique et morale à atteindre la perfection. Il s'agit donc de tenter de devenir immortel et de s'extirper du péché originel qui pèse sur tous les hommes[4]. Pour la

1. Denis Labouré, *Cagliostro : les arcanes du Rite égyptien*, France, Éd. Spiritualité occidentale, 2011.
2. Pierre Mariel, *op. cit.*, p. 62-63.
3. Dans l'état actuel de nos connaissances, les rites égyptiens dits de Memphis et de Misraïm ont officiellement été fondés dans la première partie du XIXe siècle, bien qu'il ne soit pas exclu qu'ils aient coexisté avec le rite de Cagliostro. Savoir s'ils s'en sont inspirés est une question épineuse, encore aujourd'hui.
4. *Vie de Joseph Balsamo*, *op. cit.*, p. 96.

régénération morale, le rituel consiste à s'enfermer pendant quarante jours dans un pavillon qui sera appelé « Sion », construit sur une très haute montagne appelée « Sinaï ». Les jours sont rythmés très précisément entre études maçonniques et prières. Au bout du trente-troisième jour, les initiés peuvent « *communiquer visiblement avec les sept anges primitifs*[1] ». Ils doivent ensuite graver des sceaux et des chiffres sur du papier fait, au choix, de la « *peau d'agneau purifiée dans une étoffe de soie* » ou dans « *l'arrière-faix d'un enfant mâle né d'une juive, également purifiée* », l'arrière-faix désignant « *ce qui reste dans l'utérus après l'expulsion du fœtus, c'est-à-dire le placenta et les membranes*[2] ». Après ces travaux, au quarantième jour, l'initié sera devenu maître.

> « *Ainsi muni et devenu maître et chef de l'art sans le secours d'aucun mortel, son esprit sera rempli du feu divin et son corps deviendra aussi pur que celui de l'enfant le plus innocent ; sa pénétration n'aura pas de borne, son pouvoir sera immense ; il n'aspirera plus qu'à un repos parfait afin d'arriver à l'immortalité et il pourra dire de lui : ergo sum qui sum (je suis celui qui est)*[3]. »

Après cela, l'initié peut prétendre à la régénération physique, et de ce fait « *arriver à la spiritualité de 5 557 ans, ou prolonger sa vie saine et tranquille jusqu'à ce qu'il plaise à dieu de le retirer près de lui*[4] ». Pour parvenir à cette prouesse, le rite égyptien préconise de se retirer tous les cinquante ans à la campagne, dans la pleine lune de mai, avec un ami. Là, enfermé dans une chambre, il suit pendant quarante jours un régime drastique à base de soupe et de plantes « *et n'ayant pour boisson que de l'eau distillée ou tombée en pluie dans le mois de mai*[5] ». Après une suite de saignées et de prises d'une substance blanche inconnue, il faut au trente-troisième jour se mettre au lit jusqu'à la fin de la retraite. C'est là que l'initié avalera le grain de la matière première. « *Ce grain est le même que Dieu créa pour rendre l'homme immortel, et dont l'homme a perdu la connoissance par le péché ; il ne peut l'acquérir de nouveau que par une grande faveur de l'éternel, et par les travaux maçonniques*[6]. »

Notons que l'ingestion de ce « grain » semble avoir un effet particulièrement violent chez celui qui suit ce rituel. D'abord, il perd la parole pendant trois heures, est pris de convulsions et éprouve une « évacuation considérable ». On lui donne ensuite à manger et on le change de lit. Après quoi, s'il se porte mieux, « *on lui donne, le jour suivant, le second grain de matière première dans une tasse de consommé* ». Le pauvre initié souffre alors d'une forte fièvre, il délire, sa peau, ses cheveux et ses dents tombent. Enfin, après quelques jours, le troisième grain ingéré le fera tomber dans un « *profond et doux sommeil* ». Cette description, peut-être plus allégorique qu'il n'y paraît, nous fait tout de même penser aux effets de l'Acqua Tofana, le poison extrêmement

1. *Ibid.*, p. 110. Les anges sont Anaël, Michaël, Raphaël, Gabriel, Uriel, Zobachiel et Anachiel, ils représentent les sept astres, respectivement le Soleil, la Lune, Mars, Mercure, Jupiter, Vénus et Saturne.
2. Larousse, 2021.
3. *Vie de Joseph Balsamo*, *op. cit.*, p. 111.
4. *Ibid.*
5. *Ibid.*, p. 112.
6. *Ibid.*, p. 113.

dangereux dont il était question dans le premier rituel décrit. Les effets de celui-ci sont progressifs, mais parviennent avec quelques gouttes à mettre l'empoisonné dans des états similaires. On sait que ce poison venu de Palerme est très lié au milieu de la franc-maçonnerie, en atteste un ouvrage de 1888 nommé *L'Acqua Tofana : recherches sur ce poison maçonnique*[1]. Quoi qu'il en soit, selon le rituel, l'initié se réveille enfin totalement régénéré. Ses cheveux, ses dents et sa peau ont repoussé, de sorte qu'il est maintenant parfaitement rajeuni.

Il convient à présent de rappeler que la source décrivant ces rituels est constituée à charge contre Cagliostro, et que la démonstration appuie l'argumentaire de l'instruction. Il est donc fort probable que ces allégations soient au mieux fortement exagérées, au pire inventées de toutes pièces. Si l'on se tourne vers des sources plus neutres quant aux rituels de la franc-maçonnerie égyptienne, le portrait qui est dressé est assez différent. D'abord, beaucoup s'accordent pour dire que le rite de la régénération physique est un subterfuge permettant à Cagliostro de vendre à de crédules fidèles ses élixirs de jouvence.

Pour d'autres, ce rite égyptien doit être abordé avec un peu plus de recul. Celui-ci se déroule bel et bien comme il a été énoncé plus haut, mais certains aspects sont plus philosophiques et symboliques qu'ils ne le laissent entendre. Denis Labouré, dans *Cagliostro – les arcanes du Rite Égyptien*, décrit de manière précise toute cette initiation. Selon lui, le dessein de l'initié est quelque peu différent de ce que l'on peut comprendre par l'idée de « devenir immortel » :

> *« Il ne cherche pas à devenir immortel dans son corps. Il cherche à parvenir au terme de l'existence décidé par Dieu, à disposer du temps nécessaire pour que le projet de Dieu s'accomplisse. Cagliostro n'a pas inventé ces procédures. Toutes sont issues de la tradition hermétique occidentale. Jusque-là réservées à de petits cénacles aristocratiques ou monastiques, il les a rendues accessibles en les transmettant sous la forme d'un rite maçonnique. »*

Ainsi, le rite égyptien vise en quelque sorte à maintenir une enveloppe charnelle suffisamment longtemps pour que, par l'enseignement du secret maçonnique, l'initié puisse s'attirer les faveurs de Dieu. Le rituel est alors à la fois symbolique et pratique dans la mesure où il est censé, selon la médecine de Cagliostro, permettre de vivre une vie suffisamment longue pour parvenir à ce but. La place fondamentale de cette dimension médico-alchimique dans le rite égyptien permet de voir ces rituels à première vue loufoques et macabres sous un nouveau jour. Il conviendra aux lecteurs de se faire leur propre opinion à ce sujet. Denis Labouré conclut son exposé par ceci :

« Tel est le secret du Rite Égyptien : le maître accompli peut dire de lui-même : Ego sum qui sum. Le maître accompli peut dire de lui-même : Ego eimi, "Moi, je suis". »

1. Marquis de Nettancourt, *L'Acqua Tofana : recherches sur ce poison maçonnique*. France, Letouzey et Ané, 1888.

Cette maxime « *Ego sum qui sum* » (lit. « Je suis qui je suis »), explique le signe de reconnaissance entre les adeptes de la Loge que nous évoquions plus haut. Voici comment Labouré l'explique :

> « *Il est bien de connaître quelque chose de vrai à propos de Dieu. Il est mieux de connaître quelque chose de vrai du point de vue de Dieu. Tout sens d'un moi personnel étant écarté, je peux parler comme Dieu parle. Bien que je sois homme, je suis Dieu en train de se refléter et je parle en tant que tel. Je ne suis pas Dieu (la Cause), je suis l'effet, l'image de Dieu.* »

Ainsi, par l'initiation, par le rituel égyptien, le but de l'initié est de parvenir à cette illumination. De pouvoir dire « Je suis ».

Par ailleurs, on note que Cagliostro ne reste que quelques mois à Lyon. Le temps de fonder la Loge de la Sagesse Triomphante et voilà ce « noble voyageur » de nouveau sur les routes. Même si l'on a longtemps cru que le rite égyptien n'avait pas survécu au départ de son Grand-Cophte, cette information semblerait erronée. Cagliostro aurait passé les rênes à l'un des initiés, qui aurait fait perdurer le rite à Lyon. On a même retrouvé des traces d'un rite égyptien en Italie jusqu'en 1820. Par ailleurs, Denis Labouré rapporte qu'« *un rapport de la police autrichienne de décembre 1818 fait état – en Égypte – d'une «société secrète Égyptienne» dirigée par Bernardino Drovetti (1776-1852), ancien consul de Napoléon*[1] ». Aujourd'hui encore, il semblerait que la branche fondée par Cagliostro ne se soit pas tout à fait éteinte. Sur Internet, certains sites d'associations maçonniques nous révèlent leur affiliation avec ce rituel :

> « *L'enseignement du "XXX"*[2] *correspond à ce qui était divulgué autrefois dans les cryptes secrètes des Écoles de Mystères. Aujourd'hui, il est transmis dans des lettres confidentielles appelées "Lettres d'Orientation". (...) Votre transformation sera progressive et radicale :*
>
> *Dans la première lettre, vous apprendrez une technique pour induire en vous instantanément le calme mental. Dans la seconde lettre, nous vous révélerons deux techniques respiratoires étonnantes, qui vous permettront de décupler votre énergie. En lisant la troisième lettre, vous apprendrez une méthode pour développer votre faculté de visualisation, augmenter votre mémoire et transmettre des images à votre subconscient.* »

Et ainsi de suite jusqu'aux dernières lettres. « *Les 9e et 10e lettres expliquent comment capter l'énergie tellurique présente dans le sol afin d'augmenter la puissance de votre corps-astral (ou corps-énergie). L'enseignement de la deuxième année porte sur des thèmes occultes très élevés tels que la constitution du corps de gloire, la haute magie et l'utilisation des cristaux.* »

1. Denis Labouré, *op. cit.*
2. Nous avons fait le choix de ne pas citer l'association en question.

Un enseignement qui, aujourd'hui, a des airs de New Age et pour lequel il faut, pour y avoir accès, débourser plus de deux cents euros par an. Quant à savoir ce que le Grand-Cophte en aurait pensé, nous nous garderons de donner notre jugement. Mais revenons à la vie de Cagliostro.

Après son passage par Strasbourg et Lyon, il est finalement appelé à Paris par son ami le cardinal de Rohan. C'est donc de cette manière que le couple fait ses premiers pas dans le grand monde. Depuis un moment déjà, un tour d'illusionniste exécuté par Cagliostro impressionne les élites. Arrivé à Paris, il ne se prive pas de se donner en spectacle. Le tour en question est initialement celui de la carafe, qui deviendra ensuite une boule de cristal. Dans les deux cas, le principe reste le même. Devant l'assemblée, Cagliostro choisit parmi plusieurs très jeunes enfants, des « colombes », à savoir de jeunes médiums de six ou sept ans capables de lire, à leur insu, l'avenir. Derrière un paravent, il leur fait boire un « élixir » dont on ne connaît pas la composition, avant de leur demander de regarder attentivement la carafe remplie d'eau « magnétisée » pour répondre aux questions de l'assemblée. Maintes et maintes fois, ce tour a fait sensation, les enfants décrivant, selon les témoignages, des faits qui se sont avérés exacts, et répondant à des questions de la manière la plus juste, quand bien même ils n'auraient eu aucun moyen d'en connaître les réponses[1]. Bien entendu, ces tours d'illusionnistes nécessitent des complices. C'est ainsi qu'arrivé à Paris, le couple Cagliostro fait la connaissance, par l'intermédiaire du cardinal de Rohan, de la comtesse de la Motte, une aristocrate de bonne famille. Cette dernière propose sa nièce en tant que colombe pour le tour de passe-passe de Cagliostro. Malheureusement pour les époux, c'est par cette connaissance qu'ils se retrouveront quelque temps plus tard accusés d'avoir fomenté l'affaire du collier de la reine, cette escroquerie qui secouera la Royauté à l'aube de la Révolution française. Emportés par le scandale, ils seront tous les deux emprisonnés à la Bastille pendant plusieurs mois avant d'être finalement innocentés.

Cependant, cet événement va forcer Cagliostro à faire un discours particulièrement intéressant devant le Parlement de Paris. Ce discours représente aujourd'hui probablement le document historique le plus célèbre au sujet de Cagliostro. Les plus attentifs remarqueront de troublantes similitudes avec le serment du rite clérical templier. Voici la plaidoirie de Cagliostro :

> *« Je ne suis d'aucune époque ni d'aucun lieu ; en dehors du temps et de l'espace, mon être spirituel vit son éternelle existence et, si je plonge dans ma pensée en remontant le cours des âges, si j'étends mon esprit vers un mode d'existence éloigné de celui que vous percevez je deviens celui que je désire. Participant consciemment à l'Être absolu, je règle mon action selon le milieu qui m'entoure. Mon nom est celui de ma fonction et je le choisis, ainsi que ma fonction, parce que je suis libre ; mon pays est celui où je fixe momentanément mes pas. Datez-vous d'hier, si vous le voulez, en vous rehaussant*

1. Denis Labouré précise : *« Cette technique est vraisemblablement inspirée de l'ancienne Égypte où l'on utilisait de jeunes médiums et un vase. Cagliostro utilisait l'eau magnétisée dans une carafe en cristal. Nous retrouvons ces pratiques dans l'Ancien Testament et chez les Coptes. »*

d'années vécues par des ancêtres qui vous furent étrangers ; ou de demain, par l'orgueil illusoire d'une grandeur qui ne sera peut-être jamais la vôtre ; moi je suis Celui qui Est.

(...) Je ne suis pas né de la chair, ni de la volonté de l'homme : je suis né de l'esprit. Mon nom, celui qui est à moi et de moi, celui que j'ai choisi pour paraître au milieu de vous, voilà celui que je réclame. Celui dont on m'appela à ma naissance, celui qu'on m'a donné dans ma jeunesse, ceux sous lesquels, en d'autres temps et lieux, je fus connu, je les ai laissés, comme j'aurais laissé des vêtements démodés et désormais inutiles.

Me voici : je suis noble et voyageur ; je parle, et votre âme frémit en reconnaissant d'anciennes paroles ; une voix, qui est en vous, et qui s'était tue depuis bien longtemps, réponds à l'appel de la mienne ; j'agis, et la paix revient en vos cœurs, la santé dans vos corps, l'espoir et le courage dans vos âmes. Tous les hommes sont mes frères ; tous les pays me sont chers ; je les parcours pour que, partout, l'Esprit puisse descendre et trouver un chemin vers vous. Je ne demande aux rois, dont je respecte la puissance, que l'hospitalité sur leurs terres et, lorsqu'elle m'est accordée, je passe, faisant autour de moi le plus de bien possible ; mais je ne fais que passer.

Suis-je un noble voyageur ?

Comme le vent du Sud, comme l'éclatante lumière du Midi qui caractérise la pleine connaissance des choses et la communion active avec Dieu, je viens vers le Nord, vers la brume et le froid, abandonnant partout à mon passage quelques parcelles de moi-même, me dépensant, me diminuant à chaque station, mais vous laissant un peu de clarté, un peu de chaleur, un peu de force, jusqu'à ce que je sois enfin arrêté et fixé définitivement au terme de ma carrière, à l'heure où la rose fleurira sur la croix. Je suis Cagliostro[1]. »

Pour autant, aussi éloquent et fascinant que soit Cagliostro, il ne parviendra pas à s'innocenter lors de son deuxième procès. Tout se passe très vite : après son acquittement, une lettre informe le couple Cagliostro qu'il est tout de même exilé du royaume de France. Tous deux doivent quitter Paris dans les trois jours, et la France sous trois semaines. Ils se réfugient en Angleterre et, après quelques errances, retournent en Italie. Or, personne en Europe n'ignore que le grand Alexandre Cagliostro est franc-maçon. Une condition qu'il ne fait pas bon porter en étendard au pays du pape.

« Dans les états pontifs romain, il existe une loi qui prononce la peine de mort contre les francs-maçons. Elle a été portée, non sur des preuves que cette société fût criminelle, mais sur ce qu'elle tient secrets ses statuts, son objet, son régime, c'est-à-dire qu'on a prononcé contre elle la peine réservée aux plus grands crimes, parce qu'on ignore si elle

1. Pierre Mariel, *op. cit.*, p. 105-107.

est innocente ou criminelle. C'est sur le prononcé de cette inique loi que Cagliostro a été condamné : il a été prouvé qu'il étoit franc-maçon, donc il étoit digne de mort, et la clémence du pontif s'est signalée, en commuant la peine capitale contre celle d'une prison perpétuelle[1]. »

Cagliostro est emprisonné à la Forteresse de San Leo le 21 avril 1791. Il y vit pendant quatre ans, quatre mois et cinq jours[2]. Il s'éteint d'une crise d'apoplexie le 26 ou le 28 août 1795. Pour quelques historiens cependant, cette mort n'a rien de naturelle : le dérangeant comte aurait été étouffé par l'un de ses gardes. Mais comme pour beaucoup de choses de la vie de Cagliostro, il est bien difficile de savoir si cette information appartient davantage à la légende ou à la réalité. Ce que l'on sait, c'est que le macabre accompagne Cagliostro au-delà de sa mort. En effet, une anecdote lugubre est rapportée par Henri d'Alméras dans *La Franc-Maçonnerie et l'occultisme au XVIII*e *siècle, d'après des documents inédits*[3]. Il y explique que lorsque la forteresse est prise par les troupes du Premier Consul en 1797, des officiers maçons déterrent le corps de Cagliostro, exécutent des rites maçonniques et récupèrent son crâne pour y boire pendant des cérémonies. Aujourd'hui, la sépulture de Cagliostro a définitivement disparu.

Il y aurait encore beaucoup de choses à dire au sujet de cet étonnant personnage. Pour certains, l'homme a été le plus grand charlatan de son siècle. On dit à qui veut l'entendre : « *Il est fâcheux que l'imposteur ait subi, par des formes injustes, une peine qu'en effet il avoit si bien méritée*[4] ». Pour d'autres, c'était un sage éclairé, bienfaiteur, généreux et magicien qui sillonna l'Europe pour délivrer ses enseignements et propager sa parole. Du démiurge ou de l'escroc, de Balsamo ou d'Alexandre, chacun se fera son idée et le mystère restera entier.

Cagliostro dérangeait, en France comme en Italie. Porté aux nues, il devient le symbole d'une maçonnerie républicaine qui effraie les élites, quand bien même son propre rite n'a jamais constitué une menace pour elles. Il n'en est pas moins diabolisé. Sa légende précipite sa perte, qu'elle ait été vraie ou non. Cagliostro devient pour l'Histoire le maçon-alchimiste au rite occulte et aux pratiques macabres. Un portrait aux mille visages, utilisé et distordu pour servir différents discours. Au final, seul Cagliostro peut dire « Je suis ».

« Cagliostro fut un de ces hommes. Au milieu des prêtres désabusés, de savants doutant de tout, de malheureux manquant de tout, il réveilla l'espoir et la vie par l'autorité de sa parole et la puissance de ses actes. Ce qu'il fut est difficile à dire, ce qu'il n'était pas est évident, et ses contemporains le savaient bien. »

1. *Vie de Joseph Balsamo*, *op. cit.*, p. 5.
2. Albert Gagnière et Joanny Bricaud, *Cagliostro et la Franc-Maçonnerie*, éd. 1886-1910, p. 47.
3. Henri D'Alméras, *Cagliostro (Joseph Balsamo). La Franc-Maçonnerie et l'occultisme au XVIII*e *siècle, d'après des documents inédits*, Paris, Société française d'imprimerie et de librairie, 1904, In-18.
4. *Vie de Joseph Balsamo*, *op. cit.*, p. 5.

LES RITUELS DES CIMETIÈRES PARISIENS

Ile-de-France
Paris

« Loin des sépultures célèbres,
Vers un cimetière isolé,
Mon cœur, comme un tambour voilé,
Va battant des marches funèbres. »
Charles Baudelaire

Le cimetière du Père-Lachaise, à Paris, est mondialement connu pour ses tombes de personnalités[1], mais c'est également le plus grand cimetière de France. Les concessions funéraires sont de plus de 69 000, réparties sur 44 hectares. Parcourir ce vaste cimetière en s'attardant sur chaque détail prendrait un temps considérable. De par sa taille et le nombre d'esprits qu'il abrite, le Père-Lachaise est un cimetière très particulier. C'est un lieu de rencontres, de déambulations, de partage d'anecdotes et même d'intrigues amoureuses. Qui aurait pu croire que notre dernière demeure puisse réunir autant de vie ? Bien entendu, chaque recoin de l'endroit, chaque parcelle, chaque tombe cache des singularités et des anecdotes. La tombe d'Allan Kardec par exemple, codificateur du spiritisme, a pour réputation d'être constamment fleurie et quotidiennement honorée. Un rituel veut que si le passant pose une main sur la nuque de son buste et fait un vœu qui se voit exaucé, alors il lui est simplement demandé en guise de remerciement de revenir déposer une gerbe de fleurs. Ce rituel est une croyance populaire encore vivace aujourd'hui, bien qu'Allan Kardec n'ait jamais mentionné ou initié une telle pratique. La tombe de la famille Kellermann serait elle aussi le théâtre de rituels un peu plus sombres. En effet, il s'agit de la 666e concession du cimetière, qui attire donc les superstitieux de ce numéro associé au diable. Le général Kellermann, serviteur du Premier Empire, est détenteur de cette concession perpétuelle. Lui et sa famille reposent à jamais sous la sépulture que beaucoup jugent arbitrairement « maudite ».

1. Eugène Delacroix, Gustave Doré, Allan Kardec, Édith Piaf, Jim Morrison et Marcel Proust sont des exemples parmi d'autres de personnalités historiques qui reposent au cimetière. En soi, chaque défunt a une histoire à raconter.

L'imposant mausolée de la comtesse Demidoff est lui aussi sujet de superstitions. Il faut avouer que nous avons été particulièrement attirés par son allure élégante et impressionnante. Celui-ci est érigé en l'honneur de l'aristocrate russe Élisabeth Alexandrovna Stroganoff. Elle vient vivre à Paris pendant six ans au début du XIXe siècle. Elle y meurt à l'âge de 40 ans, son mausolée est bâti dans la foulée. Alors qu'a-t-il de si spécial ? La légende veut que la comtesse ait laissé un testament chez un notaire parisien. Dans ses dernières volontés, elle promet de léguer la totalité de sa fortune à celui ou celle qui irait se frayer un passage jusqu'à son tombeau pour veiller le corps pendant 365 jours et 366 nuits !

> « *La princesse désirait être veillée sans interruption ; elle ne s'opposait pas à ce que l'on fit à côté d'elle plantureuse chère, à ce qu'on lût des livres amusants. Mais il ne fallait point la quitter d'une seconde. Elle mettait cette condition expresse à ses libéralités. Cette fable renouvelée de Sheherazade fut reproduite un peu partout, en France, en Europe, en Amérique. Eh bien le croiriez-vous, M. le conservateur a reçu des milliers de lettres lui demandant des renseignements sur la féerique princesse, et s'inquiétant des conditions à remplir pour devenir son héritière. Et l'on continue de lui écrire*[1]. »

En effet, si le tout tient de la légende créée autour de cette personnalité singulière, l'histoire s'est très largement diffusée. Si bien que pendant des années, des volontaires du monde entier écrivent au conservateur du Père-Lachaise pour pouvoir veiller la dépouille de la comtesse. Une brève histoire rocambolesque, racontée encore aujourd'hui puisque nous l'avons apprise au cours d'une visite guidée au Père-Lachaise en 2019. Si sa tombe fait partie, comme d'autres, des incontournables insolites du Père-Lachaise, il suffit de laisser errer son œil sur des détails pour découvrir un portrait très différent de cet endroit bien connu.

En effet, des messes noires impliquant des rituels s'y tiendraient à l'abri des regards, en plein Paris. Si ces assertions tiennent de rumeurs, des traces seraient néanmoins visibles. Par exemple, une statue de chérubin aux ailes entaillées signifierait que quelqu'un souhaite empêcher l'âme du défunt d'aller dans l'au-delà afin d'échanger sa place avec celle de quelqu'un d'autre par le biais d'un rituel occulte. Des entailles sur un crucifix symboliseraient le même type de rituel de magie noire. Ce genre de signe serait la preuve que de sombres rites prendraient place au Père-Lachaise. Pour les contrer, il y aurait également des rituels de magie blanche qui s'effectueraient dans l'ombre du cimetière pour les déjouer. Sur ces questions, les gardiens du lieu sont bien silencieux. Ont-ils déjà surpris l'un ou l'autre visiteur s'adonnant à des pratiques impies ? Une guerre de mages dans un lieu macabre… Voilà qu'on ressuscite les intrigues occultes du XIXe siècle !

Mais le rituel macabre le plus célèbre de Paris se déroulant dans un cimetière est probablement celui du vampire de Montparnasse. Nous sommes au XIXe siècle. Voilà un an que les autorités parisiennes traquent le scélérat. Dans la nuit du 15 au 16 mars 1849, le vampire escalade un

1. « Promenades et visites. Les comédies du Père-Lachaise », *Le Temps*, 2 novembre 1896.

mur du cimetière Montparnasse. En retombant, il heurte un piège. Sans s'en rendre compte, il déclenche un fil métallique qui active une machine infernale[1]. Une salve de coups de feu retentit. La créature encaisse sans broncher. Du sang se répand le long de son corps, puis coule au sol et se mêle à la boue. Malgré la détonation perçante, les rues demeurent endormies. Criblé de plomb, accablé de douleur, le vampire parvient à s'enfuir. Il disparaît dans l'obscurité. Le monstre saigne abondamment. En alerte, les autorités tentent de remonter sa piste. Sur place, ils découvrent le zinc et les couronnes de l'installation déplacées par le coup de feu. En examinant le mur, les enquêteurs récupèrent des morceaux d'étoffe rouge restés accrochés. Malheureusement, les indices ne permettent pas de localiser ou identifier le vampire.

L'enquête s'oriente toutefois vers les gardes du cimetière. L'un des leurs, un sergent, a été blessé dans la nuit du 15 au 16 mars sans que l'on sache très bien l'origine de ses blessures...

Effectivement, ce fameux soir, le vampire se rend jusqu'à l'hôpital du Val-de-Grâce qui est alors un hôpital militaire. L'armée serait-elle donc derrière cette histoire de vampire ? La réalité est bien plus triviale. Celui qu'on surnomme le vampire de Montparnasse n'est autre que le sergent de l'armée de terre François Bertrand. En arrivant à l'hôpital ce soir-là, il prétend que deux gardes mobiles, dans leur méprise, lui ont tiré dessus. Il est soigné, mais tout le monde est dubitatif. Les rumeurs commencent à se répandre : le sergent François Bertrand serait le fameux vampire que toute la ville traque depuis près d'un an. Acculé, il se confesse au chirurgien-major Marchai. Oui, le vampire que les autorités chassent, c'est bien lui. Pour le confondre, on compare son pantalon garance criblé de balles avec les morceaux d'étoffe rouge récupérés par les enquêteurs : cela correspond. Il n'y a plus de toute possible. Dès lors, son identité est révélée. L'homme devient le Sergent nécrophile.

En effet, entre l'été 1848 et mars 1849, les fossoyeurs et les gardiens sont en alerte. Les Parisiens, scandalisés, apprennent par voie de presse que quelqu'un déterre des cadavres pour les mutiler entre autres pratiques abominables. Les cibles choisies sont essentiellement des femmes, principalement au cimetière Montparnasse. Le vampire tient en échec les autorités depuis plus d'un an. Il est insaisissable. Il faudra ce piège pour que l'enquête démasque l'individu.

Une fois l'homme arrêté, l'affaire et son procès font grand bruit. Le 10 juillet 1849, à 25 ans, François est auditionné par le second conseil de guerre de Paris. Son identité se dévoile au fur et à mesure, car ses témoignages apportent beaucoup de détails.

> *« Sa physionomie était empreinte de bonhomie et de douceur, il répondit avec le plus grand sang-froid à toutes les questions, et les femmes, nombreuses dans le public,*

1. Une machine infernale désigne une arme à feu unique construite par Giuseppe Fieschi, constituée de vingt-cinq canons de fusils juxtaposés et reliés entre eux sur un châssis incliné tirant vingt-cinq projectiles de mitraille d'un coup. D'autres machines, même à un canon, sont élaborées sur ce même procédé.

admirèrent son front découvert, ses cheveux blonds, ses yeux bleu clair, ses courtes moustaches. (...) Entré au service le 28 janvier 1844, il s'était toujours bien conduit et remplissait de façon fort correcte les fonctions de secrétaire du trésorier du régiment. Il reconnut avec bonne grâce être l'auteur des violations de sépultures ayant eu lieu en février 1847 à Bléré-les-Tours, en juin de la même année au cimetière de l'Est, en juillet et août 1848 au cimetière du Sud, le 25 août au cimetière d'Ivry, en septembre et décembre, encore dans le même cimetière Montparnasse. »

L'homme n'est effectivement pas à son premier coup d'essai. Dès l'adolescence, il souhaite tuer des femmes puis se masturber sur leur dépouille. N'osant pas passer à l'acte, François commence par s'en prendre aux animaux. Puis au gré des années, assailli par ses pulsions, il cède et commence ses exactions en province. La suite de ses frasques sordides est révélée dans son procès.

« Ce n'était pas un intellectuel (...) et, s'il parla de son enfance mélancolique, de ses longues rêveries dans les bois les plus sombres, ce ne fut qu'à titre documentaire. En février 1847 seulement, la vue d'une tombe fraîchement creusée et abandonnée par les fossoyeurs surpris par la pluie lui donna des idées ; «J'eus comme un violent mal de tête, mon cœur battait avec force, je ne me possédais plus». Il retira le corps et commença de le frapper lorsqu'un passant l'obligea de se cacher, puis de fuir : «J'étais tout tremblant, une sueur froide me couvrait tout le corps. Je me retirai dans un petit bois voisin où, malgré une pluie froide qui tombait depuis quelques heures, je me couchai au milieu des arbrisseaux». II y resta plus de trois heures, dans un état d'insensibilité complète. Le surlendemain, la nuit, par une pluie battante, il creusait avec ses mains une nouvelle fosse : «Je retirai le corps, je le mis en pièces, après quoi je le jetai dans la fosse que je remplis entièrement de la même manière que je l'avais creusée...» Après des répits de quatre ou cinq mois – ou de quelques jours seulement – le sergent Bertrand revenait à sa passion et améliorait sa technique. Il ne s'attaquait qu'aux femmes ou aux fillettes. Ouvrant le ventre avec son sabre-poignard, il y plongeait les mains pour en arracher les entrailles et souvent arrivait aux régions supérieures d'où il arrachait le foie (mouvement de dégoût dans l'auditoire).

Accusé d'avoir également mâchonné les cadavres, il nia. Pour qui le prenait-on ? Enfin, arriva l'affaire du cimetière Montparnasse, les blessures du sergent et son hospitalisation. Alors, dans la salle où il se trouvait placé, Bertrand vit mourir plusieurs de ses camarades. Il entendit des râles, il fut témoin des derniers soubresauts de vie chez les mourants, et il se trouva guéri, ou, tout au moins, le crut. Ce n'était point l'opinion du médecin, ce fut celle du Conseil de guerre qui jugea Bertrand pleinement responsable et le condamna au maximum édicté par l'article 360 du Code Pénal, c'est-à-dire à un an de prison. À la lecture du jugement, "Bertrand reste d'abord impassible et le seul sentiment qui paraît l'agiter se traduit par un sourire qui vient effleurer ses lèvres"[1]. »

1. Patrice Boussel, « Un qui ne crachait pas sur les tombes », *Rolet, revue indépendante*, 27 mars 1947.

Au cours des audiences, son médecin le définit comme un monomane destructeur et érotique. Le mot nécrophile n'existe pas encore, les atteintes aux cadavres ne sont donc pas punies par la loi. Si le procès se veut sensationnel et nourri de détails horribles, au final, François Bertrand n'est condamné qu'à un an de prison pour le motif de « *violation de sépultures* ». L'homme qui pendant des années a pu éviter son arrestation en essuyant des tirs et en étant poursuivi sans jamais se faire attraper, se retrouve finalement condamné bien qu'il puisse voir la liberté à l'horizon.

François Bertrand refait sa vie une fois sa peine purgée. Son affaire du vampire de Montparnasse lui vaut d'être soupçonné pour d'autres exactions, sans toutefois être inquiété par son passé nécrophile.

Rituels symboliques, guerre magique secrète, ou encore sombres méfaits de profanateurs sont autant de cérémonies qui bouleversent le quotidien des cimetières. Dans ces lieux de repos éternel et de recueillement, nous ritualisons la vie, nous ritualisons la mort. Ces histoires extraordinaires et parfois un brin sordides ne se déroulent pas qu'à l'ombre des tombes parisiennes. Cette volonté de s'immiscer jusqu'au plus près de la mort cache-t-elle un désir profond de la comprendre, de la dompter ? Ce qui est sûr, c'est qu'avec toutes ces agitations, une part de vie se rattache toujours à la mort. Qu'on le veuille ou non, elle est en nous dès la naissance.

BIBLIOGRAPHIE

Sitarane, sorcier immortel

«Affaire coloniale : double exécution capitale à la Réunion», *Le Temps*, 29 juillet 1911.

Christian Barat, *Magie et sorcellerie à La Réunion, 1983 & Barat, C., & al., 1980, Les Cultes de Sitarane et de Saint-Expédit, Rites et Croyances, À la découverte de la Réunion*, St Denis, éd. Favory.

Jacques Brandibas, *La Mort et les morts à l'île de la Réunion et dans l'océan Indien*, 2004.

Jacques Brandibas, *Traité de psychopathologie et thérapeutique réunionnaises*, Sciences de l'Homme et Société, Université de la Réunion, 2003.

Ève Buffet, *Presse et criminalité à l'île de La Réunion de 1883 à l'affaire Sitarane* (1908-1909), mémoire de Maîtrise, Université de La Réunion, 1996.

Frigolet, *Madagascar : industriel, commercial, agricole*, n° 154, 14 mars 1928.

Carole Grosse, *La Criminalité dans la ville à La Réunion au tournant du XXe siècle*, 2011.

Henri Maurin (direction), Jacques Lentge, Daniel Vaxelaire, Jules Bénard (collectif), *Encyclopédie en 7 volumes*, Australe Éditions/Orphie, 1979-1985/2003.

Henri Négrel, *Conférence à Sciences et Arts. La Réunion*, Catherine Lavaux, éd. Cormorans, 1998.

William Cally, film documentaire, *Sitarane le valet de pique*, Tiktak Production, 2011.

Lucile Touzé, « Une soixantaine de photos retrouvées sur la tombe de Sitarane », *L'Info.re*, 13 septembre 2016.

Cagliostro, éternel insaisissable

Henri d'Alméras, *Cagliostro (Joseph Balsamo), La Franc-Maçonnerie et l'occultisme au XVIIIe siècle, d'après des documents inédits*, Paris, Société française d'imprimerie et de librairie, 1904. In-18.

Franck Ferrand, *« L'Ombre de Cagliostro »*, émission radiophonique diffusée le 20 avril 2012, Europe 1.

Albert Gagnière et Joanny Bricaud, *Cagliostro et la Franc-Maçonnerie*, éd. 1886-1910.

Marc Haven, *L'Évangile de Cagliostro*, France, Libr. hermétique, 1910.

Denis Labouré, *Cagliostro: les arcanes du rite égyptien*, France, éd. Spiritualité occidentale, 2011.

Pierre Mariel. *Cagliostro: imposteur ou martyr?*, France, Grasset, 1973.

Marquis de Nettancourt, *L'Acqua Tofana: recherches sur ce poison maçonnique*, France, Letouzey et Ané, 1888.

Jules de Saint-Félix, *Aventures de Cagliostro*, France, Hachette et Cie, 1855.

Vie de Joseph Balsamo, connu sous le nom de comte Cagliostro, extraite de la procédure instruite contre lui à Rome, en 1790 ; traduite d'après l'original italien, imprimé à la chambre apostolique ; enrichie de notes curieuses, et ornée de son portrait, France, chez Onfroy, 1791.

Les rituels des cimetières parisiens

Patrice Boussel, « Un qui ne crachait pas sur les tombes », *Rolet : revue indépendante*, 27 mars 1947.

« Promenades et visites, Les Comédies du Père-Lachaise », *Le Temps*, 2 novembre 1896.

VII
SPECTRES & REVENANTS

L'HOMME ROUGE DES TUILERIES

Île-de-France
Paris

« Toute légende est un symbole passager qui enveloppe une vérité permanente. »
Christian Pitois

Peu avant neuf heures du soir, le 23 mai 1871, Victor Bénot, un garçon boucher, fait naître l'étincelle qui embrase Paris. Il vient d'allumer l'incendie des Tuileries. En quelques instants, le bâtiment, soigneusement préparé par ses collègues communards pour que rien n'en réchappe, prend feu. Pendant trois jours et trois nuits, ce symbole de la monarchie absolue se consume petit à petit, jusqu'à ce qu'au matin du 27 mai il ne soit plus qu'une coquille vide et noircie. Les cendres du palais des Tuileries restent ainsi, misérables, jusqu'à la démolition des dernières ruines, plus d'une décennie plus tard, en 1883. S'il ne nous reste quasiment plus rien de ce bâtiment, une légende, bien tenace, a malgré tout survécu à l'incendie. Une histoire de fantôme qui a traversé les siècles, née bien avant le brasier de Paris et qui, bien qu'un peu oubliée aujourd'hui, n'est pas près de s'éteindre : la légende de l'Homme Rouge des Tuileries.

Catherine de Médicis, régente de France, commande la construction du palais des Tuileries en 1564, sur le site d'une ancienne fabrique de tuiles, ce qui donnera son nom au palais. Les travaux durent jusqu'en 1567, quand, subitement, la reine-mère décide d'abandonner la construction de ce somptueux édifice, laissant l'aile nord inachevée, après que son astrologue, un certain Côme Ruggieri, lui a fait une funeste prédiction. La légende veut que ce dernier ait annoncé à Catherine de Médicis que sa mort aurait lieu «*près de Saint-Germain*». La reine, superstitieuse, aurait alors fait stopper net la construction des Tuileries, pour lancer, à la va-vite, le réaménagement de ce qui deviendra l'Hôtel de la Reine, au cœur de Paris, où elle s'installe. De fait, les Tuileries dépendent de l'église Saint-Germain-l'Auxerrois tandis que l'Hôtel de la Reine dépend, lui, de l'église Saint-Eustache. Ainsi, elle fuit pendant plusieurs années tout ce qui évoque Saint-Germain, refusant par exemple de se rendre dans la résidence royale de Saint-Germain-en-Laye ou encore de visiter l'abbaye de Saint-Germain-des-Prés. Elle vit pendant 14 ans dans sa demeure, gardant auprès d'elle son fidèle astrologue. On raconte que l'hôtel est protégé par des forces occultes. Catherine de Médicis, particulièrement versée dans la magie, est d'autant plus convaincue de la véracité de la prédiction qu'une autre célèbre prophétie la concernant s'est déjà réalisée. En effet, Nostradamus, qu'on ne présente plus, avait prédit la mort de son époux avec une troublante exactitude. Dans la Centurie VI, quatrain 63, il écrit :

« *La Dame seule au Règne demeurée,*
L'unique éteint premier au lit d'honneur,
Sept ans sera de douleur éplorée,
Puis longue vie au Règne par grand heur[1]. »

Si la prédiction peut paraître obscure au premier abord, elle prend tout son sens une fois expliquée. « *La Dame seule au Règne demeurée* » fait référence à Catherine de Médicis, reine-mère, qui devient régente du royaume de France à la mort de son mari, l'héritier étant trop jeune pour régner. « *L'unique éteint premier au lit d'honneur* » fait référence à Henri II, son mari, « *l'unique et le seul Roi de France qui ait été tué au lit d'honneur, c'est-à-dire dans le funeste combat des Joûtes (sic) et des Tournois*[2]. » « *Sept ans sera de douleur éplorée* », fait référence au deuil de Catherine de Médicis, qui durera de 1559 à 1566. Et finalement « *Puis longue vie au Règne par grand heur* » renvoie à l'exceptionnelle longévité[3] de la régente, qui meurt à l'âge avancé de 69 ans. Ainsi, forte de la prédiction réalisée de Nostradamus, Catherine de Médicis, croyante et pratiquante occulte, a toutes les raisons de croire en la prédiction de son astrologue.

Ainsi s'installe-t-elle dans l'Hôtel de la Reine dans le but de fuir la prophétie. Aujourd'hui, le seul vestige architectural de ce bâtiment est un élément qui intrigue encore les plus curieux. La colonne Médicis, visible au 2, rue de Viarmes à Paris, dont la fonction est encore discutée de nos jours, pourrait être la preuve de la grande attention de Catherine de Médicis pour l'astrologie, puisque certaines hypothèses avancent qu'elle a servi de tour d'observation à Côme Ruggieri. En effet, cette tour, monumentale et particulièrement soignée, renferme un escalier à vis de 147 marches qui, à sa base, communique avec les appartements de la reine[4] et débouche à son sommet sur une plateforme abritée par une structure métallique couronnée d'une sphère armillaire. Il s'agirait, selon certaines hypothèses, d'un lieu d'observation du ciel et d'incantations pour le fameux astrologue. Cependant, on sait que la tour est ornée « *de cannelures de couronnes, de fleurs de lis, de cornes d'abondance, de chiffres, de miroirs cassés et de lacs d'amour déchirés*[5] », symboles de la douleur de la reine après la perte de son époux le roi Henri II et de son fils François II. Si bien que d'autres hypothèses voient en la présence de la sphère armillaire un

1. Balthasar Guynaud, *La Concordance des Prophéties de Nostradamus avec l'histoire, depuis Henri II jusqu'à Louis le Grand*, 1712, p. 92.
2. *Ibid.*
3. Caroline Zum Kolk et Jacqueline Vons, *Maladie, mort et funérailles de Catherine de Médicis ou : histoire curieuse d'une reine qui fut enterrée cinq fois (1588-1817)*, Presses universitaires de Vincennes, 2017, p. 2.
4. Jacques Garance et Maud Ratton, *Paris méconnu*, France, Jonglez, 2017, p. 45.
5. A. de Barthélemy, « La Colonne de Catherine de Médicis à la Halle au Blé », *Mémoires de la Société de l'histoire de Paris et de l'Ile-de-France*, 1879, p. 184.

symbole rappelant à la fois son mari et son fils, tous deux souvent représentés aux côtés de cet instrument. Quoi qu'il en soit, la colonne Médicis est un lieu particulièrement important pour la régente.

Un jour de 1589, le destin de Catherine de Médicis la rattrape. Elle se meurt dans le château de Blois et fait appeler un confesseur pour qu'il lui donne l'extrême onction. Le nom du confesseur ? Julien de Saint-Germain[1]. Ainsi, malgré toutes ses tentatives durant toutes ces années pour échapper à la prédiction, Catherine de Médicis finit bel et bien par mourir à l'ombre de Saint-Germain. Une anecdote qui fait froid dans le dos. Mais c'est un autre sujet fantastique qui va alors être à l'origine de bien des rumeurs et légendes.

L'historien contemporain de la reine Médicis, Etienne Pasquier, nous rapporte les rumeurs quant à sa mort[2] et un détail nous intéresse particulièrement. Ainsi, on raconte que, à l'agonie, Catherine de Médicis, fervente occultiste, aurait reçu la visite d'une toute autre connaissance, celle d'un Homme Rouge.

Mais d'où vient cette histoire d'Homme Rouge des Tuileries ? Revenons un tout petit peu en arrière.

> *« L'histoire remonte au XVIe siècle et à la reine Catherine de Médicis (1519-1589), célèbre pour sa cour d'empoisonneurs, de voyants et pour son intérêt pour la magie noire, dont elle pratiquait les secrets avec un certain Jean l'Écorcheur[3]. »*

Nous sommes en pleine construction des Tuileries. Jean l'Écorcheur est un voyant habile, proche de la reine-mère. On raconte qu'il habite près du palais en travaux et, selon certaines versions, qu'il y a son abattoir. Toutefois, informé des obscurs secrets et des pratiques magiques de la reine, il devient bientôt encombrant pour cette dernière qui décide de le faire assassiner. L'histoire veut que cette condamnation soit la conséquence d'une tentative de l'Écorcheur d'extorquer de l'argent à Catherine de Médicis, sans qu'il soit possible de le prouver. Quoi qu'il en soit, son destin est scellé. Alors que le tueur engagé, un dénommé Neuville, lui plante de nombreux coups de poignard dans le corps, Jean l'Écorcheur, rougi par son propre sang, aurait prononcé la phrase fatidique : « *Je reviendrai !* ». Il n'en fallait pas plus pour faire naître la malédiction de l'Homme Rouge des Tuileries.

Si l'histoire peut paraître anecdotique, elle aura pourtant un impact si important qu'elle traversera les siècles. On raconte tout d'abord que le bourreau Neuville voit le spectre rouge de sa victime à plusieurs reprises, persuadé qu'il le suit, qu'il l'épie. Paranoïaque, il rapporte à la reine

1. Abbé Oroux, *Histoire ecclésiastique de la cour de France, où l'on trouve tout ce qui concerne l'histoire de la Chapelle, & des principaux officiers ecclésiastiques de nos Rois*, tome second, France, Imprimerie Royale, 1777, p. 205.
2. Caroline Zum Kolk et Jacqueline Vons, *Maladie, mort et funérailles de Catherine de Médicis ou : histoire curieuse d'une reine qui fut enterrée cinq fois (1588-1817)*, Presses universitaires de Vincennes, 2017.
3. Jacques Garance et Maud Ratton, *op. cit.*, p. 46.

son étrange vision, mais cette dernière ne fait qu'en rire. Pourtant, les événements prennent une tout autre tournure lorsque son fidèle astrologue Côme Ruggieri vient lui raconter qu'il a vu se former devant ses yeux une sorte de brouillard rouge, duquel un homme se serait détaché. L'apparition aurait alors assuré à l'astrologue qu'il savait tous les petits secrets des Tuileries et lui aurait prédit qu'un funeste destin attendait tous ses habitants. Ainsi, c'est de l'Homme Rouge que l'astrologue aurait reçu cette prédiction destinée à la reine révélant que Catherine de Médicis mourrait près de Saint-Germain. Lorsque la reine, troublée, veut se retirer, elle aperçoit soudainement à son tour l'Homme Rouge. C'est la première fois qu'elle le voit. La seconde sera au moment de sa mort… Neuville, quant à lui, persécuté par le fantôme, devient fou et met fin à ses jours. Mais les apparitions fantomatiques ne cessent pas avec la mort des responsables du trépas de Jean l'Écorcheur. Pendant des siècles, nombre d'autres éminents personnages de l'histoire de France ayant résidé aux Tuileries croiseront, d'une manière ou d'une autre, le fantôme rouge. C'est d'abord Marie-Antoinette, puis Napoléon Ier, Louis XVIII et enfin les communards, le soir de l'incendie qui, successivement, feront la rencontre de l'Homme Rouge.

> *« Ainsi, en juillet 1792, il serait apparu à Marie-Antoinette peu avant la chute de la monarchie, alors que le palais des Tuileries était la résidence de la famille royale. On sait ce qu'il advint de la reine[1]. »*

De même pour son époux le roi Louis XVI puisque l'on raconte qu'au petit matin suivant la fuite de Varennes, le 21 juin 1791, l'événement qui mène à l'arrestation et à la perte de la famille royale, on aperçut un mystérieux lutin rouge dans le lit du roi. Quelques années plus tard, on raconte « *qu'un soldat qui gardait les restes de Marat aux Tuileries mourut de peur en l'apercevant*[2] ». En ce qui concerne Napoléon Ier, l'histoire est rapportée par Sophie Durand et Auguste-Jean-Baptiste Defauconpret dans *Anecdotes sur la cour et l'intérieur de la famille de Napoléon Bonaparte*[3]. La légende y est décrite comme un « conte ridicule » colporté afin de justifier les succès de l'empereur par autre chose que son propre talent. D'après eux, la rumeur aurait commencé à être évoquée en 1814. Bonaparte aurait reçu plusieurs fois la visite d'un étrange personnage, habillé d'un long manteau rouge. Pour une fois, les apparitions ne se déroulent pas exclusivement au sein des Tuileries, puisque sa première visite aurait eu lieu au Caire et aurait débouché sur la victoire de la bataille des Pyramides[4]. Dix ans plus tard, c'est juste avant la bataille de Wagram que Napoléon se serait de nouveau entretenu avec le mystérieux inconnu. Mais, finalement, la chance semble tourner et le bienfaiteur changer d'avis :

> *« Quoi qu'il en soit, l'inconnu reparut une troisième fois, au moment où Napoléon se disposoit à partir pour sa malheureuse campagne de Leipsick. Entré dans le château*

1. *Ibid.*
2. Jean Frollo, « Les Apparitions des palais », *Le Petit Parisien*, 16 novembre 1890.
3. Sophie Durand et Auguste-Jean-Baptiste Defauconpret, *Anecdotes sur la cour et l'intérieur de la famille de Napoléon Bonaparte*, France, Colburn, 1818.
4. *Ibid.*, p. 193.

des Tuileries, il demanda à parler à l'empereur. On juge bien qu'il éprouva d'abord des difficultés : mais il parla si haut, déclara si formellement qu'il falloit qu'il le vît et qu'il le verroit, que le chambellan de service prit le parti de prévenir Napoléon qu'un homme vêtu d'un manteau rouge, qui refusoit de dire son nom, prétendoit avoir à l'entretenir sur le champ d'affaires importantes. L'empereur changea de visage et ordonna qu'on le fit entrer à l'instant. De quoi fut-il question dans cette conférence, et combien de temps dura-t-elle, c'est ce que personne ne put savoir, car elle n'eut aucun témoin, et que l'on ne put même deviner comment l'homme au manteau rouge avoit disparu, car deux heures après, l'empereur sonna pour qu'on lui servit son déjeûner, il étoit seul, et personne n'avoit vu sortir l'inconnu[1]. »

On trouve également une autre mention de la relation entre l'Homme Rouge et Napoléon Ier dans un ouvrage de l'historien Louis-Philippe de Ségur. Et dans un article de 1890 du *Petit Parisien*, un journaliste relate :

« *Ségur raconte que l'Empereur était, un jour, assis, dans son cabinet, devant des cartes de Russie, faisant son plan de campagne, lorsqu'il sentit une main se poser sur son épaule, il se retourna vivement.*
– Qui m'appelle ? dit-il.
Puis, très troublé il sembla engager une conversation animée avec un interlocuteur visible pour lui seulement. Enfin, il s'écria, à haute voix, comme s'il lui répondait :
– Oui, sans doute, rien n'est assez établi autour de moi, même chez moi, pour une guerre aussi lointaine ; il faut la retarder de trois ans !
Malheureusement pour la France l'influence du "petit homme rouge" qu'il avait cru apercevoir, ne fut pas assez durable pour l'empêcher de commettre la pire des folies[2]. »

Rien ne peut prouver que l'histoire soit vraie, mais l'on sait qu'elle a fait à l'époque le tour de Paris. En attestent plusieurs estampes et caricatures montrant Napoléon et l'Homme Rouge, représenté sous les traits du diable en personne. L'empereur aurait-il pactisé pour s'attirer la bonne fortune lors de ses campagnes ? C'est en tout cas ce que les nombreux potins laissent sous-entendre.

L'Homme Rouge serait également apparu à Louis XVIII. Selon les versions, ce serait quelques jours avant sa mort, comme un mauvais présage, ou bien pile au moment de son trépas, comme une condamnation.

En ce qui concerne les communards, enfin, ils auraient aperçu le spectre rougeâtre d'un homme dans l'encadrement d'une fenêtre le soir de l'incendie. Depuis, le palais ayant été réduit en cendres, l'Homme Rouge des Tuileries ne serait plus jamais réapparu.

1. *Ibid.*, p. 193-194.
2. Jean Frollo, *op. cit.*

Alors, comment interpréter cette légende ? Les illustres habitants des Tuileries ont-ils eu vent de cette histoire de lutin qui hanterait les lieux ? Peut-on encore parler d'hallucination collective quand cela s'étale sur plusieurs siècles ? Cela paraît peu probable. Au fil de nos recherches, trouver des sources et des versions concordantes de l'histoire de l'Homme Rouge des Tuileries a été particulièrement difficile. En effet, la légende remonte XVIe siècle et, avec le temps, elle a été évolué. Elle naît probablement sous le règne de Catherine de Médicis, très superstitieuse et très portée sur la magie noire. Il n'est donc pas étonnant de voir se former une rumeur colportée par la population qui viendrait la punir pour ses pratiques occultes. Puis la légende s'attache tout particulièrement à la figure de Napoléon Bonaparte, dont les victoires semblent presque surnaturelles. Par le biais du petit génie rouge ou du diablotin, on crée une explication à ses succès et on nie le talent stratégique de l'Empereur. En adoptant ce point de vue, la légende n'est pas née par hasard et elle nous apprend quelque chose de précieux sur l'époque où elle circule.

Pour comprendre cela, il faut s'intéresser non pas à sa genèse, mais plutôt à son acmé. On choisira donc de laisser de côté l'origine de l'histoire avec Catherine de Médicis pour se concentrer sur celle autour de Napoléon Ier. Ce dernier semble, en effet, être la figure prépondérante et récurrente de la légende. Christian Pitois, un écrivain occultiste spécialiste de l'histoire de la magie, nous raconte comment, selon lui, la légende aurait pu émerger. Il affirme par ailleurs tenir cette histoire d'un ancien serviteur du palais impérial : « *Au milieu de la nuit du 20 mars 1804, un grenadier de l'armée d'Égypte, en faction dans le jardin des Tuileries, sur la terrasse parallèle au cours de la Seine, aperçut une forme humaine, devant laquelle vacillait une petite lumière qui la teintait de reflets rouges comme des taches de sang*[1]. » Le soldat de garde demande alors à trois reprises à l'apparition de décliner son identité et, devant l'absence de réponse, décide de la mettre en joue et de tirer. La lumière disparaît instantanément, tandis que le bruit du coup de feu fait très vite accourir une patrouille. Le soldat pointe alors la direction dans laquelle il a tiré, mais, une fois sur place, les hommes ne voient « *ni mort, ni blessé, ni trace de sang, mais une lanterne fraîchement éteinte et, à quelques pas, un manteau rouge, dont les vastes replis eussent pu habiller une guérite*[2]. » Si l'incident peut paraître énigmatique, Christian Pitois nous donne une explication. En effet, un certain Dom Guyon, vivant au palais, avait plus ou moins perdu la tête. « *Une de ses manies avait été de se faire acheter une pièce de drap rouge, dans laquelle il avait taillé de ses mains un manteau d'hiérophante*[3]. » Ainsi vêtu, il serait sorti pour une promenade à la lueur de sa lanterne et, au son du coup de fusil, il aurait bien vite décampé, laissant son long manteau rouge sur place. « *Mais les soldats d'Égypte avaient rapporté d'Orient l'instinct du merveilleux. Ne pouvant expliquer d'une manière naturelle la trouvaille de la lanterne et du manteau rouge, ils conclurent à l'unanimité que le personnage invulnérable aux balles était un Génie des Pyramides, dont leur général avait fait la connaissance en se promenant au*

1. *Ibid.*, p. 411.
2. *Ibid.*
3. *Ibid.*, p. 412.

bord du Nil, et qui venait, de temps à autre, le visiter familièrement pour lui tracer les plans de ses victoires. Telle fut et demeura, dans les naïves croyances du peuple-soldat, l'origine de L'HOMME ROUGE DES TUILERIES[1]. »

L'histoire est amusante et elle nous donne une possible explication du mythe d'un petit diable intrinsèquement lié à la figure de Bonaparte. Selon Christian Pitois, il s'agirait donc d'une invention du XIXe siècle, d'une construction *a posteriori*. En partant de ce point de vue, on peut alors émettre l'hypothèse que cette légende revêtirait une dimension d'avertissement, et plus particulièrement d'un avertissement adressé aux détenteurs du pouvoir.

Le journal *Le Petit Marseillais* relate, dans un article de 1871, que l'Homme Rouge des Tuileries « *apparaît aux souverains la veille des grandes crises, c'est-à-dire lorsque le peuple éprouve le besoin de renouveler le locataire de ce palais national*[2]. » Ainsi, ce récit aurait pour fonction de mettre en scène notre rapport au pouvoir. Rappelons d'ailleurs que l'histoire de l'Homme Rouge des Tuileries n'est pas un cas isolé. De fait, un article du *Petit Parisien* de 1890 explique : « *Ces prétendues apparitions se retrouvent dans les légendes de tous les pays. On raconte que chaque palais a ainsi son génie qui joue le rôle d'avertisseur des calamités. On se souvient que, tandis qu'agonisait l'Empereur Frédéric, (...) les Berlinois répétaient volontiers qu'on avait aperçu rôder le spectre de la "Balayeuse", sorte de fantôme géant armé d'un terrible balai, qui annonce, selon la croyance populaire, leur mort prochaine aux Rois de Prusse.*

Il y a une tradition analogue pour les souverains russes. Là, c'est aussi une femme mystérieuse, vêtue de blanc, qui se montrerait. Mais la légende russe a quelque poésie : elle veut que cette messagère de mort, quand elle surgit, effeuille des fleurs qui sont, naturellement, introuvables ensuite sur le palais des Czars[3]. »

Ainsi, l'Homme Rouge des Tuileries, rappelant la figure de la Dame Blanche[4], serait le produit d'une période de profondes mutations et il aurait un lien évident avec l'annonciation de malheurs liés aux souverains. On peut ajouter que Christian Pitois, qui avait bien compris qu'il s'agissait moins d'une histoire de fantôme que d'un apologue, d'une fable, se sert de cette allégorie pour son propre argumentaire. Il détourne la figure symbolique de l'Homme Rouge des Tuileries afin de défendre l'idée que les savoirs anciens, notamment venus des Égyptiens, peuvent nous renseigner sur notre propre destin. « *L'HOMME ROUGE, c'est-à-dire, en langue hiéroglyphique, le MAÎTRE DE LA LUMIÈRE, apparaît dans ce livre en sa simple et vraie personnalité. Suprême incarnation des mystères de l'antique Franc-Maçonnerie de l'Orient, il vient enseigner à lire l'histoire anticipée de toute vie, à côté du berceau d'un enfant, sur des TABLES*

1. *Ibid.*, p. 413.
2. Maxime Aubray, « La Légende du petit homme rouge », *Le Petit Marseillais*, 1er octobre 1871.
3. Jean Frollo, *op. cit.*
4. Les dames blanches sont souvent associées à de mauvais présages et elles apparaissent dans de nombreux châteaux, leur figure étant régulièrement liée à des familles royales.

ASTROLOGIQUES dont l'origine égyptienne, la révélation probablement surnaturelle et l'auteur primitif s'éclipsent dans la nuit des âges[1]. »

« *La Magie de l'HOMME ROUGE est science.*
La Science est Lumière.
La Lumière n'éclaire que les yeux qui voient; mais elle commence à toute heure pour les yeux qui s'ouvrent[2]. »

L'Homme Rouge serait un avertissement ou un « guide » dans la destinée de ceux et celles qu'il vient voir. Il serait un présage, dont l'interprétation n'est possible que par celui qui saurait voir, par l'initié. En somme, Christian Pitois voit en l'Homme Rouge la personnification de l'astrologie. C'est ce pourquoi « *la magie de l'Homme Rouge est science* ». Ainsi, quiconque étudierait les secrets des sciences anciennes serait capable de voir son propre avenir. Malheureusement pour eux, les illustres occupants des Tuileries n'ont pour leur part jamais su décoder les apparitions de l'Homme Rouge. S'ils avaient eu des connaissances en astrologie, ils auraient pu comprendre et peut-être éviter leur funeste destinée.

L'Homme Rouge des Tuileries est donc protéiforme, et il a pu également servir, au cours de l'histoire, à appuyer différents discours. Rappelons tout d'abord qu'il approfondit la légende noire de Catherine de Médicis, offrant une autre explication quant à sa fuite soudaine des Tuileries. Si la légende est bel et bien née au XIXe siècle, la rattacher à la personnalité sombre de la reine-mère entérine la malédiction, lui donne le poids des âges et crée une genèse qui la crédibilise. Le tout dans le but inconscient ou assumé de dévoyer Napoléon Ier. Mais l'interprétation de la légende de l'Homme Rouge des Tuileries peut aller plus loin. Selon nous, elle peut revêtir une plus large dimension.

Christian Pitois dit très justement que « *toute légende est un symbole passager qui enveloppe une vérité permanente* ». Quelle est cette vérité ? En définitive, quelle morale peut-on tirer de cette étrange légende ? Il nous apparaît que la figure de l'Homme Rouge, prédisant malheur à quiconque habite les Tuileries, pourrait être perçue comme la représentation d'une forme de défiance du peuple, qui, de sa colère, a le pouvoir de destituer les plus puissants. Funeste rappel que, même bien à l'abri dans leurs tours d'ivoire, les souverains peuvent en être chassés par le peuple. L'Homme Rouge est l'ombre qui court dans les recoins des grands palais, la malédiction qui frappe les souverains à une époque de bouleversements politiques. Il rappelle que rien n'est éternel et que personne n'est intouchable. Il peut devenir tout à la fois le symbole de la crainte des soulèvements pour les rois comme la personnification de la décadence des gouvernements pour le peuple.

1. Christian Pitois, *L'Homme Rouge des Tuileries*, France, 1863, p. 13.
2. *Ibid.*, p. 15.

Dire que l'Homme Rouge des Tuileries a disparu dans les cendres du palais qu'il hantait n'est qu'à moitié vrai. Car, l'incendie des Tuileries ne représente pas uniquement la destruction d'un bâtiment : c'est une véritable page de l'histoire qui se tourne. Une fois ce palais disparu, c'est une nouvelle stabilité politique qui s'installe progressivement en France. Les Tuileries, symbole des règnes tumultueux et des révoltes farouches, ont enterré dans leurs ruines ce personnage annonciateur de destins funestes. Mais c'est aussi le rationalisme écrasant, qui s'impose avec l'avènement de la science moderne, qui met réellement un point final à cette légende héritée des superstitions populaires. Les fantômes ne sont pas toujours ce que l'on croit, et gageons que l'Homme Rouge des Tuileries restera toujours l'ombre menaçante qui rappelle aux élites que le peuple peut s'embraser.

LES FANTÔMES DU TRIANON

Île de France
Versailles

« Et si l'incrédulité nous oppose le deux et deux font quatre, source de toutes les fautes de calcul, je répondrai 1° que deux lampes et deux chaises ne peuvent faire quatre ; 2° que le bloc d'un film repose enroulé dans sa boîte, qu'il préexiste à sa projection et que, pour qu'il existe à nos yeux, il le faut projeter image par image. »

Jean Cocteau

Quel est le lien entre Versailles, les voyages dans le temps et l'université d'Oxford ? A priori, peu de choses. Si ce n'est une étrange histoire de fantômes rapportée par deux brillantes professeures anglaises en vacances en France. Un récit très populaire dans le monde anglo-saxon, mais étonnamment peu connu dans l'Hexagone.

Annie Moberly, 55 ans, et Eleanor Jourdain, 38 ans, sont toutes les deux enseignantes au St Hugh's College d'Oxford. Les deux femmes sont des universitaires très respectées : Annie est la directrice de l'établissement féminin et Eleanor est sa vice-directrice. Elles viennent tout juste de se rencontrer et, pour apprendre à se connaître, décident de partager l'appartement parisien d'Eleanor pendant leurs vacances en France.

Ce 10 août 1901, en plein été, l'après-midi est très chaude, le ciel est orageux mais néanmoins ensoleillé. Les deux femmes, leur guide touristique à la main, visitent le château de Versailles, puis, vers quatre heures de l'après-midi, le Petit Trianon et ses jardins. Ce domaine, moins connu que le fastueux château du Roi-Soleil, est un petit hameau factice dans le parc de Versailles. Il fut le refuge intimiste de Marie-Antoinette. Voulant se constituer un petit havre de paix loin des mondanités de la cour, elle réaménagea ce domaine construit sous Louis XV, quelques années auparavant, en l'agrémentant de jardins à l'anglaise, en rupture avec les traditionnels jardins français ordonnés et monotones. Ces bosquets feuillus sont traversés par une sinueuse rivière artificielle et parsemés de petites constructions romantiques et pittoresques. On y trouve un temple dédié à l'amour, un belvédère entouré de montagnes miniatures et d'un grand rocher d'où jaillit une cascade, ou encore un jeu de bague, une sorte de carrousel, aussi appelé kiosque chinois. Un paysage bucolique qui disparaît malheureusement à la Révolution française puisque le Petit Trianon est pillé et ses jardins détruits.

Alors qu'Annie et Eleanor déambulent, un peu perdues, dans les jardins tortueux et ombragés, elles croisent deux hommes vêtus de grands manteaux verts et coiffés de petits tricornes. Les deux femmes pensent tout d'abord qu'il s'agit de deux jardiniers, ayant aperçu à leurs côtés bêches et brouettes. Puis, détaillant leurs vêtements, se ravisent et se disent qu'il doit s'agir de fonctionnaires. Quoi qu'il en soit, ces deux hommes, qui ont remarqué leur égarement, les remettent sur le bon chemin. Elles reprennent alors leur itinéraire. Subitement, une étrange sensation s'empare en même temps des deux femmes. Tout est comme si la réalité n'était plus leur réalité. Elles ont alors le sentiment d'évoluer dans un rêve. « *Nous marchions d'un bon pas, bavardant comme auparavant, mais dès que nous eûmes laissé l'allée, une dépression extraordinaire m'envahit, et en dépit de mes efforts pour m'en libérer, elle ne cessa d'augmenter, je continuais pourtant à marcher, craignant que ma compagne ne s'aperçût de l'assombrissement qui s'était abattu sur moi* », écrit madame Moberly[1]. Et madame Jourdain : « *Je commençais à me sentir comme somnambule, et cette lourde impression d'irréalité était oppressante*[2]. » Un sentiment de malaise insidieux les gagne, mais aucune d'elles n'ose en parler à l'autre de peur, sûrement, de passer pour folle. Perturbées, elles continuent leur déambulation, l'air de rien.

Elles avancent sur le sentier, passent devant une sorte de ferme, une jolie chaumière, d'où sortent une femme et une petite fille, et arrivent devant un kiosque chinois, qu'elles identifient, à tort, comme étant le Temple de l'Amour, dont elles ont déjà entendu parler. L'endroit est entouré de grandes herbes folles et les arbres, au loin, ont quelque chose d'irréel, comme s'ils étaient brodés sur une tapisserie. Sur les marches du kiosque, est assis « *un homme avec une lourde cape noire sur les épaules et un chapeau à large bord* », raconte l'une d'elles. Tout à coup, l'atmosphère, déjà assez sinistre, devient glaçante. « *L'homme tourna lentement son visage. Son expression était très méchante quoique ses yeux fussent vagues, et bien que je ne sentisse pas qu'il nous regardait particulièrement, j'éprouvais une répugnance à passer près de lui*[3]. » La promenade, éthérée, vire doucement au cauchemar. Pour Eleanor, la situation tend à devenir extrêmement inquiétante, tandis qu'Annie sent une vague de détresse l'envahir. Pourtant, les deux femmes continuent, obstinément, d'avancer en silence. Elles entendent quelqu'un se précipiter derrière elles mais, en se retournant, ne voient personne. La seule chose qu'elles aperçoivent, c'est un homme en train de courir, plus loin, qui semble être soudainement passé au-dessus d'un grand rocher, près du Belvédère. Il est grand, a de longs cheveux bouclés et est emmitouflé dans une large cape, tel un gentilhomme tout droit sorti d'un tableau ancien. Le visage rouge, témoin de son empressement, il les interpelle, leur conseillant de ne pas passer vers la gauche, mais plutôt vers la droite et de chercher une maison, le tout dans un français semblant fort étrange aux deux femmes pourtant parfaitement francophones.

1. Charlotte Anne Elizabeth Moberly et Eleanor Frances Jourdain, *Les Fantômes de Trianon : une aventure*, éd. du Rocher, p.140.
2. *Ibid.*
3. *Ibid.*, p.145.

Puis il disparaît. L'indication est loufoque, mais les deux promeneuses sont si désorientées qu'elles suivent le conseil sans trop réfléchir. Annie et Eleanor franchissent un petit pont de pierre et tombent sur l'arrière d'une maison, sans doute celle dont parlait l'homme qu'elles viennent de voir. Surtout, elles réalisent qu'en suivant les recommandations des jardiniers, elles ont effectué un grand détour. Entre-temps, l'insupportable sensation de malaise n'a fait que s'accentuer. Sur la pelouse devant la maison se trouve une femme, négligemment assise sur un siège. Vêtue d'une robe vert pâle qu'Annie trouve démodée, elle semble dessiner. Elles décident d'entrer dans le bâtiment par la cour d'honneur. Elles y croisent un laquais. En visitant la demeure, elles s'aperçoivent qu'il s'agit du Petit Trianon qu'elles étaient venues voir. Leur trouble se dissipe quelque peu, puis elles retournent au château, pour prendre le thé. Ce soir-là, elles ne diront pas un mot de leur étrange expérience.

Quelques jours passent. Au cours d'une soirée à Paris, Annie Moberly couche par écrit leurs visites touristiques des derniers jours. En se remémorant leur après-midi dans les jardins du Petit Trianon, une sensation étrange s'empare à nouveau d'elle. Très perturbée, elle se décide, cette fois, à en parler à son amie. En osant enfin discuter de leur expérience, elles réalisent pour la première fois que leur malaise était entièrement partagé, et que ce n'était pas simplement une élucubration de leur part. Tout à coup, en recoupant leurs versions, certains éléments les déconcertent. Pourquoi les jardiniers les ont-ils poussées à faire un si grand détour ? Pourquoi l'homme qui les a apostrophées en courant était-il emmitouflé dans sa cape, par une chaude après-midi d'août ? Pourquoi tout le monde avait une attitude et des tenues si théâtrales et extravagantes ? Tout aussi étrange que cela puisse paraître, force est de constater qu'elles ne parviennent pas à expliquer ce qu'il s'est réellement passé cette après-midi-là. Elles décident finalement de ranger cette histoire dans un coin de leur tête et reprennent le fil de leur existence.

Trois mois s'écoulent. Les deux universitaires sont rentrées en Angleterre, mais ne se sont pas revues depuis. Lorsqu'elles envisagent, un peu plus tard, d'habiter ensemble, l'épisode du Petit Trianon et leur étrange expérience reviennent sur le tapis. Et un détail vient ajouter encore un peu de mystère à l'affaire : après en avoir discuté, Eleanor maintient fermement n'avoir jamais vu la femme à la robe démodée. Annie a bien du mal à la croire, puisqu'elles sont passées toutes les deux juste devant cette femme, mais Eleanor n'en démord pas, elle est formelle, aucune femme n'était là. C'est cet élément, plus que troublant, qui les incite à aller chacune dans une pièce et à restituer par écrit leurs souvenirs. Après avoir brièvement rédigé leurs notes, elles se les échangent et remarquent que leurs souvenirs concordent pour l'essentiel. Deux points divergent : la dame sur la pelouse et une charrue aperçue au tout début de leur promenade par Eleanor mais pas par Annie. Cependant, pour la première fois, elles réalisent à quel point elles ont ressenti le même sentiment de malaise, d'angoisse et de détresse. Ainsi, leurs écrits constituent un témoignage précieux, mais gardons à l'esprit que ceux-ci ont été rédigés trois mois après les faits.

Après avoir entendu leur fantastique histoire, un de leurs amis leur conseille d'envoyer leur récit à la Society for Psychical Research, ou S.P.R., une institution de parapsychologues. Mais la publication leur est refusée, car, selon l'institut, leur témoignage manque d'enquête et d'éléments probants. Qu'à cela ne tienne ! Voilà les deux amies plongées dans une véritable étude, qui va les occuper plus de dix ans. Pourquoi ont-elles brusquement ressenti exactement la même sensation alors même qu'elles avaient tout fait pour ne rien en laisser paraître ? Et surtout, qui étaient ces personnes comme sorties d'un autre temps ? Sûrement pas des hallucinations puisqu'elles ont parlé aux deux singuliers jardiniers ainsi qu'au grand homme brun ! Et puis, comment auraient-elles pu vivre toutes les deux une même hallucination ? Indubitablement, l'expérience qu'elles ont vécue est hors du commun. Les deux amies commencent par étudier l'histoire de France et plus particulièrement celle de Versailles. C'est alors qu'elles listent toute une série d'éléments plus troublants les uns que les autres.

Ainsi, madame Jourdain apprend que, le 10 août, jour de leur visite, n'est pas une date anodine dans l'histoire de la Révolution française. En effet, le 10 août 1792, le palais des Tuileries est mis à sac par les insurgés de la Commune. Pour certains historiens et historiennes, il s'agit même d'une « Seconde Révolution ». Cet événement mène à l'arrestation et à la détention du roi Louis XVI et de la reine Marie-Antoinette. De là, commence à naître une théorie. Et si ce qu'elles ont vécu était, non pas un étrange voyage dans le temps, mais une forme d'impression médiumnique ? Les puissants souvenirs ressentis par la reine lors de cette journée décisive auraient traversé l'espace et le temps pour les affecter sur le plan spirituel. Cela expliquerait, selon elles, leur curieuse sensation de « claustration », d'enfermement, ainsi que leur angoisse aussi subite qu'infondée. Elles auraient donc, en quelque sorte, capté les violentes émotions de la reine au moment de sa captivité, tant et si bien qu'elles auraient vu se rejouer sous leurs yeux des scènes vécues par Marie-Antoinette.

Au cours des années qui suivent, elles retournent plusieurs fois au Petit Trianon. Mais les bâtiments qu'elles visitent alors sont bien différents de ceux qu'elles ont découverts lors de leur première promenade. Si le belvédère est toujours là, le grand rocher d'où semblait sortir l'homme qui courait a totalement disparu. De même, le Temple de l'Amour tel que l'on peut encore aujourd'hui l'apercevoir dans les jardins du Petit Trianon n'a absolument rien à voir avec le kiosque chinois qu'elles ont vu… et qui reste introuvable. La structure qu'elles ont aperçue ressemblait davantage à un petit manège en bois, et non à une grande rotonde en pierre. Pis encore, elles ne reconnaissent pas grand-chose des lieux. Les jardins touffus ont totalement disparu si bien qu'elles ne peuvent définitivement pas expliquer comment elles ont pu ne pas voir le Petit Trianon la première fois, tant l'espace est maintenant dégagé et que le bâtiment est visible de loin. Enfin, en cherchant dans plusieurs archives, elles découvrent que les tenues, non seulement des jardiniers au tricorne, mais aussi de l'homme à la cape, étaient portées au XVIIIe siècle. La théorie d'impression médiumnique est maintenant indubitable pour les deux protagonistes, si bien que, pour elles, la femme aperçue par Anne sur la pelouse ne peut être que la reine Marie-Antoinette en personne.

Sur la base de cette longue et dense analyse, qui a duré dix ans, elles rédigent un livre, publié en 1911. Intitulé *An Adventure,* celui-ci rend compte de leurs péripéties et de leur enquête. Pour l'occasion, elles ne révèlent pas leur identité, mais utilisent les pseudonymes Elizabeth Morison et

Frances Lamont, bien conscientes qu'être publiées sous leur vrai nom pourrait entacher sévèrement leur réputation et signer la fin de leur carrière universitaire. Lorsque le livre sort, c'est un véritable succès. Certes, elles publient anonymement, mais la crédibilité de l'ouvrage est assurée par l'éditeur, l'un des plus renommés d'Angleterre. Leur aventure devient si célèbre qu'elle s'invite dans toutes les conversations et que des débats passionnés s'engagent entre scientifiques, universitaires et spiritualistes qui s'écharpent sur l'interprétation de l'événement. Au vu de cet engouement, la S.P.R., Society for Psychical Research va de nouveau se pencher sur l'affaire, pour finalement publier un compte-rendu à charge contre les deux femmes. La S.P.R. avance que « *les visionnaires avaient aperçu des personnes et des objets réels que leur mémoire avait enjolivés, ainsi que des détails vestimentaires correspondant au temps de Marie-Antoinette après que l'idée d'une hantise leur fut advenue*[1]. » Andrew Lang, président de la S.P.R. en 1911 et chercheur s'intéressant tout particulièrement aux phénomènes paranormaux, finit par examiner lui aussi les documents des deux femmes afin d'apaiser les tensions que suscite la publication du compte-rendu. Il conclut qu'elles sont honnêtes, mais laisse son jugement en suspens quant à la nature des événements relevés. L'identité des deux autrices de *An Adventure* n'est révélée que sept ans après la mort d'Eleanor Jourdain, qui s'éteint en 1924, et six ans avant celle d'Anne Moberly, dans la quatrième édition du livre, publiée en 1931. Cette révélation va apporter une certaine crédibilité à leur témoignage, les deux femmes étant très respectées et ayant une bonne réputation dans le milieu universitaire. De fait, aucune histoire de fantômes n'avait jamais été écrite par de si importantes et sérieuses personnalités. Le style de *An Adventure* traduit d'ailleurs parfaitement leur rigueur : il est scolaire, « factuel », dénué d'émotion. Pour autant, le mystère de leur étrange expérience au Petit Trianon reste entier. Sans l'argument d'autorité apporté par leur réputation scientifique, que reste-t-il de cohérent à cette histoire ? Si mesdames Moberly et Jourdain semblent être de bonne foi, qu'a-t-il alors bien pu se passer cette fameuse après-midi de 1901 ?

Pour essayer d'appréhender la nature d'un tel événement, il peut être éclairant d'apprendre à mieux connaître mesdames Jourdain et Moberly. Lucille Iremonger, une de leurs anciennes élèves d'Oxford, devenue autrice et politicienne, publie en 1957 un livre intitulé *Ghosts of Versailles: Miss Moberly and Miss Jourdain and Their Adventure: A Critical Study*. Un livre aujourd'hui quasiment introuvable, mais, heureusement pour nous, conservé à la Bibliothèque historique de la Ville de Paris. Quelques anecdotes particulièrement intéressantes pour cerner la personnalité des deux universitaires y sont révélées. Ainsi, bien que leur statut leur confère un large crédit et une rigueur toute scientifique, il faut noter qu'elles n'étaient pas à leur coup d'essai en matière d'expérience paranormale et tout particulièrement madame Moberly. Fait curieux, Annie Moberly était « *la septième fille d'un père qui était lui-même un septième fils*[2] », ce qui serait, pour cette famille d'Écossais, le présage d'un don de clairvoyance. Un présage avec lequel, dit-on, la petite fille avait appris à grandir, puisque les membres de sa famille étaient dotés, selon elle, de dons « parapsychiques ». Elle concède que sa mère et sa grand-mère possédaient des pouvoirs de

1. Moberly et Jourdain, *op. cit.*, p. 54.
2. *Ibid.*, p. 14, introduction de Robert Amadou.

prémonition et de vision et que sa famille, très superstitieuse, a toujours volontiers parlé d'histoires de fantômes. Par exemple, en 1859, le père Moberly relate dans son journal une funeste vision survenue l'année précédente, le 24 juin 1858. Alors que madame Moberly mère passe devant un immeuble, elle voit deux hommes en sortir deux cercueils. Persuadée que les habitants de l'immeuble, qu'elle connaît bien, se portent comme un charme, elle interprète cette vision comme étant un présage de mort. Et les faits vont lui donner raison puisque, peu de temps plus tard, meurent subitement son fils Arthur, âgé de dix-huit ans, ainsi que le majordome Dacre. Plus troublant encore, à la date anniversaire de cette vision, au moment même où monsieur Moberly écrit, sa femme a de nouveau la vision de deux cercueils. Elle se demande alors si la mort de Dacre aurait pu ne pas compter dans l'équation et si un autre membre de sa famille ne serait pas en danger... Une fois de plus, le sort s'acharne et l'avenir donne raison à la médium. Sa fille Mary meurt subitement un mois plus tard, le 20 juillet 1859. Mais la tragédie familiale ne s'arrête pas là, puisque la famille Moberly vivra encore bien des épreuves. De fait, le souvenir de Mary réapparaît dix ans plus tard dans la lettre d'une certaine Ethel Hamilton. Cette dernière dit avoir vu, un jour de messe dans la Cathédrale de Salisbury, non pas sept sœurs Moberly, mais bien huit. Annie lui demande de décrire la huitième jeune fille. Et alors qu'Ethel n'a jamais rencontré Mary, elle dépeint exactement cette dernière, morte dix ans auparavant. Annie, qui sait qu'elle n'a jamais montré de photo de sa sœur à Ethel, décide de lui en présenter une. Son amie reconnaît formellement la huitième sœur et décrit même avec une grande précision le moment où elle l'a vue. Alors que les Moberly venait de s'installer à Salisbury, la petite Ethel a développé une sorte de jalousie contre cette famille vivant dans un somptueux palais. Lors de la messe, le dimanche après Noël, lorsqu'elle revit les sœurs, elle s'intéressa tout particulièrement à elles. Ethel s'était dit : « *Je vais les accepter, je vais les regarder et je vais essayer de les aimer*[1]. » Ainsi, elle repéra les huit sœurs, aux huit bonnets identiques. La dernière était très ravissante et avait l'air si douce qu'Ethel se dit qu'elle s'en ferait bien une amie. Cette douce jeune fille, elle l'a reconnue sur le daguerréotype que venait de lui présenter Annie, c'était Mary.

Edith Olivier, autrice qui préface la quatrième édition de *An adventure*, rapporte, elle aussi, beaucoup d'expériences paranormales et visions vécues par Annie. Alors qu'elle n'avait que cinq ou six ans et qu'elle se promenait avec sa nourrice sur Saint Catherine's Hill, une petite colline près de Winchester, Annie vit au loin les tours et flèches de la ville en contrebas se transformer, pour devenir bien plus hautes, bien plus impressionnantes. Sous ses yeux, l'endroit avait pris de plus grandes proportions et c'est alors qu'elle entendit très clairement deux mots, qui resteront toujours un mystère pour elle : « Pinnacled Reality ». Cette expérience, vécue alors qu'elle n'était qu'une enfant, n'est pas sans rappeler la transfiguration du paysage du Petit Trianon dont elle sera témoin. Autre exemple, quelques années plus tard, alors qu'elle sortait du Palace de Salisbury, elle vit deux hommes portant un cercueil se diriger vers le Palace. Or elle le savait, personne n'était mort récemment. Pourtant, sur le moment, la scène ne lui parut pas vraiment étrange, si bien qu'elle continua sa route. Une semaine plus tard mourait

1. Lucille Iremonger, *Ghosts of Versailles: Miss Moberly and Miss Jourdain and Their Adventure: A Critical Study*, p. 36.

son père. Une histoire qui, cette fois, fait largement écho à la vision qu'avait eue sa mère avant la mort de son frère Arthur[1].

Si Annie a vécu de nombreuses histoires paranormales avant sa visite au château de Versailles, elle en expérimentera d'autres ensuite. Vers 1913, trois ans après la publication de *An Adventure*, de retour à Paris, Annie visite le Louvre. Alors qu'elle descend le grand escalier, elle voit la foule habituelle quitter le vestibule, en dessous. Parmi eux, un homme sort du lot. Il est si grand que sa tête paraît à la même hauteur qu'un enfant assis sur les épaules de son père. Il porte une sorte de petite couronne dorée sur la tête et ce qui semble être une toge de couleur claire. Leurs regards se croisent. Annie raconte que ce n'était pas un visage que l'on oublie, son apparence tout entière transpirait une grande noblesse et une grande grâce. Elle demande alors son nom à des employés qui se tiennent non loin, mais aucun d'eux ne l'avait vu. Pour Annie, un homme si grand et avec tant de prestance ne pouvait tout simplement pas passer inaperçu. Elle en conclut qu'il s'agissait d'une apparition. Mais Annie ne veut pas en rester là et se met alors à chercher dans différents ouvrages des correspondances avec sa vision. S'appuyant sur le style vestimentaire de l'homme, elle déduit qu'il s'agissait d'un empereur romain du quatrième siècle. Comme les premiers empereurs de cette époque étaient tous barbus, et que son apparition ne l'était pas, elle poursuit ses recherches pour découvrir l'identité de cet homme élégant. Il en résulte que le premier empereur représenté sans barbe n'est autre que Constantin lui-même. Annie Moberly aurait donc rencontré l'empereur Constantin dans les couloirs du Louvre. Enfin, *An Adventure* n'est pas le seul livre écrit par Annie racontant une de ses expériences paranormales. 1913 est aussi l'année au cours de laquelle elle écrivit *An Ancient Funeral (1292)*, livre qui ne fut jamais publié. Il raconte comment elle aurait vu, en rêve, l'enterrement d'un carme (de l'ordre des Carmélites) nommé Amulphus, ou Radulphus, mort en 1292.

Eleanor Jourdain, quant à elle, est décrite comme une passionnée de la France ; une francophilie qui peut paraître obsessionnelle. Effectuant de très nombreux séjours à Paris, elle finit par y acheter un appartement, situé au 270, boulevard Raspail. Plus discrète et moins extravagante que son acolyte Annie Moberly, elle va, elle aussi, au cours de sa vie croiser plusieurs fois la route du paranormal.

En s'appuyant sur ces nombreuses histoires de fantômes, Lucille Iremonger remet en question la vision un peu trop « optimiste » que beaucoup de lecteurs de *An Adventure* ont pu avoir de ses autrices. Il est vrai que, connaissant l'identité des deux femmes, il est aisé, selon elle, de se dire : « *Ah ! Enfin, une histoire de fantômes racontée par deux femmes instruites, à l'esprit aiguisé, qui doivent donc être dignes de confiance.* » Pour autant, l'éducation d'Annie Moberly est, selon elle, assez « légère ». Cette dernière fut surtout une « self-made woman », selon ses propres mots. Pour Lucille Iremonger, Annie Moberly n'avait pas un esprit « astringent ». Et il est vrai que connaître la relation étroite qu'entretenait depuis toujours Annie Moberly avec le paranormal permet de prendre un peu de distance avec la figure d'autorité que lui octroyait son emploi universitaire.

1. Lucille Iremonger, *op. cit.*, p. 41.

Rappelons que l'ouvrage de Lucille Iremonger est un livre qui critique, comme son titre l'indique, l'expérience vécue par les deux femmes, avec notamment de farouches accusations au point que, pour certains lecteurs, elles en deviennent suspectes... Lucille Iremonger fait en effet état de leur supposée relation saphique et de leurs aventures avec d'autres filles qui auraient pu – toujours selon elle – les faire surinterpréter leur après-midi dans les jardins du Petit Trianon. L'expérience serait alors une hallucination partagée, ce que la médecine appelle joliment « Folie à deux ». Bien que le nom soit très romantique, il s'agit pourtant d'un phénomène psychiatrique très sérieux qui désigne une folie partagée, une psychose collective de deux personnes, notamment autour d'un événement. Les deux individus partagent et se forgent le même souvenir d'un événement qui n'est jamais arrivé ou qui ne correspond pas à la réalité des faits et qui a été réécrit par leur psyché. La folie simultanée, comme on l'appelle aussi, est donc l'épisode de « deux personnes dans un même délire » selon les mots de Lacan. C'est une théorie intéressante, cependant, ce trouble psychologique très particulier est non seulement extrêmement rare, mais également difficile à identifier et à diagnostiquer, notamment parce que personne ne semble être d'accord quant à ses conditions d'émergence et à ses manifestations. Selon les psychologues, « *cette relation se caractérise par une certaine isolation sociale, une privation d'interactions sociales et une notion de domination du sujet primaire sur l'individu récepteur*[1] ». Or nous n'avons que très peu d'éléments quant aux comportements des deux femmes à ce moment-là. Étaient-elles renfermées sur elles-mêmes ? Y avait-il domination de l'une sur l'autre ? De toute évidence, se connaissant alors très peu, il serait assez surprenant qu'une suggestion de la part de l'une d'elles soit suffisamment forte pour créer une hallucination partagée. Par ailleurs, nul ne connaît la nature de leurs relations. Et, dans la société britannique du début de XXe siècle, encore tout empreinte des rigides valeurs victoriennes, le portrait de deux femmes fortes, instruites, indépendantes et soudées aurait pu ne pas plaire à certains. Ajoutez à cela une histoire étrange de fantômes, aussi célèbre que lucrative, et on voit très vite se dessiner l'accusation de lesbianisme, la calomnie dans le seul objectif de discréditer les deux femmes.

Cependant, à la lumière de leurs personnalités et de leurs diverses expériences, peut-on réellement croire Annie et Eleanor ? Leur aventure au Petit Trianon aurait pu, après tout, n'être qu'une pure hallucination, voire une invention de leur part. Mais nous n'avons pas encore évoqué certains faits très étranges, difficilement explicables.

Léon Rey, un archiviste français, a passé toute sa vie à étudier les archives du Petit Trianon. En 1952, il publie son enquête et, selon lui, les descriptions des deux femmes ne concordent pas avec les archives du bâtiment au moment où elles prétendent avoir été « transportées ». Le kiosque chinois décrit, absent en 1901, n'existait pas non plus en 1792. Quant aux deux hommes vêtus de vert, selon Léon Rey, leurs tenues ne correspondent pas à celles des jardiniers de Louis XVI. Ainsi, il conclut que les deux femmes se trompent quant à la période à laquelle elles pensent s'être trouvées et sur tous les bâtiments décrits. Certes, Annie et Eleanor n'étaient

1. Nicolas Théron, « Les Folies à deux, ou psychose partagée : une contagion psychopathologique ? », *Le Dailyspy*, 4 avril 2018.

peut-être tout simplement pas familières de ces détails vestimentaires et architecturaux de l'histoire française. Elles auraient alors pu confondre les périodes et les rapporter à ce qu'elles connaissaient le mieux du XVIIIe siècle français à savoir l'époque de Marie-Antoinette. Annie Moberly, dans *An Adventure*, reconnaît elle-même que, pendant leur première visite à Versailles, les deux femmes regrettaient de ne pas pouvoir apprécier à sa juste valeur le charme des lieux, du fait de leur ignorance de l'histoire française : « *Ma connaissance de l'histoire de France se limitait au peu que j'en avais étudié à l'école, aux romans historiques et au premier volume de French Revolution de Justin McCarthy*[1]. » Pour autant cela n'invalide pas leur témoignage. Cela pourrait tout au plus remettre en cause leurs connaissances en histoire, mais pas vraiment leur sincérité.

En 1959 sort le livre *Les Fantômes de Trianon*, une traduction du best-seller des deux femmes, *An Adventure*. Le livre est préfacé par Jean Cocteau et introduit par Robert Amadou, un écrivain ayant longuement étudié l'affaire et qui défend les deux femmes. Pour lui, la morale des deux protagonistes, très pieuses, n'est pas compatible avec une éventuelle supercherie de leur part. L'ouvrage présente également l'étude de Guy Lambert, historien en architecture et spécialiste de Versailles, qui reprend les conclusions de Léon Rey, à savoir que, sous Louis XVI, au moment de la Révolution, ni les bâtiments, ni les vêtements ne correspondent à leur vision. Cependant, il fait une découverte bouleversante : le fameux kiosque chinois, ce jeu de bague qui ressemble à un ancien carrousel, décrit par Annie et Eleanor, figure bien sur les plans du Petit Trianon, mais quelques années auparavant, sur ceux de 1774, qui est la dernière année du règne de Louis XV. Il remarque également que mesdames Moberly et Jourdain décrivent un grand rocher très reconnaissable (celui d'où semble subitement sortir le grand homme à la cape), et ce rocher se trouve sur ces mêmes plans. C'est également le cas de la maisonnette devant laquelle se tenaient la femme et la petite fille. Ces éléments architecturaux, bel et bien présents sur les plans de 1774, seront détruits en 1776 et donc introuvables en 1792. En bref, aperçus pendant la promenade, ils n'étaient pas réellement là, mais avaient bien existé, non pas à l'époque de Marie-Antoinette comme les deux femmes le pensaient, mais quelques années plus tôt. Vue sous cet angle, cette histoire, qui semblait ne reposer que sur de maigres éléments, devient tout à coup bien plus énigmatique. D'autant que, plus troublant encore, ces plans sur lesquels se base Guy Lambert n'ont été découverts que des décennies après le témoignage des deux femmes. En 1901, et même dix ans après leur étrange aventure lorsqu'elles en font le récit, il est fort peu probable qu'elles aient pu savoir que ces éléments avaient existé un jour. De plus, Lambert avance que les deux hommes avec des manteaux verts et des tricornes que les femmes ont croisés ressemblent beaucoup aux jardiniers du roi Louis XV. Ce seraient, d'ailleurs, selon lui, Claude Richard, chef des jardiniers dans les années 1770, et son fils Antoine dont on retrouve des traces dans les archives de l'époque. Tout semble concorder ! Avec tous ces éléments, il devient délicat de savoir s'il s'agit d'une véritable vision, d'une totale invention ou d'une malheureuse extrapolation des événements, ayant mené à de curieuses coïncidences historiques. On peut imaginer que les deux femmes aient eu un jour connaissance de certains détails et auraient menti. Outre les plans

1. Charlotte Anne Elizabeth Moberly et Eleanor Frances Jourdain, *op. cit.*, p. 134-136.

de 1774 étudiés par Guy Lambert et retrouvés des années plus tard, d'autres documents d'archives mentionnent peut-être ces spécificités de l'époque. Elles auraient pu s'en servir afin de construire leur histoire. Peut-être ces archives n'étaient-elles pas précisément datées ou comprenaient des erreurs, ce qui pourrait expliquer le fait qu'elles se soient crues au moment de la Révolution plutôt que sous le règne de Louis XV…

Une autre explication revient régulièrement : les deux femmes auraient pu se retrouver sans le savoir au cœur d'une reconstitution historique. Cela paraît assez cocasse, mais cela pourrait expliquer la grande théâtralité des personnages qu'elles ont rencontrés. L'historienne d'art Joan Evans, également une de leurs anciennes étudiantes et exécutrice testamentaire littéraire de madame Jourdain, avance cette hypothèse dans un article publié dans le *Encounter magazine* en 1976. Les deux femmes auraient déambulé, sans le savoir, au milieu d'une reconstitution historique. Joan Evans a donc cherché les traces d'une reconstitution ayant eu lieu lors de leur visite en 1901, mais elle n'en a cependant trouvé aucune. Toutefois en cherchant dans la biographie[1] de l'extravagant dandy Robert de Montesquiou, en 1965, elle découvre que celui-ci a vécu dans une maison à Versailles et qu'il y organisait souvent des performances de Tableaux Vivants, au cours desquelles des comédiens jouaient les rôles d'hommes et de femmes de l'Ancien Régime. Même si aucune preuve n'indique que ces performances se tenaient en 1901, Evans est convaincue que cette piste est crédible. C'est d'ailleurs une théorie qui est encore aujourd'hui reprise pour expliquer l'incident des fantômes de Trianon de manière rationnelle.

Cependant, nous pensons que cette théorie est un peu trop incertaine. Il faut peut-être aller chercher ailleurs. Revenons un peu dans le temps, nous aussi, au début de l'histoire, lorsque les deux femmes décident d'envoyer leur livre témoignage à la England's Society for Psychical Research, la S.P.R. Si l'institut refuse de croire en une véritable expérience paranormale, c'est surtout parce que les deux femmes se sont tellement perdues dans les jardins du Petit Trianon que leurs souvenirs des différentes constructions ont pu se mélanger. De la même manière, l'institut affirme que la première version du témoignage reçue en 1902 diffère de celle publiée par la suite dans *An Adventure*. Il y a donc une inconsistance dans le témoignage. De fait, non seulement Annie et Eleanor n'ont pas partagé leurs perceptions sur le moment, mais elles ont attendu trois jours entiers avant d'en parler pour la première fois. De plus, ce n'est que trois mois après leur étrange expérience que les deux femmes ont finalement posé leurs souvenirs par écrit. Elles font donc en quelque sorte appel à des « souvenirs de souvenirs ». On peut également rappeler qu'elles n'ont pas eu une version des faits parfaitement identique, puisque Annie est la seule à avoir vu la dame sur la pelouse, censée être Marie-Antoinette. Eleonor, quant à elle, maintient qu'elle n'y était pas. Ce point divergeant est assez intéressant lorsque l'on sait que, premièrement, Annie avoue avoir toujours été fascinée par la figure de Marie-Antoinette et que, deuxièmement, lorsque les deux femmes retournent pour leur enquête sur les lieux de leur aventure, elles disent : « *Exactement là où était assise la « dame », nous trouvâmes un buisson qui s'étalait largement ;*

1. Philippe Jullian, *Robert de Montesquiou : un prince 1900*, 1965.

il semblait vieux de plusieurs années[1]. » Que peut-on en conclure ? En s'avançant un peu, on peut imaginer d'un côté une Annie Moberly envoûtée par l'atmosphère du lieu, espérant entrer en résonance avec un personnage tant admiré et ayant donc une certaine prédisposition pour un moment mystique, et de l'autre côté, un buisson à l'exact endroit de l'apparition… Comment ne pas suggérer que la Marie-Antoinette aperçue pourrait être une mésinterprétation de cette forme végétale ? D'autant plus qu'à plusieurs reprises, Anne insiste sur la couleur vert pâle de la robe démodée… Certes, confondre un buisson et une personne est assez peu probable, mais rappelons que Annie, habituée aux visions et aux expériences paranormales, était hypothétiquement dans l'expectative de vivre un moment fort avec ce personnage historique. Ajoutons que le témoignage repose sur des souvenirs réactualisés plusieurs fois et on obtient un parfait mélange pour un phénomène psychologique appelé le faux-souvenir. Faux-souvenir qui est justement la conclusion à laquelle arrive la S.P.R.

Ainsi, sans remettre en cause la bonne foi des deux femmes, l'institut met en avant ce phénomène psychologique qui entre souvent en cause dans les affaires dites « paranormales ». On peut parler de faux-souvenir lorsqu'une personne ou un groupe de personnes évoque un événement du passé, qui apparaît de prime abord flou et nébuleux et qui, au fur et à mesure du récit ou en multipliant sa narration, se précise, devient plus complet. En général, l'individu va sincèrement avoir le sentiment que son souvenir lui « revient » de plus en plus clairement, alors qu'en réalité, il s'agit davantage de réadapter un événement passé pour qu'il s'accorde mieux aux besoins actuels. Ce mécanisme psychologique, la plupart du temps totalement inconscient, peut amener un sujet à reconstruire un souvenir, si bien qu'il peut être parfaitement persuadé de la véracité d'un événement qu'il a lui-même modifié a posteriori. Des recherches au milieu des années 1990 ont même montré qu'un individu peut entièrement créer un souvenir, sans n'avoir jamais vécu l'événement en question, et rester persuadé qu'il s'agit d'une authentique image de sa mémoire. En ce qui concerne notre affaire, tous les éléments sont réunis pour s'accorder avec cette théorie : les deux femmes ne discutent pas immédiatement de leur ressenti, mais attendent trois jours avant d'en parler entre elles. On a donc là un premier appel à leurs souvenirs, quoique ces derniers soient encore très frais. À partir de ce moment, elles sont persuadées d'avoir eu une perception commune des événements : celle d'avoir vu des fantômes ce jour-là. Mais on peut légitimement supposer que leur discours respectif a pu influencer celui de l'autre et déboucher sur une version unanime de leur aventure, cette adaptation du discours pouvant rester parfaitement inconsciente. Une fois leur croyance galvanisée, c'est seulement au bout de trois longs mois de réflexions et de ressassements qu'elles couchent sur papier la version définitive, à savoir que les fantômes rencontrés ce jour-là étaient plus précisément des proches de Marie-Antoinette, et qu'elles auraient alors vu des constructions de cette époque. Dès lors, on peut légitimement envisager que Les Fantômes du Trianon sont un faux-souvenir reconstruit, et ensuite repris par les médias et les spécialistes, pour trouver des éléments existants corroborant des images fantasmées.

1. Charlotte Anne Elizabeth Moberly et Eleanor Frances Jourdain, *op. cit.*, p. 175.

Il n'en demeure pas moins qu'après avoir passé le récit au peigne fin, les interprétations sont nombreuses. On pourrait évoquer la théorie du sérialisme de John William Dunne ou encore de rétrocognition. Il y a donc ceux qui pensent qu'elles ont eu une sorte d'impression médiumnique, plus qu'un véritable voyage dans le temps, et ceux qui pensent que tout ça n'est qu'une vaste affaire d'extrapolations reposant sur des témoignages vagues, agrémentés de quelques détails véritables qui ont créé un effet barnum permettant de lier certains aspects historiques, comme tous les détails du petit Trianon sous Louis XV. Mais, en définitive, la plupart des analyses s'accordent sur le fait qu'il est peu probable que les deux femmes aient volontairement mis en place une supercherie. Comme l'explique Mark Lamont dans *The Mysterious Paths of Versailles: An Investigation of a Psychical Journey Back in Time,* Annie et Eleanor venaient tout juste de se rencontrer, elles se connaissaient très peu au moment de leur voyage, si bien que monter de toutes pièces une histoire aussi rocambolesque avec une inconnue semble invraisemblable. De plus, on pourrait se demander quelles auraient été alors leurs motivations ? Certes, le succès du livre a pu rendre cette histoire lucrative, mais, dans ce cas, pourquoi avoir attendu dix années pour le publier ?

En matière de scepticisme, on dit souvent que les explications les plus simples sont les meilleures, et les plus probables. Mais comme conclut si bien Brian Dunning dans son article *The Versailles Time Slip*, toutes universitaires, respectables et sincères qu'étaient Annie et Eleanor, elles n'en demeurent pas moins simplement humaines, et c'est sûrement en elle-même l'explication la plus complexe. Finalement, dans cette mystérieuse affaire, peut-être la vérité se trouve-t-elle dans une formidable accumulation d'insignifiants détails qui, mis bout à bout, ont créé pour Annie Moberly et Eleanor Jourdain une expérience parfaitement hors du commun. Et si, la combinaison de la chaleur de l'après-midi, la fatigue du voyage, la fascination d'Annie pour Marie-Antoinette et la francomanie d'Eleanor, leur croyance aux phénomènes inexplicables et leur familiarité avec les visions, les acteurs d'une reconstitution, une illusion d'optique et l'influence de l'une sur l'autre avait jouer un rôle dans cette aventure paranormale ? La bonne foi des deux femmes ne peut alors pas être remise en cause, et une telle série d'étranges coïncidences serait, certes, de l'ordre de l'extraordinaire, mais, après tout, serait-ce vraiment si improbable ? Pour la S.P.R, l'explication diffère légèrement puisque, reprenant la théorie du faux-souvenir, l'institut insiste sur le fait que les versions de 1902 et 1911 sont très différentes et que c'est probablement au travers de leurs recherches sur l'histoire de Versailles que les détails historiques très précis se sont peu à peu invités dans leur récit. Comment, à leur place, aurions-nous pu interpréter ces événements si nous les avions vécus ? N'oublions pas que notre perception de la réalité peut très souvent être biaisée et que notre cerveau est particulièrement inventif lorsqu'il s'agit de combler des vides. Pour autant, le mystère ne sera sûrement jamais levé, et l'histoire de fantômes la plus solide du XXe siècle continuera sans aucun doute encore longtemps de passionner les esprits curieux.

LE MYSTÉRIEUX CHÂTEAU HANTÉ DU CALVADOS

Calvados
Tourneur

« Il y a de véritables maisons hantées ; il y en a aussi de fausses. Il y a de vrais billets de banque ; il y en a aussi de faux. Il y a des hommes véridiques ; il y a des menteurs. Il y a des honnêtes gens ; il y a des bandits. Il y a des hommes d'esprit ; il y a des êtres inintelligents.
Rejeter sans examen tout ce qui est raconté sur les maisons hantées serait aussi absurde que tout accepter sans examen. »
Camille Flammarion

Ceci n'est pas une énième histoire de château hanté. Certes, il s'agit du récit d'une maison en prise avec des poltergeists. Certes, il y est raconté des phénomènes de coups, de bruits, d'objets qui se déplacent, et de famille apeurée. Mais cette affaire est bel et bien singulière. D'abord parce que le nombre de témoins est très important, ensuite parce que les phénomènes sont consignés et commentés, soigneusement, jour après jour, dans un journal qui n'omet aucun détail. Enfin, parce que ce récit est reconnu auprès de nombreux experts comme la plus véritable, inexplicable et fantastique histoire de fantômes qu'il nous ait jamais été donné de voir en France. Voici le cas du château hanté du Calvados.

En 1923, dans son ouvrage *Les Maisons hantées*[1], le célèbre astronome et occultiste Camille Flammarion relate un cas de hantise aussi étonnant que documenté. Les faits se déroulent dans un mystérieux château du Calvados dont l'auteur tait le nom et l'emplacement, aussi bien qu'il garde le secret de ses propriétaires. Un certain « Monsieur X » aurait hérité du domaine en 1867, et c'est cette même année que les premiers événements inexplicables auraient commencé. Ce château, construit à partir des pierres d'un domaine médiéval, aurait hérité à travers elles de son passé.

> *« De tout temps, le château du T... avait passé pour avoir été le théâtre de phénomènes fantastiques, pour être hanté par des fantômes plus ou moins malfaisants. La famille de X... ignorait ces bruits lorsqu'elle en prit possession. »*

1. Camille Flammarion, *Les Maisons hantées : en marge de la mort et son mystère*, France, E. Flammarion, 1923.

Très vite après que la famille s'est installée, les premières manifestations étranges commencent. Cependant, les bruits et les coups secs finissent assez rapidement par se calmer et le château passe pour une bâtisse paisible pendant plusieurs années. Jusqu'à ce que, soudainement, en octobre 1875, soit près de dix ans plus tard, les bruits recommencent de manière inexplicable. Voici ce que raconte le propriétaire dans son journal, en date du mercredi 13 octobre 1875 :

> « *Je me propose de noter ici et de consigner chaque jour ce qui se sera passé dans la nuit précédente. Je dois faire remarquer que lorsque les bruits se produisaient pendant que la terre était couverte de neige, il n'y avait aucune trace de pas autour du château. J'ai tendu secrètement des fils à toutes les ouvertures : ils n'ont jamais été brisés. En ce moment, octobre 1875, notre maison est ainsi composée : M. et Mme de X… et leur fils ; Monsieur l'abbé…, précepteur de ce fils ; Émile, cocher ; Auguste, jardinier ; Amélina, femme de chambre ; Célina, cuisinière. Tous les domestiques couchent dans la maison ; ils méritent notre plus entière confiance.* »

La liste des témoins ne s'arrête pas là. De nombreuses personnes viendront passer plusieurs nuits au château et attesteront des phénomènes. Parmi elles, un vicaire de la paroisse, un certain Marcel de X, trois curés (de Saint P…, de La B…, et de Saint M…), un fermier, un docteur, ou encore une amie (Mlle de L…). Ainsi commence cette fabuleuse histoire de hantise. Le propriétaire note dans son journal tous les événements du jour. Lorsqu'il s'absente, sa femme prend le relais. Les événements sont nombreux et détaillés, et la maison étant habitée par une dizaine de personnes simultanément, les témoins des phénomènes inexplicables sont nombreux. Non seulement la pluralité des témoins est assez exceptionnelle, mais surtout leur démarche sceptique face à ces phénomènes renforce leur fiabilité.

> « *Quand les premiers bruits se produisirent, M. de X… pensa avoir affaire à des vivants désireux de l'effrayer assez pour lui faire abandonner le château, qui eût, dans ces circonstances, été vendu à vil prix, ainsi que les terres en dépendant. Il fit donc faire d'exactes recherches, sonder les murs, les caves, pour tâcher de découvrir les passages oubliés par lesquels on aurait pu y pénétrer. Malgré la plus exacte vigilance, on ne découvrit rien sur l'origine de ces bruits, qui allèrent en augmentant, en dépit des précautions.* »

Ainsi, lorsque les phénomènes recommencent en octobre 1875, les habitants du château, loin de penser à une thèse paranormale, organisent des rondes, parfois même armés. Mais à chaque fois, rien ni personne n'est trouvé, et aucune explication ne peut être donnée. Dans la maison, il devient alors quotidien que les fauteuils se déplacent tout seuls, que des lits soient renversés, des objets bougés de place, que de très nombreux coups soient frappés sur des meubles ou des murs si violemment qu'ils réveillent toute la maison quasiment chaque nuit. On entend des bruits de pas, des murmures, des conversations et même des cris. Une nuit, « *tout le monde est éveillé par le bruit d'une grosse boule pesante, qui descend l'escalier du second au premier en sautant de marche en marche* ».

Un mois après le début de la hantise, les phénomènes semblent s'amplifier chaque nuit. Au début, les habitants entendent des coups et des pas, mais bien vite les événements prennent une tout autre tournure. Les phénomènes semblent se concentrer tout particulièrement dans une chambre aux murs verts.

> « *Vendredi 12 novembre. – (…) À minuit, tout le monde se lève : on entend des cris dans la cave, puis dans l'intérieur de la chambre verte, enfin les sanglots et les cris d'une femme qui souffre horriblement.* »

Quelques jours plus tard, ces cris plaintifs se changent en cris furieux « *de damnés ou de démons* ». Il ne s'agit pas ici de petits bruits à peine perceptibles ou de coups que l'on pourrait confondre avec les claquements naturels d'une vieille bâtisse. Non, tel que le propriétaire nous les raconte, il serait impossible de les prendre pour autre chose que ce qu'ils sont : des phénomènes inexplicables. L'entrée du journal, la nuit du 31 octobre est particulièrement édifiante :

> « *Dimanche 31 octobre. – Nuit très agitée. Il semble que quelqu'un monte, plus rapidement qu'un homme puisse le faire, l'escalier du rez-de-chaussée, en affectant de frapper des pieds. Arrivé sur le palier, cinq grands coups tellement forts que les objets suspendus aux murs se mettent à battre sur place. Puis on dirait qu'une lourde enclume ou une grosse poutre a été projetée sur un point des murs, de manière à ébranler la maison ; personne ne peut préciser le point d'où ces coups partent. Tout le monde se lève et se réunit dans le corridor du premier étage. Nous faisons une visite minutieuse et ne trouvons rien. Nous nous recouchons, mais de nouveaux bruits nous obligent à nous relever. Nous ne pouvons reposer que vers 3 h.* »

Lorsque les phénomènes deviennent de plus en plus puissants, le propriétaire du château et auteur du journal s'inquiète véritablement. Il ne se sépare plus de son revolver. Pendant un moment, les phénomènes se localisent dans l'escalier. Dans le journal, certains détails sont à glacer le sang :

> « *Vendredi 5 novembre. – À 2 h, un être quelconque s'élance à toute vitesse dans l'escalier, du vestibule au premier, traverse le corridor, et s'engage rapidement dans l'escalier du second avec un fort bruit de pas qui n'ont rien du pas humain. Tout le monde a entendu : on eut dit deux jambes privées de leurs pieds et marchant sur deux moignons.* »

Au début, les bruits inquiétants se déroulent exclusivement la nuit, mais à partir du 13 novembre, des phénomènes sont vus et entendus également la journée.

> « *Vendredi 24 décembre. – À midi, tous les domestiques étant à table, nous trouvons, dans la chambre de M. l'abbé, le lit renversé sur le côté et la table poussée dessous.*

Le soir, à 6 h, nous rouvrons la porte de cette même chambre, qui était fermée à clef, et nous voyons la table posée sur le milieu du lit. »

On remarque que l'abbé, précepteur de Maurice, le fils de la famille, est très souvent visé. Sa chambre est le théâtre des phénomènes les plus puissants et inexplicables. Voici une série de manifestations qui va se dérouler dans sa chambre à quelques jours d'intervalle :

« Samedi 25 décembre. – À midi, pendant que tous les domestiques sont à table, on entend des coups dans la chambre de M. l'abbé. Sa porte est fermée à clef. Nous y faisons une perquisition et nous trouvons un fauteuil monté sur le pupitre de Maurice. Au retour des vêpres, nous trouvons chez M. l'abbé le canapé renversé, le réveille-matin sur le globe de la pendule et une chaise sur la table. Le soir, à 9 h, on entend le balai se promener dans le corridor du second ; nous y allons : il avait changé de place.

Dimanche 26 décembre. – En rentrant de la grand-messe, nous montons avec M. l'abbé dans sa chambre qui était fermée à clef. Les coussins du canapé ont disparu. Nous les trouvons posés debout, l'un près de l'autre, sur le bord extérieur de la fenêtre de son cabinet de toilette. J'avais antérieurement condamné cette fenêtre, à l'époque où elle s'ouvrait seule, par un morceau de bois bien cloué sur la tablette intérieure. Ce morceau de bois avait été arraché sans trace d'aucun outil et posé à côté des coussins ; la fenêtre était refermée.

Lundi 27 décembre. – Dans l'après-midi de ce jour, nous allons tous à V… La cuisinière, restée seule avec une femme de journée, nous dit que tout a été calme. Nous entrons dans la chambre de M. l'abbé, qui était resté fermée à clef, et nous trouvons tous ses livres, au moins une centaine, épars sur le plancher. Trois volumes seuls sont restés debout, chacun sur son rayon : ce sont trois livres d'Écriture sainte. Des livres de piété ont été jetés aussi de sa cheminée à terre, et le balai a été posé dessus. »

Certaines manifestations prêteraient presque à sourire tant ce pauvre abbé est malmené par les événements. Les phénomènes pourraient d'ailleurs à peu de chose près nous faire penser à une farce, s'ils n'étaient pas si parfaitement inexplicables. On pourrait s'imaginer que le petit garçon de la famille, Maurice, aurait eu une dent contre son précepteur et aurait alors organisé toute une mise en scène en vue de le faire fuir. Mais comment expliquer qu'une fenêtre condamnée dans une chambre fermée à clef puisse être ouverte sans la moindre trace d'outil par un enfant si jeune ? Comment expliquer la force exceptionnelle des coups frappés ? Le propriétaire, qui note avec une surprenante précision chaque événement, nous donne un soir une idée très précise de la puissance des phénomènes :

« Nuit du mercredi 29 au jeudi 30 décembre. – À minuit et demi, nous sommes réveillés subitement par quatre effroyables coups sur la porte de la chambre de Mme de X…

> *Pour se faire une idée de leur violence, qu'on se figure un mur qui s'écroule, un cheval qui rue dans une porte ou quatre boulets de canon lancés dans cette porte ; ce ne sera pas exagéré. Le bruit se transporte aussitôt à l'autre bout du corridor et on entend un coup violent sur la porte de la chambre verte. Plusieurs coups sourds et puissants se font entendre en haut, tout tremble ; ils se déplacent en augmentant de force.*
> *0 h 40. – Deux bruits de ferraille au bout du corridor. Un fort coup sur la porte de la chambre verte.*
> *0 h 50. – Longue promenade de grands pas au second. Un témoin en compte cent trente-deux. Quatorze coups sur la porte de M. l'abbé, cinq dans la chambre verte, dix sur le parquet, deux sur la porte, cinq coups sourds qui font trembler les murs et les meubles à tous les étages ; durée, 4 minutes. »*

L'abbé raconte que certains coups sont si forts qu'on peut les entendre à cinq cents mètres de distance. Par ailleurs, le jeune garçon semble lui-même très effrayé par les bruits du château, ce qui rend la thèse de la farce enfantine peu probable :

> *« Mercredi 5 janvier. – Le révérend père H. L..., religieux prémontré, est envoyé ici par Monseigneur pour juger les faits et nous venir en aide. Le soir, vers 5 h, c'est-à-dire peu d'instants avant son arrivée, Mme de X... étant dans le salon, avec son fils, entend le bruit de la porte que l'on secoue avec violence, et elle voit le bouton tourner avec rapidité. Maurice était effrayé, Mme de X... se mit à chanter très fort pour l'empêcher d'entendre. »*

Cependant, aussi extraordinaires que soient ces phénomènes, certains détails sont assez troublants pour remettre légitimement en cause la bonne foi des différents protagonistes. En effet, on remarque que certaines temporalités posent question, comme la nuit particulièrement troublée du 31 octobre, une date, veille de Toussaint, non sans équivoque. Mais on note aussi des interruptions, semble-t-il volontaires, des phénomènes lorsque l'enquête est sérieusement prise en main par des personnes extérieures. Début janvier, trois mois après le début de la hantise, on trouve par exemple cet événement révélateur :

> *« Séjour du révérend père H. L. – À partir du moment où le révérend père est ici, le calme se fait subitement et d'une manière absolue. Rien, ni le jour ni la nuit. Le 15 janvier, il fait une cérémonie religieuse. À partir de ce jour, nous entendons quelques bruits isolés et extraordinaires, la nuit, et toujours dans des endroits trop éloignés du père H... pour qu'il puisse les entendre. Le révérend père nous quitte le lundi 17, et son départ est suivi aussitôt d'une nouvelle série de phénomènes aussi intenses et aussi graves que ceux qui ont précédé son arrivée. »*

Les phénomènes se poursuivent donc dès que le révérend a mis un pied dehors. Le mois de janvier voit l'apothéose des manifestations, toujours plus puissantes et toujours plus inexplicables :

> *« Nuit du 20 au 21 janvier. (…) 5 h 45. – Un coup retentit dans le corridor ; on entend une course, puis la porte de la chambre verte, qui s'ouvre et se ferme avec violence. Elle est fermée à clef et la clenche en est arrachée.*
>
> *Journée du 25 janvier. (…) 5 h. – M. l'abbé lisait son bréviaire. Quoiqu'il fît depuis trois jours un temps superbe, une masse d'eau tombe, par la cheminée, sur le feu qu'elle éteint, et fait voler la cendre ; M. l'abbé est aveuglé, il en a la figure couverte. »*

Quelques jours plus tard, le 30 janvier 1876, le calvaire des habitants de ce château du Calvados cesse enfin. Un exorcisme a été réalisé à Lourdes et des médailles sont placées au-dessus de chaque porte du domaine. Les mois passent et le calme semble être revenu dans le château. Plus de bruit, plus de coups, plus d'objets déplacés, tout est redevenu normal. Malheureusement, en septembre de la même année, après huit mois sans le moindre incident, les manifestations reprennent. Elles sont encore plus puissantes, les nuits deviennent épouvantables et les habitants du château peuvent à peine fermer l'œil de la nuit. Au petit matin, des pièces entières sont retrouvées sens dessus dessous.

Finalement, la famille, exténuée et impuissante, revend le château quelque temps plus tard. De ce qu'il arriva ensuite, nous n'en savons que peu de choses. Le château est racheté en 1884 puis, cent ans plus tard, en 1984, un incendie ravage entièrement la bâtisse alors que personne n'y habite plus depuis longtemps. Il n'en reste aujourd'hui plus qu'un squelette : la façade, quasi intacte, tient encore debout tandis que derrière celle-ci ne subsistent que des ruines. On raconte qu'après l'incendie, seule la chambre verte aurait été épargnée, mais qu'elle se serait effondrée par la suite.

Aujourd'hui, le nom du château n'est plus un secret, il s'agit du château des Noyers, situé sur la petite commune du Tourneur en Normandie. On l'appelle également le château du Tourneur, d'où l'expression utilisée par Flammation : *château du T…* Les propriétaires des lieux s'appelaient Ferdinand et Pauline, ils avaient une trentaine d'années au moment des faits. Après cette histoire, ils ne firent plus jamais parler d'eux.

Qu'a-t-il donc bien pu se passer dans ce château ? Peut-on vraiment croire en cette fabuleuse et terrifiante histoire de hantise ? Vraisemblablement, celle-ci peut difficilement être une invention de la part de Camille Flammarion, étant donné que le journal qui compile tous les événements, principale preuve de la réalité des faits rapportés, existe encore et a fait l'objet de nombreuses investigations. Par ailleurs, une seconde source écrite au moment de l'affaire, cette fois par Célina, la cuisinière du château, est aujourd'hui entre les mains d'un de ses descendants. Toutefois, les rares sources à notre disposition ne permettent pas de tirer de conclusions formelles. Peut-être est-ce une mystification très habile ? Peut-être s'agit-il d'une sorte d'hallucination collective prolongée ? Les explications rationnelles peuvent être nombreuses, quand bien même les phénomènes décrits sont réellement exceptionnels et semblent inexplicables.

Chacun se fera sa propre opinion. De nombreux aspects de cette histoire en font un cas d'école. Il s'agit de l'une des premières affaires documentées de poltergeist, à une époque où ces phénomènes étaient très peu connus. Elle met en scène des éléments qui se retrouvent dans les grandes affaires d'esprits frappeurs (présence d'enfant, coups répétés sans que leur provenance ne puisse être identifiée, objets déplacés, etc.). Si dans ce cas, il est difficile d'arrêter une explication, le phénomène de hantise et les cas de poltergeist ont longuement été discutés, notamment par de grands enquêteurs tels Charles Fort ou Émile Tizané. Sans nul doute que si ces derniers avaient entendu parler du cas du château hanté du Calvados, ils se seraient pris de passion pour lui. Pour Camille Flammarion, en tout cas, il n'y a aucun doute sur la véracité de ce cas. Sa conclusion est éloquente : « *Toute cette histoire est extraordinaire, sans contredit. Mais son authenticité est aussi certaine que celle de la guerre allemande de 1914-1918, assurément plus folle et plus stupide encore, avec ses effroyables crimes* ».

L'explication de cette histoire n'est peut-être qu'une affaire de perception. Certains cas de poltergeist le prouvent bien, tel celui de l'église hantée de Delain qui rapporte bien des faits extraordinaires. Au final, le tout s'est avéré n'être qu'une supercherie savamment orchestrée, malgré les nombreux témoignages. Cependant, beaucoup d'affaires de poltergeist restent teintées de mystère. Sans enquête sur le terrain, il est compliqué de démêler la vérité factuelle des biais d'interprétation. Ainsi, pour le château hanté du Calvados, le mystère demeure. Qu'importe. Cette fantastique affaire continue encore aujourd'hui de nous faire autant rêver que frissonner.

BIBLIOGRAPHIE

L'Homme Rouge des Tuileries

Abbée Oroux, Chapelain du Roi, abbé de Fontaine-le-Comte, *Histoire ecclésiastique de la cour de France, où l'on trouve tout ce qui concerne l'histoire de la Chapelle, & des principaux officiers ecclésiastiques de nos Rois*, tome premier-tome second, France, de l'Imprimerie Royale, 1777.

A. de Barthélemy, « La Colonne de Catherine de Médicis à la Halle au Blé », *Mémoires de la Société de l'histoire de Paris et de l'Ile-de-France*, 1879.

Maxime Aubray, « La Légende du petit homme rouge », *Le Petit Marseillais*, 1er octobre 1871.

Sophie Durand et Auguste-Jean-Baptiste Defauconpret, *Anecdotes sur la cour et l'intérieur de la famille de Napoleon Bonaparte*, France, Colburn, 1818.

Jean Frollo, « Les Apparitions des palais », *Le Petit Parisien*, 16 novembre 1890.

Jacques Garance et Maud Ratton, *Paris méconnu*, France, Jonglez, 2017.

Marie-Anne Adélaïde Lenormand, *Le Petit Homme rouge au château des Tuileries : La vérité à Holy-rood, Prédictions, etc.*, France, Mlle Le Normand, 1831.

Jacques Morel, *La Concordance des Prophéties de Nostradamus avec l'histoire, depuis Henri II jusqu'à Louis le Grand, la vie et l'apologie de cet auteur, ensemble quelques essais d'explication sur plusieurs de ses autres prédications,* 1712.

Pitois Christian, *L'Homme rouge des Tuileries*, France, 1863.

Caroline Zum Kolk et Jacqueline Vons, *Maladie, mort et funérailles de Catherine de Médicis ou : histoire curieuse d'une reine qui fut enterrée cinq fois (1588-1817)*, Presses universitaires de Vincennes, 2017.

Les fantômes du Trianon

Terry Castle, « Contagious Folly : An Adventure and Its Skeptics », *Critical Inquiry*, volume 17, n° 4, 1er juillet 1991.

Nicolas Dissez, « La Folie à deux, un épisode délirant expérimental ? », *Journal français de psychiatrie*, n° 22, 2004.

Brian Dunning, « The Versailles Time Slip », *Skeptoid Podcast*, Skeptoid Media, 7 février 2012.

Annick Heitzmann, « Jeux de bague de Trianon », *Versalia, revue de la société des Amis de Versailles*, n° 12, 2009.

Lucille Iremonger, *Ghosts of Versailles: Miss Moberly and Miss Jourdain and Their Adventure: A Critical Study*, London: Faber and Faber, 1957.

Philippe Jullian, *Robert de Montesquiou: Un prince 1900*, 1965.

Elisabeth Loftus et Katherine Ketcham, *Le Syndrome des faux souvenirs. Ces psys qui manipulent la mémoire*, 1998.

Charlotte Anne Elizabeth Moberly et Eleanor Frances Jourdain, *Les Fantômes de Trianon: une aventure,* Éditions du Rocher, 1959.

Nicolas Théron, « Les Folies à deux, ou psychose partagée : une contagion psychopathologique ? », *Le Dailyspy,* 4 avril 2018.

Le mystérieux château hanté du Calvados

Camille Flammarion, *Les Maisons hantées: en marge de la mort et son mystère,* France, E. Flammarion, 1923.

David Galley, *Mystérieuses archives*, N.p., Opportun, 2018.

VIII
CURIOSITÉS OUBLIÉES

LE CRYPTOGRAMME DE LA BUSE

La Réunion
Saint-Paul

« Mon trésor à qui saura comprendre ! »
La Buse

Si la tombe de Sitarane est le théâtre de rituels obscurs, ce n'est pas la seule sépulture de l'île de La Réunion à être un lieu où se déroulent d'étranges manifestations une fois la nuit tombée. Elle partage ce phénomène avec une autre tombe célèbre, celle du pirate Olivier Levasseur, plus connu sous le nom de La Buse. Un homme au destin hors du commun, dont l'histoire rocambolesque et épique, mais bien réelle, n'a rien à envier à celle d'un Jack Sparrow ou d'un Barbe Rouge.

Un jour de 1930, Rose Savy, une Mauricienne installée aux Seychelles, se présente à la Bibliothèque nationale de France en quête d'un grimoire magique, *Les Clavicules de Salomon*[1]. Si elle a fait le déplacement depuis son île, c'est qu'elle est persuadée que ce grimoire lui permettra de décrypter un document vieux de près de deux cents ans, trouvé dans des circonstances pour le moins originales. Mais quel peut bien être le rapport avec l'île de La Réunion et le pirate La Buse ? Remontons un peu dans le temps.
Un matin de 1923, Rose Savy se promène dans son domaine de Bel-Ombre, à Mahé aux Seychelles. Quelle n'est pas sa surprise quand, « *lors d'une marée d'équinoxe, elle découvre une série de rochers sur lesquels sont gravées des figures pour le moins étranges*[2] ».

> *« En mer, face au rivage, était ciselée la tête d'un homme endormi, qu'accompagnaient, à distance, deux serpents, une urne et un cœur de scorpion. À terre, une tortue sculptée*

1. Charles de la Roncière, *Le Flibustier mystérieux : Histoire d'un trésor caché,* p. 12.
2. *Ibid.*, p. 5.

> *à ras du sol semblait vivante. En relief sur une roche, une tête de serpent se dressait au-dessus d'une femme de pierre, une jolie femme en chignon, à la taille fine et au cou bien attaché. Et on se plaisait à y voir Andromède délivrée d'un monstre par Persée, quand, non loin de là, on apercevait l'Œil d'un monstre. Un chien de chasse, patte levée, évoquait Sirius, et un chien turc au gros ventre rappelait Phocyon, qui rampe dans le ciel. Un museau de cheval évoque à peu près le Sagittaire. Avec l'Ourse, le Taureau… la voûte céleste était dessinée sur les rochers du sol*[1]. »

Il n'en faut pas plus à madame Savy pour se mettre à chercher la signification de ces étranges symboles. Très rapidement, elle fait entreprendre des fouilles à proximité de ces roches gravées qui mettent à jour trois squelettes humains. « *Deux d'entre eux, couchés dans des cercueils, portaient un anneau d'or à l'oreille gauche, comme l'habitude en été fréquente chez les marins* », raconte Charles de la Roncière, le bibliothécaire en chef et historien que rencontrera madame Savy des années plus tard à la BnF. Il poursuit : « *Le troisième corps était enfoui à même le sol, la face contre terre.* » Les chercheurs et Rose Savy sont probablement aussi perplexes qu'intrigués. S'il est difficile d'identifier ces hommes, un détail vient préciser leur activité. En effet, le troisième corps a le crâne fracturé, et il apparaît que les pirates avaient pour habitude de fracasser le crâne de ceux qui avaient été reconnus coupables auprès des leurs. Si bien que le récit du funeste destin de ces trois hommes peut être retracé. En observant les corps, l'hypothèse serait que les deux squelettes enterrés dans des cercueils ont été tués par le troisième, reconnu coupable, exécuté en lui brisant le crâne, et finalement abandonné sans plus de sépulture. Ainsi, même si la découverte est aussi surprenante que mystérieuse, une chose est sûre : des pirates avaient un jour séjourné sur cette île.

La nouvelle de cette découverte fait rapidement le tour de l'île. Un notaire, ou un membre de sa famille, selon les versions, se rapproche de Rose Savy. Il déclare avoir en sa possession des documents qui comportent les mêmes signes étranges que ceux retrouvés sur les pierres gravées. Le dossier est composé de textes mystérieux rédigés en rébus ainsi que d'un testament de plusieurs pages. Mais ce qui attire immédiatement madame Savy, c'est un texte crypté, qui va devenir le principal objet de cette histoire, censé mener celui qui parviendrait à le déchiffrer jusqu'à un fantastique trésor. Rose Savy se plonge alors corps et âme dans cette énigme, ce qui l'amène à rechercher un ouvrage bien célèbre du monde de l'ésotérisme : *Les Clavicules de Salomon.* Ce grimoire semi-légendaire est un texte attribué au roi Salomon. Il permettrait, notamment grâce au Livre V *L'Ars Notaria,* aussi appelé le *Lemegeton,* d'acquérir tous les savoirs du monde. Bien pratique lorsque l'on veut déchiffrer un obscur cryptogramme. En réalité, comme bien souvent lorsqu'il s'agit de grimoires, l'origine et la fonction du texte sont bien plus troubles : il s'agit d'un ensemble de textes très disparates – on en compterait plus d'une centaine –, écrits à partir du XVe siècle dans différentes langues et proposant des formules et incantations cabalistiques à différentes fins. Rose Savy, quant à elle, est convaincue que l'ouvrage abrite un savoir

1. Charles de la Roncière, *op. cit.*, p. 14.

ésotérique, qui, une fois qu'elle en aura pris connaissance, lui donnera la capacité de comprendre la page cryptée. D'ailleurs, une partie des inscriptions du document se retrouve dans le grimoire magique. Si bien que la lectrice se persuade que la réalisation de rituels, notamment pour attirer l'argent, l'amènera jusqu'à un fantastique trésor… en vain. Jamais elle ne parviendra à déchiffrer l'énigme qui continue de susciter fantasmes et spéculations les plus folles.

Des pirates dans l'Océan Indien, il y en a eu pléthore. Mais un nom en particulier continue de résonner sur toutes les mers, contre tous les vents : celui d'un certain Olivier Levasseur, dit La Buse.

Peu de faits sont avérés au sujet d'Olivier Levasseur. Certains disent qu'il serait né en 1689 à Calais dans une famille de corsaires et d'autres qu'il aurait vu le jour sur l'île de la Tortue, à Haïti, célèbre pour avoir été un repaire de flibustiers. La seule source relativement crédible et contemporaine de La Buse est l'ouvrage *Histoire générale des plus fameux pirates*[1] publié en 1724 par un certain Charles Johnson, dont l'identité n'est, elle non plus, pas avérée. On a longtemps pensé qu'il s'agissait d'un pseudonyme de Daniel Defoe, le célèbre auteur polymathe de *Robinson Crusoé*, à la vie trépidante d'agent secret et d'aventurier. Mais des études plus récentes tendent à démontrer que l'ouvrage, prétendument historique, aurait été l'œuvre d'un journaliste anglais nommé Nathaniel Mist. Comme les deux hommes se connaissaient (Defoe a travaillé pour le journal hebdomadaire de Mist entre 1716 et 1719[2]), on peut envisager qu'ils ont, d'une façon ou d'une autre, collaboré à cet ouvrage.

Quoi qu'il en soit, dès ses origines, la vie d'Olivier Levasseur est bien mystérieuse, et il est bien épineux de démêler le vrai du faux à son sujet, tant on a des difficultés à savoir qui a raconté son histoire. Car on peut légitimement remettre en question la véracité des propos relatés dans *L'Histoire générale des plus fameux pirates*, dans la mesure où c'est un ouvrage qui a non seulement largement participé à répandre les stéréotypes, parfois trompeurs, qui véhiculent encore aujourd'hui sur les pirates, mais surtout qu'il y est fait mention de Libertalia. Libertalia aurait été une colonie fondée par trois pirates dans le but de créer une société idéale libertaire. Celle-ci se serait installée au nord de Madagascar et aurait existé pendant 25 ans. Or, l'ouvrage de Mist-Defoe est la seule source connue de cette utopie et malheureusement aucune preuve historique ou archéologique ne laisse penser qu'elle aurait véritablement existé. De fait, parmi les trois fondateurs, Olivier Mission, un ex-officier de la marine, Carracioli, un prêtre défroqué italien, et Thomas Tew, un ancien corsaire anglais, on ne peut prouver l'existence que du dernier. En ce qui concerne Olivier Levasseur, si l'on sait avec certitude qu'il a existé, le récit de ses exploits doit être abordé avec un regard sceptique tant les sources sont rares et parfois romancées.

Au commencement, La Buse fait partie d'une compagnie de pirates établis dans les Caraïbes, à New Providence. Dès 1706, lui et ses acolytes ont fondé sur cette petite île protégée une société

1. Captain Charles Johnson, *A General History of the Pyrates*, 1724.
2. La Grande Encyclopédie Larousse, vol. 6, 1973, p. 3336.

régie par ses propres lois : la République des Pirates. Il vogue aux côtés de personnages hauts en couleur tels Samuel Bellamy, appelé Black Sam, un capitaine renommé pour être le « Prince des Pirates ». On trouve également Howell Davis, duquel on dira, en dépit des sinistres événements émaillant sa vie, qu'il est une des personnes « *les plus généreuses du genre humain*[1] ». D'autres, tel Thomas Cocklyn, un Anglais quelque peu bourru, aurait été élu capitaine « *en raison de sa brutalité et de son ignorance*[2] » ou encore Edward England, tout son contraire, que l'on dit être l'un des pirates les plus humains, courageux et généreux[3] qu'il eût été donné de voir. La Buse, quant à lui, est décrit comme un homme valeureux qui tiendrait son surnom de sa capacité à fondre sur ses ennemis à la vitesse de l'éclair[4]. Arrive cependant le jour où le pirate se voit forcé de quitter les eaux chaudes des Caraïbes. On ne sait pas bien s'il est expulsé de la colonie ou s'il est contraint de partir pour fuir la traque des marines des États voisins. Quoi qu'il en soit, c'est vers l'Océan Indien que La Buse met le cap. Quelque part vers Mayotte, Olivier Levasseur rencontre un certain John Taylor, un capitaine avec qui il s'associe dans l'espoir de faire main basse sur la mer des Indes. Ensemble, ils vont réaliser un coup de maître, une attaque si fructueuse qu'elle sera qualifiée de plus grosse prise jamais effectuée par des pirates.

En avril 1721, La Buse et Taylor approchent des côtes de l'île de La Réunion, dans le sud de l'Océan Indien. Une fois la terre en vue, ils remarquent rapidement que, dans le port Saint-Denis, le chef-lieu, un bateau portugais est en réparation. Ce navire s'appelle La Vierge du Cap et il va les faire entrer dans l'histoire.

La Vierge du Cap est « *un grand trois-mâts de huit cents tonneaux et percé de soixante-douze canons*[5] ». L'équipage, parti pour une mission de dix ans sur la route des Indes, avait pris à son bord des personnalités de renom tel l'archevêque de Goa, Don Sebastian de Andrado et le comte d'Ericeira, vice-roi des Indes orientales portugaises. Au moment de retourner vers l'Europe, les cales chargées des plus grandes richesses des pays parcourus, le navire a essuyé une tempête au cours de laquelle il a perdu ses trois mâts et son gouvernail ce qui l'a obligé à faire une escale imprévue. Dans le bateau amarré au port de Saint-Denis, se trouve donc un véritable trésor : de l'or, des épices, des étoffes, des bois précieux… Lorsqu'il aperçoit le vaisseau, La Buse n'a pas la moindre idée de ce qui l'attend. Le navire, de loin, semble représenter une bonne occasion d'exercer ses talents de pirate. Lui et sa compagnie se répartissent alors sur deux navires. Taylor a un bateau doté de 38 canons et de 280 hommes, tandis que La Buse a un bâtiment équipé de 36 canons et de 200 hommes[6]. Le 26 avril 1721, à la pointe du jour[7], ils approchent des côtes avec, au bout du mât, le pavillon anglais, bleu, rouge et blanc.

1. Terry Breverton, *The Book of Welsh Pirates and Buccaneers*, 2003, p. 252.
2. Charles Grey, *Pirates of the Eastern Seas (16181723): A Lurid Page of History*, 1933, p. 28.
3. Captain Charles Johnson, *op. cit.*
4. Emmanuel Mezino, *Mon Trésor à qui saura le prendre…*, 2014, p. 31.
5. *Ibid.*, p. 22.
6. Inconnu, *Relation de voyage de son Excellence le M. le Comte d'Ericeira, Grand de Portugal, ci-devant Viceroy et Capitaine Général des Indes Orientales pour Sa Majesté Portugaise*, 1722, p. 61.
7. *Ibid.*, p. 59.

Mais arrivés à portée de canon, ils hissent soudainement le pavillon noir ! Pour les hommes de La Vierge du Cap restés à terre, c'est la panique : impuissants, ils voient deux énormes navires pirates fondre sur leur vaisseau ébréché. À bord, il ne reste plus qu'une vingtaine de canons, les autres étant passés par-dessus bord pendant la tempête, 34 fusils ainsi qu'une poignée de marins. C'est un équipage médusé qui, en partie depuis le pont et en partie depuis la plage, observe, sidéré, les pirates passer à l'attaque.

Le récit de la bataille, très détaillé, évoque un combat acharné mené par les courageux Portugais, repoussant avec bravoure les premiers assauts. Il y aurait tout d'abord eu de longs échanges de coups de canon, avant que les assaillants ne tentent un premier abordage, repoussé à coups de mousquets. Treize hommes parmi les défenseurs se seraient ralliés aux vaisseaux ennemis, trahissant leur propre camp et réduisant encore un peu plus les forces portugaises. Au deuxième abordage, ils auraient fui à la nage. Une vingtaine de marins auraient alors mené le combat final contre les hommes de La Buse[1] !

Pour les Portugais, cette défaite est une véritable catastrophe. Ils viennent non seulement de perdre un navire important, mais surtout une cargaison qui représentait une richesse colossale. L'équipage de La Buse vient de mettre la main sur un trésor qu'on pourrait estimer, à l'aune de nos monnaies actuelles, à plus de 4 milliards d'euros. Il s'agit du plus gros butin jamais amassé durant l'âge d'or de la piraterie (soit entre 1650 et 1730). Les conséquences de cette perte sont désastreuses pour le comte d'Ericeira, responsable de ce bâtiment royal, qui, malgré le combat acharné qu'il a prétendument opposé aux pirates, se voit banni pour dix ans de la cour par le roi du Portugal.

Après avoir réussi le « casse du siècle », La Buse, Taylor et leurs hommes reprennent la mer en direction du nord. Ils détroussent sur leur chemin encore quelques autres malheureux. Les sources ne s'accordent pas sur le déroulé des événements. Certaines affirment qu'ils auraient rapidement fait naufrage à Mayotte, puis auraient décidé de se partager le butin sur l'île Sainte-Marie, de l'autre côté de Madagascar.

On sait que La Buse s'y installe et décide d'y prendre sa retraite. L'homme est, en théorie, richissime, mais il reste recherché pour ses crimes. Il est alors probable que, comme de nombreux autres flibustiers de l'époque, il ait enterré son butin quelque part, en espérant obtenir l'impunité grâce à la charte de clémence envers les pirates offerte par le Roi.

Enfouir son trésor, ce qui peut paraître un peu cliché, était une pratique courante comme le raconte très bien Charles de la Roncière lorsqu'il évoque un trésor pirate d'une valeur de 200 000 francs retrouvé en 1810, dans la plaine du Butor, près de l'église de Sainte-Clotilde[2].

1. Le récit de cette bataille est probablement enjolivé voire totalement faux. En effet, dans son rapport au roi du Portugal, le vice-roi des Indes a sans doute tenté de garder son honneur sauf. En réalité, il est plus probable que les pirates, en très grande supériorité numérique, aient très aisément pris le navire.
2. Charles de la Roncière, *op. cit.* p. 21.

Ainsi, des trésors cachés sur l'île de La Réunion, il y en a bien eu, et La Buse ayant séjourné un moment sur l'île, il n'est pas complètement impensable qu'il y ait dissimulé son butin. On retrouve la trace de La Buse en 1729, il semble alors s'être fait une nouvelle identité et être rentré dans le droit chemin. Il travaille en tant que pilote sur les navires de la côte nord-est de Madagascar, tout près de l'île Sainte-Marie. Un jour qu'il est engagé sur un bateau de la Compagnie des Indes, il est reconnu par le commandant de bord, le capitaine d'Hermitte, qui va immédiatement l'arrêter. Très rapidement, on le conduit sur l'île de La Réunion pour y être jugé. Un extrait du jugement décrit :

> *« Vœu par le Conseil le procès criminel extraordinairement fait (...), contre Olivier Levasseur surnommé La Buse, accusé du crime de piraterie (...). Le Conseil l'a condamné et condamne à faire amende honorable devant la principale porte de l'église de cette paroisse, nu en chemise, la corde au col et tenant en sa main une torche ardente du poids de deux livres, pour là, dire et déclarer à haute et intelligible voix que méchamment et témérairement il a fait pendant plusieurs années le métier de forban, dont il se repent et demande pardon à Dieu, au Roy. »*

Il est pendu à 5 h, le soir du 7 juillet 1730, non sans un dernier coup d'éclat de sa part. En effet, c'est au crépuscule de sa vie qu'Olivier Levasseur va mettre en scène l'événement grâce auquel son nom va entrer dans l'Histoire. À l'issue de son procès, en traversant le pont qui enjambe la Ravine à Malheur, il lâche à ses gardiens : « *Avec ce que j'ai caché ici, je pourrais acheter toute l'île.* » Plus stupéfiant encore, le soir de son exécution, sur l'échafaud, La Buse s'écrie : « *Mon trésor à qui saura comprendre*[1] *!* » tout en jetant dans la foule une feuille de papier sur laquelle d'étranges symboles sont marqués. Il s'agit du fameux et mystérieux cryptogramme de La Buse. De la légende ou de la réalité, il est bien difficile dans cette affaire de savoir qui tient de quoi. Les propos prêtés à La Buse dans ses derniers instants ne reposent sur aucune preuve formelle, de même qu'il est difficile de retracer le parcours du cryptogramme avant qu'il n'arrive entre les mains de madame Savy, deux cents ans plus tard.

Beaucoup d'éléments de l'énigme sont donc sujets à caution, à commencer par l'histoire même de La Buse. Celle-ci est racontée par un certain Charles Johnson, dont l'identité n'est pas établie. Son trésor a existé de manière certaine, comme en attestent les registres portugais de l'époque. Mais la quête pour retrouver celui-ci a cependant été menée par une Rose Savy dont on sait peu de choses, si ce n'est qu'elle était visiblement versée dans l'occulte. Cette dernière, comme sa descendance, n'a jamais officiellement confirmé l'histoire de l'origine du cryptogramme telle qu'elle est contée par Charles de la Roncière.

Le cryptogramme est présenté pour la première fois au public en 1934 dans l'ouvrage de Charles de la Roncière. Il semble que personne n'ait toutefois pu attester de son existence

1. Ou « *... à qui saura le prendre !* » selon les versions.

ailleurs. Le document original serait aujourd'hui dans une collection privée. En effet, Rose Savy aurait revendu pour une petite fortune les précieux documents à un certain Reginald Cruise-Wilkins, passionné par cette énigme. Ce chasseur de trésors l'aurait ensuite légué à son fils, John, qui poursuit encore aujourd'hui les recherches commencées par son père. Par ailleurs, les sources contemporaines du pirate sont quasi inexistantes et peu d'ouvrages modernes traitent sérieusement du sujet. Le mystère du trésor de La Buse a ceci de passionnant qu'il a rassemblé historiens, chercheurs de trésors, archéologues, archivistes et curieux sans que jamais, en maintenant 300 ans, son énigme n'ait été percée. De quoi laisser rêveurs les chasseurs de trésors que nous sommes tous...

Voici une reproduction du cryptogramme de La Buse :

Il s'agit d'un manuscrit de dix-sept lignes que l'on a pu partiellement déchiffrer, notamment grâce aux recherches de La Roncière, l'éminent historien de la Bibliothèque nationale. Le chercheur estime qu'il date du XVIIIe siècle. Il est écrit dans un code relativement élémentaire que l'on appelle le chiffre pigpen, le chiffre du parc à cochons ou encore le chiffre des francs-maçons. Ce code est un chiffrement par substitution monoalphabétique. Il suffit, pour le traduire, de trouver à quelle lettre correspond chaque symbole. Ce type de cryptage, très rudimentaire, a souvent été utilisé par des ordres secrets et plus particulièrement les francs-maçons. La Buse, en l'occurrence, aurait également utilisé un système appelé l'alphabet des Templiers, ce qui nous donne, en guise de lettres, ces formes géométriques proches de l'hébreu carré. Charles de la

Roncière, ayant eu le document entre les mains, s'est penché sur cette énigme. Voici, selon ses recherches, ce que l'on peut y lire :

« Prenez une paire de pijon, virez
les 2 coeurs (...) tête de cheval (...) une kort
fil winshient écu prenez une cullière
de mielle (...) outre vous en faites une ongat
mettez sur le passage de la (...)
(...) Prenez 2 liv cassé sur le chemin
Il faut (...) toit à moitié couvé
pour empêcher une femme (...) vous n'avez
qu'à vous serrer la (...) pour veni
(...) épingle (...) juillet (...)
(...) faire piter un chien turc un
(...) de la mer (...) bien sécher et sur
(...) qu'une femme qui
veut se faire d'un...
dans (...) dormir un homme
(...) faut en rendre (...) qu'un diffur (...) »

Si quelques bribes de phrases sont plus ou moins compréhensibles, même ainsi traduit, le cryptogramme n'en demeure pas moins toujours aussi mystérieux dans son ensemble. Il paraît présenter une marche à suivre dans laquelle reviennent des éléments curieusement familiers. Les deux cœurs, la tête de cheval, le chien turc et la femme sont autant d'éléments que l'on retrouve sur les pierres gravées, trouvées accidentellement à Mahé par Rose Savy. Charles de la Roncière, immédiatement interpellé par cette découverte raconte :

> *« La lecture - approximative - du cryptogramme, laisse au premier abord un sentiment de stupeur. Avec ses pigeons, son onguent, son chien turc, on se demande si le forban n'est pas un farceur désireux de mystifier les chercheurs.*
> *Fort heureusement, un plan, soigneusement dressé d'un domaine de l'île mystérieuse*[1] *permet de contrôler les données de son cryptogramme. Je l'ai sous les yeux. Et nous voyons tour à tour apparaître les repères qu'il a nommément visés : les deux cœurs, qu'il s'agit de virer, c'est-à-dire de contourner, ainsi que le A pour arriver à la tête de cheval proche de la plage. Au sud, derrière un glacis également proche du rivage, se trouvent le chien turc et le toit à moitié coupé, dont parle le cryptogramme. L'abondance des gravures rupestres d'alentour, lézard, tortue, chien patte levée, toit pointu, œil du monstre, deux ailes… semblent bien indiquer qu'il faut chercher dans ces parages le trésor. »*

1. Charles de la Roncière ne voulait pas, dans son ouvrage, révéler l'endroit où se cachait potentiellement le trésor. Il fait ici référence à l'île de Mahé aux Seychelles.

En plus de ces « consignes » qui semblent se dessiner, l'historien avance également que La Buse aurait laissé une donnée astronomique qui, traduite en coordonnées modernes, indiquerait une gravure en particulier : la maison au toit coupé. Si le travail de Charles de la Roncière semble tracer une voie sur l'île mystérieuse, que nous savons être l'île de Mahé, il se contente en fait de nous livrer une traduction du cryptogramme, sans jamais aller plus avant dans l'interprétation, si bien que même le document « traduit », personne ne parvient à mettre la main sur le fameux trésor.

Des dizaines d'années plus tard, en 1994 sur l'île de La Réunion, un passionné de cette énigme provoque un coup de théâtre. Joseph Tipveau, surnommé Bibique, remarque une chose à laquelle personne encore avant lui n'avait prêté attention. Dans le hall de la mairie de la Possession, une commune de l'île, trône une étrange pierre gravée qui, dit-on, a été trouvée dans la Ravine à Malheur. Cette même ravine où, des siècles plus tôt, La Buse, tenu par ses geôliers, aurait confié avoir enterré son trésor. Pour Bibique, la relation est évidente : cette pierre est liée au cryptogramme. Il écrit : « *Quelque chose d'insolite m'a frappé : comment se fait-il que, dans le cryptogramme de La Buse, on trouve seulement trois "A" pointus alors que tous les autres sont carrés ?* » Et, effectivement, aux lignes 1, 3 et 6, on distingue bel et bien les A pointus, quand les autres sont « carrés ». Et la pierre gravée présente, elle aussi, un grand A pointu. Pour le chercheur de trésors, la combinaison de ces deux éléments indiquait autrefois une direction, calculable grâce à la trigonométrie. Or, la pierre déposée originellement dans la Ravine à Malheur a été déplacée pour être exposée à la mairie de la Possession. Sans connaître son emplacement précis d'origine, il est à présent impossible de retrouver le bon calcul. Bien vite, d'autres hypothèses concernant cette nouvelle piste voient le jour. Il est ainsi parfaitement possible que La Buse, longeant les côtes de La Réunion en remorquant La Vierge du Cap, juste après sa prise, ait caché son trésor dans la Ravine à Malheur, un endroit discret et abrité. Cette hypothèse est encore aujourd'hui l'une des pistes de recherche privilégiées et les plus plausibles. La pierre de la Possession est gravée de trois signes énigmatiques : un premier signe à gauche qui s'apparente à un A et dont la barre de gauche se prolonge en bas par un trait horizontal. Le deuxième signe est une croix, semblable à une croix chrétienne. Enfin, le dernier symbole est difficile à interpréter, la pierre étant partiellement cassée sur son côté droit. On pourrait y voir un R, un P, un F ou encore la lettre grecque Γ. C'est cette dernière hypothèse qui semble la plus intéressante, puisqu'elle met en avant une interprétation assez intelligible : celle de la Croix du Sud. En effet, cette petite constellation proche du Centaure, dans l'Hémisphère sud, forme une croix dont les deux étoiles les plus brillantes sont, d'un côté Acrux (notée Alpha ou A) et de l'autre Gacrux (notée Gamma ou Γ). Ainsi, l'inscription de la pierre pourrait s'apparenter à un schéma de la Croix du Sud : A†Γ. D'autres chercheurs envisagent plutôt que les gravures de la pierre représentent des outils francs-maçons, en l'occurrence un compas, une balance et une équerre. Dans ce cas, la pierre n'aurait aucun lien avec La Buse, mais serait le témoignage de l'aide des francs-maçons dans la construction du chemin des anglais, la première route pavée de l'île, bien après la mort de La Buse, qui passe justement par la Ravine à Malheur.

Pour Emmanuel Mezino, chasseur de trésors amateur et auteur d'un ouvrage sur La Buse, qui affirme avoir déchiffré le cryptogramme, ce document représente une carte stellaire qui, couplée à des gravures qu'il aurait trouvées sur l'île de La Réunion, indiquerait la position du trésor. John Cruise-Wilkins, le probable propriétaire du cryptogramme aujourd'hui, continue quant à lui de chercher inlassablement le trésor sur l'île de Mahé. Dans un reportage de CNN diffusé en janvier 2021, il témoignait garder espoir de le trouver et conserver jalousement encore bien des secrets.

Aujourd'hui, la tombe de La Buse est une attraction du cimetière marin de Saint-Paul même si, comme celle de Sitarane, elle appartient davantage à la légende qu'à la réalité. En effet, la croix en pierre sur laquelle est gravé un crâne a été retrouvée au lendemain d'un cyclone, le 11 avril 1944 par un dénommé Ignace de Villèle qui décide de la poser contre le mur d'enceinte des tombes de sa famille. Comme la seule indication identifiable sur la croix est le symbole des pirates, le lien entre celle-ci et le fameux pirate La Buse est très vite fait. Si bien que, dans les années 70, on finit par ériger un monument en mémoire d'Olivier Levasseur, avec cette fameuse croix en pierre. Aucune chance, pourtant, que le pirate, aussi fameux soit-il, ait été enterré là, étant donné qu'un forban, de surcroît condamné à mort, n'aurait pu reposer dans un cimetière aux côtés de riches propriétaires blancs et de personnalités de l'île. Par ailleurs, la pierre tombale utilisée pour construire ce monument en mémoire de La Buse revêt, elle aussi, un caractère intéressant et surprenant. En effet, on sait depuis 2010 qu'il s'agit d'une dalle provenant de la tombe d'une esclave nommée Delphine Helod, affranchie en 1835, soit près de 100 ans après la mort de La Buse !

Alors, où se trouve le trésor de La Buse ? Les sources historiques sont formelles, ce butin d'une formidable valeur a bel et bien existé. Comme beaucoup de pirates, il est fort probable que La Buse, acculé, l'ait enterré sur l'une des îles qu'il a écumées. L'a-t-il fait juste après la bataille de La Vierge du Cap dans la Ravine à Malheur sur l'île de La Réunion ? Ou bien a-t-il choisi l'île Sainte-Marie, là où il a passé ses vieux jours, afin de le garder près de lui ? L'a-t-il déposé quelque part en chemin, sur l'île de Mahé aux Seychelles, ou bien encore sur l'île Maurice ? Et si toute l'histoire de ce cryptogramme était une supercherie montée de toutes pièces par madame Savy ou le notaire ? Et si Charles de la Roncière, lui-même, avait menti ? Les théories sont aussi nombreuses que les chercheurs pleins d'espoir. Si certains clament régulièrement avoir percé ce secret, le trésor reste parfaitement introuvable. Peut-être que La Buse, dans un dernier pied de nez, a jeté dans la foule un cryptogramme absurde qui aura fait tourner la tête de centaines de personnes pendant des siècles. Dans tous les cas, le surnom d'Olivier Levasseur continuera longtemps de résonner sur les eaux chaudes de La Réunion et de faire naître des étoiles dans les yeux des amateurs de mystères.

LE PLANCHER DE JOACHIM

Hautes-Alpes
Crots

« Heureux mortel, quand tu me liras, je ne serai plus. Mon histoire est courte et sincère et franche, car nul que toi ne verra mon écriture. »

Joachim Martin

Que reste-il de nous après notre mort ? Un souvenir, un témoignage ? Autour de quel propos ? Une idée, une réflexion, ou bien un événement marquant de notre vie ? Les mots peuvent-ils perpétuer notre parole et la faire exister, même des siècles après notre disparition ? La réponse se trouve peut-être sous une pierre ou le plancher de votre domicile.

Entre 1999 et 2000, dans les Hautes-Alpes, le château de Picomtal à Embrun est en rénovation. Après que les lattes de l'ancien parquet sont relevées, les travaux mettent en évidence une découverte tout à fait extraordinaire. En effet, sous certaines d'entre elles, marquées au crayon, se trouvent des phrases écrites par le menuisier qui les a posées à l'époque, Joachim Martin. Ces lattes révèlent le témoignage d'un homme du peuple du XIXe siècle. Il livre aussi bien des confidences et secrets sur l'entourage de son village, que ses propres opinions sur la société dans laquelle il évolue. Immédiatement, les propriétaires du château s'attellent à rassembler toutes les lattes sur lesquelles se trouvent des morceaux de vie livrés par le menuisier. Au total, ce sont soixante-douze lattes qui sont rassemblées, pour exactement trois mille neuf cent quarante-trois mots, soit l'équivalent d'une dizaine de pages de livre. Le récit qui en ressort est un témoignage qui plonge le lecteur au plus près de la vie du menuisier.

Joachim, qui a refait le parquet cent vingt ans plus tôt, en 1880-1881, se sert de ces lattes comme d'un journal intime. Il couche des pensées très personnelles et vindicatives envers ses concitoyens. Le menuisier sait pertinemment que son récit ne pourra être découvert que bien longtemps après sa mort. Son témoignage, plein de ressentiment, est écrit à la manière d'une bouteille à la mer adressée à son successeur.

Joseph Joachim Martin est né dans le village de Crots – nommé *Les Crottes* jusqu'en 1970 – dans les Hautes-Alpes, le 18 avril 1842. Dans cette région, comme beaucoup de zones rurales en France, la modernité frappe. Elle est redoutée. C'est l'avènement de la Troisième République, de l'École, du chemin de fer. Un monde plus grand, plus connecté, qui amène son lot de bouleversements. C'est la fin du terroir français. Joachim devient rapidement menuisier. S'il exerce ce métier, c'est parce que c'était également celui de son père. Sa famille, catholique, est présente au village depuis plusieurs générations. Sa mère, protestante, était couturière, fille de potier, et décédée le 31 juillet 1868. Le menuisier ne la mentionne pas dans ses confidences. Ce sont les documents d'archives qui permettent de retracer le parcours de sa mère alors fraîchement arrivée au village. Elle épouse son père rapidement, puis ils forment leur foyer.

En 1858, Joachim n'a que 15 ans, mais il gagne déjà sa vie. Entre 1880 et 1881, le menuisier, alors âgé de 38 ans, accepte de refaire le parquet du château pour 0,75 F le mètre carré, ainsi que d'en changer les portes et les fenêtres. L'homme est mécontent, il en aurait souhaité 1 F. Mais bien qu'il s'estime mal payé, il se lance tout de même dans la rénovation du lieu. Si la vie est dure, car comme il le dit lui-même, il travaille de 5 h du matin à 20 h, Joachim s'accroche. Son employeur Joseph Roman est un célibataire issu d'une famille de magistrats. Érudit, porté sur le dessin, il est bien estimé par Joachim à en juger par les considérations cordiales écrites par ce dernier.

L'entreprise est colossale. L'artisan s'y applique au mieux. Aidé de son crayon, l'homme couche, le temps des travaux, quelques bribes de vie du quotidien des habitants de la commune des Crottes, alors peuplée de 1 313 âmes[1]. Dans son enfance, le village ne comptait qu'environ huit cents habitants, et le cœur d'habitation se trouvait autour de l'église et de la mairie. C'est un village qui vit de polyculture, de commerce du bois, mais qui espère aussi tirer profit du chemin de fer naissant. C'est dans cette société rurale en profonde mutation que le jeune apprenti suit les enseignements de son père. Lorsqu'il évoque son paternel, à l'abri des regards, sur le plancher, Joachim le décrit très succinctement : *« Martin Jean Joseph a travaillé ici de 1838 à 1878. (...) Est mort minable et insolvable ».*

Dans ses jeunes années, Joachim estime *vivre d'amour et d'eau-de-vie*, comme il le dit. Il fait peu et dépense beaucoup. En racontant sa jeunesse, le menuisier s'attarde sur la fougue, la joie, les fêtes. En effet, le quotidien est rythmé par les festivités et les bals régionaux. Les habitants du village ont la réputation d'avoir le sens des célébrations et du rythme. De même que la jeunesse, elle, est très volage. Joachim n'échappe pas à cette réputation, puisqu'il aime courtiser les dames. L'homme est séducteur, mais il est également instruit. C'est un artisan qui sait lire, écrire et compter. Il est allé à l'école et a probablement reçu des enseignements par sa mère protestante. Joachim attache une importance au fait d'être lettré. Dans ses phrases, il se dit soucieux de l'éducation de ses contemporains.

Il joue ponctuellement de la musique au cours de prestations dans lesquelles il se fait payer en tant que ménétrier. Mais il joue également du violon pendant son temps libre. Joachim est un

1. D'après le recensement de 1881.

bon vivant qui aime partager des repas et boire du vin avec ses amis. En plus d'être menuisier, il est aussi paysan. Il possède en effet quelques terres. D'ailleurs, depuis peu, la crise du phylloxéra frappe. C'est un insecte parasite qui s'en prend surtout aux récoltes viticoles. Épicurien, Joachim n'aime pas voir les prix du vin grimper à cause de la crise. L'homme est, comme ses contemporains, soucieux des récoltes.

Le menuisier grandit simplement. Phrase après phrase, il témoigne de son quotidien, semblable à celui de ses concitoyens. Mais il ne parle pas uniquement de lui. Il livre également les ragots et faits divers des autres habitants. « *Si Martin a sa langue dans sa poche, il a le crayon libre et dénonce corruption, petitesses et bassesses des uns et des autres, arrangements entre notables, ou au sein des familles. Il s'offusque des déviances, (...) des relations coupables. Il aime sa famille et note des leçons de bon sens selon lui : "Ami lecteur quand tu prendras femme demande lui son instruction et non pas d'argent pour dot*[1]*.»* Dans ses révélations, il livre également un secret meurtrier qu'il a gardé lourdement toute sa vie. Ce secret, il le raconte au milieu de tranches de vie et conflits habituels.

Ainsi, la personnalité de Joachim se dessine au gré des mots, notamment son humour vulgaire lorsqu'il évoque son épouse, Marie-Virginie-Antoinette Robert. En effet, celle-ci, épousée le 26 avril 1870, est décrite « *âgée de 18 ans simple et modeste ayant jamais vu aucune pine avant son mariage avec moi* ». Ses remarques d'un pragmatisme absolu témoignent également de sa lucidité. Il se sait peu apprécié par sa belle-famille. Leurs personnalités ne sont pas compatibles. Le froid relationnel pèse sur sa femme, Marie Robert, au milieu de deux partis qui ne s'apprécient pas. Leur manque d'égard respectif est peut-être dû à une absence d'appui de la famille Robert auprès de Joachim, notamment dans la gestion de ses biens. Mais rien n'est sûr. Ensemble, les mariés ont quatre enfants. Joachim ne les mentionne jamais dans ses notes. Leur existence est exhumée grâce aux travaux annexes à la découverte de son témoignage. Le menuisier n'est pas plus bavard quant à sa fratrie : « *Une sœur qui a une jambe de bois âgée de 32 ans, mariée à un fou cafetier à Embrun ; Voilà ce qui reste de mes douze frères* ».

Le cœur des révélations s'articule donc autour d'un meurtre dont il a été témoin, mais pour lequel il a gardé le secret toute sa vie. Ce crime auquel il a assisté malgré lui le marque profondément. Grâce à tout ce que nous apprennent ses écrits sur sa vie et celle de ses concitoyens, le contexte dans lequel il prend place ainsi que le silence de Joachim sont compréhensibles. Il reste néanmoins terrible, mais symptomatique d'une société aux libertés réduites par la morale religieuse et la réalité de l'époque. Son témoignage, le voici, étalé sur quatre paragraphes :

> *« En 1868 je passais à minuit devant la porte d'une écurie. J'entendis des gémissements. C'était la concubine d'un de mes grands camarades qu'elle accouchait ; Ils ont vécu 10 à 11 ans de cochon. Elle est accouchée de 6 enfants dont 4 sont enterrés au dit écurie*

1. Frédéric Gugelot, « Jacques-Olivier Boudon, Le Plancher de Joachim. L'histoire retrouvée d'un village français. Paris, Belin, 2017, 288 p. », *Archives de sciences sociales des religions*, vol. 184, n° 4, 2018, p. 207-208.

> *de 1 de mort (garçon) et la fille est en vie du même âge que ma fille. Je te dirai qu'il le lui a reproché en public.* »

La scène qu'il décrit se déroule donc douze ans plus tôt, à la veille de son mariage. Le « *grand camarade* » auquel il fait référence est l'un de ses amis d'enfance que Joachim déteste depuis. En effet, ce fameux soir, l'homme aide sa femme à accoucher secrètement, cachés dans une écurie. L'enfant, sans doute non désiré, est ensuite mis à mort par le concubin et enterré sommairement sur le lieu du crime. Un événement terrible, mais malheureusement pas isolé au regard de l'histoire. Dans ses révélations, Joachim ne décrit d'ailleurs pas un, mais quatre infanticides. Tous seraient enterrés au niveau de la grange.

Après ce fait, Joachim désigne cet ami comme un criminel. Il le compare en effet à trois meurtriers connus de son temps dans une note où il précise que cet ami qu'il couvre a essayé plusieurs fois de courtiser sa femme. Cependant, les relations sont complexes et la mère du meurtrier, mariée, est également la maîtresse de son père qui est veuf. Le dilemme moral est compliqué pour le menuisier qui ne souhaite pas jeter l'opprobre sur sa propre famille : « *Le vrai disciple de Tropman acolyte de Dumolard et Vitalis a essayé plusieurs fois de brouiller notre ménage et pourtant je n'avais qu'à dire un mot et allonger le doigt droit à l'écurie tout en détention. Eh bien non, c'est mon ami d'enfance, je ne le ferai pas, sa mère est la maîtresse de mon père* ». Néanmoins, la compagne du mystérieux meurtrier est contrainte de s'exiler, ce qui amène Joachim à expliciter sa colère et dénoncer l'identité du meurtrier au cours de ses aveux rédigés sur le plancher :

> « *Quelques mois après le mariage de ce criminel, la cruelle concubine délaissée est partie pour Marseille laissant son enfant à son père sans autres nouvelles. Son père ayant une femme infirme et fossoyeur de son métier a pu faire disparaître les ossements de l'endroit. Ce despote a eu le courage de demander la main de ma femme la veille de notre union, lendemain du jour fatal... de l'écurie (horreur mon cœur se soulève). (...) Ce traître persiste à se ruiner en fanfaronnades et à vêtir son femelle de 1 m 30 de haut pour donner le remors au cœur de ma moitié, mais peines inutiles, je sais souffrir et me taire. Je parlerai après sa mort si je survis ; Nous sommes heureux mais lui ne fera qu'un scélérat toute sa vie. Pauvre Hortense si belle à 18 ans te voilà vieilli dans le chagrin par ce maudit Benjamin.* »

L'identité du meurtrier est alors révélée. Benjamin est fils de cultivateur. Lui et Hortense vivent de manière clandestine, ils se seraient ainsi débarrassés de quatre de leurs enfants. Joachim cite ouvertement le nom de son ancien ami, dont l'existence est attestée dans les archives. Grâce à cela, il est possible de remonter à sa femme et croiser les identités avec le témoignage du menuiser. Cependant, nous avons choisi de conserver leur anonymat ici. En effet, bien que le témoignage de Joachim soit en totale cohérence avec la réalité historique et les éléments qu'il décrit, le meurtre qu'il révèle sur son plancher est invérifiable. S'agit-il d'un vrai témoignage ? Cette partie du récit que livre Joachim à propos de la scène dont il a été témoin met en lumière un cas d'infanticide qui illustre dramatiquement une problématique sociétale à laquelle sont confrontés les femmes et les ménages modestes pendant des siècles. Sans moyen de contraception efficace, une grossesse peut être synonyme de malédiction pour beaucoup de monde. Autrefois, les classes populaires, défavorisées, pouvaient voir leur réputation détruite en cas d'enfants non désirés. Pour interrompre la grossesse, plantes et drogues sont utilisées. Des avortements clandestins sont parfois pratiqués par les sages-femmes ou médecins de village. Si aucun avortement n'est possible, certaines femmes cachent leur grossesse comme elles le peuvent avec leurs vêtements et évitent d'en parler à qui que ce soit. La scène dont est témoin Joachim arrive lorsqu'aucune alternative ne fonctionne et que la mère ou le couple souhaite se débarrasser du bébé. Parfois, le nouveau-né est abandonné au pied d'une église ou d'un hôpital. Sous l'Empire, par exemple, les hospices ont des boîtes à bébés qui sont littéralement des caisses dans lesquelles peuvent être déposés les enfants non désirés. Dans le pire des cas, comme celui auquel assiste Joachim, les nouveau-nés sont tués, leur corps caché, et le secret du crime bien gardé. Néanmoins, aucune trace dans un document de justice n'évoque le fait qu'il dénonce. À cet égard, nous avons choisi de taire leur identité par respect pour la mémoire de leurs descendants.

La volonté de résoudre les problèmes des villageois entre eux sans faire appel à une aide extérieure se faisait autrefois. Dans un autre exemple sordide, Joachim évoque un cas de pédophilie en la personne de François[1], qui « *avait la triste passion de se faire téter le nœud ou les tétons car il en avait comme une fille et beaucoup de lait. Il lui arrivait assez souvent de téter ses camarades et de faire minette aux filles d'une dizaine d'années* ». Selon lui, le suspect aurait été chassé dans un autre village du sud, peut-être sous la pression populaire. Le ressentiment transparaît clairement des confidences du menuisier. Contre Benjamin avant tout, son ami d'enfance devenu criminel qu'il exècre. Il ne se prive pas pour nommer ses adversaires en leur donnant au passage des surnoms fleuris. Ainsi, c'est notamment le curé-médecin du village, l'abbé Lagier, qui agace tout particulièrement Joachim. S'il n'est pas anticlérical[2], l'homme est en tout cas lucide sur l'influence déclinante du clergé qui tente cependant de la maintenir. Le menuisier a du mal avec les figures d'autorité, surtout lorsqu'elles s'immiscent dans les affaires intimes des foyers. Il est particulièrement remonté par les questions que le curé aurait posées à sa femme, et le fait savoir sur un morceau de parquet :

> « *D'abord je lui trouve un grand défaut de trop s'occuper des ménages, de la manière que l'on baise sa femme. Combien de fois par mois, si on la saute, si on fait levrette, si on l'encule, enfin je ne sais combien de choses qu'il a demandées et défendues à toutes les femmes du quartier. De quel droit misérable. Qu'on le pende ce cochon.* »

1. Aucun document d'archives ne permet de corroborer la suspicion de Joachim.
2. Selon les travaux de Jacques-Olivier Boudon, historien, qui a publié un ouvrage qui retrace les confessions du menuisier et sa vie au village.

Ainsi, après s'être épanché sur son ennemi Benjamin, c'est l'abbé Lagier qui est la cible des invectives du menuisier. En effet, Joachim n'aime pas les questionnements des confesseurs qui relèvent de la vie privée. Sa critique témoigne de l'évolution des mœurs et de la rupture avec la tradition qui s'opère à l'ère de l'industrialisation. Joachim déteste d'autant plus le curé-médecin parce que quelque temps plus tôt, en 1879, il lui a estropié la main. Mais ce n'est pas tout ! Pour Joachim, l'incompétence du curé-médecin en fait un danger public. Il l'accuse ainsi également de la perte d'un œil de son fils aîné, Jean-Baptiste. Et les malheurs ne s'arrêtent pas là. La jambe de bois de la sœur estropiée de Joachim, c'est également à cause du curé. Alors qu'elle contracte une infection au pied, le curé-médecin traite l'infection avec de la bouse de vache, puis entoure sa jambe de planches. L'infection se répand sur la jambe tout entière. La malheureuse doit être amputée. Enfin, il pense également que le curé est responsable de la mort de son père.

Ainsi, en recherchant d'autres écrits de la main de Joachim, l'historien Jacques-Olivier Boudon découvre que l'homme écrit au préfet et même au ministre ! Mais c'est une lettre de 1884 adressée à l'évêque critiquant l'abbé Lagier qui retient son attention :

> *« La Noël 1881 appela la femme au confessionnal où il y eut un véritable scandale dans l'église. Ce récalcitrant envoya appeler la femme plusieurs fois dans l'église. Depuis cette époque, la femme n'a plus remis les pieds à l'église et les enfants très peu. Je n'ai pu savoir ce qui s'était passé, mais je commence à entrer dans un état d'exaltation. Je puis vous dire encore que c'est un être révoltant, colère, qui approche de la brute. »*

En effet, Joachim pense que l'abbé a pu faire des avances à sa femme. Quoi qu'il en soit, il ne supporte plus sa présence, et sa lettre est accompagnée d'une pétition qui demande le départ du curé du village. Elle est signée par vingt-quatre paroissiens. Peut-être bien que la mobilisation de Joachim lui donne gain de cause, puisqu'en 1886, l'abbé Lagier est transféré dans une autre paroisse.

Ses antagonismes mis à part, ce sont les idées républicaines et laïques qui se dessinent par le témoignage exceptionnel de Joachim. Même si la pression morale est toujours forte, la répression religieuse, elle, n'est plus aussi intense qu'auparavant. Ses écrits brossent aussi le portrait d'un homme conscient des bouleversements nationaux : « *La république a fait de belles choses en 1881. Janvier et février a fait fermer 200 couvents diminué les curés et évêques d'un tiers. A prohibé les croix aux cimetières et honneurs fanfasques. Les religieuses ont été retirées des écoles publiques. Mis le service militaire à 40 mois de présence au corps augmenté des pensions militaires augmenté les gradés, dépensé 10 millions aux forts de Briançon, dépensé 110 mille francs dans le torrent de Vachères pour plantations. 4 milliards qu'elle a dépensés en France pour les écoles publiques. Conquis la Tunisie, Sud Afrique avec 60 millions de dépense et peu d'homme* ». Joachim Martin est patriote, il a fait son service militaire à Bastia où il a été infirmier militaire. Il est soucieux de la défense du pays, mais également intéressé par les conquêtes coloniales, « *des idées proches de celles défendues par les Républicains opportunistes. Comme eux aussi, il souhaite limiter l'emprise de l'Église sur la société, mais sans être un anticlérical ardent. Il affiche un républicanisme tempéré, mais réel* » comme l'analyse l'historien Jacques-Olivier Boudon.

Ainsi, ces morceaux de vie et de réflexion du paysan-menuisier se retrouvent éparpillés sur soixante-douze lattes de parquet. Ses quelques milliers de mots esquissent le portrait d'un homme du peuple qui n'est pas sans singularité. On imagine facilement le poids du secret criminel de son ex-ami sur sa conscience. Mais ce sont également ses appréhensions paysannes face à un paysage qui se transforme et un avenir plus que jamais incertain qu'il fige sur le sol du château. D'ailleurs, sur ses lattes de son parquet, en 1881, au moment de son témoignage, Joachim paraît désabusé : « *Pour moi je languis sur cette terre, hélas où j'ai passé de si beaux jours comme le plus fort ménétrier violon de Gap à Briançon l'on te parlera de moi. Je te quitte ce jour 3 sept 1881 et te souhaite de gagner plus que moi à ce château. 22 ans de travail et pas un sou à la poche, travail à 4 f/jour et en dépenser 3/jour pour vivre* ». L'homme est nostalgique, amer vis-à-vis de son quotidien. Néanmoins, quatre francs par jour correspondent à la moyenne haute du salaire ouvrier en milieu rural à l'époque. Cependant, l'homme paraît lassé : « *5 heures. Je viens de manger un morceau de cochon qui vaut 1f10 la livre et un verre d'eau sucrée. Voilà mon existence, toujours seul au château je m'ennuie* ». Et s'il parle beaucoup de nourriture, c'est parce qu'il est bon vivant, mais aussi parce que ses rédactions se font sur sa pause déjeuner.

Joachim Martin s'éteint dans son village natal, à Les Crottes, le 2 juillet 1897. Beaucoup de gens du village avant et après sa mort émigrent à Marseille. Ils y deviennent charcutiers pour y faire fortune. De nombreux citoyens sont ensuite revenus au village afin d'y construire leur demeure. Le Musée de la charcuterie, qui existe encore au village, est un souvenir de cette époque.

Le témoignage que livre Joachim est considéré comme une forme d'archéologie. L'homme, diariste, a livré un journal intime qui a traversé le temps. C'est un cas exceptionnel, source de première main et sans complaisance du quotidien d'un homme du peuple dans la France rurale de la fin du XIXe siècle. Un récit dépouillé de toutes superstitions, mais non sans surprises et rebondissements. Ses confessions permettent en effet d'exhumer un prétendu cas sordide d'infanticide. Et à travers l'homme du peuple s'esquissent les contours d'une société en profonde mutation, avec ses espoirs, ses appréhensions et ses peurs réelles. Enfin, qui sait combien de mots de Joachim se cachent encore sous les lattes d'un parquet ? D'autres planches, antérieures à celles du château, ont été retrouvées dans une autre maison de la région. Même au sein du château, d'autres pièces devront un jour être rénovées. Ces travaux exhumeront peut-être un nouveau pan de ce personnage singulier.

Le cas de Joachim Martin fait partie de la discipline de la micro-histoire. La « micro-histoire », de l'italien *microstoria*, émerge dans les années 1970 et consiste à non pas aborder l'Histoire sous l'angle de l'étude des masses, mais plutôt à une échelle réduite, celle d'un village ou d'un individu par exemple, pour mieux en cerner les évolutions et fluctuations précises. Le fait que ce menuisier ait consigné des tranches de sa vie, corroborées ensuite par des documents d'archives, rendent les événements bien moins sujets à l'interprétation. Si d'habitude, les artisans signent surtout leurs initiales, il arrive que des individus découvrent des messages laissés au cours de travaux de rénovation. Ce qui rend le témoignage de Joachim précieux, c'est la plongée qu'il nous offre dans une partie des pensées d'un homme du peuple. Il existe d'autres livres importants de la micro-histoire comme *Le Fromage et les vers* de Carlo Ginzburg qui détaille la vie de Domenico Scandella dit Menocchio, un meunier italien du XVIe siècle jugé hérétique, condamné au bûcher car refusant de renier ses croyances personnelles. Dans une moindre mesure, la vie de Louis-François Pinagot, sabotier, est reconstituée grâce à un procédé similaire par l'historien Alain Corbin.

Si nous avons à cœur de vous narrer l'histoire de Joachim, c'est parce qu'elle fait écho à nos propres existences. Les récits que nous vous racontons témoignent de notre amour pour la narration, les intrigues. Mais les mots que nous couchons sont également les témoins de l'amour que nous portons à tous ces personnages, toute cette humanité qui a existé autrefois dans un enchevêtrement d'histoires parfois surnaturelles, souvent hors du commun. Le témoignage de Joachim, caché sous son plancher pendant plus d'un siècle, montre enfin le réel et le quotidien dans ce qu'il a de plus extraordinaire. Il sublime le passé à sa manière. Même s'il n'est plus là, ce menuisier, par le biais du flambeau qu'il nous transmet, existe de nouveau dans nos têtes. Ainsi que la vie de tout un village. Les fantômes dansent, chantent, sourient, s'écharpent et meurent à nouveau dans nos esprits.

LA FILLE AUX CADRANS DANS LES YEUX

Pays de la Loire-Vendée
Saint-Mars-des-Prés

« Grands yeux de mon enfant, arcanes adorés,
Vous ressemblez beaucoup à ces grottes magiques
Où, derrière l'amas des ombres léthargiques,
Scintillent vaguement des trésors ignorés ! »

Charles Baudelaire

Le 5 mai 1946 naît Suzanne Paradis, septième fille d'une famille nombreuse. Elle voit le jour dans le bocage vendéen, à Saint-Mars-des-Prés et grandit dans une ferme du village qui compte alors environ quatre cents âmes. Tous les enfants de la famille ont les yeux très clairs. Le père, lui, présente des iris à taches blanchâtres sans dessins précis. Alors qu'elle est âgée de dix-sept mois, une dame de passage, penchée sur le berceau, remarque que ses yeux ne sont pas comme ceux des autres bébés. L'enfant cadette est différente, mais sa singularité n'est pas encore très distinguée. Elle ne présente que de vagues contours gris au niveau de l'iris. Il faut attendre l'âge de six ans pour qu'on remarque ses yeux atypiques. En effet, en 1952, l'institutrice du village, Mademoiselle Coutant, sort de l'église après les vêpres. Elle est accompagnée de Suzanne et remarque alors quelque chose d'inhabituel dans le regard de la jeune enfant :

> *« C'était le temps de Pâques. Les vêpres sonnaient sur St-Mars-des-Prés. Mlle Coutant, l'institutrice, sortait de l'église tenant Suzanne par la main, lorsqu'un rayon du jeune soleil vint toucher le front de l'enfant qui leva la tête à cet instant vers sa compagne. Mlle Coutant sursauta :*
> *– Qu'as-tu dans les yeux, petite Suzanne ? Fais voir un peu…*
> *Pour la première fois apparurent les cadrans dessinés avec une remarquable netteté, comme crayonnés sur l'iris.*
> *– On aurait dit une montre lumineuse, précise maintenant Mlle Coutant - Du reste, cela n'a pas changé. C'est seulement un peu plus net encore et visiblement indélébile... Vert sur fond bleu, je crois, les chiffres romains se détachent sur le cadran[1]. »*

1. Jean-Loïc Le Quellec, « Vision hors du temps et septième enfant du même sexe : La fille aux cadrans dans les yeux », *Les Temps de l'Europe, tome I : Inventions européennes du temps, temps traditionnels, temps historiques,* janvier 1993, p. 205-213.

La presse commence alors à entendre parler de cette curieuse enfant. Au village, les bruits courent que Mademoiselle Coutant, de par ses relations, aurait prévenu les journaux alentour. La mère de Suzanne n'avait jusqu'ici jamais réellement remarqué la singularité de sa fille. Mais effectivement, la petite a bien, selon les gens qui la décrivent, des cadrans d'horloge dans chaque œil, avec des chiffres romains dans le désordre : « *La septième fille des époux Paradis, âgée de six ans, avait des yeux extraordinaires : des lettres dorées y apparaissaient sur un fond bleu*[1] ». Les journalistes relaient l'histoire et les intéressés affluent pour découvrir cette enfant si spéciale à la particularité curieuse et exceptionnelle. Ainsi, tout au long de l'année, la presse se fait écho du portrait de la fille aux cadrans dans les yeux. Sceptique, un journaliste envoyé par *Paris Match* rend visite à l'enfant par deux fois et témoigne en détail de la condition exceptionnelle dont elle est dotée. Suzanne « *avait des chiffres romains dans ses yeux ; si bien que ceux-ci ressemblaient à des cadrans d'horloge* ». Quelque temps après, il revint la voir, « *cette fois avec de puissants instruments d'optique, une forte loupe notamment* », et publia le témoignage suivant : « *Ce que nous avons vu est vraiment extraordinaire. L'iris des deux yeux, c'est-à-dire la partie colorée comme on le sait, sépare la pupille de la cornée, est strié de telle façon qu'il présente en effet l'aspect d'un cadran auquel il ne manque que les aiguilles. Les chiffres romains, à la vérité, sont bien un peu fantaisistes et ne respectent pas l'ordre dans lequel on a l'habitude de lire l'heure, mais néanmoins ils sont d'un dessin géométrique parfait. On distingue notamment fort bien le 1, le V, le X, etc. Indiscutablement, il s'agit là d'un cas curieux. Est-ce à dire qu'il ne peut être expliqué médicalement ? Ça, c'est une autre affaire*[2] ». Manifestement, le cas de Suzanne semble bien hors du commun.

Les curieux se pressent à la ferme pour apercevoir la fillette, écrire sur son cas et espérer pouvoir la prendre en photo. Si au départ cette effervescence est amusante, les visiteurs se font de plus en plus intrusifs et peu reconnaissants. Les parents comme leurs enfants les plus âgés commencent à se méfier. Ils ne souhaitent pas être pris pour une attraction de foire et appréhendent les intérêts pécuniaires de ceux qui affluent toujours plus nombreux pour se faire le porte-voix de l'affaire. La famille décide d'interdire toute visite non sollicitée, alors les curieux et les journalistes se pressent à l'école pour espérer l'apercevoir et l'interroger. Sollicitée de toutes parts, Suzanne est veillée à domicile en attendant que la ferveur retombe un peu. Mais l'élan populaire se poursuit de plus belle. La famille reçoit des courriers d'inconnus des quatre coins de la France, surtout de gens qui la sacralisent. Certains demandent une mèche de cheveux pour aider à guérir un handicap, d'autres des morceaux de vêtements, mais il y a également une Parisienne qui se présente comme voyante et propose de la former aux dons après sa puberté. Tous ces courriers sont adressés à Suzanne qui n'a que six ans. Des lettres aujourd'hui perdues, mais qui sont des souvenirs toujours bien vivaces pour la famille. Ces sollicitations ne sont pas étonnantes, car la presse contribue à conférer une aura mystique à la jeune enfant à la condition médicale si particulière. Le médecin des environs, Docteur Auvinet, la décrit comme une véritable énigme. « *Médicalement, le cas de la petite des métayers de St-Mars-des-Prés est inexplicable. Je ne puis que*

1. *Ibid.*
2. *Ibid.*

m'interroger sur le sens de ce cadran et des chiffres chez une fillette par ailleurs parfaitement normale, intelligente, vive et travailleuse[1]. »
Rapidement, on lui prête un don. Elle aurait des capacités extrasensorielles qu'elle pourrait développer et serait porteuse d'un message à délivrer, selon une passeuse et un érudit qui ont croisé sa route. Pourtant, la curieuse condition de Suzanne est-elle réellement inexplicable ? Le journaliste de *Paris Match* montre une photographie de l'œil de Suzanne et y légende son iris : « *On peut y lire en relief les différents chiffres romains : le 1, le II, le III, le Iv, le V, le X. Mais ils ne sont pas dans l'ordre. (…) Selon les "plus célèbres ophtalmologues", cette anomalie "sans précédent" serait due à la présence d'un "vestige du tissu qui protège jusqu'au troisième mois de la vie utérine l'œil de l'embryon humain. Normalement, cette membrane disparaît après le troisième mois".* » Les cadrans dans les yeux de Suzanne seraient donc une condition médicale rare, mais connue. Une anomalie provoquée parce que, normalement, durant le dernier mois de la vie fœtale, la membrane pupillaire de Wachendorf se résorbe entièrement. Dans son cas, elle ne s'est pas entièrement résorbée, provoquant ces reliquats pigmentés qui donnent une curieuse illusion de cadrans qui évoquent des horloges dans l'iris de la jeune fille. Les cadrans dans les yeux seraient alors un simple effet de paréidolie, peut-être accentué par les croyances et superstitions qui se jouent dans la région.

En effet, ce cas est analysé sous l'angle mythologique par l'anthropologue Jean-Loïc Le Quellec. Après tout, Suzanne Paradis est la septième fille de la famille. La croyance populaire présente au moins depuis le XVIe siècle dans le bocage normand veut que la septième fille de la famille ait des dons, notamment de guérison. Cette croyance est associée au chiffre sept, symbole universel d'une totalité, très important dans la tradition et la spiritualité. Il s'agit d'un chiffre sacré auquel sont souvent associées des propriétés mystiques. Suzanne serait donc prédestinée dès la naissance, selon ceux qui y croient, à avoir des dons. Des cas de « septième », filles ou garçons, sont rapportés à travers les siècles. Ils sont souvent considérés comme des « toucheurs », c'est-à-dire des guérisseurs qui soignent par imposition des mains. Cependant, ils ont généralement une marque quelque part sur leur corps, un stigmate qui reflète leur nature exceptionnelle.

Mais cette manifestation hors du commun a-t-elle un précédent ?

Jean-Loïc Le Quellec en identifie au moins un au XVIIIe siècle, dans l'*Almanach des Dieux*. Ce dernier, en 1758, stipule que « *Madame Vairet, de Blois, a dans les yeux un cadran où l'on voit les heures*[2] ». S'agit-il véritablement d'un précédent au cas de Suzanne Paradis ? Ou se peut-il qu'il y ait eu une confusion quant au cas de Madame Vairet décrit dans l'almanach que nous modernisons ? Après tout, de tels cadrans d'horloge étaient-ils vraiment si répandus à l'époque ? Par rapport aux racines mêmes du terme, l'étude de Jean-Loïc Le Quellec précise que « *le mot "cadran" remonte bien au XIIIe siècle, mais son étymologie (latin quadrans, de quadrare "former*

1. *Ibid.*
2. *Ibid.*

un carré") indique qu'il désignait alors des cadrans solaires, carrés ou rectangulaires, puis en quart de cercle, et qu'il n'aurait donc pu s'appliquer aussitôt à la circularité de l'iris. Du reste, les premiers "cadrans circulaires" ne ressemblaient pas à ceux que l'on connaît de nos jours, certains n'étant marqués que de I à VI, avec une seule aiguille, qui en faisait quatre fois le tour en vingt-quatre heures ».
Il y a donc deux hypothèses : soit madame Vairet souffrait de la même anomalie que Suzanne, ou bien elle avait dans ses yeux une forme curieuse, carrée ou en demi-cercle, que l'on a alors appelée un « cadran ».

Aussi, l'analyse du cas de Suzanne Paradis peut être teintée de symboles. En effet, le sacré peut se manifester sous bien des signes pour un croyant. Après une période de carême dûment respectée, viennent les vêpres à Pâques. Lorsque l'institutrice Coutant sort de l'église en compagnie de Suzanne, un rayon de soleil vient baigner le front de la jeune fille. Un phénomène anodin, mais néanmoins lourd de sens à cette partie de l'année où Pâques est la date d'un miracle solaire. Sa manifestation à ce moment précis, mêlé au fait que le rayon attire l'attention de l'institutrice Coutant sur le trait particulier de son élève peut être vu comme un signe divin. La ferveur religieuse se mélange alors à la superstition, car l'œil est souvent considéré comme l'endroit qui abrite la marque d'un pouvoir quelconque. Ce fameux jour, lorsque Mademoiselle Coutant voit le soleil pointer le front de son élève, puis son regard exceptionnel la saisir, elle est transfigurée. Suzanne Paradis, la fille aux cadrans dans les yeux, lui apparaît empreinte de surnaturel. L'institutrice vit ce que l'ethnologue Michel Boccara appelle un vécu mythique : « *Un vécu mythique est une rencontre entre un être mythique et un membre vivant du groupe, dont il existe par ailleurs des formes d'expression (récits, scénarios rituels, graphismes, danses...) indépendantes d'une expérience personnelle. Tout vécu mythique est d'emblée social en tant qu'il renvoie à un "prêt-à-porter" symbolique qui en définit les cadres*[1] ».
En d'autres termes, les croyances qui nous façonnent depuis notre plus tendre enfance peuvent avoir une influence insoupçonnée sur notre psyché. Mais si chez Le Quellec, le vécu mythique n'est pas accompagné d'altération de la réalité, ce qu'on peut communément cataloguer sous le terme d'hallucination, le vécu mythique ne se résume pas qu'à cette description. Georg Quppersimaan par exemple, dans son livre *Mon passé eskimo* où il raconte notamment ses transes chamaniques, détaille des rencontres réellement vécues avec des esprits. Ici, le vécu mythique englobe une plus large définition, semblable à celle de paranormal. Même si le terme et la définition de « vécu mythique » renvoient selon nous à des ressentis plus individuels que le terme de paranormal qui est assez générique et global, et pour tout dire désincarné.
Ainsi, le cas de Suzanne Paradis n'est-il qu'une curieuse condition médicale nourrie par des interprétations superstitieuses ?

Cette hypothèse est probable, quand on connaît celles associées aux personnes ayant des attributs physiques anormaux. Des appréhensions mystiques qui sont d'ailleurs encore existantes aujourd'hui. Ce qui est sûr, c'est qu'en analysant ce cas sous l'angle de la religion et du mythe,

1. Michel Boccara, *Les Vécus mythiques de masse, Les solutions sociales de l'inconscient*, 2001.

des concordances s'identifient et des liens se créent. C'est ce que souligne Le Quellec : un phénomène étrange, inhabituel, est influencé par nos croyances. Notre héritage culturel fait que nous croyons ce que nous avons appris à croire depuis tout petit, et nous interprétons le monde à travers un prisme parfois sans même s'en rendre compte. Ainsi, Mademoiselle Coutant aurait pu être impressionnée par cet événement qu'elle aurait jugé divin, et elle en aurait à la fois parlé aux autres villageois et à ses relations. De cet événement teinté de réalité et superstition s'est créée l'histoire de la fille aux cadrans dans les yeux.

En tant qu'auteurs tous deux aux familles pluri religieuses et culturelles, nous ne pouvons que partager cette évidence, car la perception de la vie évolue à mesure que nos croyances changent. Après cet incident étrange pour Suzanne, elle a refait sa vie. Sous une nouvelle identité, elle a déménagé, rencontré l'amour, puis eu quatre enfants. Cette curieuse histoire qu'elle a probablement souhaité oublier est aussi déroutante qu'attachante. Si la particularité de Suzanne fait sens pour certains habitants à l'époque, elle nous a interpellés de par l'absence de symboles que nous avions à y rattacher en la découvrant. Ainsi, notre premier réflexe a été de penser à un canular. Alors que, dans le même temps, pour d'autres affaires extraordinaires au vécu mythologique connu (affaires de poltergeists, revenants…), notre approche aurait été différente. Mais lorsque nous sommes tombés sur ce récit, un détail a particulièrement attiré notre attention. En effet, le texte de Jean-Loïc Le Quellec était rapporté dans un document officiel estampillé Conseil de l'Europe. Une source que nous n'avons pas l'habitude de rencontrer et qui, si elle peut faire naître un biais d'autorité, s'est révélée aussi surprenante que rationnelle. L'extraordinaire déstabilise. Il secoue d'autant plus lorsqu'aucune explication évidente n'apparaît rapidement. Pourtant, l'explication de la condition de Suzanne est simple. Mais elle n'invalide pas pour autant les croyances qui peuvent s'y rattacher.

Et le réel se mêle au mythe. Pour conclure la dernière affaire de *France Obscure* qui résume l'approche narrative pluridisciplinaire que nous avons souhaité employer, il nous semblait approprié de citer Charles Fort, l'homme qui met l'inexpliqué en lumière. Cette citation résume bien ce cas et l'ensemble de la démarche que nous avons voulu avoir tout au long de cet ouvrage : « *Nous vivons une quasi-existence, dans un état intermédiaire entre le réel et l'irréel*[1] ».

1. Charles Fort, *Le Livre des damnés*, Joey Cornu, 2007.

BIBLIOGRAPHIE

Le cryptogramme de La Buse

Yannick Benaben, *Sur les traces du trésor du pirate La Buse*, site Internet, 2015

Terry Breverton, *The Book of Welsh Pirates and Buccaneers*, 2003.

Alain Decayeux, *Olivier Levasseur dit La Buse*, www.pirates-corsaires.com

Charles Bourel De la Roncière, *Le Flibustier mystérieux : Histoire d'un trésor caché*, 1934.

Charles Grey, *Pirates of the Eastern Seas (16181723): a Lurid Page of History*, 1933.

Inconnu, *Relation de voyage de son Excellence le M. le Comte d'Ericeira, Grand de Portugal, ci-devant Viceroy et Capitaine Général de Indes Orientales pour sa Majesté Portugaise*, 1722.

Captain Charles Johnson, *A General History of Pyrates*, 1724.

La Grande Encyclopédie Larousse, vol. 6, 1973.

Emmanuel Mezino, *Mon Trésor à qui saura le prendre…*, 2014.

Le plancher de Joachim

Jacques-Olivier Boudon, *Le Plancher de Joachim*, Belin, 2017.

Carlo Ginzburg, *Le Fromage et les vers : L'univers d'un meunier du XVIe siècle*, Flammarion.

Frédéric Gugelot, « Jacques-Olivier Boudon, Le Plancher de Joachim. L'Histoire retrouvée d'un village français, Paris, Belin, 2017, 288 p. », *Archives de sciences sociales des religions*, vol. 184, n° 4, 2018.

La fille aux quadrans dans les yeux

Michel Boccara, *Les Vécus mythiques de masse. Les solutions sociales de l'inconscient*, 2001.

Charles Fort, *Le Livre des damnés*, Joey Cornu, 2007.

Jean-Loïc Le Quellec, « Vision hors du temps et septième enfant du même sexe : La fille aux cadrans dans les yeux », *Les Temps de l'Europe, t. 1 : Inventions européennes du temps, temps traditionnels, temps historiques*, janvier 1993.

D'UNE MALLE OUBLIÉE AUX DESCENDANTS RETROUVÉS

LE DESTIN DU POILU JOSEPH AVIGNON

OU POURQUOI L'EXTRAORDINAIRE NE MEURT JAMAIS

Nous racontons des histoires depuis l'aube de l'humanité. Le récit est une construction culturelle qui permet à l'Homme de mieux appréhender l'univers qui l'entoure. Nos mythes évoluent en fonction des progrès scientifiques qui permettent une meilleure compréhension du monde. Pourtant, l'extraordinaire demeure omniprésent dans nos vies, que nous soyons croyants, agnostiques, athées, déistes, sceptiques... Il marque le paysage et prend des formes variées dans notre quotidien : édifices religieux, vestiges de temples anciens, controverses, débats et affaires parfois rocambolesques. Derrière ces récits se cachent d'authentiques tranches de vie. Elles sont liées à des personnes, des enfants du pays oubliés ou trop peu connus. Nous avons souhaité nous intéresser à ces parcours particuliers, qui furent à chaque fois controversés. Parce que « France Obscure » n'est pas un terme péjoratif. C'est un nom qui veut mettre dans la lumière certains individus restés dans l'ombre. Une modeste succession d'histoires qui entend rafraîchir le regard porté sur des personnes ou des cas souvent mal jugés qui font écho à notre propre époque, nos comportements, nos croyances. Enfin, c'est la curiosité qui nous a fait regarder en arrière. C'est cette même curiosité qui achève de nous convaincre que l'époque n'est pas désenchantée, que la France regorge toujours d'extraordinaire. Une autre affaire bien actuelle nous l'a prouvé : le cas de Joseph Avignon, poilu oublié, dont le destin se fait porte-voix de ses semblables.

Il y a quelque temps, Manon a trouvé des lettres éparpillées dans une malle pendant un vide-grenier à Toulouse. Elle a passé un long moment à les rassembler, parce qu'elles racontaient une histoire. Celle de Joseph Avignon, un soldat français de la Première Guerre mondiale.

Pendant deux ans, il a raconté son quotidien à sa femme, Maria, réfugiée à Lagardelle, dans l'espoir de la retrouver un jour.

Manon les a triés dans l'ordre chronologique, puis a commencé à les lire. C'est comme ça qu'elle a appris à connaître cet homme envoyé au front. Ses correspondances relatent son quotidien, ses états d'âme, ses espoirs, ses craintes, mais aussi tout l'amour qu'il porte à sa famille. Elle m'en a parlé. Le trésor que renfermait cette malle ne pouvait pas simplement finir oublié dans un tiroir. Nous avons alors entrepris une quête pour retrouver sa famille qui, des réseaux sociaux aux fouilles généalogiques, nous a menés à Cintegabelle pour rencontrer son descendant indirect. Une longue enquête de plusieurs mois, qui nous a conduits jusqu'à une petite salle de la mairie de Cintegabelle. Nous y avons rencontré Alain, ravi d'avoir récupéré ces lettres, qui nous a promis de faire perdurer le souvenir de Joseph.

Le 11 novembre 2020, pour commémorer l'Armistice, l'histoire de notre documentaire paraît à nouveau dans la presse. Par le plus grand des hasards, le récit parvient à un autre descendant, cette fois direct du Poilu. Il recherchait depuis des années une trace de ses aïeux, sans succès. Cette affaire a permis de mettre en relation les deux branches de la famille. Surtout, elle a rendu à Joseph sa place auprès des siens. Il continue d'exister grâce à ses mots, à son récit, même aujourd'hui.

Nos vies regorgent d'extraordinaire. Il ne tient qu'à nous de les partager. Merci d'avoir fait revivre à nos côtés ces destins exceptionnels le temps de ces pages.

NOTE DES AUTEURS

Nous tenons à remercier tous les acheteurs qui ont permis de faire exister ce projet, ainsi que Francis Margnoux, Jean-François Morisse, Laurent Guillemain et Mikaël Caraës pour leur confiance dans ce projet, sans oublier Hypathie Aswang à l'illustration et Link Digital Spirit pour le travail éditorial.

FRANCE OBSCURE
AFFAIRES PARANORMALES & EXTRAORDINAIRES
est édité par

OMAKEBOOKS
7-9, rue des Caillots
93100 Montreuil
France

Auteurs : Théo Carmin et Manon Hoarau
Directeur de la publication : Florent Gorges
Illustrations : Hypathie Aswang
Mise en page : Guillaume Ries
Relecture : Gersende Bollut

http://omakebooks.com
contact@omakebooks.com

Imprimé en Turquie par JJ Production
Achevé d'imprimer en juin 2021
Dépôt légal : juin 2021

ISBN
978-2-37989-117-5